那是个礼拜室，明灯高悬，铺着地毯，一个俊秀青年正襟危坐在礼拜毯上朗诵《古兰经》。

《第十六夜》（利昂·卡雷　绘）

整个宫殿颤动起来,并且听到"隆隆"的响声,突然间,白蛇仙子出现了。

《第十八夜》(利昂·卡雷 绘)

我进城到处寻觅苹果。转了一个又一个果园,也没有看到苹果。

　　　　　《第十八夜》(利昂·卡雷　绘)

哈桑·白德尔丁头枕在父亲的坟上,不知不觉进入了梦乡。一位仙女飞来,百般称赞他那俊秀容颜。

《第二十夜》(利昂·卡雷 绘)

女主人头戴珠宝凤冠,身着绣花丝裙,微笑着走到我的面前,将我搂在怀里,热烈地亲吻。

《第二十六夜》(利昂·卡雷 绘)

一位少女骑着骡子，前边有一个奴仆引路，后面有一个奴仆紧随，在市场外面停了下来。我没见过比她更漂亮的姑娘。

《第二十七夜》（利昂·卡雷　绘）

大马士革是座绿色花园,那里林木繁茂,河渠纵横,飞鸟成群,花美果鲜,简直就是一座人间天堂。
《第二十七夜》(利昂·卡雷 绘)

那姑娘衣饰华美,为我见所未见。撩开她的面纱,发现面容姣好,美如圆月。

《第二十七夜》(利昂·卡雷 绘)

姑娘的形象总是在我眼前晃来晃去,我得了一场大病。一位老太太来到我的房间,好言安慰我。

《第二十八夜》(利昂·卡雷 绘)

THE

布拉克本全译本

ARABIAN

一千零一夜

NIGHTS

ألف ليلة وليلة

[阿拉伯]佚名 著
李唯中 译
[法]利昂·卡雷 [英]达尔齐尔兄弟 等绘

北京燕山出版社

CONTENTS
目录

423	第三十九夜	526	第五十六夜
430	第四十夜	530	第五十七夜
440	第四十一夜	534	第五十八夜
448	第四十二夜	538	第五十九夜
452	第四十三夜	541	第六十夜
456	第四十四夜	544	第六十一夜
459	第四十五夜	547	第六十二夜
463	第四十六夜	549	第六十三夜
467	第四十七夜	551	第六十四夜
473	第四十八夜	554	第六十五夜
477	第四十九夜	557	第六十六夜
484	第五十夜	560	第六十七夜
496	第五十一夜	562	第六十八夜
506	第五十二夜	564	第六十九夜
510	第五十三夜	566	第七十夜
516	第五十四夜	568	第七十一夜
520	第五十五夜	571	第七十二夜

574	第七十三夜	675	第一百零二夜
576	第七十四夜	682	第一百零三夜
577	第七十五夜	687	第一百零四夜
581	第七十六夜	690	第一百零五夜
585	第七十七夜	694	第一百零六夜
588	第七十八夜	697	第一百零七夜
591	第七十九夜	701	第一百零八夜
594	第八十夜	704	第一百零九夜
597	第八十一夜	707	第一百一十夜
600	第八十二夜	711	第一百一十一夜
603	第八十三夜	714	第一百一十二夜
606	第八十四夜	717	第一百一十三夜
609	第八十五夜	721	第一百一十四夜
611	第八十六夜	725	第一百一十五夜
615	第八十七夜	730	第一百一十六夜
618	第八十八夜	733	第一百一十七夜
621	第八十九夜	736	第一百一十八夜
623	第九十夜	740	第一百一十九夜
627	第九十一夜	745	第一百二十夜
630	第九十二夜	748	第一百二十一夜
634	第九十三夜	750	第一百二十二夜
639	第九十四夜	753	第一百二十三夜
644	第九十五夜	757	第一百二十四夜
650	第九十六夜	759	第一百二十五夜
655	第九十七夜	761	第一百二十六夜
659	第九十八夜	764	第一百二十七夜
661	第九十九夜	766	第一百二十八夜
665	第一百夜	769	第一百二十九夜
671	第一百零一夜	771	第一百三十夜

774 第一百三十一夜
779 第一百三十二夜
783 第一百三十三夜
791 第一百三十四夜
806 第一百三十五夜
811 第一百三十六夜
818 第一百三十七夜
829 第一百三十八夜
832 第一百三十九夜
837 第一百四十夜

第三十九夜

夜幕垂降,莎赫札德接着讲故事:

幸福的国王陛下,卡夫尔继续讲自己遭受磨难的情况:

人们跟在我的身后,露着面孔,光着头,也哭喊着:"天哪……天哪……多么不幸呀……"

巷子里的人都跟在我的身后,个个哭声不止,人人批打自己的面颊。我领着他们穿过城里时,人们问我出了什么事,我便把老墙砸死人的情况说了一遍。人们听后,说:"无能为力,只有依靠伟大的安拉了。我们快去报告执政官吧!"

他们果然报告了执政官,执政官得知此事,立即纵身上马,带着一帮人,扛着锹,背着筐,跟着我走去。他们的身后还跟着很多人。

我在前面走,边哭边喊,不时地往自己头上撒土,批打自己的面颊。

来到城郊花园,主人一看见我,我便边批打自己的面颊,边哭喊道:"啊,太太呀……太太死后,谁还会疼我呢?我真愿意替她死哟……"

主人一听,大吃一惊,脸色顿时蜡黄,忙问我:"喂,卡夫尔,怎么回事?究竟发生了什么事情?"

我回答说:"你派我回家取你的那件东西,我回到家中一看,见大厅的墙倒了，大厅坍塌了，太太和孩子都被压在下面……"

主人一听，大惊失色，忙问："太太没事吧？"

"谁也未能幸免，第一个丧命的就是太太。"

"我的小女儿平安无事吧？"

"也被砸在里面了。"

"我骑的那匹好马呢？"

"也没能幸免呀，我的老爷。大厅的墙和马厩的墙都坍塌了，屋里的一切都被压在下面了，就连羊、鹅和鸡都变成了一堆肉，都被压在了废墟下，一个也没能逃出来。"

"老太爷呢？"

"谁也没有逃出来。一间房没剩，一个人没留，连踪影都不见了。那些羊、鹅和鸡也被猫狗吃掉了。"

主人一听，脸上的光泽顿时消失，面色黯淡下来，两腿乏力，再也克制不住自己，两脚也站不住了，两腿瘫软。他心慌意乱，又撕衣服，又扯胡须，连连批打自己的面颊，把缠头巾拉下来抛到了地上。主人不住地打自己的脸，脸都被打破了，鲜血直流，而且边打边哭喊着说："啊，我的孩子呀……我的太太啊……好大的灾难呀！世间有像我这样倒霉的人吗？"

主人的商人朋友们也跟着又哭又喊，深为朋友感到难过，也撕起自己的衣服来。

主人走出花园，因为批打面颊过分厉害，走起路来像醉汉似的，踉踉跄跄，摇摇晃晃。

宾朋们出了花园门，忽见前面烟尘弥漫，耳听一阵阵喊叫声。他们定睛望去，但见走来一伙人，为首的是执政官，后面跟着若干看热闹的人，主人的眷属跟在后面边哭边喊，悲伤情绪显而易见。先看见主人的是他的妻子和孩子们。

主人一见妻子和孩子们,惊喜不已,忙问:"怎么样?家里发生了什么事?"

家人们看见主人,异口同声地说:"赞美安拉,你平安无事。"

说着,家人们扑到主人的怀里。孩子们抱住主人,喜泪纵横,大声地说:"爸爸啊,感赞安拉保佑你平安无事!"

太太看见丈夫,说:"赞美安拉,让我们又见到了你!"

看见丈夫完好无损,太太大惊,魂飞魄散,问道:"你和你的朋友们怎么会安然无恙呢?"

主人问妻子:"你们在家里的情况怎样?"

妻子和孩子们异口同声地说:"我们都挺好的,家里什么事情也没有发生呀!可是,你那个黑奴卡夫尔哭喊着回到家里,光着脑袋,衣服撕得破破烂烂,边走边喊叫:'老爷呀,老爷呀……'我们问他:'卡夫尔,怎么回事?'他说:'老爷和朋友们坐在一堵老墙下,老墙突然倒塌,把老爷砸死了。'"

主人听罢,对家人说:"凭安拉起誓,就是这个卡夫尔,刚刚过来,口里哭喊着:'太太啊……少爷啊……'他对我说:'太太和小姐、少爷都死了。'"

之后,主人转眼朝旁边一看,看见我头上蒙着缠头巾,又哭又喊,直朝自己的头上撒土,便瞪着眼,大声呼喊我。

我走到主人面前,主人对我说:"你这个该死的奴才,可恶的杂种、野种,你都做了些什么坏事?凭安拉起誓,我非剥你的皮、割你的肉不可!"

我申辩说:"凭安拉起誓,老爷,你不能这样对待我。因为你买的本是我的毛病。你买我的这个毛病时,有许多证人在场。你对我的情况很了解。你明明知道我每年要撒一个谎;而现在,我才只撒了半个谎,年终时,我还得另撒半个谎,才算一个完整的谎呢!"

主人喝叫道:"可恶的奴才,这才是半个谎?这是一场大灾难呀!走你的吧,你自由了。"

我对主人说:"凭安拉起誓,老爷,你放我,我却不能离开你。我要待到年底,再撒另一半谎。我撒完一个谎之后,你再把我送到奴隶市场上,怎样把我买来的,你就怎样将我卖出去,当然是卖我的毛病。请不要放我走,因为我没有谋生的职业。我对你讲的这个问题是教法学家解放奴隶一章中提过的法律问题。"

我们正在谈话时,许多人及巷子里的男男女女都围拢上来,纷纷慰问主人。执政官及手下人走来,主人及他的商人朋友们立即走到执政官面前告状,说这才是半个谎。在场的人听后,都认为这谎言的后果严重,均称令人吃惊不已,纷纷咒骂我。而我,则站在那里笑。我说:"我的主人买的就是我这个毛病,怎么还要杀我呢?"

主人回到家中,只见家中一片破烂景象。那些东西,大部分是我破坏的。我砸烂的东西值相当多的钱。

太太对主人说:"杯子、碟子、瓷器都是卡夫尔打破的。"

主人更加怒不可遏,说道:"好一个奴才呀,奴才!凭安拉起誓,我活了这把年纪,还没有见过这个奴才一样的野种。他还说这才是半个谎;假若他要撒一个谎,岂不要摧毁一座城市或两座城市呀!"

主人盛怒之下向执政官告了我的状,执政官将我重打一顿,直打得我昏迷过去。

之后,执政官唤来技师,趁我不省人事之时,将我阉割了,并在我的脸上烙下火印。

我苏醒过来时,发现自己变成了一个被阉割的人。主人对我说:"就像你砸毁了我最珍贵的东西一样,我也割掉了你最珍贵的东西。"

过了几天，他们将我卖掉了；因为我是被阉割之人，所以卖的价钱极高。

我仍然在我被卖到的那个地方制造混乱，于是我从一个富人手里，转入另一个富人手里，离开一个达官家，进入另一个达官家，不断被卖被买，又经过几次转卖，终于被卖到了哈里发的宫中。我的心灵受到损害，我的力量渐弱，因为我失去了睾丸。

两个奴隶听完卡夫尔的故事后，都笑了。他俩说："你真是够坏的！你竟然撒了那么一个大谎，还说仅仅是半个谎！"

之后，两人对第三个奴隶说："把你的故事跟我们讲讲吧！轮到你了。"

第三个奴隶说："兄弟们，你们讲得都很有趣。我给你们讲讲我被阉割的原因吧！我被阉割，就是罪有应得，甚至处罚得太轻了。因为我与我的女主人发生了那种关系；你们想想，有了那种事，那还能得到宽谅吗？不过，弟兄们，我的故事太长，时间来不及了，因为天快要亮了。天一亮，人们发现我们抬着这么一口大箱子，秘密若被人揭露，恐怕我们的命也就难保了。我的故事嘛，以后会跟你们讲的。现在，我们快动手把这口箱子埋掉吧！"

三个人一齐动手，开始在四个坟墓之间挖坑。卡夫尔挖土，萨瓦卜用篮子运土，一个半人深的坑很快便挖成了。他们把那口箱子放入坑中，用土埋好，然后离开了墓地，将石门关上。

他们离去之后，墓地里只留下藏在椰枣树上的加尼姆。所有这一切，藏在椰枣树上的加尼姆看得清清楚楚，听得明明白白。加尼姆心想："这口箱子里究竟装着什么东西呢？"

加尼姆耐着性子，等到东方透出了曙光，才从椰枣树上下来，用手刨开土，拉出那口箱子，用石头将锁砸开。掀开箱盖一看，原来躺在里面的是一位被麻醉了的女子，正喘着粗气；看上去，那女子容颜俊俏，秀美端庄，穿金戴银，首饰和那串宝石项链均系世所罕见，价值连城，颇有公主的气派。

眼见此情此景，加尼姆断定那女子受了欺辱。他将女子抱出木箱，让她平躺在地上。清风吹过，女子吸入新鲜空气，只听她打了两个喷嚏，咳嗽了几声，从喉咙中咳出几粒麻醉药，那麻醉药剂量之大，若大象闻过，也要一连睡上几天几夜。

女子慢慢睁开眼睛，转动眼珠，一番张望，然后用流畅的话语说："风啊，你既不能令干渴者饱饮，也不能使喝足了的人得到慰藉。你能给我做些什么呢？花园里的花到哪里去了呀？我这是在什么地方？"

没有人回答她。女子左右张望片刻后，又说："苏白哈，莎吉莱·杜尔，努尔·胡达，奈吉麦·苏哈卜……你们在哪儿？正是美好的赏秋良辰，你们为什么不说话？"

没有人回答她。她扫视了周围一下，说："哦，我真该死！他们竟然把我弄到坟地里来了！明察内心世界、复活之日论赏罚的主啊，是谁把我从闺房中弄到这座坟墓之中来的呢？"

站在一旁的加尼姆听在耳中，他说："小姐，这里既不是闺房，也不是王宫，没有女仆，只有加尼姆·本·阿尤布站在你的身旁。是未卜先知的安拉派他前来搭救你出水火的。"

加尼姆沉默片刻。

过了一会儿，女子似乎完全清醒过来了，说道："万物非主，唯有安拉；穆罕默德是安拉的使者。"

女子又手抚前胸，望着加尼姆，声音柔和地说："吉祥的青年，救命的恩人哪，是谁把我弄到这里来的呢？现在，我完全苏醒过

T. 达尔齐尔 绘

来了。"

加尼姆说:"小姐,我看见三个奴隶,他们用箱子把你抬到这里来的。"

接着,加尼姆把昨夜所发生的事情以及他自己如何在这里过夜,直到女子免于死亡的全部经过,详详细细向女子讲了一遍。他又问起女子的身世,女子说:"感谢安拉,让我遇到了好人。小伙子,你再把我装入箱中,雇个骡夫,将我驮到你家去吧!到了你家,那是再安全也没有的了。那时,我将把自己的身世讲给你听,也许会给你带来好处。"

加尼姆感到高兴。当他来到旷野上时,天已大亮,行人渐渐多起来。他走去雇了一个骡夫,领他到了墓地,将木箱放在骡背上,向城中走去。

那女子不仅貌美，且身价值一万第纳尔，首饰更是价值连城，故加尼姆打内心里深深爱上了她。

到了家中，加尼姆打开箱子……

讲到这里，眼见东方透出黎明的曙光，莎赫札德戛然止声。

第四十夜

夜幕垂降，莎赫札德接着讲故事：

幸福的国王陛下，过了一会儿，女子似乎完全清醒过来了，加尼姆感到高兴。女子让他去雇个骡夫，到加尼姆的家中方才最安全。

当加尼姆来到旷野上时，天已大亮，行人渐渐多起来。他走去雇了一个骡夫，领他到了墓地，将木箱放在骡背上，向城中走去。

那女子不仅貌美，且身价值一万第纳尔，首饰更是价值连城，故加尼姆打内心里深深爱上了她。

加尼姆把箱子运回家中，开箱抱出女子。

女子打量加尼姆的家，见地上满铺波斯丝毯，一片喜庆气氛。她还看见家中摆放着成捆成包的布匹，知道主人是腰缠万贯的巨商。

过了一会儿，女子撩开面纱，这才看清加尼姆容貌俊秀，气宇非凡，是位漂亮的小伙子；仅这一眼，便打内心深深地爱上了他。

女子说:"给我拿点儿吃的东西吧!"

"非常高兴,愿意效劳。请小姐稍等!"加尼姆欣然答应。

加尼姆立即到市场上买来烤羊肉和甜食,还顺便买了下酒菜、蜡烛、葡萄酒等所需要的东西,一并带回家中。

女子一见那些东西,开心地笑了,上前抱住加尼姆,吻了又吻,爱慕之情同时注入了两个人的心田。

二人边吃边喝,直至夜幕垂空;又因二人同龄,一样貌美,顷刻亲密无间。

夜色渐渐暗下来,加尼姆走去点上灯盏和蜡烛,室内顿时灯火通明。二人坐下,相互斟酒对饮,边玩边乐,吟诗对歌,兴致勃勃,直至东方欲晓,方觉困意来临,二人各择一铺睡下。

次日天亮,加尼姆到市场上买了酒、肉、蔬菜和数种食品,快步回到家中。二人坐下来,吃饱之后,又斟上美酒,边吃边喝,直喝得面颊泛红,微觉眼花。这时,加尼姆想亲吻女子,还想与她共枕同欢,便对女子说:"小姐,让我吻你一下吧!我心中的欲火太盛了。"

女子说:"请稍等候!待我醉后,你可在我不知不觉之中吻我。"

说罢,女子站起来,脱去外衣,只剩下蝉翼似的内衣和头巾。

加尼姆春心勃动,说:"小姐,我有个要求。"

"凭安拉起誓,你千万不能那样!你看哪,我的腰带上绣有约法三章。"

加尼姆感到失望,然而心中的欲火燃烧。他吟道:

> 令我患病人,病在吻间匿?
> 她言绝不是,我答真确的。

喜欢就拿去,她面浮笑意。
我欲说不可,除非合情理。
莫问生何事,主恕睡宽衣。
她意合我心,爱情更甜蜜。
我均不在乎,张扬或保密。

　　加尼姆对女子的爱有增无减,欲火中烧,但女子总是阻止他,说道:"你怎好想非分之事?"
　　二人相亲相爱,同餐共饮,加尼姆深深沉浸在爱河之中;可是,那女子却表现得头脑清醒冷静,言谈颇有节制。
　　夜幕垂降,加尼姆点起灯烛灯盏,室内霎时亮若白昼,欢乐气氛大增。
　　加尼姆亲吻女子的双脚,吻了又吻。他发觉女子的双脚就像鲜奶油,随后将面颊埋在女子的脚掌当中。加尼姆说:"小姐,我已成为你的爱情俘虏,你可怜可怜我吧!你的双眼夺去了我的神魂。如果不见你,我的心本来是平静的呀!"
　　话音未落,加尼姆已是泪水如雨。
　　女子说:"凭安拉起誓,我的先生,我的光明,我何尝不爱你呀!可是,你却得不到我。"
　　"为什么?"
　　"今夜,我会把我的身世告诉你的,但期得到你的谅解。"
　　说罢,女子伸出双臂,搂住加尼姆的脖子,亲吻不止,随后答应与他同枕共眠。
　　自此开始,二人相亲相爱,每夜宿在一张床上,不觉一个月飞闪而过。每当加尼姆要求交欢,女子总是拒绝。
　　彼此心心相印,加尼姆终于忍耐不住了。

一天夜里，二人喝得酩酊大醉，合睡在一张床上。加尼姆伸手搂住女子的胴体，手渐次移至肚子、肚脐……女子忽然醒来，急忙坐起来去抓衣服，但她仔细一看，发现加尼姆和衣睡在身旁，于是又躺下去睡了。

过了一会儿，加尼姆伸手去摸女子，渐渐触摸到衣带，慢慢拉时，女子醒来，猛地坐起，问道："你在想什么呀？"

加尼姆坐起来，回答道："我想那个……"

女子说："我现在就把自己的身世告诉你，让你知道我的身世，也好谅解我。"

"那好吧！"加尼姆说。

女子撩开衣襟，拿起衣带，说："你看看这衣带上绣的字吧！"

加尼姆拿起衣带，仔细一看，发现上面绣着金字：

先知叔父之子：我属于你，你属于我。

加尼姆看到那行字，立即松开了手，说道："小姐，请给我讲讲你的身世吧！"

女子开始讲自己的身世：

先生，你有所不知，我本是哈里发哈伦·拉希德的爱妃。我名叫姑蒂·格鲁普，从小由哈里发抚养，在王宫中长大。哈里发见我天赋美姿，花容玉貌，对我格外宠爱，让我独居一个宫院，给我派了十个侍女，还赐赠给我许多华贵首饰。

有一天，哈里发外出巡视，王后祖贝黛对我的一个侍女说："等你们的女主人姑蒂熟睡之后，你就把蒙汗药放入她的鼻子里，或放在她喝水的杯子中……事成之后，必有重赏。"

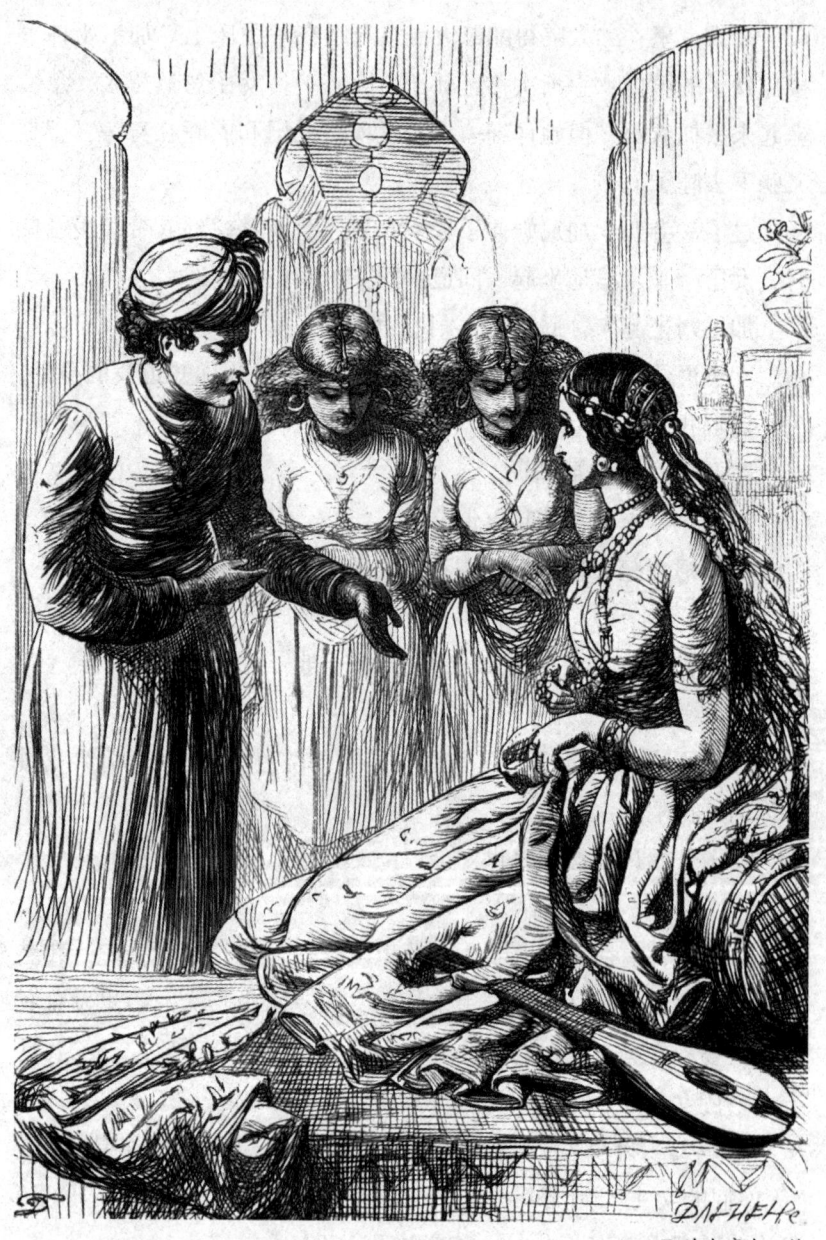

T. 达尔齐尔 绘

我的那个侍女一口答应。

侍女想得重赏，欣喜非常：一来想得到钱；二来她与王后关系密切，因为她本来是王后的使女。

侍女果然把蒙汗药塞进了我的鼻子，我不多时便滚落在地上，自感进入了另一个世界。

王后的计谋得逞，她命令奴隶将我装入木箱，乘夜色秘密运出王宫，门卫和奴隶们都得到了赏钱。你藏在墓地的那棵椰枣树上的那天夜里，他们把我运到了墓地。这些情况你都看见了。

加尼姆，你救了我的命，把我接到你家，你办了一件大好事。

这就是我的身世和遭遇。我昏迷过去了，哈里发究竟如何，我无从知道。加尼姆，你知道了这个秘密，千万不要张扬！

加尼姆听完姑蒂这番述说，得知她是哈里发的爱妃，顿感心中恐惧不安，慌忙退后，躲在房间的一个角落里，自我责备起来。

加尼姆低头沉思，知道自己爱上了一个可望而不可即的美丽女子，心中忐忑不安，一时不知如何是好。

想到这里，加尼姆哭了起来，究竟因为强烈的爱慕和迷恋，还是因为害怕孤单寂寞，或者责备时光老人故意与自己为敌，他一时说不清楚。爱情之火照亮高贵者的心田，而懦夫永远尝不到爱的甘美。加尼姆吟道：

情累情人心，双秀遭掠夺。问我何为爱，甜蜜寓折磨。

眼见加尼姆一旁落泪，姑蒂走过去抱住加尼姆，热情地亲吻他，表达爱慕之情；而加尼姆则竭力躲闪，担心因之惹怒信士们的长官。

二人深深沉浸在爱河之中，一直畅谈到东方大亮。

加尼姆穿好衣服，照例去市场采购日用食品。回到家中，他发现姑蒂悄悄垂泪。便问："亲爱的，你怎么啦?"

　　姑蒂立即擦去眼泪，绽出微微笑容。她说："亲爱的，你去市场上这一会儿，我觉得时间很长很长，叫我好生寂寞啊！凭安拉起誓，我实在离不开你了。正因为我爱你，才把身世告诉了你。就让过去的事情过去吧！今后，你想怎样，就请随便吧！"

　　加尼姆说："我求安拉保佑，使不得，使不得呀！狗怎好占狮穴呢？属于哈里发的东西，我万万不能接近。"

　　加尼姆挣脱身子，躲到一个角落坐下来。

　　姑蒂却因加尼姆拒绝，反倒热情更高，于是追了过去，坐在加尼姆身旁，把盏对饮，不知不觉已有几分醉意。

　　姑蒂想开导加尼姆，于是吟道：

　　　　情人心险碎，躲闪终何时？
　　　　无缘避开我，观羚待凝视。
　　　　反复弃渴望，年少者举止。

　　加尼姆哭了。姑蒂因而也泪水潸然。

　　二人一直对饮到夜幕垂降，加尼姆走去支起两张床。姑蒂问："为什么要支两张床呢？"

　　加尼姆说："这张是我的，那张是你的。从今夜起，你我各睡一张床。主人的东西，仆人不可占有。"

　　"加尼姆，你不要这样想！一切事情会照命运的安排进行。我不想……"

　　姑蒂心中爱情之火炽燃，愈加热恋加尼姆。

　　姑蒂说："凭安拉起誓，我一定要与你同枕共眠。"

"使不得,万万不可呀!"加尼姆拒绝。

困意来临,二人分床而眠,直睡到东方大亮。

姑蒂更加爱加尼姆。就这样,二人一起生活了三个月。每当姑蒂接近加尼姆,加尼姆总是说:"主人的东西,仆人不可占有。"

二人相处时间已久,姑蒂心中甚感惆怅。她吟道:

>   美男何故躲,谁令君回避?
>   吾姿多婀娜,容颜无挑剔。
>   足动帅哥心,双眸合不起。
>   伴君折花枝,为何赛采集?
>   遇羚不猎获,何恋小虫蚁?
>   不许我近君,君心怀妒忌。
>   鲜活人无语,躲闪究何意?

二人如此生活了一段时间,加尼姆总怕与姑蒂接近。

王后祖贝黛趁哈里发出巡之机,麻醉了他的爱妃姑蒂,她自己也心神不安起来。祖贝黛想:"假如哈里发回来问起姑蒂,我该如何回答呢?"

王后叫来身边的一个老宫娥,把秘密讲给她听,她向老宫娥询问该怎么办,请她出主意。老宫娥说:"王后,哈里发快回来了。我看这样办吧:叫个木匠来,让他刻个木尸,挖个坟坑,周围点上灯烛,让宫中所有的人都穿上孝衣,告诉宫女、仆人们,一旦得到哈里发驾归的消息,立即列队站在长廊上,低头默哀。哈里发回到宫中,若问起此事,你就说姑蒂已死;因哈里发素来宠爱她,故特葬于宫中。哈里发听到这个消息,必定落泪,隆重祭悼姑蒂,会马

T. 达尔齐尔 绘

上请诵经人在姑蒂的坟上朗诵《古兰经》。如果哈里发疑心王后因嫉妒而谋害姑蒂,或出于他对爱妃的爱慕之心,也许会下令开棺验尸;到那时,你也不必惊惶。他们挖开坟墓,看到木尸身裹华贵殓衣,想扒开殓衣时,你就上前阻拦,同时也让别人一起阻拦,异口同声说:'这是侮辱死者,万万使不得!'到那时,哈里发必相信爱妃已死,将木尸放回,说不定还会对你感恩戴德呢,你也就可以安渡难关了。"

王后一听,觉得这个办法甚好,当即脱下身上的锦袍,赐赠给老宫娥,并赏给她一笔钱,令其立即着手办理此事。

老太婆立即着手执行计划,先叫来木匠,刻好一具木尸,送到了王后面前,裹上殓衣;然后挖好坟坑,坑四周铺上地毯,点上灯烛和灯盏,并令宫中男女全着孝衣。随即,姑蒂的死讯在宫中传开。

时隔不久,哈里发巡视回来了,他的心中最为挂念的还是爱妃姑蒂。

哈里发回到宫中,见宫中人都穿着孝衣,不禁心惊肉跳。他来到寝宫,见王后祖贝黛也穿着孝服,便问:"出什么事啦?"

一宫仆禀报说:"哈里发的爱妃,她……归真啦!"

哈里发一听,当即昏迷过去。

过了一会儿,哈里发苏醒过来,问爱妃姑蒂的坟墓何在,王后说:"陛下,姑蒂是我最敬重的人,故我把她葬在了宫中。"

哈里发没有更衣,立刻前往坟前,只见那里铺着地毯,点着蜡烛和灯盏。见此情景,哈里发连声感谢王后的善举。

过了一些时候,哈里发生了疑心,对爱妃下葬之事半信半疑,心想:"我走时姑蒂还好好的,怎么这么快就……"于是下令开棺验尸。

打开棺盖，哈里发正想扒开殓衣查看尸体时，一种恐惧安拉的心思油然而生，便对站在身旁的老太婆说："把她埋了吧！"

哈里发立即下令请来教法学家和诵经人，在坟前朗诵《古兰经》，他坐在墓旁哭得死去活来。

讲到这里，眼见东方透出黎明的曙光，莎赫札德戛然止声。

第四十一夜

夜幕垂降，莎赫札德接着讲故事：

幸福的国王陛下，哈里发巡视回来，宫仆告诉他说爱妃姑蒂死了，埋在了宫中，他没有更衣，立刻前往坟前，只见那里铺着地毯，点着蜡烛和灯盏。见此情景，哈里发连声感谢王后的善举。

过了一些时候，哈里发生了疑心，对爱妃下葬之事半信半疑，心想："我走时姑蒂还好好的，怎么这么快就……"于是下令开棺验尸。

打开棺盖，哈里发正想扒开殓衣查看尸体时，一种恐惧安拉的心思油然而生，便对站在身旁的老太婆说："把她埋了吧！"

哈里发立即下令请来教法学家和诵经人，在坟前朗诵《古兰经》，他坐在墓旁哭得死去活来。

哈里发在寂静的坟墓旁坐了整整一个月。此后，他又在坟墓旁徘徊了一个月。

有一天，文臣武将退朝之后，哈里发睡了一个时辰。当时，两个宫女在身旁伺候,一个在头旁,一个在脚尾。其实哈里发合着眼,没有睡着。他听一个宫女说:"赫祖兰,有件事情,你知道吗……"

"姑黛卜,什么事呀?"另一宫女问。

"我们的君王对发生的事情一无所知,竟在假坟墓旁熬了那么多夜,那坟墓里埋的只是一具木尸。"

"姑蒂究竟怎么啦?"

"王后让一个侍女把她麻醉,装入一口箱子,叫萨瓦卜和卡夫尔抬了出去,埋到墓地去了。"

"哦,是这样?照这么说,姑蒂没有死呀?"

"是的,姑蒂没有死。我听王后说,姑蒂在一个青年商人那里,那个商人名叫加尼姆,是大马士革人。至今,姑蒂已在那里住了四个月。我们的君王痛哭流涕,熬夜守墓,却不知坟里埋的是具木尸。"

宫女谈得津津有味,哈里发都听在耳里,记在心中。

从两宫女的谈话中,哈里发得知坟是假坟,姑蒂没有死,在加尼姆·本·阿尤布那里住着。

哈里发听完两宫女的谈话后,不禁怒火中烧,立即坐了起来,传令召集文武百官。

宰相贾法尔来到哈里发面前,行过吻地礼,哈里发怒不可遏,说道:"贾法尔,你立即派人查明加尼姆的住处,然后查抄他的家,救出我的爱妃姑蒂·格鲁卜。我一定要严惩加尼姆!"

"遵命!"

贾法尔随即在众仆役和省督的陪同下,几经周折,终于找到了加尼姆的住处。

当时,加尼姆正巧外出回来,手里提着肉和菜往家里走,想做上几个好菜与姑蒂共享,不料接近家门时,发现住宅已被包围,宰

T. 达尔齐尔 绘

相和众仆役手持出鞘宝剑,将宅子围了个水泄不通。

姑蒂见宅外围着许多人,意识到自己的消息已传到哈里发耳里,自认必死无疑,顿时脸色蜡黄,愁云密布。

姑蒂看见加尼姆进了门,说:"加尼姆,你快逃命吧!"

"我的钱财都在宅中,我往哪里跑呢?"加尼姆深感为难。

"时间紧迫,不容迟缓,以免人财两空。"

"他们把宅子都包围起来了,我怎么出得去呢?"

"你别害怕!"

说罢,姑蒂马上帮助加尼姆脱下身上的衣服,给他换上一身破衣裳,然后拿起盛着肉的锅,再放上几张发面饼和奶油食品,叮嘱说:"你就这样出门,不要为我担心,我知道自己在哈里发心目中的地位。"

加尼姆顶起肉锅,穿着破烂衣衫,安全逃出了宅门。

贾法尔带人闯入宅门,进了房间,见姑蒂打扮得非常漂亮,正在把金银首饰和珠宝古玩等细软装入箱子里。宰相贾法尔说:"凭安拉起誓,太太,我们是奉命来抓加尼姆的。"

姑蒂说:"你有所不知,加尼姆已带着货物到大马士革去了。我不晓得别的什么情况,相爷阁下,我有件事托付给你,请你把这口珠宝箱子运到王宫里去吧!"

"恭敬不如从命!"

贾法尔吩咐仆役抬走箱子,查抄住宅。之后,姑蒂随着大队人马,大模大样进了王宫。

贾法尔向哈里发禀报了事情的全部经过,哈里发哈伦·拉希德命令将姑蒂关入宫中一个幽室,并派一个宫娥专门伺候。

哈里发怀疑加尼姆曾与姑蒂发生过那种关系,所以即修诏书,令大马士革总督差人捉拿加尼姆;一旦抓获,立即解往巴格达。

T. 达尔齐尔 绘

大马士革的齐尼国王接到诏书，吻了又吻，高高举过头，遂令在市场上宣布命令。传令官沿街叫喊："愿意抢掠财物者，可径直前往加尼姆·本·阿尤布家！"

人们争先恐后来到加尼姆家中，见其母亲和妹妹正在一座墓旁哭泣垂泪。不知不觉中，家中什物钱财被洗劫一空，母女二人也被带到了国王面前。

齐尼国王问母女二人："加尼姆现在哪里？"

"一年多没有加尼姆的消息了。"母女二人齐声答。

一问三不知，齐尼只得放母女俩回家。

加尼姆的钱财被抄走，他一时不知如何是好，不禁热泪横流，心中十分难过。他逃出宅门，走得又渴又饿，筋疲力尽，终于来到一个村庄，他走进村头一座清真寺，坐在席子上，背靠着墙，忍受着饥饿和疲劳，好不容易才熬到天亮。天明了，他饿得心发慌，周身像有蚂蚁在爬，面色憔悴，无精打采。

村里的人入清真寺做晨礼时，见一个人躺在地上，虽饥寒交迫，然而看上去却有大家贵人相貌，于是给他穿上一件袖子都破了的旧衣服，并且问他："喂，异乡客，你打哪儿来呀？为什么如此体弱无力？"

加尼姆睁开眼睛，望了望人们，禁不住泪水流淌，没有回答什么。

有的人知道他已经很饿，急忙送发面饼和蜂蜜让他吃。加尼姆吃着，人们围坐在他的身旁，直到太阳出来，才各忙自己的事情去了。

就这样，加尼姆在那里待了一个月，结果身体更加虚弱，病情有增无减。人们同情他，经过商量，一致同意把他送进巴格达的一家医院。

T. 达尔齐尔 绘

就在这时，两个讨饭的女人进了清真寺，一个是加尼姆的母亲，另一个就是他的妹妹；因分别时间已久，谁也认不出谁来。加尼姆把剩下的发面饼给两个乞丐吃，当夜二人就睡在加尼姆的身旁。

第二天，村里人雇来一个驼夫，叮嘱驼夫说："你把这个病人送到巴格达医院门口，但愿在那里他能恢复健康。回来后，我们再付给你脚钱。"

"遵命！"驼夫一口答应。

人们把加尼姆抱上驼鞍。加尼姆的母亲和妹妹也站在送别的人群中。一番仔细察看后，母亲说："这孩子很像我们的加尼姆呀！他怎么会这样体弱呢？"

加尼姆醒来，见自己已被束在驼鞍上，禁不住哭了起来。村里人望着他，各个泪流满面。加尼姆的母亲、妹妹也都哭了起来，但母亲和妹妹都没认出加尼姆来。随后，那母女二人也到巴格达去了。

驼夫赶着骆驼，一直把加尼姆送到巴格达一家医院门口，然后原路转回。

加尼姆在医院门口一直睡到第二天天亮。过往行人见那里躺着一个人，无不停下脚步，结果围观者越来越多。一位市场长老走来，劝走围观的人们，然后说："让我为这个可怜的病人办件善事吧！若把他送进医院，要不了一天，无人照管，就会丧命的。"

随后，长老吩咐几个人将加尼姆抬到自己家中，为他铺好床铺，放上新枕头，并对妻子说："要仔细照顾这个小伙子！"

"一定，一定！"

妻子满口答应，遂挽起袖子，烧了热水，为加尼姆洗手、洗脚、擦身子，还把仆人的衣服给他穿上，让他喝了一杯酒，洒了些玫瑰水,加尼姆这才苏醒过来。

加尼姆苏醒过来,便想起姑蒂·格鲁卜,顿时感到忧伤万分。哈里发对姑蒂·格鲁卜却大为恼火……

讲到这里,眼见东方透出黎明的曙光,莎赫札德戛然止声。

❖ 第四十二夜 ❖

夜幕垂降,莎赫札德接着讲故事:

幸福的国王陛下,市场长老的妻子满口答应仔细照顾加尼姆,遂挽起袖子,烧了热水,为加尼姆洗手、洗脚、擦身,还把仆人的衣服给他穿上,让他喝了一杯酒,洒了些玫瑰水,加尼姆这才苏醒过来。

加尼姆一苏醒,立即想起姑蒂·格鲁卜,顿时感到悲伤难抑。

哈里发却对姑蒂·格鲁卜大为恼火。随后,哈里发将姑蒂关进一个幽室,不觉八十天过去了。

一天,哈里发经过幽室门前,听见姑蒂吟诵诗歌,吟罢又说:"加尼姆,亲爱的,你多么善良,多么正直!有人坑害你,你却以德报怨;有人轻蔑你,你却敬重他;有人糟践你和你的亲人,你却厚待、保护他的妻室与眷属。总有那么一天,你将与哈里发一起站在一位公正的判官面前,由判官判明是非曲直;真正的法官则是安拉及证人天使。"

哈里发听后,知道姑蒂受了冤枉,心有怨气,即返宫中,派人将姑蒂叫到面前。

姑蒂心中不胜难过,低着头,眼泪汪汪,站在哈里发面前。哈里发问:"姑蒂,我看你在抱怨我呀!我究竟坑害了谁,谁却以德报怨;我轻蔑了谁,谁却敬重我;我糟践了谁和谁的亲人,谁却厚待、保护我的妻室与亲人呢?"

姑蒂说:"那就是加尼姆·本·阿尤布啊!凭安拉起誓,哈里发陛下,加尼姆对我不曾有任何越轨行为。"

"无能为力,只有依靠伟大的安拉了。姑蒂,你有什么要求,尽管直说!我会让你如愿以偿。"

"陛下,我求你把加尼姆·本·阿尤布找回来。"

"我一定把他找回来,但求安拉默助。"

"陛下,若能把他找回来之后,能把我赏给他吗?"

"若能把他找回来,我就把你作为慷慨者的礼物赏给他,不求任何回报。"

"陛下,那就请允许我去找他吧!但求安拉让我与他相聚。"

"你照你自己的想法去办吧!"

姑蒂听后非常高兴,带着一千第纳尔出了宫门。

她先访问老年人,向他们施舍了一些钱。第二天,她去访问商人,给市场长老一些钱,并叮嘱道:"你拿这些钱去接济异乡客吧!"

市场长老望着姑蒂,问:"太太,我家有个异乡客,小伙子英俊极了,你愿意到我家见见他吗?"

长老说的小伙子就是加尼姆·本·阿尤布。他对小伙子的身世不清楚,以为是个可怜的穷人,因欠下许多债,财产被人夺去,或者是个失恋的青年。

姑蒂听长老这样一说,心跳陡然加快,似乎有一种牵肠挂肚之感。她说:"长老,你就差个人把我送到你家去吧!"

T. 达尔齐尔 绘

长老派一童仆带着姑蒂来到家中。

来到长老家，姑蒂向女主人问好，女主人即向来客行吻地礼，因为她早就认识姑蒂。

姑蒂问："阿妈，那个小伙子在哪里？"

女主人听她这样一问，哭了起来，回答说："小姐，他就在里屋。看上去，小伙子满脸富贵相，似是大家子弟。"

姑蒂走进里屋，看见床上躺着的小伙子，猜想那就是加尼姆·本·阿尤布，但样子变多了，体瘦如柴，苗条得就像烤肉扦子，因而不敢断定那就是加尼姆。

姑蒂看见小伙子，深深同情他，禁不住流下了眼泪，她说："即使在家中是达官贵人，到了异乡也就变成了可怜人。"

姑蒂把药和水递给小伙子，又在床边坐了一个时辰，方才告辞离去，回到宫中。

为寻找加尼姆，姑蒂走遍了大小市场。

有一天，市场长老领来加尼姆的母亲和妹妹菲特娜，见到姑蒂后，说："从善如流的小姐，今天我见这母女二人来到我们这座城市，虽是周身富贵相，但衣服褴褛，拎着讨饭袋子，眼泪汪汪，惆怅满怀。我把母女带到小姐面前，望小姐收留下二人，免除母女二人的乞讨之苦。因为像这样的人是本不该沿街乞讨的。但愿我们今世做桩善事，来世好入天堂。"

姑蒂看了看长老，说："凭安拉起誓，阿伯，你这番话使得我很想见见那母女俩。她俩在哪儿？"

长老转身叫来菲特娜和她母亲。姑蒂一见母女俩的俊美容颜，哭了起来。她说："凭安拉起誓，这母女俩真是满面富贵相啊！"

长老说："小姐，为了来世得到报偿，所以我们喜欢穷人，亲近可怜人。这些人，也许因为受人欺辱，财产被劫，而被赶出了家园。"

母女二人泪水涟涟，想起加尼姆，不禁痛哭失声。姑蒂见母女落泪，自己也哭了起来。

母亲说："但愿安拉默助我能找到我的儿子加尼姆。"

姑蒂听妇人提到加尼姆的名字，立即意识到她就是心上人的母亲，而那个姑娘就是加尼姆的妹妹，一时心情激动不已，失声痛哭，直哭得昏了过去。

姑蒂苏醒过来，走到母女二人跟前，说："你俩已经熬出来了。今天，是你们幸福生活的开端，也是苦难生活的终结。不要难过，不要悲伤了。"

讲到这里，眼见东方透出黎明的曙光，莎赫札德戛然止声。

第四十三夜

夜幕垂降，莎赫札德接着讲故事：

幸福的国王陛下，加尼姆的母亲说："但愿安拉默助我能找到我的儿子加尼姆。"

姑蒂听妇人提到加尼姆的名字，立即意识到她就是心上人的母亲，而那个姑娘就是加尼姆的妹妹，一时心情激动不已，失声痛哭，直哭得昏了过去。

姑蒂苏醒过来，走到母女二人跟前，说："你俩已经熬出来了。今天，是你们幸福生活的开端，也是苦难生活的终结。不要难过，不要悲伤了。"

说完,她吩咐长老将母女二人带回他家,让其妻子好好照顾,随后给了长老一些钱。

第二天,姑蒂来到长老家,女主人热烈欢迎,上前亲吻客人的双手,深深感谢她的善举。那母女二人已沐浴更衣,富贵相貌显而易见。

姑蒂坐下来,与母女二人谈了一个时辰,姑蒂问女主人:"那位小伙子的情况如何?"

女主人说:"身体好多了!"

"让我们去看看他吧!"

随后,女主人把姑蒂及母女二人带到里屋。

加尼姆听到话音,立即想起了姑蒂·格鲁卜。此时,加尼姆已是瘦骨嶙峋,但精神已经恢复。他抬起头来,喊道:"姑蒂·格鲁卜……"

姑蒂仔细观察,终于认出那就是加尼姆,情不自禁地喊道:"亲爱的,我可找到你了……"

加尼姆说:"来,你走近我一点儿!"

"你真是加尼姆·本·阿尤布吗?"

"是的,我就是加尼姆·本·阿尤布啊!"

姑蒂登时昏迷了过去。

菲特娜和母亲听到二人之间的对话,高声喊道:"喜事,大喜事呀……"

母女俩也晕了过去。

片刻后,母女俩和姑蒂苏醒过来。姑蒂把母女俩领到加尼姆面前,喜泪脱眶而出。姑蒂对加尼姆说:"感赞安拉,让我们与你的母亲和妹妹相聚了。"

T. 达尔齐尔　绘

随后，姑蒂把自己与哈里发之间发生的事情从头到尾讲了一遍。姑蒂说："我已把事情告诉了哈里发，他相信我讲的全是实话。哈里发已把我赏给了你。哈里发很喜欢你，想见你一面。"

加尼姆听后，喜不自禁。姑蒂又说："你们不要离开这里，我一会儿就回来。"

姑蒂回到宫中，带上从加尼姆宅里运走的那口珠宝箱子转回长老家。

姑蒂打开箱子，取出数袋金币，递给长老，说："你拿上这些钱，到市场买四套上好衣料，再买二十块手帕及其他所需要的日用品吧！"

随后，姑蒂带着加尼姆和他的母亲、妹妹前往浴池洗澡，换上新衣服。她和他们一起住了三天，让长老的妻子为他们炖鸡、熬汤，以滋补身体。

三天之后，加尼姆及母亲、妹妹的精神得到恢复，姑蒂又带他们去洗澡更衣。

加尼姆及母亲、妹妹继续住在长老家，姑蒂则回王宫去了。

姑蒂回到王宫，见到哈里发，恭恭敬敬地行吻地礼，然后把找到加尼姆的经过，详详细细向哈里发讲了一遍，并说加尼姆的母亲和妹妹也来到了京城。

哈里发听后，对宰相贾法尔说："相爷阁下，你去把加尼姆请来！"

宰相贾法尔即刻前往。

姑蒂先来到长老家中，对加尼姆说："哈里发已派宰相来请你，见到哈里发，你要从容镇定，言谈自若。"

姑蒂给加尼姆换上一身锦袍，让他带上许多钱，并叮嘱说："对哈里发的侍卫，你要慷慨赏赐……"

话音未落，宰相贾法尔已到门前。加尼姆忙迎上前去，恭恭敬敬地行吻地礼。此时此刻，加尼姆已是春风得意，福星高照，满心喜悦。

贾法尔带着加尼姆来到哈里发面前。加尼姆面对文武大臣从容不迫，英姿勃勃，举止潇洒。他向哈里发行过礼，低头沉思片刻，抬起头来望着哈里发，用伶俐的口齿吟诵道：

伟大哈里发,乐善世无双。慷慨复好施,情似水火急。
财富置门旁,冠冕放梯底。人们谈起你,不思天下帝。
嫌弃宫院窄,帐撑土星脊。君恩弥天地,家家可享及。

加尼姆吟罢诗,哈里发对其才思敏捷、风度潇洒、口齿伶俐、绝美的诗作赞叹不已……

讲到这里,眼见东方透出黎明的曙光,莎赫札德戛然止声。

第四十四夜

夜幕垂降,莎赫札德接着讲故事:

幸福的国王陛下,贾法尔带着加尼姆,来到哈里发面前。加尼姆面对文武大臣从容不迫,英姿勃勃,举止潇洒。他向哈里发行过礼,低头沉思片刻,抬起头来望着哈里发,用伶俐的口齿吟诵了一首诗。

加尼姆吟完诗,哈里发对他的潇洒风度、伶俐口舌、甜美声音和美妙诗作赞叹不已,随后说:"加尼姆,到我跟前来!"

加尼姆走了过去。哈里发说:"把你的身世和境遇给我讲一讲吧!"

加尼姆把自己的身世和经历从头到尾讲了一遍。

哈里发听后,即赐赠给加尼姆锦袍一身,然后把加尼姆拉到自己的身边,说:"加尼姆,请原谅我的过失!"

加尼姆表示谅解,随后说:"哈里发陛下,奴隶及手中所有的一切,全部归其主人所有。"

哈里发听后大喜,随即为加尼姆独辟一宫,派奴仆和婢女若干名专门伺候,并提供生活所需要的一切,让其母亲及妹妹与他住在一起。

哈里发听说加尼姆的胞妹菲特娜貌美出众,即向她求婚。加尼姆说:"她是你的婢女,我是你的奴隶。"

哈里发感谢加尼姆,并赐赏十万第纳尔,唤来法官和证人,写就婚书,就在这一天,哈里发哈伦·拉希德与菲特娜定下百年之好,加尼姆与姑蒂结成美满夫妻,洞房花烛夜,宫中热闹非常。

第二天早晨,哈里发令宫中录事记下加尼姆的故事,存入皇家档案馆,以备后人查阅。

讲到这里,舍赫亚尔国王说:"妙啊!这故事太妙了!"

莎赫札德说:"幸福的国王陛下,还有更绝妙的故事呢!"

"什么绝妙的故事?"

"那就是欧麦尔·努阿曼国王与王子、公主的故事。"

随后,莎赫札德开始讲《欧麦尔·努阿曼国王与王子》的故事:

相传,阿卜杜·迈里克·本·麦尔旺就任哈里发以前,巴格达有位国王,名叫欧麦尔·努阿曼。

欧麦尔·努阿曼是一位强大的君王,曾打败多位波斯科斯鲁和罗马皇帝。他从来不用火取暖;在赛马场上,无人能与他并驾齐驱。他一旦发起怒来,鼻孔里冒烟。他占据了许多地方,权势遍及城乡。他的军事力量达到极远的地方,东西方都进入了他的统治范围。其中有印度、信德①、中国、也门、希贾兹②、苏丹、沙姆和

---

① 信德,指古代印度的西北部地区。
② 希贾兹,亦译为"汉志",位于沙特阿拉伯西北部地区,伊斯兰教圣地麦加和麦地那均在其境内。

罗马，还有马格里布①诸地。许多条著名大河都在他的国家版图之内，如锡尔河、阿姆河、尼罗河、幼发拉底河及底格里斯河等。

他派遣使者奔走于天涯海角，而使者们弄清真实情况后，便迅速回到京城，禀报说所有的人都臣服于他，所有的君王都屈从于他的威力和尊严；而他则广布恩泽给大众，让人们尽享平等，安居乐业。于是，各国的贡品和各地特产源源不断相继运抵巴格达。

欧麦尔·努阿曼国王有个儿子，名叫舒尔康。因为他就像时代的瘟疫一样成长发展，征服了许多勇夫劲敌，所以他的父王十分喜欢他，立他为王太子，并且写下遗嘱，由他继承王位。

舒尔康年满二十岁，因其勇猛、强悍，故所有的奴隶都屈服于他。

欧麦尔·努阿曼国王按照《古兰经》和《圣训》的规定娶了四房妻子，但只有一位妻子生下一个男孩儿，那就是舒尔康王子。虽然如此，欧麦尔·努阿曼国王却有三百六十位妃子，数目与科卜特历法②一年的天数相等。妃子们来自各个种族。他在宫中为每位妃子建造一座宫殿。按照一年的月份数，建造了十二座宫院，每座宫院中有三十座漂亮的宫殿，总共有三百六十座。

欧麦尔·努阿曼把这些妃子安置在三百六十个宫殿里。每晚到一个妃子那里过夜；一年当中，每个宫殿只能轮到一次。他就这样生活了一段时间。

舒尔康王太子威名远扬，他的父王欧麦尔·努阿曼感到高兴，因此更加横行暴虐，四下出兵，攻打城堡，占领土地。

---

① 马格里布，阿拉伯语音译，意译为"日落的地方"，古代阿拉伯对埃及以西的整个北非地区的总称，后来指突尼斯、阿尔及利亚和摩洛哥三国。

② 科卜特历法，古代埃及科卜特人使用的历法。

时隔不久，一位妃子怀孕了，消息传来，欧麦尔·努阿曼分外高兴，说道："但愿安拉赐予我的全是男孩儿。"

他立即下令记下怀孕日期，吩咐奴婢们好生伺候那位妃子。

舒尔康得知这一消息，自感麻烦到来，问题严重。他说："不妙啊！与我争夺王位的人来了……"

讲到这里，眼见东方透出黎明的曙光，莎赫札德戛然止声。

第四十五夜

夜幕垂降，莎赫札德接着讲故事：

幸福的国王陛下，欧麦尔·努阿曼不仅有四位妻子，还有三百六十位妃子，数目与科卜特历法一年的天数相等。妃子们来自各个种族。他在宫中为每位妃子建造一座宫殿。按照一年的月份数，建造了十二座宫院，每座宫院中有三十座漂亮的宫殿，总共有三百六十座。他把这些妃子安置在三百六十个宫殿里，每晚到一个妃子那里过夜；一年当中，每个宫殿只能轮到一次。他就这样生活了一段时间。

舒尔康王太子威名远扬，他的父王欧麦尔·努阿曼感到高兴，因此更加横行暴虐，四下出兵，攻打城堡，占领土地。

时隔不久，一位妃子怀孕了，消息传来，欧麦尔·努阿曼分外高兴，说道："但愿安拉赐予我的全是男孩儿。"

他立即下令记下怀孕日期，吩咐奴婢们好生伺候那位妃子。

舒尔康得知这一消息，自感麻烦到来，问题严重。他说："不妙啊！与我争王位的人来了！"

舒尔康暗自想："这位妃子若生下一个男婴，我定杀之不留。"但他一直把这种想法埋在心中。

怀孕的妃子名叫索菲雅，是位希腊女子，乃罗马帝国送给欧麦尔·努阿曼国王的礼物；与此同时，罗马国王还送来许多珍奇异宝。索菲雅不仅容貌俊秀、情操至佳、性情温柔，而且聪颖无比。一天，国王在她那里过夜时，她对国王说："国王陛下，我祈求天神赐予我一个男孩儿，我一定好好为你培养教育他。"

国王听后非常高兴，十分欣赏她的话。

十月怀胎，索菲雅坐上产床，衷心祈求安拉赐予她一个男孩儿，让她顺利分娩。

欧麦尔·努阿曼国王吩咐一个男仆，要他及时报告爱妃所生是男是女。

王太子舒尔康得知妃子快要分娩了，也特派人了解情况。

索菲雅分娩了，接生婆一看，是个女婴，面如明月，国王和王太子的差使各自禀报其主去了。

舒尔康得知妃子生下的是个女婴，心中感到高兴，以为日后的王位非己莫属。

奴仆们离去之后，索菲雅对接生婆说："好像我肚子里还有……"

产妇叫了几声，第二次宫缩开始。在安拉的保佑下，过了一会儿，索菲雅又生下一个婴儿，接生婆一看是个男婴，面色红润，美若圆月，不仅索菲雅高兴，就连在场的仆人们也欣喜不已。消息传开，宫中顿时歌乐飞扬，一派节日景象。

其余的妃子听说索菲雅生下一个男孩儿，嫉妒之心顿起。

欧麦尔·努阿曼国王得知此消息，十分高兴，喜上眉梢，立即赶去,先是亲吻索菲雅的前额,然后又弯下腰去,亲吻儿子的脸蛋儿。

宫女们打起铃鼓,弹起乐曲。国王为男婴起名叫杜姆康,女婴名唤努兹蔓。人们异口同声地表示祝贺。

国王为新生儿女安排了乳母、奴仆、侍卫、婢女,并且给用人们规定了俸禄;此外,还给他们准备好了吃的、喝的,应有尽有。

巴格达人闻听安拉降男婴给国王,纷纷忙碌起来,立即装点城郭,张灯结彩,刹那间,全城处处充满喜庆气氛,热烈庆贺王子、公主降生。朝内文武官员相继向欧麦尔·努阿曼国王道喜,国王对他们一一表示谢意,赐赠每人锦袍一身。此后一连几年,国王总是热情款待前来贺喜的官员和朋友;每隔几天,国王就要问问妃子索菲雅及一子一女的情况。

不知不觉四年时间过去了。国王吩咐下人给索菲雅送去许多金银财宝和首饰,叮嘱她好好培养教育子女。

对于那些情况,舒尔康一无所知,因为他一直在外忙于东征西战,不曾回过京城,只知道父王添了一个女儿,名叫努兹蔓,根本不知道自己有了个名叫杜姆康的弟弟。宫中人也没有向这位王太子透露任何关于杜姆康的消息。

几天、几个月、几年时间一晃而过,舒尔康一直在外忙于征服勇夫、压倒骑士。

有一天,欧麦尔·努阿曼国王正坐在宫中,忽然有一个侍卫禀报说:"国王陛下,拜占庭国王的使臣们到了,他们想晋见陛下,在外等候求见。如蒙陛下应允,我们便把他们带进来;如若不然,就打发他们返回。"

"快请使臣进殿!"欧麦尔·努阿曼国王说。

使臣们步入王宫,国王迎接他们,问他们何故而来。使臣们向欧麦尔·努阿曼国王行过礼,说:"尊敬的国王陛下,我们受拜占庭君王、驻君士坦丁堡军事统帅艾弗里顿派遣而来。艾弗里顿国王正与盖撒利亚国王交战。"

欧麦尔·努阿曼国王问："何故与盖撒利亚国王交战呢?"

"战争的起因是这样的：阿拉伯人在一次征战中，发现了亚历山大大帝时期的一座宝库，其中财宝不计其数，尤其是三颗玮珠，个个足有鸵鸟蛋那样大。那三颗玮珠洁白无瑕，乃稀世珠王。每颗珠上都刻有希腊文字，均属秘密符咒，其好处难以言表；若系在新生儿脖子上，可以消灾避祸；手放在珠上，有不冷不热之感；通过它，还可以了解许多秘密。

"阿拉伯人本打算将包括三颗玮珠在内的珍宝献给艾弗里顿国王。他们备下两条船，一条船上专装礼物，另一条船专载保卫人员，以免在海上遇到不测之祸。因为送礼人不是别人，而是阿拉伯君王，自认无人敢于冒犯，尤其礼品船经过的海路均在我们国王的领海内，沿海民众也都是他的臣民。但是，事情出乎意料，当船航行到我国附近的海上，不期宝物被盖撒利亚军队等劫匪抢劫。他们劫走了船上的所有珍宝，那三颗玮珠也在内，还杀死了许多人。

"我们的国王艾弗里顿得知消息，立即发兵征讨。国王派出一支精兵，击败了盖撒利亚国王的军队。虽然如此，我们的国王仍怒气未消，立誓御驾亲征，不扫平盖撒利亚，决不收兵，一定要把盖撒利亚夷为平地。

"我们的国王期望拥有强大军队力量的欧麦尔·努阿曼陛下即发援兵，助我军作战，荡平敌国。我们的国王特派我们送上薄礼，还望陛下笑纳，并成全我国平敌大业。"

使臣说完，向欧麦尔·努阿曼国王恭恭敬敬行了吻地礼。

讲到这里，眼见东方透出黎明的曙光，莎赫札德戛然止声。

第四十六夜

夜幕垂降,莎赫札德接着讲故事:

幸福的国王陛下,来自君士坦丁堡的使臣对欧麦尔·努阿曼国王说:"我们的国王艾弗里顿国王得知礼品船被劫的消息,立即发兵征讨。国王派出一支精兵,击败了盖撒利亚国王的军队。虽然如此,我们的国王仍怒气未消,立誓御驾亲征,不扫平盖撒利亚,决不收兵,一定要把盖撒利亚夷为平地。

"我们的国王期望拥有强大军队力量的欧麦尔·努阿曼陛下即发援兵,助我军作战,荡平敌国。我们的国王特派我们送上薄礼,还望陛下笑纳,并成全我国平敌大业。"

使臣说完,向欧麦尔·努阿曼国王献上礼物,恭恭敬敬行了吻地礼。

拜占庭国王送来的礼物计五十名女奴和五十名男仆,个个身穿锦缎外衣,人人腰束金银带,女奴更是衣饰华美,容颜俊俏。男仆人人耳朵上挂着镶嵌着珍珠的金耳环,价值千金;女奴衣饰也价值昂贵。

欧麦尔·努阿曼国王看到他们,十分高兴,点头笑纳,请使臣代向艾弗里顿国王问安致意。旋即下令款待使臣,欧麦尔·努阿曼国王开始与大臣们讨论出兵之事。

欧麦尔·努阿曼国王的宰相名叫佟丹,年事已高。他走到国王面前,行过吻地礼,说道:"国王陛下,依臣之见,即发重兵相援,是再好也不过的了。此次出兵,可一举两得:一来满足了希腊国王的请求,回报了他所送来的礼物;二则克敌制胜,令其余敌人不再进犯我国,必将国威大振,名声远扬。臣谨恳请陛下派王太子舒尔康率兵出征,我们甘做他的仆役。陛下派出的大军打败了敌人,胜利地保卫了拜占庭国王,功在千秋,因此陛下名声大振,传遍诸国,一旦马格里布人闻听,必向陛下贡献礼品、钱财和珍宝。"

欧麦尔·努阿曼国王听佟丹宰相这样一说,极为高兴,认为这个意见甚好,遂赐他锦袍一身,并且说:"国王就应同你这样的谋臣共商要事。相爷宜当先锋,让舒尔康殿后。"

国王随后召来王太子舒尔康,说明事情原委,将使臣及宰相佟丹的话一一告之,嘱咐他立即准备远征,服从宰相指挥,遇事多与宰相商量,并令其挑选一万名装备齐全、善于作战的精兵。

舒尔康按照父王的旨意,立即挑选一万名骑兵,然后来到宫中,取了一大笔钱,分发给将士,并下令说:"限你们三天内做好准备!"

骑兵们即行吻地礼,表示完全服从命令,之后离去,开始了紧张的准备工作。

舒尔康来到武器库,取了自己所需要的武器,又来到皇家马厩,选了宝马良驹。

三天之后,大军来到城外,国王欧麦尔·努阿曼出城送别王太子。舒尔康向父王行吻地礼,父亲赐赠儿子七大箱银钱。国王来到宰相佟丹面前,把王太子及其部队托付给他,宰相立即向国王行吻地礼,表示完全服从君命。国王再次来到舒尔康面前,嘱咐儿子遇事多与相爷商量,王太子从命。之后国王返回宫中。

舒尔康准备完毕,即令骑兵在校场列队接受检阅。校场上旌旗招展,鼓角齐鸣。检阅仪式结束,欧麦尔·努阿曼国王亲自送大军随拜占庭使臣踏上征程。

大队人马一直行进到红日西沉。夜幕垂降，大军扎营休息。次日天刚亮，将士们便立即上马前进。就这样，他们一直走了二十天。

第二十一天的晚上，大队行至一个峡谷，那里树木繁茂，花草遍生。舒尔康下令就地休整三日。骑兵们离鞍下马，撑起帐篷，大军分散在谷地两侧扎寨。宰相则与拜占庭使臣在谷地中宿营。

舒尔康到达营地，等部下将士都安置好营寨，便松开马缰，想巡视一下，遵照父王嘱咐，亲自担任保卫任务。

此时此刻，他们的脚已踏在敌方的领土上。舒尔康令奴仆、侍从安排好使臣和宰相的营帐之后，独自骑马巡游谷地，直到夜过一更天。

舒尔康突然感到困倦，再也无力骑马。他素有在马背上睡觉的习惯，因此，在困意朝他袭来时，他骑在马背上放心地进入了梦乡，而马却不曾停步，直至夜阑更深，进入林中。

那林中树木繁茂，马蹄子突然击打地面，舒尔康从梦中惊醒。他睁开眼睛一看，发现自己置身林间。

舒尔康抬头望去，只见月光明亮，月光遍洒谷地。舒尔康朝左右打量，不禁一惊，说出了一句言者不羞的话语："无能为力，只有依靠万能的安拉了。"

舒尔康怕此处有猛兽出没，一时不知向哪里走是好。他看见月亮映照下的一片草地，觉得那就像天堂里的草坪；与此同时，一种美妙的欢笑声传入耳际，只觉得勾人心神，夺人魂魄。

舒尔康离鞍下马，步行向前走去，来到一条溪水边，眼见溪水流淌，耳闻一位女子在讲阿拉伯语："凭耶稣起誓，你们的这种东西并不美。谁敢再说一句话,我就把她摔在地上,用标带①捆住她的手和脚。"

舒尔康朝话音传来的方向走去,来到一个地方,见那里溪水流淌,鸟儿欢唱,羚羊蹦跳,野兽奔跑,鸟儿们在用自己的语言解释着命运的含义。那里植物繁盛,正像诗歌里所描述的那样:

花开地显美,畅流地上水。天主力无限,慷慨赐恩惠。

舒尔康朝那个地方望去,见前面出现一座修道院,院中有座巍峨城堡,接云摩天。借着月光,他看见一条溪水穿过修道院,流向那片草地。草地上站着一位女子,周围有十个姑娘,个个貌美如花似月,人人戴着华贵首饰,在月光下闪闪发亮,令人眼花缭乱,全都是绝美无比的少女,如诗所云:

草原升红日,光芒诱人鲜。美妙且壮丽,清新又壮观。
身材苗条女,风姿真妖艳。情感呈丰富,似葡萄一串。
天下娇丽女,眼睛藏利箭。巾帼女中杰,愿配须眉男。

舒尔康把目光转向那十位姑娘,只见她们当中有位女子好像十五的月亮:柳眉弯弯,前额莹亮,睫毛卷卷,鬓角张扬,仪表端庄,品格完美,风韵可人。正如诗人笔下的佳丽:

眼神令目眩,苗条乃身段。
颊红玫瑰色,俏丽言传难。

---

① 标带,古代伊斯兰教国家里基督徒的标志。

鲜嫩透光亮,夜尽曙色现。

舒尔康听那女子对姑娘们说:"来呀!趁月色正明,天还未亮,我和你们一一摔跤!"

姑娘们一个个走来,女子一一把她们摔倒,并用标带绑住她们的手脚。

这时,站在她们面前的一位老太婆走了出来,愤怒地对那女子说:"喂,坏女人,难道说把姑娘们都摔倒,你就高兴啦?我这么大年纪,同她们摔过四十次跤,你有什么值得这样自鸣得意!如果你觉得自己有力量,那就同我较量一下吧?你若愿意,就快动手,我一定让你的头扎在你的裤裆里。"

那女子怒气满怀,表面上却微微一笑。她走到老太婆面前,说:"智多星,凭耶稣起誓,你是真想与我摔跤,还是和我开玩笑?"

讲到这里,眼见东方透出黎明的曙光,莎赫札德戛然止声。

第四十七夜

夜幕垂降,莎赫札德接着讲故事:

幸福的国王陛下,舒尔康听那女子对姑娘们说:"来呀!趁月色正明,天还未亮,我和你们一一摔跤!"

姑娘们一个个走来,女子一一把她们摔倒,并用标带绑住她们的手脚。

这时，站在她们面前的一位老太婆走了出来，愤怒地对那女子说："喂，坏姑娘，难道说把姑娘们都摔倒，你就高兴啦？我这么大年纪，同她们摔过四十次跤，你有什么值得这样自鸣得意！如果你觉得自己有力量，那就同我较量一下吧？你若愿意，就快动手，我一定让你的头扎在你的裤裆里。"

那女子怒气满怀，表面上却微微一笑。她走到老太婆面前，说："智多星，凭耶稣起誓，你是真想与我摔跤，还是和我开玩笑？"

老太婆说："我真要和你摔跤。"

"如果你有力量，就来摔吧！"

老太婆一听，勃然大怒，毛发倒竖，就像刺猬似的。女子冲上前去，老太婆说："凭耶稣起誓，我只有赤裸着身子才同你摔呢！"

老太婆解开外衣，把手伸进内衣，抽出一条绸带，扎在腰里，俨然像一位天神或一条花斑巨蛇，随后弯下腰去，对女子说："来吧！你要像我这样动作！"

所有这些，舒尔康都看在眼里，听在耳中。他仔细观看老太婆的丑态，禁不住笑了。

老太婆弯下腰去时，那女子慢慢站起来，拿出一块丝帕，折叠了两次，又挽起裤管，露出白玉般的小腿，散发着麝香的芬芳，高高的前胸宛如挂着两枚大石榴。她走上前去，与老太婆相互抓住，开始摔跤。

舒尔康抬眼望着天空，祈求安拉默助那女子将老太婆摔倒。

女子头一低，左手捂住老太婆的嘴，右手搂住她的脖子，卡住她的喉咙，正要用力勾手之时，老太婆奋力挣扎，好容易才挣脱了女子的双手，正想逃走，不料仅仅后退了一步，便摔了个仰面朝天，只见她两脚乱蹬，一只脚蹬入泥里，一只脚朝向天空。

舒尔康见此情景，禁不住捧腹大笑，笑得前仰后合，几乎瘫坐在地。片刻过后，他站起来，抽出宝剑，左右环顾，别无他人，只有那老太婆仰面躺在地上。他想：“称这老太婆为智多星，名不副实啊！”

舒尔康走去看那两个人的情况，那位女子走过来，扔给老太婆一件薄绸衣，让她穿上，然后向老太婆道歉说：“智多星，我本不想把你摔成这个样子，是你想逃跑，自己摔倒的。感谢上帝，你还好，平安无事。”

老太婆没有答话。她站起来，羞愧地离去，直到身影消失在夜幕里。

被绑着的十个姑娘坐在地上，只有那位女子站着。舒尔康说：“万事各有某种机缘。我困倦不堪，睡在马背上，是马把我送到这里来的。也许这位女子及其所有的东西会成为我的战利品。”

说完，舒尔康跃上马背，挥动鞭子，手握出鞘宝剑，纵马向那片草地飞驰而去，同时口里还喊着"安拉至大"。

那女子看到有人骑马飞驰而来，立即站起身，一步跨过那条宽六腕尺的小溪。站在溪边，高声喊道：“喂，你是何人？你扫了我们的兴！你抽出宝剑，好像是个带兵的将领。你从哪里来，又到哪里去呀？你要说实话，说实话对你有利；你不要撒谎，撒谎是小人的惯技。毫无疑问，你是夜里迷了路才走到这里来的。你到了这里，只能变成我们的战利品。你要知道，你现在是在一片草原上。只要我大喊一声，就会有四千名武将出来。你要告诉我，你想干什么？假若你要我们为你指路，我们一定会帮助你。”

舒尔康听女子这样一喊，勒马站下，回答道：“我是异乡来的穆斯林，独自来到这里的。我想获得战利品，却发现在这月夜里，没有比这十个美貌姑娘更好的战利品了,因此我想把她们带回去,送给我的同伴……"

女子说:"嗨,好了不起的奢望!你要知道,你是得不到战利品的。说实话,姑娘们不是你的战利品。我不是刚才对你说过,撒谎是卑劣行为吗?"

舒尔康说:"真正幸福的人,只满足于安拉的恩赐,别无所求。"

"凭耶稣起誓,若我不是担心你死在我的手里,我真会大喊一声的。假若我喊一声,顷刻人马遍地。但我是同情异乡人的,你若想得到战利品,那就请下马,并且凭你的宗教起誓,扔下你所有的武器,空手同我摔一跤:你若能把我摔倒,就可以把我放在你的马背上带走,我们所有的人都将成为你的战利品;如果我把你摔倒,你就得听我的了。你若同意这个条件,就请向我立誓吧!我担心你背信弃义呀!古人有训:背信弃义乃天性,故任何人不值得信任。你立下誓言,我就到你跟前去。"

舒尔康听后,贪心顿生,很想得到眼前这位女子,心想:"她不知道我是一位大英雄啊!"想到这里,他对女子说:"你也立个誓吧!我决不带任何武器,而且等你准备好之后,说可以动手,我才接近你,同你较量。假若你能把我摔倒,我就用金钱赎身;如果我把你摔倒在地,那你就真正成了我的战利品了。"

女子说:"一言为定!"

舒尔康一时不知如何是好。片刻后,方才说:"凭先知起誓,我也同意。"

"你现在就凭创造人类并为我们制定法律的主宰起个誓吧!"

舒尔康凭自己的信仰起了誓。

就在这时,女子纵身一跃,跳过小溪,趁舒尔康措手不及,一个箭步冲上去,仅仅一抓一搡,便将舒尔康摔倒在地。

女子说:"喂,穆斯林,我若现在置你于死地,你还有什么话好说?"

舒尔康说:"你要杀害我,这是不道德的,我们的先知穆罕默德,即使在战争中,也严禁杀害无辜。"

"既然如此,我就宽恕你了!反正做一件好事,总会有善报的。"

说罢,女子一跃,跳到小溪另一边,笑着说:"先生,我真不想离开你。不过,我要劝你一句:趁天还没亮,赶快回你的伙伴中去吧!以免我们的武将把你抓去,将你插在矛头上。你连女子都抵挡不过,又如何面对须眉英雄呢?"

舒尔康一时不知如何答话。当他看见女子向修道院走去,忙说:"小姐,你怎好忍心丢下心碎的异乡客,独自离去呢?"

女子回过头去,笑着望了望他,说:"你有什么要求,我会答应你的。"

"我既已踏上了你的土地,听到了你那温柔、甜美的话语,成了你的一名奴仆,怎好不给一口饭吃就让我返回呀?"

"只有吝啬鬼才拒绝款待来客。好吧!来我这里做客吧!骑上你的马,沿着河边跟我走,就会得到我的款待。"

舒尔康心中高兴,扬鞭策马,来到女子面前。女子前面带路,行至一座胡桃木搭成的小桥,小桥上装有铁链辘轳和钩状铁索。

舒尔康朝那座小桥望去,只见刚才与女子摔过跤的那些姑娘正在嬉戏耍闹。她们见有客人到,立即站住,把目光转向女子。女子用罗马语对其中的一位姑娘说:"你帮他牵着马,把他领到修道院里去吧!"

舒尔康跟着姑娘走过小桥,眼见景美人更美,不胜惊异,心想："假若佟丹宰相也跟我一起来，亲眼看一看这些如花似月的姑娘，那该有多好啊！"他回头望着那女子，说："美丽的姑娘，今天我既得到了友谊，又得到了敬重。我已在你面前，你就把我带到你家，让我接受你的款待吧！日后若有机缘，请到伊斯兰帝国去，看看那里一个个雄狮般的男子，你也就认识我是何许人了。"

女子听他这样一说，很是生气。她说："凭耶稣起誓，我本认为你是位智者。可是，我现在却看到了你肚子里的坏水。你怎么用这样的话骗人呢？我知道，我若落到了你们的国王欧麦尔·努阿曼手里，我是逃不掉的。你们的国王虽是巴格达、呼罗珊的主宰，按照一年的月数建造了十二座宫院，总共有三百六十个妃子；虽然如此，却没有像我这样漂亮的女子。按照你们的信仰，你们的国王有权独自享用天下美女。情况既然如此，你怎好讲这种话呢？你说让我看看你们那里的穆斯林英雄，凭耶稣起誓，你的这种说法是不对的。这两天，当你们的军队踏上我们的国土的时候，我亲眼看到了你们的大军，我认为你们的军队并没有什么良好教养，倒像一群乌合之众。至于你说什么'你也就认识我是何许人了'，说句不客气的话，像你这样的人，根本不应该对我这样的人说这种话，即使你是欧麦尔·努阿曼的太子舒尔康。我做好事并不是为了抬高、敬重你，仅仅是为了我的荣誉罢了。"

舒尔康心想："也许这女子已经知道大军到来的消息，且晓得有一万骑兵，是父王向君士坦丁堡之主派的援军。"想到这里，他说："小姐，凭你的宗教信仰起誓，请你向我谈谈其中的原委吧，以便去伪存真，知道谁将面临灾难。"

女子说："凭我的宗教起誓，我若不怕人们知道我是个罗马姑娘，我就会披挂上阵，舞刀弄枪，迎战万名骑兵，杀死他们的先锋佟丹宰相，活捉他们的统帅舒尔康。这对于我来说，并不算什么耻辱。不过,我读了《古兰经》,从阿拉伯人的语言中学到了文明礼貌。我不想用'勇敢'一类字眼向你描述我的内心世界,虽然你能看到某些迹象与标志。力量蕴于搏斗与谙练之中。我求耶稣让舒尔康在这座修道院里出现在我的面前,也好让他领略一下我的男子气概,让他成为我的俘虏,让我亲手给他戴上枷锁。"

讲到这里,眼见东方透出黎明的曙光,莎赫札德戛然止声。

第四十八夜

夜幕垂降,莎赫札德接着讲故事:

幸福的国王陛下,那位基督教姑娘对舒尔康说:"……即使你是欧麦尔·努阿曼的太子舒尔康。我做好事并不是为了抬高、敬重你,仅仅是为了我的荣誉罢了。"

舒尔康心想:"也许这女子已经知道大军到来的消息,且晓得有一万骑兵,是父王向君士坦丁堡之主派的援军。"想到这里,他说:"小姐,凭你的宗教信仰起誓,请你向我谈谈其中的原委吧,以便去伪存真,知道谁将面临灾难。"

女子说:"凭我的宗教起誓,我若不怕人们知道我是个罗马姑娘,我就会披挂上阵,舞刀弄枪,迎战万名骑兵,杀死他们的先锋佟丹宰相,活捉他们的统帅舒尔康。这对于我来说,并不算什么耻辱。不过,我读了《古兰经》,从阿拉伯人的语言中学到了文明礼貌。我不想用'勇敢'一类字眼向你描述我的内心世界,虽然你能看到某些迹象与标志。力量蕴于搏斗与谙练之中。我求耶稣让舒尔康在这座修道院里出现在我的面前,也好让他领略一下我的男子气概,让他成为我的俘虏,让我亲手给他戴上枷锁。"

听完这位基督教姑娘的这番话,舒尔康的火气、热情和英雄嫉妒心顿时勃发。他很想自我表白一番,给女子点儿厉害看看;但姑娘的美貌使他张口结舌,只能吟诵道:

英雄若有罪,千人竞摆功。

来到台阶前,女子拾级而上,舒尔康在身后紧跟。舒尔康望着女子那丰满的臀部,自感胸中似海浪波涌,于是吟诵道:

一脸求情意,消我心怒气。
见伊拍手笑,似圆月升起。
妖魔与之斗,亦将败涂地。

二人边走边谈,不知不觉来到一座用大理石砌成的拱门前。

女仆打开门,舒尔康随女子走了进去,行至一道有十几个拱门的长廊,每个拱门上挂着一盏水晶灯,明如太阳。若干女仆在长廊尽头迎候女子,她们个个手秉蜡烛和香,人人头上戴着缀有各种宝石的额带。女仆们在前引路,女子和舒尔康跟在后面,一直走进修道院。只见屋里放着许多张床,两两相对,上面挂着绣金帘帐;地上铺的是各种颜色的大理石,当中有座喷水池,池边上有二十四口金瓶子,银色的水柱由瓶口喷出。大厅中央有个宝座,上面铺着皇家御用的丝绸。

进入一个大厅,女子指着丝绒靠座,说:"先生,请坐吧!"

舒尔康登上宝座，女子却离去了。

舒尔康问女子到什么地方去了，仆人说："她回卧室去了，我们听候命令，为她效劳。"

片刻后，女仆们送来丰盛的饭菜，舒尔康吃了个足饱；仆人又送来金盆金壶，舒尔康洗了洗手。这时，舒尔康忽然想起了自己的骑兵部队，不知他们的情况究竟怎么样了。他心想："我怎么把父王的叮嘱全忘到脑后去了呢！"想到这里，他一时不知该怎么办，对自己的行为深感后悔。直到东方透出了黎明的曙光，他仍然深感懊悔，随后陷入沉思之中。他吟诵道：

遇事总有方，今却无所措。
人向我求爱，实无力挣脱。
我深迷情恋，但求主助我。

这时，另一个欢乐场面出现在舒尔康的眼前：二十多个窈窕少女簇拥着那位女子，恰如众星捧月；那女子身穿绣花缎袍，腰系标带，上缀各种宝石；纤细的腰肢下圆臀丰隆，就像银柱下的两座水晶丘山；高耸的酥胸，颇似两只硕大石榴。

眼见此景，舒尔康高兴得几乎要飞起来，把骑兵部队和宰相佟丹忘了个一干二净。他再仔细察看女子的头饰，只见她头戴珍珠网，上缀多种宝石。围在左右的姑娘不时扯起她的裙角，而那女子则在她们中间大摇大摆，信步姗姗。

舒尔康看着看着，情不自禁地双脚跳起，喊了声："好美的标带！"

随后吟诵道：

丰臀左右摇,靓女酥胸高。
欲将美遮饰,岂知密难保!
婢女紧随后,若形影相吊。

女子久久凝视着舒尔康,似乎看透了他的心思,开口问道:"舒尔康,你来到这里以后,感到高兴吗?我们昨天分别之后,你的夜晚是怎样度过的呢?"

不等回答,女子又说:"王侯说谎总是一种耻辱,对于伟大君王来说,尤其如此。你是欧麦尔·努阿曼国王的王太子舒尔康。你不要否认自己的身世!你的事情瞒不过我,不要对我说谎;因为谎言会留下怨恨和敌意。你那致命的利箭已经耗尽,理应甘心投诚了。"

舒尔康一惊,再也不敢否认,只能实言相告了。

他对女子说:"我正是欧麦尔·努阿曼国王的王太子舒尔康。时光老人这样折磨我,把我困在这个地方。你想怎么办,就怎么办吧!"

女子低下头去,沉思良久,然后抬起头来,望着舒尔康,说:"你只管放心就是了。你是我的贵客,理应与我共饮同餐,对坐畅谈。你在我的保护与关照之下,尽可放心。凭耶稣起誓,假若天下有谁敢伤害你,未等他们接近你,我便击退他们;我若有意害你,早就立即动手了,你怎能活到这个时辰呢?"

女子吩咐女仆端来饭菜,她把每样菜都尝了一口。舒尔康也走到桌旁吃起来,女子感到高兴,陪他一道进餐。直至吃饱。之后,他们洗了洗手,女仆又端来饮料、美酒和金银杯、水晶杯,女子首先斟满一杯,就像吃饭时那样先尝,举杯一饮而尽。接着,她又斟满一杯,递给舒尔康,舒尔康一口喝了下去。女子说:"喂,穆斯林,你瞧瞧,你生活得多么舒适啊!"

女子与舒尔康对坐畅谈,直喝得舒尔康酩酊大醉,不省人事……

讲到这里,眼见东方透出黎明的曙光,莎赫札德戛然止声。

❖— 第四十九夜 —❖

夜幕垂降,莎赫札德接着讲故事:

幸福的国王陛下,那女子低下头去,沉思良久,然后抬起头来,望着舒尔康,说:"你只管放心就是了。你是我的贵客,理应与我共饮同餐,对坐畅谈。你在我的保护与关照之下,尽可放心。凭耶稣起誓,假若天下有谁敢伤害你,未等他们接近你,我便击退他们;我若有意害你,早就立即动手了,你怎能活到这个时辰呢?"

女子吩咐女仆端来饭菜,她把每样菜都尝了一口。舒尔康也走到桌旁吃起来,女子感到高兴,陪他一道进餐。直至吃饱。之后,他们洗了洗手,女仆又端来饮料、美酒和金银杯、水晶杯,女子首先斟满一杯,就像吃饭时那样先尝,举杯一饮而尽。接着,她又斟满一杯,递给舒尔康,舒尔康一口喝了下去。女子说:"喂,穆斯林,你瞧瞧,你生活得多么舒适啊!"

女子与舒尔康对坐畅谈,直喝得舒尔康酩酊大醉,不省人事。
其实他一方面醉于酒,另一方面醉于情。
女子对一个女仆说:"麦尔加娜,给我们送几件乐器来!"
"遵命!"

女仆离去片刻,取来格鲁吉亚四弦琴、波斯吉他、塔塔尔笛子和埃及竖琴。

女子接过四弦琴,调了调弦,轻弹玉指,随即发出悦耳的琴声,柔似甘霖。她边弹边唱道:

上帝宽恕你双眼,曾饮人血射人穿。
迷恋情人宜堪赞,同情怜悯罪一般。
可敬眼为你熬夜,可赞心为你开颜。
你是君王判我罪,愿以生命赎判官。

一女仆站起来,怀抱乐器,用罗马语唱了一首诗,舒尔康听后感到异常兴奋。随后,女子也唱了一首希腊语诗。

女子说:"喂,穆斯林,我唱的诗,你不明白什么意思吧?"

"是的。"舒尔康答道。

"可是,我是用你的手指弹奏的。"女子说完笑了笑。她又说:"如果我用阿拉伯语唱,你该如何呢?"

舒尔康说:"我将克制不住自己的神志。"

女子抱起四弦琴,换了曲谱,吟唱道:

离别滋味苦涩,你可能够忍耐?
我平生有三苦:拒绝离别丢弃。
但期美男俘我,丢弃滋味苦矣!

女子唱完,回头望望舒尔康,见他晕了过去。舒尔康躺了一个时辰,方才苏醒过来。他回味着那歌声,心中甚感快慰。

女子与舒尔康再度边饮边乐,直到夕阳西沉。夜幕垂空之后,女子方回室就寝。

舒尔康问女子哪里去了，人们告诉他说，她休息去了。舒尔康随口说："安拉保佑！"

次日清晨，一位姑娘走来，对舒尔康说："我们的小姐请你到她那里去。"

舒尔康站起来，和姑娘一道走去。二人走近女主人住处时，女仆们敲打铃鼓，唱起歌来，歌声一直将二人送至一座镶嵌着珠宝的用象牙雕成的大门前。步入大门，来到一个大院，院中有座高大建筑，大厅内满铺着各色的丝毯。大厅的窗子开着，窗外树木繁茂，厅内摆放着一座中空塑像，腹内装有乐器，清风吹过，发出响声，乍听之，以为塑像在说话。

小姐坐在大厅里，望着出入的人。当她看到舒尔康时，便立即站起身，走上前去，拉住他的手，让他坐在自己的身边，问他休息得好不好。舒尔康为小姐祝福，然后在小姐身旁坐了下来。

小姐问："你知道关于情人之间的什么事情吗？"

"我读过一些情诗。"舒尔康回答。

"那么，你就背诵几首，让我们听听吧！"

舒尔康吟诵道：

> 不能说我爱阿梓，虽与她婚约在先。
> 我所遇见僧侣们，他们哭泣受熬煎。
> 若他们听她说话，依样拜倒阿梓前。

小姐听罢舒尔康的吟诵，说道："库赛尔的诗句文字精练，讲究修辞，将阿梓姑娘的美貌描述得淋漓尽致。诗人还有这样一首诗……"

小姐吟诵道：

阿梓控告舍姆斯，判决必利于阿梓。
　　若找出阿梓一短，神能使她们羞死。

　　说完，小姐说："据传阿梓姑娘长得很美。"她又说："王太子，贾米勒的诗句你读过吗？如果读过，就请给我们朗诵几句吧！"
　　舒尔康说："我读过一些。"
　　说完，舒尔康朗读了贾米勒这样一首诗：

　　你想杀我不杀他，除你之外无牵挂。

　　小姐听后，说："王太子，你朗诵得好啊！阿梓姑娘究竟对贾米勒有何希望，致使贾米勒有'你想杀我不杀他'的诗句呢？"
　　舒尔康说："小姐，阿梓姑娘对贾米勒的希望就如同你对我的希望，也许这样的话不会使你高兴。"
　　小姐听舒尔康这样一说，禁不住笑了起来。
　　二人把盏对饮，直到白日西斜，夜幕垂降。小姐站起身，离去就寝。舒尔康也去睡觉了，一直睡到次日大天亮。
　　舒尔康醒来，女仆们照例击打铃鼓、弹奏着乐器来到他的面前，向他行吻地礼，并且对他说："请吧！我们的小姐请你到她那里去。"
　　舒尔康站起来走去，女仆们敲打着铃鼓、弹奏着乐器，陪伴着舒尔康走出小院，来到另一个大院，只见那里有许多尊塑像，还有数不清的飞禽、走兽的造型。舒尔康见之，惊异不已，随口吟道：

　　脖颈周围挂项链，胸前珍珠金堆成。

银锭铸就雪白泉,黄玉脸上玫瑰生。
恰恰如同紫罗兰,皓矾点抹黑眼睛。

小姐看见舒尔康,站起身来,上前拉着他的手,让他坐在自己的身旁。小姐说:"你是欧麦尔·努阿曼的儿子,想必会下象棋吧!"

舒尔康说:"不敢说会,但可对弈一阵。可是,你千万不要像诗人们笔下描述得那样啊……"

舒尔康吟诵道:

爱情将我卷又伸,情之甘露我畅饮。
拿来象棋双对弈,黑子白子难欢欣。
如同看见城形子,皇后已亡败成真。
倘若你看她双眸,抗拒我的是眼神。

小姐让女仆拿来棋盘,摆上棋子,二人开始对弈。舒尔康每走一步,总要抬头望望小姐的面孔,故常错放棋子的位置,不是马占象位,就是象摆马位,引得小姐每每大笑不止。小姐说:"王太子,看来你对棋艺不大通啊!"

舒尔康说:"这是第一盘,不算数。"

舒尔康输掉第一盘,又摆上一盘,同小姐下起来。第二盘、第三盘、第四盘,直到第五盘,小姐全赢了。小姐望着舒尔康,说:"不管怎样,你一盘也赢不了!"

舒尔康说:"小姐,和你这样的姑娘下棋,还是输了好!"

之后,小姐吩咐女仆端来饭菜,二人吃过,洗了洗手,又让女仆送来酒,二人对饮起来。

片刻后，小姐命仆人拿来竖琴。小姐本是弹奏竖琴的高手。她边弹边吟唱：

　　岁月有伸有卷，如月有残有圆。
　　有缘且受其益，离我切勿怠慢。

二人对饮，直到夜幕垂降。那一天比前一天更好。夜晚来临，小姐回房休息，舒尔康也就寝去了，一直睡到大天亮。

第三天清晨，女仆照例敲着铃鼓、弹着乐器，把舒尔康接到小姐的厅中。

小姐见到舒尔康，站起身来，拉住他的手，让他坐在自己的身边，问道："休息得可好哇？"

舒尔康说："多谢小姐关照！"

随后，小姐抱起四弦琴，玉指轻弹，边弹边唱道：

　　莫盼离别日，离别味涩苦。夕阳落山时，色黄缘苦殊。

歌声未落，一阵嘈杂声传来。舒尔康和小姐抬头一看，只见一群持剑握矛的壮汉闯入厅内，其中多数是武将，个个手握闪着寒光的利剑，一个大汉用罗马语说："舒尔康，你已落入我们手里，你就等死吧！"

舒尔康听大汉们这样一说，心想："说不定这位漂亮姑娘在欺骗我，有意用缓兵之计将我留在这里，好让她的手下人把我生擒。不过，我也是自投罗网啊！"

他望望小姐，意在责备她，但见那女子脸色顿时蜡黄，猛地站起身来，对大汉们说："你们是什么人？怎好在我这里如此无礼？"

站在前面的一位武将说:"尊敬的公主,稀世之珍珠,难道你不晓得你眼前的这个人究竟是何许人?"

"我不认识他,他是何许人?"

"他就是征服了许多国家的骑兵统帅、占领了若干城池的欧麦尔·努阿曼国王的王太子舒尔康啊!他攻克过许多城池,占领了无数城堡。这个消息是智多星札特·达瓦希老夫人告诉你的父王哈杜布国王的,而且国王陛下已经证实了这种说法。你若能擒住这小子,就是为罗马军队消灭了一个劲敌头领。"

小姐听了这番话,抬头望着他,问:"你是何人?"

那个人答道:"我叫马苏拉·本·卡什里代,是你的奴仆卡什里代将军的儿子。"

小姐问:"你为什么不经允许就闯进我这里来了呢?"

"尊敬的公主,当我来到大门口时,任何侍卫都没有阻拦我,而是全都为我们带路。按照常规,每当有别的人来时,他们总是让他先站在门外等候,经过允许后,方才准予进门。现在不是解释我行动原因的时候,因为国王陛下正等待我们将他生擒,带到国王那里去。你也知道,此人是伊斯兰大军的火种,把他杀掉,就可让伊斯兰大军撤出去,从而避免与他们交战厮杀的麻烦。"

小姐听后,说道:"这种说法是不能接受的。札特·达瓦希老夫人在说谎,她说的不符合事实。凭耶稣起誓,这个人不是舒尔康,也不是我抓的俘虏,而是我的客人,你们不能对我的客人采取无礼行动。即使我们弄清了他的身份,知道他就是舒尔康,不应该得到我的款待,我也不能让你们抓他,因为他已在我的保护之下。你快快禀报我的父王去吧!告诉国王陛下,就说札特·达瓦希的话不真实,真实事情并不像老夫人说的那样。"

马苏拉说:"伊卜里梓公主,不把他带到国王那里,我是不能去见国王陛下的。"

伊卜里梓公主说:"没有这种事,这是低能的表现。因为他只身一人,而你们上百武将,来擒他这么一个手无寸铁之人,怎好如此轻易动手。你们若真想与他比试一下,就一个一个地同他较量,让国王陛下看看究竟谁是真正的英雄。"

讲到这里,眼见东方透出黎明的曙光,莎赫札德戛然止声。

第五十夜

夜幕垂降,莎赫札德接着讲故事:

幸福的国王陛下,伊卜里梓公主听后,说道:"这种说法是不能接受的。札特·达瓦希老夫人在说谎,她说的不符合事实。凭耶稣起誓,这个人不是舒尔康,也不是我抓的俘虏,而是我的客人,你们不能对我的客人采取无礼行动。即使我们弄清了他的身份,知道他就是舒尔康,不应该得到我的款待,我也不能让你们抓他,因为他已在我的保护之下。你快快禀报我的父王去吧!告诉国王陛下,就说札特·达瓦希的话不真实,真实事情并不像老夫人说的那样。"

马苏拉说:"伊卜里梓公主,不把他带到国王那里,我是不能去见国王陛下的。"

伊卜里梓公主说:"没有这种事,这是低能的表现。因为他只身一人,而你们上百武将,来擒他这么一个手无寸铁之人,怎好如此轻易动手。你们若真想与他比试一下，就一个一个地同他较量，让国王陛下看看究竟谁是真正的英雄。"

"凭耶稣起誓，你说得对。不过，能与他较量的，也只有我一个了。"马苏拉说。

公主说："你们稍等一下，让我把实际情况讲给他，看看他作何回答。如果他同意，就照这样办，如果他不同意，你们是无可奈何的，因为我和修道院里所有的人，对每一个前来投奔的客人，都应该好好保护。"

伊卜里梓公主来到舒尔康面前，把情况告诉了他。只见舒尔康微微一笑，知道公主没有把他的真实情况告诉任何人，而他的消息竟然传到了国王的耳里，这完全不是公主的意愿。舒尔康又自责起来，心想："我怎好把自己的生命丢在罗马帝国呢？"

舒尔康听罢公主的话，说道："他们一个一个同我较量，恐怕不是我的对手，就让他们十个十个地同我比试吧！"

说罢，舒尔康一跃而起，带着宝剑和兵器来到武士们面前。马苏拉一见舒尔康，一跃而上，舒尔康从容应付，就像一头猛狮，手起剑落，马苏拉的右肩被削了下来，随后五脏被刺穿，登时一命呜呼。

公主见此情景，舒尔康在她心目中的地位陡然提高，自感自己能摔倒他并非因为力大，而是因为自己的容貌俊美。

公主走到武士们跟前，对他们说："快为你们的长官报仇吧！"

第二个出场的是马苏拉的弟弟，那是个彪形大汉。他冲向舒尔康，但见舒尔康一剑削下了他的左肩膀，紧接着一剑刺穿他的胸膛，转眼他就倒在血泊之中。

这时，公主大声喊道："基督的仆从们，为你们的长官报仇啊！"

就这样，他们一个一个地与舒尔康较量，但是很快，他们便一个一个地倒在地上丧命了，一连五十名将士出战，无一能够幸免，都横卧在血泊之中，其余的人胆战心惊，不敢出来单独斗武，于是一齐扑向舒尔康。舒尔康心比石坚，从容应战，直到将他们一一击倒，他们一个个失去了灵魂。

这时，公主呼唤女仆，问她们："修道院里还有他们的人吗？"

"一个也没有啦，只留下看门的人了。"

公主回头迎接舒尔康，一把将他搂在怀里。舒尔康结束厮杀之后，与公主一道向宫殿走去。可是，没走几步，却发现了藏在修道院角落里的武士。公主见了，立即离开舒尔康，片刻后返回，只见她身披窄眼锁子甲，手持印度利剑，说道："凭耶稣起誓，为了保卫我的客人，我决不吝啬自己的生命。我绝不会丢下我的客人不管，哪怕我在罗马帝国留下罪名。"

公主仔细察看，数了一数，丧命的有八十个人，败下阵的二十人，看到这种情况，公主对舒尔康说："骑士们应该为像你这样的英雄感到自豪。舒尔康，你真是一位英雄。"

舒尔康擦去剑上的血迹，吟道：

几多大军来参战，多少战马落狮口。
欲问战绩听我讲，所有勇士一网收。
多少勇士死我手，尸横荒漠魂魄丢。

舒尔康吟完诗，公主微笑着走来，吻了吻他的手，脱去身上的锁子甲。舒尔康说："你为什么要穿上锁子甲，拔出你的利剑呢？"

"保护你免受这些人的伤害。"

随后，公主唤来门卫，责问道："不经我的允许，你们为什么让国王的人闯入这里来呢?"

门卫说:"公主,按照惯例,国王的使臣,尤其是大将军来这里时,我们是不需要得到你的允许,便可放他们进来的。"

公主对其余的奴仆说:"这一次,我宽恕你们了!这一帮人死有余辜。"

说罢,伊卜里梓公主与舒尔康向大殿走去。

来到大殿,二人坐下,公主对舒尔康说:"原来隐瞒的事情,现在都已清楚地显示在你的面前了,我不能不对你说了。我是罗马国王哈杜布的女儿,名叫伊卜里梓。被人称为'智多星'的札特·达瓦希老太太是我的祖母;关于你的情况,就是她告诉我父亲的。我奶奶一定会施计谋害我的。你杀死了父王的八十名武将,人们会说我已与穆斯林结盟,我奶奶是不会放过你们的。她也不会放过我,因此,我不能在这里待下去了。我希望你能像我一样为我做一件好事。你不要忘记我的话:这些麻烦事都是你招惹来的。"

舒尔康听完这些话,心花怒放,欣喜若狂,眼前一片光明。他说:"凭安拉起誓,只要我有一口气,谁也无法接近你。可是,你怎忍心离开亲人和家园呢?"

公主回答:"这倒没有什么可留恋的。"

舒尔康向公主立誓,二人立下约言,公主说:"现在,我的心安定了。不过,有一个条件……"

舒尔康忙问:"什么条件?"

"你立即撤兵,把你的部队撤回你们国家去。"

"我的公主啊,这怎么使得呀?家父欧麦尔·努阿曼本派我来与你的父王交战,原因在于你的父王抢走了那些稀世珍宝,其中包括三颗稀世玮珠呀!"

"你只管放心就是了。我现在就把我们与艾弗里顿国王结仇积怨的原因告诉你吧!"

稍停片刻,公主说:"我们这里每年都有一个节日,名叫'修道院节'。每当这个节日到来时,各国君王、公主和商人都到这里来,在这座修道院里留住七天,我也是其中的一位来客。当我们之间的怨仇结成之后,我的父王就不让我来这里参加节日庆祝活动了,长达七年之久。

"有一年,许多国家的公主们来到修道院,照例参加庆祝活动,其中就有希腊国王的公主,名叫索菲雅。他们在修道院里住了六天。第七天,人们离去了,索菲雅公主说:'我回君士坦丁堡,一定要乘船走水路。'侍从们为公主备下一条船,她和随行人员登上船,便扬帆起航了。船在航行中突然遇上大风,将船吹离了航道,仿佛是命中注定,遇上一条拿撒勒人的船,船上有五百名全副武装的西洋人,他们有丰富的海上航行经验。当索菲雅公主及姑娘们乘坐的那条船出现在他们面前时,他们快速向那条船驶去,不到一个时辰,他们就把自己的船靠近索菲雅乘坐的船,搭上铁钩,将船帆降下,把索菲雅公主的船拖向卡夫尔岛。可是,航行不多时,海上起了暴风,帆被撕破,暴风将他们的船吹到舍阿卜,靠近了我们的海岸。

"我们眼看战利品送到门上,便出兵收拾了他们,杀掉了那些西洋人,夺取了他们带的金银财宝和古玩。船上有四十名姑娘,其中包括索菲雅公主。

"我们抓到那些姑娘后,送到我的父王那里,但并不知道其中有艾弗里顿国王的公主。父王从中挑选了十位姑娘,其中包括索菲雅公主,而将其余的姑娘分给了侍卫。

"之后,父王又从十个姑娘中挑选了五个,其中仍有索菲雅公主,遂将这五位姑娘作为礼物送给了你的父亲欧麦尔·努阿曼国王,另外还有一些呢绒、毛料和罗马丝绸。你父亲高高兴兴地接受了礼物,并从五位姑娘里选中了艾弗里顿国王的女儿索菲雅公主作为妃子。

"今年年初,艾弗里顿国王给我父亲写了封信,信中说了些不该说的话,并且信中带有威胁性的话语。信上写道:'两年前,你们从一群欧洲海盗手中夺了我们的一条船,船上有我的女儿索菲雅,另有约四十个姑娘。你们没有派任何人前来通报消息,我也不能把女儿的事情张扬出去,恐怕她遭遇不幸,更怕因此在诸王面前丢脸,故一直保密到今年。今年,我才写信给海盗头领,向他们打听我女儿的下落,求他们代为寻找,让他们告诉我她在哪位君王那里。他们回信说,凭上帝起誓,他们根本没有把我的女儿带出你们的国家。'

"艾弗里顿国王的信末说:'如果你们不是存心与我为敌,无意让我出丑,也不想害我的女儿,那么,请收阅此信之后,立即放还我的女儿;如若无视此信,不服从我的命令,我定会对你们的丑行进行严厉报复。'

"我的父王接到这封信,看了看,明白了其中的内容,一时有些为难,也后悔自己当初粗心,因为他不知道那些姑娘中有索菲雅公主,所以无法将公主送到她的父王那里去。我父亲一时不知如何是好;因为已过去很长时间,他也不能派人去向欧麦尔·努阿曼国王索要索菲雅公主,特别是不久之前,我父王才派人去向你父王打听索菲雅公主的下落,得知她成了你父王的妃子,且已生儿育女。

"我们得知索菲雅公主已经生儿育女,认为巨大的灾难降临到了我们的头上。我父亲想来想去,想不出好办法,只好回了艾弗里顿国王一封信,表示歉意,向艾弗里顿国王立誓,说自己根本不知道索菲雅公主在那些姑娘当中,同她们乘坐在一条船上。然后又向艾弗里顿国王说明,他已把索菲雅公主送给欧麦尔·努阿曼国王,她现在在巴格达王宫中,并且已经有了孩子。

"艾弗里顿国王收到我父亲的信,勃然大怒,不禁暴跳如雷,吹胡子瞪眼,大怒道:'怎么?我的女儿,堂堂公主,竟像女奴一样成了俘虏,没经过订立婚约,未举行盛大婚礼,便做了帝王的妃子,成何体统?'

"艾弗里顿国王又说:'凭耶稣基督和正教起誓,我不报此仇,不雪此耻,誓不罢休!我一定要干出一件永为后人称道的大事。'

"艾弗里顿国王强压怒火,终于策划出了一个计谋,派使臣去见你的父亲欧麦尔·努阿曼国王,对你父亲说了你所听到的那些话,他们求你父王发兵。你父亲听了那些话,便派你统帅大军出征;其实,把你派往那里,他们会把你的军队一网打尽,使你全军覆没,恐怕连你这位统帅也难以幸免。信中所提到的那三颗玮珠的消息,并不准确。那三颗玮珠原在索菲雅公主手里;当我父亲抓到她及那些姑娘时,就从索菲雅手中要了去,父王得到了玮珠,赠送给了我,现在我的手中。我劝你赶快回你的军营中去,马上撤兵,千万不要踏上西洋人和罗马人的国土!你们一旦踏上他们的国土,就会无路可走,难以逃生,必然遭到惩罚,有全军覆没之危险。我知道你的军队还在原地,因为你已命令他们在那里休息三天,他们这几天没有见到你,也不知道该怎么办。"

舒尔康听罢伊卜里梓公主讲的这番话,不禁忧思满怀。他吻了吻伊卜里梓的手,说:"感赞安拉,正是安拉借你之手给我以恩惠,让我及我的人马平安无事。可是,我难以同你分手,我不知道我走后你会遇到什么麻烦。"

"你现在就回营地去,立即退兵吧!假若艾弗里顿国王的使臣还在你们那里,你就把他们抓起来,到你们接近你们的国土时,再发布消息。三天之后,我去追赶你们;当你们进入巴格达时,我会和你们一起进城。"

舒尔康想转身离去时,伊卜里梓公主又说:"千万不要忘记我们之间的约言!"

之后,公主走上前与舒尔康告别。她与舒尔康紧紧拥抱,以熄灭心中的思念之火,继之又哭了起来,泪如雨下,那泪水足以溶化顽石。

舒尔康见公主泪流满面,越发觉得公主可爱可亲,禁不住热泪夺眶而出。他吟诵道:

告别她之时,右手忙拭泪。左手拥抱她,泪珠不住垂。
她开口问我,人言君不畏?我道别亲时,焉顾他忌讳!

舒尔康告别公主,走出修道院。仆人给他牵来马,他纵身上马,直奔曾经走过的那座胡桃木小桥,进入林间而去。

舒尔康骑马走过小桥,进入林间,穿过林子,来到草地上。忽见三位骑士出现在面前。舒尔康立即警觉起来,抽出宝剑,向前走去。走近一看,认了出来,原来是佟丹宰相带着两位将军。

佟丹宰相等三人认出舒尔康后,立即翻身下马,走上前去,致礼问安。佟丹问起几日不见的原因,舒尔康便把与伊卜里梓公主在一起的情况从头到尾讲给宰相,宰相听后,连声赞美安拉保佑。之后,舒尔康说:"我们赶快撤离这个国家吧!因为和我们一起来的那些使臣已经离开我们,向他们的国王报告我们到来的消息了,说不定他们会马上赶来伏击我们。"

舒尔康带领他们立即勒马回转。他们扬鞭策马急行,赶到谷地营帐,果然,使臣们已经回去向国王报告舒尔康到来的消息了,以便让他们的国王立即派出军队,前来擒拿舒尔康。这便是艾弗里顿国王的使臣们的作为。

舒尔康立即命大军撤回。

舒尔康率领大军艰苦行军二十五天,终于踏上了自己的国土,这才放心安营休息。当地人出门相迎,热情款待勇士,送来牲口草料。他们在那里休整了两天,然后起程上路,回返家园。舒尔康亲自挑选一百名骑兵稍晚动身,佟丹宰相先率大队骑兵返回京城。大队人马上路一天之后,舒尔康方才带领留下的百骑上路。

舒尔康率百骑刚刚走了两法尔萨赫①路程,便来到一道狭窄的山谷中,突然间,他们的前面烟尘飞扬,一缕烟柱腾空而起,他们只得勒马止步。约过了一个时辰,烟尘渐消,出现了约百名骑兵,个个如狼似虎,人人披坚持锐,好不威武。

当那百名骑兵走近舒尔康和他的骑兵时,他们齐声大喊道:"凭约翰和玛利亚起誓,我们追赶你们,日夜兼程,终于在这里截住了你们!我们的目标实现了。你们赶快下马,向我们缴械投降,我们才能保证你的生命安全!"

舒尔康闻听此言,两眼和面颊顿时红了起来,怒气冲冲地喊道:"你们这些基督徒,狗东西,脚踏着我们的国土,怎么胆敢阻拦我们?你们来到我们的国家还不满足,竟敢吐此狂言,是何道理?难道你们以为自己可逃出我们的手心,平安回到你们国家去吗?"

舒尔康呼唤手下百名骑兵,对他们说:"他们只有百人,与你们的人数一样,抓住这些狗东西,给我抓活的!"

舒尔康拔剑出鞘,纵马向着那些骑士冲去,手下百名骑士亦纵

---

① 法尔萨赫,古代波斯长度单位,中世纪阿拉伯人常用。一法尔萨赫等于六点二四千米。

马跟随而去。

对方百名骑兵,一个个心比石坚,奋勇应战。两军交战,兵对兵,将对将,英雄对英雄,骑士对骑士,剑飞矛舞,战斗激烈,厮杀残酷,喊声震天,一直拼杀到红日西沉,夜幕垂降,方才各自鸣金收兵。

舒尔康来见部下,仔细察看,未见一个受到伤害,只有两人受轻伤。舒尔康对骑兵们说:"凭安拉起誓,我今生打过多少次仗,不知多少次入剑海矛山,征服过多少英雄好汉,却没有遇到过这样顽强的对手。"

手下骑兵们说:"主帅,他们当中有一位西洋骑士,冲在最前面,勇敢过人,刺杀动作力胜千钧。可是,当我们中间有人冲到他面前时,他却装作视而不见,根本不杀我们。凭安拉起誓,假若那个骑士有意杀我们,早就把我们全杀光了。"

舒尔康闻听此言,一时不知如何是好。他说:"明天,我们将列阵与他们厮杀,我们有一百人,他们也是一百人。我们求安拉默助我们战胜他们。"

他们商议妥当之后,便安歇了。

那百名西洋骑士聚集在将领那里,骑士们说:"我们今天没有达到目的呀!"

将领说:"明天,我们将列阵与他们一个对一个地厮杀。"

大家商议之后,也安歇了。

第二天早晨,旭日东升,照亮了山冈和河谷。舒尔康纵身上马,百名骑兵紧紧跟随,来到一片空地,但见西洋骑士们已摆好阵势准备决战了。舒尔康对部下说:"敌人已经摆好阵势,冲锋陷阵吧!"

对方的传令员喊道:"我们今天单个轮流与你们交战,你们就先派一位英雄出列与我们的一位骑士厮杀吧!"

舒尔康手下一员将领应声出列,站在两阵之间,大声喊道:"谁来与我厮杀?今天,懦夫与无能者是不配与我交战的!"

话音未落,对方一位骑士冲了过来,只见他满身披挂,全副武装,骑着一匹灰色战马,身穿金丝衣,连胡子都没长出来。他纵马来到空地中央,开始与舒尔康的战将交锋。没过一个时辰,西洋骑士便将对手一枪刺中,舒尔康的骑士顷刻间翻身落马,狼狈被俘而去。

西洋骑士们一片欢声笑语,立即改换另一位骑士上阵。

穆斯林派出被俘骑兵的弟弟出阵应战。

两人纵马来到阵前,没战几个回合,不大一会儿,西洋骑士便用矛柄将穆斯林骑士戳于马下,弟弟又当了俘虏。

穆斯林骑兵连连派人出阵,每每沦为俘虏,直到红日西沉,夜幕垂空,二十个穆斯林骑兵成了俘虏。

舒尔康见此情景,感到十分震惊,立即召集部将,对他们说:"我们怎么成了这个样子?明天,我将亲自出战,与那个西洋骑士将领决一高低。我将问问他为什么闯入我国,告诫他不要同我们厮杀。倘若他拒绝回答,我们就同他厮杀到底;假如他要求讲和,我们就与他和解。"

舒尔康与部下商量完,便安歇了。

第三天早晨,两队人马各自列队。舒尔康来到空地中央,只见对方骑士一半以上的人牵着马,步行来到空地中央,走在前面的就是那位将领。舒尔康仔细观察那位将领,只见他身披蓝绒斗篷,面如圆月,蒙着细眼锁子护面,手握印度宝剑,骑着一匹乌骓马,马的前额上有一块银币大小的白斑。那位将领连胡子都还没长,看上去年纪很轻。他策马来到空地中央,指着穆斯林骑兵,用流利的阿拉伯语说:"舒尔康,欧麦尔·努阿曼国王的王太子,你曾攻克过无数堡垒,攻占过许多城池,如今厮杀的机会就在你的面前,快出来与敢于同你较量的人比试吧!你是你方的头领,我是我方的头领,谁被打败,谁就乖乖地拜倒在对方的脚下。"

话音未落,舒尔康便满怀怒气冲了上去。他策马靠近那位欧洲骑士时,那骑士像愤怒的雄狮一样冲了过来。两将交战,斗争激烈,似两座大山相撞,如大海波浪翻滚,自早晨一直搏斗到天黑,未见高低,难分胜负,二人只好罢战,各自回营去了。

舒尔康召见部将,对他们说:"我从未见过这样的英雄骑士。我发现他有一种别人没有的习性:当他有机会置对方于死地的时候,却掉转矛头,仅用矛柄戳对方一下。我真不知道我与他对决会有什么结局。我迫切希望我们的军中能出现像他和他的伙伴那样的英雄。"

说完,舒尔康安歇去了。

第四天天刚亮,西洋骑士们便来到了空地上。舒尔康赶到那里,两位将领开始交战。两匹马纵横驰骋,刀枪翻飞,双方将士伸长脖子观战,他们从早晨一直厮杀到傍晚,然后各自回营休息。西洋骑士将领对部下说:"明天就能决出胜负来了。"

一夜过去,第五天清晨来临,两位头领策马上阵,奋力相攻,直厮杀到日挂中天。之后,那位西洋骑士头领略施小计,先策马急行,然后突然勒缰,连人带马跌倒在地。这时,舒尔康急忙冲了过去,手起剑要落下时,那位首领开口了:"舒尔康,英雄岂会乘人之危时动手?这不过是女人的手段罢了。"

舒尔康听到这话,仔细看去,发现那首领不是一位男子,而是在修道院里结识的伊卜里梓公主。

舒尔康认出公主,把宝剑丢在地上,立即下马向公主行吻地礼,问道:"你何以采用这种办法呢?"

公主说:"我想在战场上考验你一番,看看你冲锋、厮杀的能力。跟我来的这些骑士全是姑娘;在同你的骑兵对阵中,她们取得了全胜!若不是我马失前蹄,你会亲眼见识一下我的力量和韧性的。"

舒尔康听了公主的话,微微一笑,说:"公主,赞美安拉又让我见到了你。"

公主呼喊姑娘们,命令她们立即释放二十个俘虏,让他们平安回到舒尔康的军中。姑娘们立即执行命令,回来向公主行礼。舒尔康对姑娘们说:"姑娘们,像你们这样的英雄豪杰,留在君主身边,一定可以为君主排忧解难。"

随后,舒尔康手下的骑兵听首领一声令下,立即离鞍下马,向伊卜里梓公主行了吻地礼。

二百名男女骑手跃上马背,挥鞭上路,日夜兼程,六天过后,便来到了巴格达郊外。舒尔康让伊卜里梓公主和姑娘们脱下征袍,换上罗马女子的鲜艳服装,公主和姑娘们欣然从命。

讲到这里,眼见东方透出黎明的曙光,莎赫札德戛然止声。

第五十一夜

夜幕垂降,莎赫札德接着讲故事:

幸福的国王陛下,伊卜里梓公主说:"我想在战场上考验你一番，看看你冲锋、厮杀的能力。跟我来的这些骑士全是姑娘；在同你的骑兵对阵中，她们取得了全胜！若不是我马失前蹄，你会亲眼见识一下我的力量和韧性的。"

舒尔康听了公主的话，微微一笑，说："公主，赞美安拉又让我见到了你。"

公主呼喊姑娘们，命令她们立即释放二十个俘虏，让他们平安回到舒尔康的军中。姑娘们立即执行命令，回来向公主行礼。舒尔康对姑娘们说："姑娘们，像你们这样的英雄豪杰，留在君主身边，一定可以为君主排忧解难。"

随后，舒尔康手下的骑兵听首领一声令下，立即离鞍下马，向伊卜里梓公主行了吻地礼。

二百名男女骑手跃上马背，挥鞭上路，日夜兼程，六天过后，便来到了巴格达郊外。舒尔康让伊卜里梓公主和姑娘们脱下征袍，换上罗马女子的鲜艳服装，公主和姑娘们欣然从命。

舒尔康立即派人先进京城，向欧麦尔·努阿曼国王报告他已经到达京城郊外，并且禀报国王，说罗马国王的女儿伊卜里梓公主也将同时到达京城，希望国王马上派队伍出迎。之后，大队人马就地安营歇息。

次日清晨，舒尔康和伊卜里梓公主以及随行男女骑士列队上马，顷刻间来到城下，只见先期回到京城的佟丹宰相亲率一千人马前来迎接舒尔康王太子和罗马公主伊卜里梓。佟丹宰相是奉欧麦尔·努阿曼国王之命出城迎接公主和王太子的。

宰相一行大队人马来到公主和王太子面前，行过吻地礼，然后各自上马，护卫着公主和王太子进了城，来到王宫。

进到宫中，舒尔康来到欧麦尔·努阿曼国王面前，国王上前拥抱儿子，询问情况如何。舒尔康将公主告诉他的那些情况一一禀报父王，又将公主如何离开自己的国家、告别父王的情况详细禀报。

舒尔康说："伊卜里梓公主决定与我们同来，将在我们这里住下。拜占庭君王设下计谋，不是为了别的，目的在于要回他的女儿索菲雅公主。因为罗马国王已将索菲雅公主的情况告诉了艾弗里顿国王，并说明了将索菲雅公主送给你的经过。当初，罗马国王并不知道索菲雅是拜占庭君王艾弗里顿的女儿；如果他早就知道这个情况，他是不会把索菲雅送给你的，而会把公主送还其父王。这次幸得伊卜里梓公主相救，我们才避免了全军覆没的厄运。"

之后，舒尔康又对父王说："正是伊卜里梓公主将我们从这个阴谋中解救了出来，我从来没有见过比这位公主更勇敢的英雄。"

接着，舒尔康把自己与伊卜里梓公主厮杀、搏斗的事及公主的非凡表现向欧麦尔·努阿曼国王讲了一遍。

欧麦尔·努阿曼国王听完儿子的讲述，对公主的敬慕之心油然而生，他说："我很想见一见伊卜里梓公主。"

随即，舒尔康去到伊卜里梓公主面前，说："国王请你上殿！"

"遵命！"公主欣然回答。

舒尔康领着公主来见父王。当时，欧麦尔·努阿曼国王正襟危坐在宝座之上，随即让左右侍臣退下，只留下几个仆人。

伊卜里梓公主来到国王面前，行过吻地礼，她口齿伶俐，声音美妙动听，彬彬有礼。国王盛赞她为王太子舒尔康所办的好事，让她坐下来。

伊卜里梓公主坐下来，撩开面纱，露出面容。国王见之，禁不住神魂颠倒，情不自禁地让公主靠近自己些。接着，国王为公主单独安排了一处宫殿，并配上女仆若干，还为女仆们规定了俸禄。

几天后，国王唤来伊卜里梓公主，问起那三颗玮珠的事，公主说："大王陛下，那三颗玮珠就在我的手里。"

公主走去打开一口箱子，取出一个匣子，又打开匣子，从中取出一个小的金盒子，打开金盒子，取出那三颗玮珠，吻了吻，然后递给国王。她转身离去时，把国王的心也带走了。

公主离去之后，欧麦尔·努阿曼国王将一颗玮珠给了舒尔康。舒尔康问起另外两颗玮珠，国王说："一颗给你弟弟杜姆康，另一颗给你妹妹努兹蔓。"

舒尔康只听说自己添了一个妹妹努兹蔓，此时又听说有个弟弟叫杜姆康，心中一惊，凝视着父王，说道："父亲，莫非除了我，你还有一个儿子吗？"

"是的，杜姆康和努兹蔓是孪生姐弟，如今都已六岁了。"

这使舒尔康感到极为不快，但他没有吐露自己心中的秘密，只是对父亲说："感谢伟大安拉的恩赐。"

舒尔康随手搁下珠子，抻了抻衣服。这时，国王说："怎么？你听到这个消息，脸色怎么都变了呢？你将是我之后的王国国王，而且我已经把此事托付给文武大臣。这颗玮珠就是给你的，是三颗玮珠中最大的一颗。"

舒尔康低下头去，羞于顶撞父王。他站起来，因为十分生气，不知如何是好。他转身走去，直奔伊卜里梓住的宫殿。

伊卜里梓公主见舒尔康走来，立即站起，对王太子给予自己的关照表示感谢，并为舒尔康及其父亲祝福祈祷。

公主坐下，让舒尔康坐在自己的身旁。公主见舒尔康满面愁云，问发生了什么事，舒尔康告诉公主，说索菲雅公主为他父亲生了一男一女，男孩儿名叫杜姆康，女孩儿名叫努兹蔓，并且对公主说："父王给了他俩一人一颗玮珠，还给了我一颗，我扔下没要。因为父王瞒着我，到现在才告诉我他又添了一个儿子，所以我非常生气。公主，我把生气的原因告诉了你，什么也没有隐瞒。我真担心我的父王要纳你为妃子，而且我已从他的脸上看到他要娶你的贪欲。你对此有什么想法呢？"

伊卜里梓公主说："舒尔康，你的父王无法控制我；我不乐意，他是不能强娶我的。假若想强占我，我只有一死了之。至于那三颗玮珠，我则从未想到他会分给他的子女，只认为他会将之保存在宝库里。不过，我有个愿望，假若你接受了你父王送给你的那颗玮珠，你就行行好，把它拿来送给我吧！"

"遵命！"舒尔康回答。

公主又说："你不要害怕。"

公主与舒尔康谈了一个时辰。公主又对舒尔康说："我真担心我的父王得知我在这里，他就会千方百计地找我，而且说不定会与寻找女儿索菲雅的艾弗里顿国王商量好，联合发兵讨伐你们，掀起轩然大波。"

舒尔康听公主这样一说，便对公主说道："尊敬的公主，既然你愿意住在我们这里，你就不要去考虑他们。纵然他们从陆地和海上一齐向我们发动进攻，你不必害怕！我们有力量打败他们，即使他们联合发兵。"

"但期日后一切平安，假若你们对我好，我就留在你们这里；如果你们对我不好，我就离开这里。"

说完，公主吩咐女仆们端点儿吃的来，不一会儿摆满一桌美食。但是，舒尔康只吃了一点点，便忧心忡忡地离去了。

欧麦尔·努阿曼国王在儿子舒尔康离开他那里之后，带着两颗玮珠，起身向索菲雅住的宫殿走去。

索菲雅见国王到来，立即站起来迎接。国王坐下，儿子杜姆康和女儿努兹蔓向父亲跑过来。国王急忙搂住他们亲吻，然后将两颗玮珠分别挂在努兹蔓和杜姆康的脖子上。两个孩子高兴极了，争相亲吻父亲的手，然后走到母亲身旁，母亲为儿子和女儿感到高兴，并祝福国王长寿。

国王对爱妃说："索菲雅，你既是君士坦丁堡艾弗里顿国王的女儿，为什么不早告诉我呢？你若告诉我，我也好格外敬重你，提高你的地位。"

索菲雅听罢，说道："陛下恩泽浩荡，蒙你的浩荡恩泽，安拉已让我为陛下生下了一男一女，我哪里还会贪求更高的地位呢？"

欧麦尔·努阿曼国王十分满意索菲雅的话，觉得她说出的话甜美中听，而且更加感觉到情感细腻，礼貌周到。

国王离开索菲雅的宫殿后，随即下令给爱妃和一子一女重新建造一座豪华的新宫殿，还为他们安排仆人、侍卫侍候，并请教法学家、哲学家、天文学家、语言学家、医生等专职人员为子女施教，伺候他们，并为这些人增加了俸禄，给予特别的优待和关照。

欧麦尔·努阿曼国王仅仅见了伊卜里梓公主一面，便深深爱上了她，日思夜想，神魂不安。自那之后，国王每天晚上都要去看望公主，和她谈话，言谈之间吐露爱慕之情。但是，公主并不接受国王的表白，而是说："大王陛下，我现在对男人没有兴趣。"

欧麦尔·努阿曼国王听到拒绝的话，反倒更加爱这位公主，简直爱到了发狂的地步。他多次努力无效，便唤来宰相佟丹，向其吐露自己喜欢哈杜布国王的女儿伊卜里梓公主的心事，并且对宰相说，自己爱公主爱得要死，但一无所获，公主就是不从。

佟丹宰相听后，对国王说："夜幕垂降之后，你可以带上一砝码重的麻醉药，去找公主喝酒。将要结束对饮的时候，你给她递上最后一杯酒，顺手把麻醉剂放入杯中，让她喝下去。她只要一挨枕头，麻醉剂便立刻会发挥作用……你不就如愿以偿了吗？"

"你的主意好极了，就照你说的办！"国王说。

欧麦尔·努阿曼国王令仆人去仓库里取来一块精制的麻醉药，那药即使大象闻了，也要睡上很长时间。国王把药放在衣袋里，坐等天黑。

夜幕垂降了，国王急不可耐地向伊卜里梓公主的宫中走去。

公主见国王驾临，忙站起来迎接。国王让公主坐下，公主方才坐了下来。国王谈起喝酒之事，公主当即吩咐女仆摆下菜肴和酒具，燃起蜡烛，又送上水果和甜点，国王便与公主来饮酒畅谈。

酒过三巡，公主已感头重脚轻，有了几分醉意。国王见此情景，悄悄伸手从衣袋里掏出蒙汗药，夹在手指之间，斟满一杯酒，自己举起杯子，一饮而尽。又斟满一杯，趁公主不留意之时，将麻醉剂放入杯中，举起杯来，恭恭敬敬地对伊卜里梓公主说："公主，接着……把它喝下去吧！"

伊卜里梓接过酒杯，一饮而尽。一个时辰未过，药性发作，令公主神志不清。她早已忘记国王还在自己的寝宫，迷迷糊糊脱下衣服，躺在了床上。

国王走近前，仔细看看公主，只见她仰卧着，风吹起了她的丝衣；公主头前一支蜡烛，脚后一支蜡烛，明亮的烛光照着她的阴户。国王当即神魂飞扬，欲火中烧，再也克制不了自己，迅速脱下裤子，一下子扑了上去，硬邦邦的玉茎插入阴门，顷刻公主那处女之身消失，变成了青年妇女……一阵欢快、尽兴之后，国王方才站立起来。

国王来到一个名叫麦尔加娜的女仆面前，对她说："去看看你家公主，同她聊聊天吧！"

麦尔加娜走去一看，只见公主仰躺在那里，大腿上有鲜红鲜红的血，急忙掏出手帕为公主擦去血迹。

第二天清晨，女仆麦尔加娜走进公主的宫内，为公主洗脸、洗脚，然后拿来玫瑰水，洒在公主的脸上和嘴里。这时，伊卜里梓公主打了个喷嚏，随后呕吐出一块儿药片似的麻醉剂，这才清醒过来。之后，公主漱了漱口，洗了洗手，对女仆麦尔加娜说："告诉我，昨晚究竟发生了什么事……"

女仆告诉公主，她昨晚见公主仰卧着，鲜血流到了她的大腿上。公主这才意识到自己已被欧麦尔·努阿曼国王奸污，他的阴谋诡计已经得逞，因此感到悔恨万分，极度悲伤，决计不再见人。她对女仆们说："任何人想要见我，你们一律不得让他们进来，就说我身体虚弱，需要静养，看看上帝为我做何安排。"

伊卜里梓公主身体虚弱的消息传到欧麦尔·努阿曼国王那里，国王立即派人送来吃的喝的，应有尽有。公主一连几个月闭门不见客人，国王的欲火也随之冷却下来，对公主的思念之情也就淡薄了，也不再想去见她了。

伊卜里梓公主耐心等待一段时间，她还是怀了国王的孩子。几个月过去，身孕渐显，肚子大了起来，公主感到天地狭窄，无处容身。她对女仆麦尔加娜说："麦尔加娜，不是国人对我不好，而是我自己糟践自己呀！我是自作主张，离开父母，离开故国的。我已厌烦了生活，我的意志薄弱，我再也没有什么信心和力量了。本来我跃上马背，便可自由驰骋；而今，我连马都骑不动了。我在他们这里生下孩子之日，就是在女仆们中遭受白眼之时。宫中的人都会知道是他夺去了我的贞操。一旦我回到故国，我有何脸面去见我的父王呢？诗人说得多好……"

公主吟道：

没有亲朋无祖国，不见杯盏和酒友；
无地安身与立命，何以消愁复解忧？

麦尔加娜说:"一切事情由公主决定,我完全服从你就是了。"

公主说:"我想秘密外出一趟,除了你,不让任何人知道。我要到我父母亲那里去了,因为人倒了霉,除了亲人,他人爱莫能助,任凭上帝如何处置我了。"

"公主,就请你按自己的意愿行事吧!"

伊卜里梓公主开始了准备工作。她严加保密,耐心等待数天,直到欧麦尔·努阿曼国王外出打猎,王太子舒尔康也离开了京城,她把随身女仆麦尔加娜叫来,对她说:"我们今夜就起程,但分娩时间已经临近,我该怎么办呢?如果再等几天,我就走不成了。在这里生下孩子,也就回不去了。所有这些,都是生前命中注定的呀!"

公主沉思了一会儿,又说:"你去找个男仆,让他和我们一起上路,也好在路上照顾我们一下。因为我已经没有力量携带武器了。"

麦尔加娜说:"公主,我只认识国王的一个黑奴,名叫埃杜班,此人很勇敢,是欧麦尔·努阿曼国王的奴仆,守卫王宫大门的。国王派他来伺候我们,我们曾给过他不少好处。我现在就去找他,和他说说这件事,答应给他些钱。我还要对他说:'如果你想和我们住在一起,我将让你与你所喜欢的女子成婚安家。'他以前对我说过,他曾走过我们要走的这条路。因此,若有他跟着我们,我们定会平安到达目的地,回到我们的国家。就让他跟我们走吧!"

公主说:"你把他叫来,我跟他谈谈,看他愿不愿意跟我们走吧!"

女仆麦尔加娜去见埃杜班,对他说:"喂,埃杜班,女主人有话对你说,倘若你能照她的话办,你的福气就来了。"

说完,麦尔加娜拉着他的手,将他领到了伊卜里梓公主的面前。

埃杜班看见公主,立即行吻地礼。公主看见他,虽打心眼儿里感到厌恶,心里却想:"需要自有其法则。"公主讨厌他,却不能不跟他谈话。公主说:"埃杜班,我们有点儿事,你能帮帮我们的忙吗?如果我把自己的事情说给你听,你能保守秘密吗?"

黑奴一见公主姿色绝伦,不禁喜形于色,深深爱在心里。他说:"小姐,有事只管吩咐,我定照办。"

公主说:"我要你立即带着我和我这个女仆起程上路。你先备好两峰骆驼,再从皇家马厩里选两匹马,每一匹马上放一个钱袋,加上一些干粮,和我们一起到我的国家去。你若愿意留在那里,我就让你从我的女仆中挑选一个你最喜欢的,与她成亲;如果想回来,那就随你的意,我会让你带上足够的金银。"

埃杜班听伊卜里梓公主这么一说,非常高兴。他说:"公主,我将全力为你效劳,跟你们俩一起走。我这就给你们牵马去。"

他高高兴兴转身走去,心想:"我的目的一定能达到,假若她俩不从我,我就把她俩干掉,夺了她俩的钱财。"

埃杜班暗藏杀机离去,不多时,便牵来两峰骆驼和三匹马,只见他骑着其中一匹马,来到伊卜里梓公主面前。公主忍着强烈的阵痛上了马,因疼痛阵阵袭来,简直已经自顾不暇;麦尔加娜骑上一匹马,由黑奴带路,日夜兼程,终于来到了大山之中。这里距公主的国家仅有一天路程了。阵痛渐渐加剧,公主无力骑在马上,便对黑奴埃杜班说:"我的肚子痛得厉害,扶我下马吧!"

又对麦尔加娜说:"快扶我下马,我要分娩了,下马为我接生吧!"

麦尔加娜立即翻身下马,埃杜班也离开了马背,接过马缰,将两匹马拴好。因宫缩阵痛更加厉害，此时此刻，伊卜里梓公主已处于昏昏沉沉之中。

　　黑奴见公主下了马，躺在地上，邪念顿生，抽出宝剑，当面威逼公主说："你可怜可怜我，让我同你交欢一场吧！"

　　公主一听这种淫语，怒视着黑奴，说："什么？你这个该死的畜生，怎敢对我说这种话！我舍弃了帝王公侯，如今却要你这么一个黑奴？"

　　讲到这里，眼见东方透出黎明的曙光，莎赫札德戛然止声。

第五十二夜

　　夜幕垂降，莎赫札德接着讲故事：

　　幸福的国王陛下，伊卜里梓公主对黑奴埃杜班说："我的肚子痛得厉害，扶我下马吧！"

　　又对麦尔加娜说："快扶我下马，我要分娩了，下马为我接生吧！"

　　麦尔加娜立即翻身下马，埃杜班也离开了马背，接过马缰，将两匹马拴好。因宫缩阵痛更加厉害，此时此刻，伊卜里梓公主已处于昏昏沉沉之中。黑奴见公主下了马，躺在地上，邪念顿生，抽出宝剑，当面威逼公主说："你可怜可怜我，让我同你交欢一场吧！"

　　公主一听这种淫语，怒视着黑奴，说："什么？你这个该死的畜生，怎敢对我说这种话！我舍弃了帝王公侯，如今却要你这么一个黑奴？"

公主狠狠地责骂黑奴，怒不可遏，又说道："你这个该死的奴才、畜生，怎敢对我说这种话，好大胆子！你要知道，我宁可一死了之，你也休想得逞。你先给我滚开，等我生下婴儿，我就可以解脱了。到那时，你要怎么样，就全由你了。假若你现在仍说这种荒唐话，我只能当即自杀，一死了之，也好摆脱一切痛苦。"

说完，伊卜里梓公主吟道：

可恶埃杜班，要你放开我！
主禁我犯罪，违必遭狱火。
我已避丑行，忌动邪待我。
你若犯此罪，等谁敬重我？
呼请英雄男，力量俱在握。
头断利剑下，屈从终非我。
高贵人自有，贱奴生淫窝？

黑奴埃杜班听罢公主的话，恼羞成怒，两眼发红，脸色铁青，两腮鼓凸，双唇突起，凶相毕露。他吟诵道：

公主莫拒我，我深恋着你。我心与世隔，欲火难消弃。
你言动我心，我神思相逼。纵唤大军至，我要达目的。

伊卜里梓公主听完这首诗，不禁大哭起来。她说："埃杜班，你这个该死的畜生！怎敢向我说这种话？莫非你以为所有的人都是一样的吗？"

黑奴听公主如此说，恼羞成怒，快步走向公主，手起剑落，猛刺一剑，将公主杀死，然后抄起钱财，骑上公主的那匹马，独自向深山逃去。

伊卜里梓公主躺在地上，挣扎在血泊之中，生下一男婴后，随即死去。

麦尔加娜撕开衣服，将婴儿包裹起来，泣不成声。她撕扯自己的衣服，往脸上撒土，批打自己的面颊，直打得脸上鲜血流淌。她说："哎呀，多惨哪！怎么一个黑奴竟然把我们的公主杀死了呢？好一个该死的坏蛋！与我们公主的武艺相比，这个黑奴是一文不值的！真怨我错看了人啊！"

正在这时，忽见前方荡起一缕烟尘，顿时弥漫天地。片刻后，烟尘下闪出一彪人马；看旗子便知，那正是伊卜里梓的父亲——罗马国王的军队。

罗马国王哈杜布得知女儿伊卜里梓带着百名女仆到了巴格达，住在欧麦尔·努阿曼国王那里，便派人外出打听消息。他从一些旅行者那里得知，伊卜里梓公主确实住在欧麦尔·努阿曼国王的王宫里，而且还在那里见过她。罗马国王哈杜布带人出宫前来寻找。这一天，他远远看见三个人，正是他的女儿、黑奴埃杜班和女仆麦尔加娜，于是策马前来。这时黑奴埃杜班因杀死公主而害怕，故独自奔逃而去。

当哈杜布国王一行来到跟前一看，见女儿伊卜里梓已死在血泊之中，痛苦不堪。女仆麦尔加娜在公主尸体旁失声痛哭。国王立即跌下马背，晕了过去。随行的王公大臣纷纷下马，在山中搭起一顶大帐，王公大臣们站在帐门外守卫。

麦尔加娜见国王驾临，立即认了出来，于是哭得更加伤心。

哈杜布国王苏醒过来，急忙问麦尔加娜发生了什么事情，女仆将事情经过讲了个明明白白。她说："国王陛下，杀害公主的那个黑奴就是欧麦尔·努阿曼国王的奴隶。"

麦尔加娜还把欧麦尔·努阿曼国王如何对待公主的情况向哈杜布国王讲了一遍。

哈杜布国王听完女仆的述说，顿感眼前一片漆黑，随后痛哭起来。

过了一会儿，哈杜布国王吩咐仆人抬来一乘小轿，将公主的尸体放入小轿里，由大队人马护卫着返回京城。

哈杜布国王回到京城后，拜见太后札特·达瓦希，对她说："难道穆斯林就这样对待我的女儿？欧麦尔·努阿曼强奸了她，之后她又死于他的一个黑奴的剑下。凭耶稣基督起誓，我一定要为我的女儿报仇，非雪此耻不可；如若不然，我甘愿自尽。"

说完，哈杜布国王哭成了一个泪人。

札特·达瓦希太后说："杀害你女儿的是麦尔加娜，因为这个女仆早就对公主怀恨在心。"

老太婆又说："你不要难过，仇是一定要报的。凭耶稣基督起誓，我一定要杀死欧麦尔·努阿曼国王父子。我一定要干一件连智者和英雄都望尘莫及的事情，令天下后人广为传颂。不过，我说什么，你应该听什么，一切照我的吩咐安排行动，保你达到目的。"

哈杜布说："凭耶稣起誓，我绝不违抗你的嘱咐。"

老太婆说："给我选拔一批姿色绝美的姑娘，再给我请来当今的大学者，给他们以厚礼，令他们给姑娘们讲授哲学、文学、帝王诏书、诗歌以及箴言、训诫等。但是，这些大学者都必须是穆斯林，以便让他们向姑娘们讲授阿拉伯人的风俗习惯、哈里发史传及历代伊斯兰帝王的事迹，就是花上十年工夫，也是值得的。你要有恒心和耐心。阿拉伯人说：'君子报仇，四十年不晚。'我们学到了这一点，就一定能打败敌人。我们的敌人很喜欢漂亮姑娘，他的宫中有三百六十个妃子，如今又加上公主带去的那一百名姑娘。假若姑娘们学到了那些知识，我就带着她们去远征。"

哈杜布国王听完母亲的这番话，高兴极了，吻了吻母亲的头，随后派人到边境地区去请穆斯林学者。手下人按照国王的命令奔赴远方，请来国王所要求的学者若干名。

穆斯林学者来到哈杜布国王面前，国王非常敬重他们，一一赐赠礼袍，为他们规定了丰厚的俸禄，并且对他们说，若能忠实执行国王的命令，日后必有重赏。

之后，国王把一群漂亮姑娘送到学者们面前……

讲到这里，眼见东方透出黎明的曙光，莎赫札德戛然止声。

第五十三夜

夜幕垂降，莎赫札德接着讲故事：

幸福的国王陛下，老太婆札特·达瓦希对哈杜布国王说："给我选拔一批姿色绝美的姑娘，再给我请来当今的大学者，给他们以厚礼，令他们给姑娘们讲授哲学、文学、帝王诏书、诗歌以及箴言、训诫等。但是，这些大学者都必须是穆斯林，以便让他们向姑娘们讲授阿拉伯人的风俗习惯、哈里发史传及历代伊斯兰帝王的事迹，就是花上十年工夫，也是值得的。你要有恒心和耐心。阿拉伯人说：'君子报仇，四十年不晚。'我们学到了这一点，就一定能打败敌人。我们的敌人很喜欢漂亮姑娘，他的宫中有三百六十个妃子，如今又加上公主带去的那一百名姑娘。假若姑娘们学到了那些知识，我就带着她们去远征。"

哈杜布国王听完母亲的这番话，高兴极了，吻了吻母亲的头，随后派人到边境地区去请穆斯林学者。手下人按照国王的命令奔赴远方，请来国王所要求的学者若干名。

穆斯林学者来到哈杜布国王面前，国王非常敬重他们，一一赐赠礼袍，为他们规定了丰厚的俸禄，并且对他们说，若能忠实执行国王的命令，日后必有重赏。

之后，国王把一群漂亮姑娘送到学者们面前。

哈杜布国王厚待穆斯林学者，要他们向姑娘们讲授各种阿拉伯的知识和学问，学者们欣然从命。

这一天，欧麦尔·努阿曼国王打猎回来，立即去找伊卜里梓公主，发现公主不在宫中；问起她的去向，结果谁也说不出，国王心中有说不出的难堪。他说："一个女子走出宫中，竟没有一个人知道，这是怎么回事呢？假若我的国家是这么一种状态，不就完蛋了吗？我外出打猎时，还派了一个卫士专门看管，竟然连一个人都看不住，这还得了？"

因为见不到伊卜里梓公主，欧麦尔·努阿曼国王感到十分难过。

正当此时，王太子舒尔康回到王宫，欧麦尔·努阿曼国王将此事告诉了他，并且说伊卜里梓公主趁他外出打猎之机逃跑了。

舒尔康得知此消息，亦感忧思满怀。

欧麦尔·努阿曼国王自此每天都去看望自己的那对孪生儿女，对他俩关心备至，不断地给他们请来学者教授知识，并给学者们很高的俸禄。

舒尔康见此情景，心中甚为愤怒，对异母弟弟和妹妹的嫉妒之心油然而生，怒气终日挂在脸上，因此疾病缠身。

欧麦尔·努阿曼国王对此情况看在眼里，记在心中。一天，他对舒尔康说："我看你身体日渐虚弱，面色发黄，这究竟是怎么回事呀？"

舒尔康说："父亲，每当我看见你亲近弟弟妹妹，对他们爱护关心，无微不至，与此同时却冷落我，我的嫉妒心便油然而生。我真害怕这样的心情会促使我把他们杀掉；而你会因我杀了他们，将我杀死。因此，我身体生病，脸色憔悴。我迫切期望父王开恩，给我一座城堡，让我在那里度过余生。常言说得好：'远避亲者得安，眼不见则心不烦。'"

说完，舒尔康低下头去。

欧麦尔·努阿曼国王闻听此言，知其病因，思考片刻，对儿子说："孩子，既然如此，我答应你的要求。在我的统治范围内，把最重要的要塞交给你，你到大马士革城当总督去吧！从现在开始，那座城堡就是你的了。"

国王唤来御用文书，令他们当即拟就诏命，委任太子舒尔康为大马士革总督。诏书写就，国王又派宰相佟丹同往，辅佐舒尔康料理政务。处理完毕，舒尔康告别父王前往赴任，朝内文武大臣前来送别。

舒尔康率领人马来到大马士革，当地人纷纷装点城郭，张灯结彩，击钹鸣号，夹道欢迎新总督上任。

岁月不居，时节如流。王太子舒尔康走后，负责为王子杜姆康和公主努兹蔓授课的学者们来见欧麦尔·努阿曼国王。他们对国王说："大王陛下，王子和公主已经精通所学的哲学和文学了。"

国王听后，十分高兴，随后重赏所有学者。

欧麦尔·努阿曼国王眼见杜姆康渐渐长大，骑马习武，勇猛过人，心中有说不出的欣悦。

杜姆康年满十四岁，热心宗教活动，体贴穷人，喜交文人学士,爱读《古兰经》,因此,巴格达的老百姓都很喜欢他。

就在这一年,伊拉克朝觐和谒拜穆圣陵墓的代表团经过巴格达,看见朝觐队伍,杜姆康很想加入其中,于是来见父王,说:"我来见父王,我希望父亲准许我和他们去拜谒穆圣陵墓,行吗?"

欧麦尔·努阿曼国王不许,劝阻儿子说:"等到来年,我去朝觐时,把你带去就是了。"

一年时间,杜姆康觉得太长,于是找姐姐努兹蔓商量。他来到姐姐的闺房,见她正在做礼拜。礼拜完毕,杜姆康对姐姐说:"我很想去朝拜天房①拜谒穆圣陵墓,可是和父亲一说,他不让我去。我想带上些钱,秘密前往朝觐,不告诉父亲。"

努兹蔓听说父亲不让杜姆康随代表团去麦加,便说:"看在安拉的面儿上,你让我和你一道去吧!千万不要让我失去拜谒穆圣陵墓的机会。"

"天黑之后,你就从这个地方出去,不要告诉任何人。"

姐弟俩商量好,备了些钱。夜半时分,努兹蔓换上男儿装,趁夜色悄悄走出王宫,只见弟弟杜姆康已牵着骆驼等在那里。杜姆康扶姐姐坐上驼背,然后自己骑上去。这对孪生姐弟趁夜色出宫,加入了朝觐者的行列,踏上了去往麦加的征程。

姐弟俩跟随朝觐者长途跋涉,在安拉保佑之下,终于平安抵达麦加城。姐弟二人参加了在阿拉法特山的安营集会活动,朝觐仪式全部结束之后,又去麦地那②朝拜了穆圣陵墓,然后便想随朝觐者回国了。

---

① 天房,指麦加城"圣寺"内的一座方形石殿。公元六二三年,穆罕默德定它为伊斯兰教徒礼拜时的正向。

② 麦地那,伊斯兰教第二大圣地。位于沙特阿拉伯希贾兹省北部赛拉特山区一开阔平地上,在麦加以北约四百公里处,古称叶斯里卜。

这时，杜姆康对姐姐说："姐姐，我想去耶路撒冷，朝拜使者易卜拉欣的陵墓。"

"我也想去！"努兹蔓说。

姐弟俩商量好，整理完行装，租了骆驼，便随着旅行者出发了。不巧得很，就在那天夜里，努兹蔓生病发烧，但很快就退烧了，而杜姆康却病倒了，幸得姐姐细心照料，方才没有影响赶路。

姐弟俩一路辛苦，终于到达耶路撒冷。他们俩在一家客栈租了房间，住了下来，杜姆康病情进一步加重，身体羸弱瘦削，几乎处于昏迷状态。姐姐努兹蔓因此不胜惆怅，说道："无能为力，只有依靠伟大的安拉了。这全是安拉的安排呀！"

姐弟俩住在那里，弟弟的身体更加虚弱，姐姐全力服侍，细心照顾弟弟，花费巨大，不多天就把带的钱全部花光了，一文未剩。努兹蔓只好委托客栈的小伙计带着自己的随身衣服到市场上去卖，换上几个钱，为杜姆康买药治病。没过几天，再卖一件衣物，就这样，把带去的衣服卖光了，手边只剩下一张破席子，努兹蔓哭了起来。她说："生前身后事，一切都是安拉安排了的。"

有一天，弟弟杜姆康对姐姐说："姐姐，我已觉得健康恢复了，想吃点儿烤肉。"

姐姐说："凭安拉起誓，弟弟，我实在不好意思外出乞讨。不过，明天我去找个大户人家，给他们帮帮工，挣些钱来供我们吃饭吧。"

努兹蔓沉思片刻，又说："你的身体处于这种情况，我真不忍心离开你去打工。但是，为了生计，非这样不可呀！"

"如果这样，你不就远离高贵，沦为低贱之人了吗？无能为力，只有依靠伟大的安拉了。"话音未落，杜姆康哭了起来，姐姐努兹蔓也哭了。

姐姐说："弟弟，我们是异乡人，已经在这里住了一整年了，谁也不曾来敲过我们的门,难道我们就饿死在这里吗?我没有别的办法,只有出去打工,给人家效力,挣来一些钱,养活你和我,直到你完全恢复健康,然后再回家去。"

努兹蔓哭了一个时辰,然后站起身来,从驼夫丢下的斗篷上撕下一块布,将头包住,吻了吻弟弟,给他盖好被子,哭着离开客栈,但不知道该往哪里去。

弟弟杜姆康一直等待着姐姐回来,晚饭时间临近了,努兹蔓仍没有回来。他一直等到第二天早晨,姐姐还没有回来。就这样,杜姆康等了两天,未见姐姐归来,不禁忧心忡忡。他饥饿难忍,于是走出房间,喊来客栈的小伙计,对他说:"把我背到市场上去,设法要点儿东西吃吧!"

小伙计果然把杜姆康背到市场,让他坐在一个地方,自己就回客栈了。

耶路撒冷的人围过来,见杜姆康病病恹恹的样子,都禁不住流下了同情的眼泪。杜姆康表示要点儿东西吃,人们便从商人那里要了几个钱,为他买了些吃的东西,然后把他背到一家店铺里,给他铺了一张席子,让他躺在那里,又在他的头旁边放了一把水壶,让他渴时饮用。夜色来临时,人们方才带着几分忧虑离去。

夜半时分,杜姆康想起姐姐,自感身体虚弱,不思饮食,昏迷了过去。

市场上的人从商人那里要来三十第纳尔,为杜姆康租了一峰单峰骆驼,雇来一个驼夫,给了他脚钱,叮嘱他:"你把小伙子送到大马士革去,将他送进医院,也许他就能得救了。"

"我一定照你们的吩咐办。"驼夫接过钱,满口答应,他却心想:"这个人病得濒临死亡了,我怎么把他送到医院呢?"

驼夫把杜姆康带到一个地方,躲藏到夜幕垂降,然后把他丢在澡堂门口旁的灰渣堆上,转身快步悄悄地溜走了。

次日清晨,澡堂的火夫倒灰渣时,发现那里躺着一个人,心想:"人们为什么把死人丢在这里呢?"火夫用脚一踢,只见躺着的人动了动,便说:"抽了大烟,就随地倒下来睡觉!"

火夫仔细看那个人的面孔,发现两腮还没长胡子,然而容貌英俊,气宇非凡,因而怜悯之心顿生。他看得出那个人是异乡人,生了病,便说:"毫无办法,只有依靠伟大的安拉了。我错怪了这个小伙子。先知嘱咐我们要敬重异乡人,尤其要款待病中的异乡人。"

说完,火夫将杜姆康背回家中,交给妻子,叮嘱她好好照顾这个异乡人。火夫的妻子立即给杜姆康铺好床,放上枕头,让他躺下。她又烧了些热水,给杜姆康洗了洗手脚。火夫到市场上买回玫瑰水、糖,将玫瑰水洒在杜姆康的脸上,喂他糖水喝,又取出干净的衣服给他换上。

杜姆康受到妥善的照顾,沐浴到健康的惠风,精神顿时好转,坐起来靠在枕头上。火夫见此情景,十分高兴,说:"感赞安拉让小伙子恢复了健康。安拉啊,请你告诉我让这位青年在我的手中康复的秘密吧!"

讲到这里,眼见东方透出黎明的曙光,莎赫札德戛然止声。

第五十四夜

夜幕垂降,莎赫札德接着讲故事:

幸福的国王陛下，火夫倒煤渣时发现那里躺着一个人，仔细看那个人的面孔，发现两腮还没长胡子，然而容貌英俊，气宇非凡，因而怜悯之心顿生。他看得出那个人是异乡人，生了病，便说："毫无办法，只有依靠伟大的安拉了。我错怪了这个小伙子。先知嘱咐我们要敬重异乡人，尤其要款待病中的异乡人。"

说完，火夫将杜姆康背回家中，交给妻子，叮嘱她好好照顾这个异乡人。火夫的妻子立即给杜姆康铺好床，放上枕头，让他躺下。她又烧了些热水，给杜姆康洗了洗手脚。火夫到市场上买回玫瑰水、糖，将玫瑰水洒在杜姆康的脸上，喂他糖水喝，又取出干净的衣服给他换上。

杜姆康受到妥善的照顾，沐浴到健康的惠风，精神顿时好转，坐起来靠在枕头上。火夫见此情景，十分高兴，说："感赞安拉让小伙子恢复了健康。安拉啊，请你告诉我让这位青年在我的手中康复的秘密吧！"

火夫一连三天喂杜姆康糖水、果汁，洒玫瑰水，精心照料，体贴入微，杜姆康终于完全恢复了健康。火夫进到房间，见小伙子坐了起来，健康神色显而易见，问道："孩子，现在感觉怎样？"

杜姆康说："我感觉好多了。"

火夫连声赞美安拉。他又到市场上为杜姆康买了十只母鸡，带到妻子面前，说："每天给小伙子炖两只鸡，早一只，晚一只。"

火夫的妻子立即动手，杀了一只鸡，精心炖好，送到小伙子面前，让他吃肉喝汤。杜姆康吃完，用热水洗了洗手，然后躺下，盖上被子，一觉睡到红日偏西。下午，火夫的妻子又宰了一只鸡，炖好后撕给他吃。她说："孩子，吃吧！"

就在此时，火夫走进房间，见妻子正撕鸡肉喂小伙子，就在床旁坐了下来，问道："孩子，现在感觉怎么样？"

"赞美安拉，我完全好了，但求安拉代我报答你的恩情。"

火夫感到高兴，他到市场上去，买回紫罗兰汁和玫瑰水，让杜姆康喝。火夫每天能从澡堂挣得五第纳尔，但每天要花一第纳尔买糖、玫瑰水和紫罗兰汁，又要花一第纳尔买鸡给杜姆康吃。

在火夫的精心照料下，不知不觉一个月过去了，杜姆康终于面色红润，健康如初。火夫及其妻子看到这样的情景，十分欣喜。火夫对杜姆康说："你想跟我一起去澡堂吗？"

"想去。"杜姆康回答。

火夫来到市场，雇了头毛驴让杜姆康骑上去，扶着他，一直走到澡堂。进了澡堂，让杜姆康坐下，火夫又去市场买回皂角和碱面，对杜姆康说："好好洗个澡吧！"

火夫为杜姆康搓脚擦身，正在这时，澡堂老板特派的侍者来到杜姆康面前。见火夫正为杜姆康搓脚，便说："老师傅怎好干这份儿活儿呢？我来吧！"

火夫说："凭安拉起誓，老板待我们恩重如山，干这份儿活儿，我甘心情愿。"

侍者为杜姆康剃了头。火夫与杜姆康洗完澡，出了澡堂，回到家中。火夫将自己的衣服、缠头巾和腰带给杜姆康穿戴上。火夫的妻子已把两只鸡宰好炖熟。杜姆康坐在床上，火夫站起来，走去将糖溶在玫瑰水里让杜姆康喝，然后摆上饭菜，还给他撕鸡肉，端鸡汤，直至杜姆康吃饱喝足，洗了洗手，连声赞美安拉。杜姆康对火夫说："安拉借你之手使我得到康复，感谢你的照料。"

火夫说："快别说这些了，请你告诉我，你为什么要到这座城市来呢？你是从哪里来的？我看得出你满脸富贵相啊！"

杜姆康说："阿伯，请告诉我，你是怎样发现我的呢，然后我再把我的身世讲给你听。"

"我早晨起来上工时，见你躺在灰渣堆上，但不知道是谁把你扔在那里的，于是我就把你背到了我家。事情就是这样。"

"赞美安拉能使枯骨复活。我的兄弟，你做了一件大好事，你日后定会得到好报，摘食甜果。"

之后，杜姆康问："我现在在什么地方？"

火夫说："你现在在耶路撒冷城呀！"

杜姆康想到身在异乡，又想起姐姐努兹蔓，随即将自己的秘密讲给了火夫，他禁不住泪水簌簌淌落，边哭边吟道：

拖我入深渊，我的末日临。避者不怜我，乐祸反怜悯。
容我看一眼，可减苦情深？求我心拒你，心言实不忍。

杜姆康哭得更加厉害了。火夫说："别哭了，赞美安拉已使你健康平安。"

杜姆康说："这里离大马士革多远？"

"六天路程。"

"你能让我到大马士革去吗？"

"你还是个小青年，我怎么能让你独自去呢？你如果想去大马士革，我就和你一道去。如果我妻子听我的，想和我一道去，我就在大马士革安家。因为我实在不愿意和你分手。"

火夫转脸对妻子说："你愿意跟我一起到大马士革去，还是想住在这里呢？因为我要送这小伙子去大马士革，过几天才能回来。凭安拉起誓，我真舍不得离开他，担心他在路上遇着劫匪。"

妻子说："我和你们俩一起去。"

火夫说："赞美安拉，你愿意和我们一道去太好了。"

火夫夫妻二人商定与杜姆康一起去大马士革，便开始了准备工作。火夫卖掉家中的东西……

讲到这里，眼见东方透出黎明的曙光，莎赫札德戛然止声。

❖ 第五十五夜 ❖

夜幕垂降，莎赫札德接着讲故事：

幸福的国王陛下，杜姆康在火夫夫妇的精心照料下，身体恢复了健康。他想念亲人，想念家乡。

杜姆康问火夫："这里离大马士革多远？"

火夫说："六天路程。"

"你能让我到大马士革去吗？"

"你还是个小青年，我怎么能让你独自去呢？你如果想去大马士革，我就和你一道去。如果我妻子听我的，想和我一道去，我就在大马士革安家。因为我实在不愿意和你分手。"

火夫转脸对妻子说："你愿意跟我一起到大马士革去，还是想住在这里呢？因为我要送这小伙子去大马士革，过几天才能回来。凭安拉起誓，我真舍不得离开他，担心他在路上遇着劫匪。"

妻子说："我和你们俩一起去。"

火夫说："赞美安拉，你愿意和我们一道去太好了。"

火夫夫妻二人商定与杜姆康一起去大马士革，便开始了准备工作。火夫卖掉家中的东西，雇了一头毛驴。他们经过六天跋涉，于傍晚时分，到达了大马士革，住了下来。

火夫照习惯上街买吃的喝的。他们在那里仅仅过了五天，火夫的妻子便病倒了，没过几天，就与世长辞了。这使杜姆康感到十分难过，因为正是由于那位妇女的精心照料，自己才摆脱了病魔，恢复了健康。

火夫对妻子过世感到十分难过，杜姆康见火夫痛苦无比，便说："不要过分悲伤，迟早我们都会进这个门的。"

火夫望着杜姆康说："孩子，安拉会嘉奖你的。安拉会以恩德补偿我们的损失，消除我们的痛苦。孩子，你能陪我到大马士革大街上逛一逛，让我散散心吗？"

杜姆康说："我完全乐意！"

火夫站起来，拉着杜姆康的手，来到一个牲口棚下，看到那里有许多峰骆驼，驮着大箱子、绸缎等物，还有许多匹宝马，数不清的奴仆和衣着整洁的主人，一片乱哄哄。杜姆康问："这些奴仆和骆驼、马匹是谁的？"

一个奴仆回答道："这是大马士革总督送给欧麦尔·努阿曼国王的礼物，其中还有沙姆的地方税收款。"

杜姆康听人这样一说，不禁热泪盈眶。他吟诵道：

何言崇敬者，何法解思情？
差使传音信，岂能递曲衷！
劝我要忍耐，失亲心似空。

杜姆康又吟道：

纵使已离去，仍居我心中。
美貌虽逝去，思情永长生。

命中得相会,长话肺腑情。

杜姆康吟完诗,不禁泪如雨下。火夫说:"孩子,我还不相信你真正恢复健康,你只管宽心就是了。不要哭泣啦!我真担心你旧病复发。"

火夫又是安慰他,又是和他开玩笑。杜姆康不住地唉声叹气,为自己在异乡、与姐姐失散深感忧伤,止不住泪水潸然落下。杜姆康吟道:

上路之时,备足干粮,相信死神,无疑临头。
今世生活,忧愁欺诈,生活今世,虚无难求。
人生如同,移动住宅,晨起上路,傍晚停留。

杜姆康为自己远离家乡而痛哭失声,火夫也为自己失去了妻子而哭了起来。但是,火夫耐心地安慰杜姆康,直到次日天亮,太阳东升。火夫说:"喂,孩子,看来你好像想起了你的国家。"

杜姆康说:"是的,阿伯,我不能总住在这里。我把你托付给安拉,我就要跟着这支驼队一起走了,和他们一起回我的国家去。"

火夫说:"我和你一道走,因为我不能离开你。我为你做了一件好事,还想为你效力,把好事做到底,一直把你送回你的国家去!"

杜姆康说:"安拉必定会嘉奖你的。"

杜姆康听火夫说愿意和自己一道走,心中十分高兴。火夫去买了些必需用品和一头毛驴。火夫对杜姆康说:"你骑着这头毛驴上路吧!若在路上骑累了,你就下来走一走。"

杜姆康说:"安拉为你祝福,安拉会助我报答你的。你为我做的好事,就连同胞兄弟也是做不到的。"

他俩与那支驼队一起踏上了去往巴格达的路。

让我们再回过头来看看努兹蔓的情况。

努兹蔓包上头,离开弟弟杜姆康,走出耶路撒冷的那家客栈,一心想找点儿活儿做,也好挣点儿钱给弟弟买些烤肉吃。

来到街上,努兹蔓不知道该往哪里走,禁不住哭了起来。一方面,努兹蔓想着弟弟,另一方面,又思念亲人和家乡。她祈求安拉为她排除这些灾难,于是吟道:

> 夜幕垂降时,心海荡疾波。思念情感切,诱我苦痛多。
> 别离烦恼在,填满断肠窝。忧愁令我魂,几入死网罗。
> 痛苦搅我心,思火焚烧我。泪水逆情思,秘密无须说。
> 低眉思相见,束手无良策;谁可生神法,斩我忧愁魔?
> 可怜我心中,思念成烈火;烈焰教人愁,怨言存几何?
> 埋怨我之人,解我处境恶?我竭忍耐力,表述难笔墨。
> 我起友情誓,愉快未有过;此乃心头语,虔诚不必说。
> 夜公传吾信,述情莫蹉跎;但求做个证,无眠长夜多。

努兹蔓吟罢,向前走去。她边走边左右望着。正在这时,一个贝都因老头儿带着五个阿拉伯人走来。老人看到努兹蔓,见她容颜俊美,头上却蒙着破斗篷布,心想:"好漂亮的姑娘,但看上去很穷。不论她是本城人或外乡人,我一定要设法把她弄到手!"

于是,贝都因老头儿慢慢地跟了过去,终于在路的狭窄处两人相遇了。他呼喊努兹蔓,向她问好。他说:"姑娘,你是自由人,还是奴隶?"

努兹蔓听到有人问她,转眼望去,回答道:"凭你的生命起誓,我是自由人,不是奴隶。在我的身上你会看到苦难的象征。"

"姑娘,我生了六个女儿,死去五个,只有小女儿活了下来,我见到你,就想问你,你究竟是本城人,还是外乡人;我想让你到我家去陪陪我的小女儿,给她些安慰;让她和你一起玩儿,忘掉失去姐姐们的痛苦。假若就你一个人,我会把你当作我的亲生骨肉的。"

努兹蔓听老头儿这样一说,暗自心想:"也许在这个老翁家里,我就平安无事了。"她羞涩地低下头去,说道:"大叔,我是外乡人,还有一个生病的弟弟呢。我到你那里去有一个条件,白天在你家里,晚上回去照顾我的弟弟;假如你接受这个条件,我就跟你去。因我是个外乡女孩子,本是位高贵女子,现在却沦落成了低贱人。我和我的弟弟是从希贾兹来的,我担心弟弟不知道我在什么地方。"

贝都因老头儿听完努兹蔓的话,心想:"凭安拉起誓,我的目的就要实现了。"他说:"那不要紧的呀!我只要你白天和我的小女儿一块儿玩儿,晚上你就可以回你弟弟那里去;如果你愿意,可让你弟弟搬到我家去住。"

贝都因老头儿甜言蜜语,终于打动了努兹蔓的心,同意到老头儿家打工,于是跟着老头儿去了。

贝都因老头儿在前面走,努兹蔓在后面紧跟,一直走到老头儿的同伴那里,只见他们已经备好骆驼,驮着许多货物,还带着水和干粮。

贝都因老头儿本是劫匪,老奸巨猾,诡计多端,既无女儿,亦无儿子,编出那些谎言,就是为了拐骗这个可怜的姑娘。

老劫匪边走边与努兹蔓姑娘说话,赶着骆驼,不知不觉走出了耶路撒冷城。到城外一看，同伴们已骑着骆驼上路了，老劫匪便骑上一峰骆驼追赶而去。

他们走了大半夜，努兹蔓方才明白那老头儿是在撒谎，自己上了当，禁不住哭了起来。此时此刻，他们怕被人发现，便向山中走去。

天快亮时，他们勒缰驻足。老劫匪走到努兹蔓跟前，说道："姑娘，你哭什么？凭安拉起誓，你若再哭，我就把你打死！"

听到这种恶语，努兹蔓痛不欲生，真想一死了之。她望着老劫匪说："你这个该下地狱的老坏蛋，你欺骗我，把我骗到这里来，对我耍弄阴谋，我怎么能相信你呢？"

"丫头片子！你敢这样和我说话！"

老劫匪说着举起鞭子走过来，朝努兹蔓身上狠抽，边抽打边说："你若不住口，我就宰了你！"

努兹蔓沉默片刻，想到病中的弟弟，不禁暗自落泪。

第二天，努兹蔓望着老劫匪，说："你怎好用这样的阴谋手段将我骗至这荒山之中呢？你究竟安的什么心？"

老劫匪听后心一狠，说道："丫头，你还敢向我说这种话！"

话音未落，举起鞭子向姑娘后背抽去，直打得她死去活来。努兹蔓爬过去吻老劫匪的双脚，老劫匪这才收起鞭子。老劫匪边骂边说："凭我的锥形帽起誓，如若我听见你再哭泣，我就把你的舌头割下来，塞进你的两腿之间。"

努兹蔓没有答声，沉默无语了，只觉得脊背疼痛难忍。她盘腿坐着，垂着头，开始想自己的处境，想病中的弟弟，想自己由公主变成了贱民，远离家乡，寂寞孤独，禁不住泪淌腮边，凄然吟道：

时运有进退，乐极必生悲。万事有尽头，百年终得归。

欺压与恐惧,何年才消退?容华转眼逝,富贵掩卑微。
转瞬希望灭,孤独无亲随。请人带个信,报知儿垂泪。

贝都因老劫匪听完姑娘吟诵的诗,同情怜悯之心顿生,便走到姑娘跟前,为她擦了擦泪,递给她一个大麦饼,然后说:"我发脾气的时候,是不喜欢别人跟我顶嘴的。从今以后,你再不要对我说那种过火的荒唐话!我将把你卖给一个像我这样的好人,他会好生对待你的,就像我现在这样对待你。"

"你待我多好啊……"

姑娘因夜深更长而感到肚子饿得厉害,于是啃了几口大麦饼。夜半时分,贝都因老头儿吩咐伙伴上路……

讲到这里,眼见东方透出黎明的曙光,莎赫札德戛然止声。

◆── 第五十六夜 ──◆

夜幕垂降,莎赫札德接着讲故事:

幸福的国王陛下,努兹蔓感到寂寞孤独,禁不住泪淌腮边,凄然吟诵了一首诗。

贝都因老劫匪听完姑娘吟诵的诗,同情怜悯之心顿生,便走到姑娘跟前,为她擦了擦泪,递给她一个大麦饼,然后说:"我发脾气的时候,是不喜欢别人跟我顶嘴的。从今以后,你再不要对我说那种过火的荒唐话!我将把你卖给一个像我这样的好人,他会好生对待你的，就像我现在这样对待你。"

"你待我多好啊……"

姑娘因夜深更长而感到肚子饿得厉害，于是啃了几口大麦饼。

夜半时分，贝都因老头儿吩咐伙伴上路，只见他们先后坐上骆驼，老头儿也骑上一峰骆驼，让努兹蔓坐在自己身后，便起程上路了。

他们走了三天，进了大马士革城，住在王宫大门旁的素丹客栈。

因痛苦忧伤，加之旅途疲劳，努兹蔓形容憔悴，忍不住哭泣落泪。贝都因老头儿来到姑娘身旁，说道："丫头，凭我的锥形帽起誓，你若不停止哭泣，我就把你卖给犹太人。"

老劫匪拉着努兹蔓的手，将她领到一个地方藏起来，然后走到市场上，找到奴隶贩子，对他们说："我带来了一个女奴，她的弟弟在生病，我把他送到耶路撒冷我亲戚家那里，给他看病去了。我想把这个女奴卖掉，自打她弟弟生病那天起，又因与弟弟分手，她总是哭哭啼啼。我希望买走她的人好言劝她，对她说：'你弟弟在我那里，他现在身体很弱，就在耶路撒冷。'我想以便宜价钱卖掉他。"

贝都因老头儿话音刚落，便有一个商人站起来，说："她的年龄多大啦？"

"她是个刚刚成熟的姑娘，天资聪颖，颇懂礼貌，长相俊美，身材苗条，自打我把她弟弟送往耶路撒冷那天起，她一直挂念弟弟，因此容颜憔悴，身体瘦弱下来了。"

那商人听老头儿这样一说，随后跟他走去。他对老头儿说："老人家，你手中的这个女奴既然天资聪颖，又懂礼貌，长相俊美，身材苗条，你要多少钱，我给你多少钱。我现在就跟你去看看。你同意卖，我就把她的身价付给你；你若不同意，我就把她退给你。"

老头儿说："假若你有意，你就把她献给国王。你如能把她送到巴格达、呼罗珊之主欧麦尔·努阿曼国王的王太子舒尔康那里，也许他会一眼看中，给你好价钱，让你赚到许多钱。"

商人说："我正好有事要到王太子那里去，求他代我写封推荐信，好让我去见他的父王欧麦尔·努阿曼。假若他接纳这个女奴，我就把她的身价再付给你。"

老头儿说："我答应这个条件。"

二人一起来到藏努兹蔓的那个地方。老头儿站在门口喊道："纳吉娅！"

老头儿已多次用这个名字呼唤努兹蔓。

努兹蔓听到呼唤声，哭了，没有答声。贝都因老头儿回头望了商人一眼，说："她就在你的面前，你去见她吧！要像我嘱咐的那样，对她要体贴和善。"

商人进屋一看，果见姑娘天生花容玉貌，格外俊俏；尤其是姑娘会讲阿拉伯语，更使商人感到满意。商人说："如果她真像你对我讲的那样，献给王太子之后，我定能如愿以偿。"

商人转过脸去，对努兹蔓说："姑娘，你好啊！你的情况怎样？"

努兹蔓望了商人一眼，说："这一切都是命中注定的。"

努兹蔓仔细打量商人，见其表情严肃，面相和善，心想："我猜想这个人是来买我的……假若我拒绝跟他走，留在这个暴虐的老头儿手下，他会把我打死的。无论如何，这个商人的面相还是和善的，跟着他走，总比留在老头儿这里要好。也许他来是想听听我说话的，因此我一定要好好回答他的话。"她这样想时，眼睛一直望着地上。之后，她抬起头来，望着商人，用甜甜的语音说："先生，你好！我求安拉为你祝福，嘉奖你。至于你问我的情况，如果你想了解，千万不要希望听我说完，因为这里有你的敌人在听，不便于在此说话。"

努兹蔓说完，默不作声了。

商人听她这样一说，心中不胜欣喜，眉飞色舞。他望着贝都因老头儿，说："老人家，这个姑娘是个可敬的女子。开个价，把这个姑娘卖给我吧！"

老头儿一听，勃然大怒道："这个丫头出身卑微，还骂过我，你怎么说她可敬呢？我不把她卖给你了。"

商人一听，知道老头儿智力低下，于是说："我一定会让你满意的。我就买你提到的她的这个缺点。"

"你付多少钱？"老头儿问。

"孩子的名字还是由他父亲起。你说价钱吧！"

"你说吧！"

商人心想："这个贝都因人昏庸粗暴、头脑简单。我不知道姑娘值多少钱，只是她的伶俐口齿、俊美容颜占据了我的心。如果她会写会读的话，岂不十全十美了吗？谁买了她，谁就算有福气。可惜，这个贝都因老头儿不知道姑娘的价值。"

商人望着老头儿，说："老人家，除了各种税款，我净给你二百第纳尔，怎么样？"

老头儿一听，大发雷霆，冲着商人大喊道："去你的吧！就是这件破斗篷，一百第纳尔也不卖给你。我不卖啦，我要留下她，让她给我放骆驼、看磨。"

老头儿转过脸去，呼唤努兹蔓："臭丫头，来，跟我走，我不卖你了。"

之后，老头儿又望着商人，说："我本以为你是个有学问的人。凭我的锥形帽起誓,如果你再不离开我,我会让你听到不中听的话。"

商人心想:"贝都因人是个疯子,他一点儿也不知道那姑娘的价值。关于姑娘的价钱,我现在什么也不对他说。假若他是个有脑子的人,绝不会说什么'凭锥形帽起誓'。凭安拉起誓,那姑娘真是一座宝石库,我根本没那么多钱买她。但是,如果那老头儿说个价钱,我会如数给他的,即使拿去我所有的钱财。"

商人望着贝都因老头儿,说:"老人家,请耐心一点儿!请告诉我,那件破斗篷与姑娘有何关系呢?"

"凭安拉起誓,给她一件破斗篷蒙上就足够了。"

"请允许我撩开面纱看一看,因为想买女奴的人都要看看女奴的面孔的。"

"你随意看吧!安拉保佑你的青春。如果你乐意,里里外外可以看个遍,还可以扒去她的衣服,让她赤裸着身子给你看。"

"安拉保佑,我不做这种事情,我只看看她的面容就够了。"

商人走向姑娘,因姑娘的容貌闭月羞花,所以商人也感到有些害羞。

讲到这里,眼见东方透出黎明的曙光,莎赫札德戛然止声。

第五十七夜

夜幕垂降,莎赫札德接着讲故事:

幸福的国王陛下,商人心想:"贝都因人是个疯子,他一点儿也不知道那姑娘的价值。关于姑娘的价钱,我现在什么也不对他说。假若他是个有脑子的人,绝不会说什么'凭锥形帽起誓'。凭安拉起誓,那姑娘真是一座宝石库,我根本没那么多钱买她。但是,如果那老头儿说个价钱,我会如数给他的,即使拿去我所有的钱财。"

商人望着贝都因老头儿,说:"老人家,请耐心一点儿!请告诉我,那件破斗篷与姑娘有何关系呢?"

"凭安拉起誓,给她一件破斗篷蒙上就足够了。"

"请允许我撩开面纱看一看,因为想买女奴的人都要看看女奴的面孔的。"

那贝都因老头儿说:"你随意看吧!安拉保佑你的青春。如果你乐意,里里外外可以看个遍,还可以扒去她的衣服,让她赤裸着身子给你看。"

"安拉保佑,我不做这种事情,我只看看她的面容就够了。"

商人走向姑娘,因姑娘的容貌闭月羞花,所以商人也感到有些害羞。

商人在姑娘身旁坐了下来,开口问道:"小姐,你叫什么名字呀?"

努兹蔓说:"你是问我现在的名字,还是问我原来的名字呢?"

"你有新名,还有原名?"

"是的。我的原名叫努兹蔓,新名叫埃兹曼。"

商人一听,不禁热泪盈眶。他问:"你有个生病的弟弟?"

"是的,先生。可是,我与弟弟已分别好长时间了,他病在耶路撒冷城了。"

听姑娘的柔和话语,商人一时不知如何是好,心想:"这个贝都因老头儿说的是实话。"

努兹蔓想起病在异乡的亲人，想起分别时弟弟还很虚弱，很想知道弟弟现在的情况究竟如何。她又想到跟着这个贝都因老头儿跋涉了这么远的路程，又想到母亲、父亲及故国，禁不住泪水簌簌落到了面颊上。她边擦眼泪边吟诵道：

居我心中人，如今已远走；无论到哪里，必得主保佑。
过夜投宿地，安拉身旁守；保你避灾祸，护你脱匪手。
你去我寂寞，近你为我求；每每思念你，泪如雨横流。
但期我知你，今日在何州？切望得个信，知你何方留？
或许有一日，你得梦乡游；我皆无眠夜，床身隔火球。
人间万千事，在我俱易谋；唯有离开你，百难此为首。

商人听完姑娘吟诵的诗，两行热泪夺眶而出。他伸出手去为姑娘擦泪，只见努兹蔓一下子将自己的脸盖上，并且说："先生，你不能这样！"

贝都因老头儿就坐在旁边，他看到当商人想为姑娘擦泪时，姑娘迅速盖上自己的脸，以为姑娘拒绝让商人看自己，因此立即站起身来，走向前去，手握驼缰。只见老头儿手起缰绳落，抽到姑娘的肩上，因为抽打用力过猛，姑娘被抽得趴在了地上，额角被地上的小石子儿碰破，鲜血流在脸上，只听姑娘一声大喊，晕了过去。

姑娘醒来后哭了，商人也和姑娘一起哭了起来。商人心想："我一定要买下这位姑娘，哪怕付出等重的黄金。我一定要让这位姑娘摆脱这个暴虐的老东西。"

姑娘昏迷时，商人痛骂贝都因老头儿。姑娘苏醒之后，擦去脸上的泪与血，包了包头，抬眼望着天空，怀着一颗悲凉的心向安拉祈祷。她吟诵道：

求主怜悯我，无端受苦难。
昔日尊荣女，今朝备低贱。
痛哭泪如雨，无计践约言。

努兹蔓吟完诗，望着商人，用低微的声音说："看在安拉的面儿上，别让我留在这个坏老头子身边了，因为他连安拉都不敬畏。假若我再在他身边过夜，我只能自杀。你救救我吧！你做了好事，不论今世来世，安拉都会使你逢凶化吉、遇难呈祥的。"

商人走到贝都因老头儿跟前，说："老人家，你说的话都不是你的本意，就把这个女奴卖给我吧！开个价吧！"

"你付她的身价，把她领走吧！如若不然，我就把她带到乡下去，让她给我拾粪、放骆驼。"

"给你五万第纳尔！"

"安拉开恩！"

"给你七万！"

"但期安拉周济你。这些钱算什么？她仅仅在我家，就已吃了九万第纳尔的大麦饼。"

"你和你的家人，一辈子都吃不了一千第纳尔的大麦饼。不过，我想给你最后一个价，若你仍不满意，我就到大马士革总督那里去告发你，官府会立即派人将你捉拿。"

"你最后出个价吧！"

"我给你十万第纳尔！"

"卖给你！我估计这些钱只够我买盐的。"

商人一听笑了。他即刻返回家中，取来钱，交到贝都因老头儿手中。

老劫匪拿到钱,暗自心想:"我一定到耶路撒冷去,但期能找到姑娘的弟弟,也把他卖掉换钱。"随即,老劫匪骑上骆驼,直奔耶路撒冷而去……

贝都因老头儿走进那家客栈,没有找到努兹蔓的弟弟。

商人付了钱之后,把自己的一件衣服给努兹蔓穿上,带着姑娘回到家中。

讲到这里,眼见东方透出黎明的曙光,莎赫札德戛然止声。

第五十八夜

夜幕垂降,莎赫札德接着讲故事:

幸福的国王陛下,商人与贝都因老头儿经过讨价还价,最后以十万第纳尔买下努兹蔓。他即刻返回家中,取来钱,交到贝都因老头儿手中。

老劫匪拿到钱,暗自心想:"我一定到耶路撒冷去,但期能找到姑娘的弟弟,也把他卖掉换钱。"随即,老劫匪骑上骆驼,直奔耶路撒冷而去……

贝都因老头儿走进那家客栈,没有找到努兹蔓的弟弟。

商人付了钱之后,把自己的一件衣服给努兹蔓穿上,带着姑娘回到家中。

商人带着姑娘回到家以后,马上给姑娘换上漂亮衣服,又带她到市场上买了许多镶有宝石的贵重首饰,用丝帕包起来,递到她手中，对她说:"这些都是为你买的,全属于你。我这样做不是为了别的,只希望见到大马士革总督之时,将我买你所花费的钱数告诉他,虽然这些钱与你的实际价值相比微不足道。一旦大马士革总督从我手里把你买走,请你把我如何对待你的实际情况讲给他听,代我求他亲笔为我写一封推荐信,让我带上此信去见巴格达之主欧麦尔·努阿曼国王,求国王免除我经营布匹等一切商品的税收。"

努兹蔓听商人这样一说,禁不住号啕大哭起来。商人问:"小姐,每当我提到巴格达的时候,我看你总是眼泪汪汪,莫非那里有你所爱的什么人吗?假若是商人或别的什么人,你只管告诉我,因为我认识那里的所有商人和别的许多人。你若想捎信,我就给你送去。"

努兹蔓说:"凭安拉起誓,我既不认识商人,也不认识别的人,而是认识巴格达之主——欧麦尔·努阿曼国王。"

商人一听,笑了,非常高兴,欣喜若狂。心想:"凭安拉起誓,我如愿以偿了,我的目的达到了。"他对努兹蔓说:"你以前见过国王?"

"不仅仅见过面,而且我是和他的女儿一起长大的。国王非常喜欢我,对我很好。你如果有什么事要求欧麦尔·努阿曼国王,那是定能如愿以偿的。拿笔墨来,让我给你写封信,你到了巴格达,把信亲手递到欧麦尔·努阿曼国王手里,告诉他,就说他的女仆努兹蔓,正在日夜受苦,由一个地方被卖到另一个地方,她向国王问安好呢!如果他向你打听我,你就说我在大马士革总督府。"

商人对姑娘的伶俐口齿无比佩服,更加喜欢她了。他说:"我认为人们在哄骗你,拿你来卖钱花。你会背《古兰经》吗?"

"不但会背《古兰经》,还熟知哲学、医学。我读过《百科绪论》和希腊名医加里努斯的《解剖论》,并且为之做过注释。我读过《泰兹克来图》，解释过《例证》，读过伊本·拜塔尔的《穆夫莱达特》，对伊本·西那的巨著《医典》做过评论。我破译过密符，绘过图，研究过《几何》，通晓《箴言录》，读过沙斐仪的著作，读过《圣训》《语法》，与大学者们争论过，还研究过其他学问，熟知《语言学》《修辞学》《算术》《辩论法》《鲁哈尼》和《米卡特》。这些学科，我都了如指掌。"

努兹蔓沉思片刻，说："拿笔墨和纸来吧，让我给你写封信，可以为你的旅行提供说不出的方便，会为你减少许多麻烦。"

商人听姑娘这么一说，连声说："太好了，太好了！像你这样在王宫中生活过的人，多么幸福！"

商人当即取来墨、纸和一支笔，递到努兹蔓手中，并向姑娘行了吻地礼，以示敬重。

努兹蔓挥笔写了这样的诗句：

> 不知为何因，困神离眼底；你可曾晓得，别后无困意？
> 每当思念你，肝火燃遍体；莫非重情者，无一逃此例？
> 回想当年景，日月多欢喜；不期匆匆过，无缘享甜蜜。
> 我求风神住，带封信给你；述说我孤苦，务必救我急。
> 爱者乞求你，助之一把力；别离灾沉重，足令顽石泣。

努兹蔓写完诗，又写下这么一段文字：

> 别离已久，近况一言难尽。思亲心重，夜不成寐。眼前一片黑暗，不辨日夜。辗转反侧离别之榻，涂睑尽用失眠之笔。常伴星斗，静守夜色，不见光明。思念心切，人瘦力竭。寸管难表心事，相助只有泪水。

接着，努兹蔓写下如下诗句：

　　黎明时分至，鸽子唱枝头；闻之别无思，勾我心愁忧。
　　可怜思念者，听之欲何求？亲者闻此声，愁上更加愁。
　　无人怜悯我，听我诉情由：身神虽安在，情思随水流。

写到这里，努兹蔓已是泪水潸然。她又写道：

　　可怜别离日，情思伤我心；眼睑与微睡，相隔峡谷深。
　　吾体虽瘦弱，并非垂危人；若无此信传，恐难见吾身。

努兹蔓在信末写道：

　　远离亲友、故国的断肠人

　　　　　　　　　　　　　　努兹蔓

书毕，将信卷起，递给商人。

商人接过信，亲吻了一下，知其内容后，不禁欣喜若狂，忙说："赞美伟大安拉！正是安拉造就了你的完美形象！"

讲到这里，眼见东方透出黎明的曙光，莎赫札德戛然止声。

第五十九夜

夜幕垂降,莎赫札德接着讲故事:

幸福的国王陛下,努兹蔓在信末写道:

远离亲友、故国的断肠人

努兹蔓

书毕,将信卷起,递给商人。

商人接过信,吻了一下,知其内容,不禁欣喜若狂,忙说:"赞美伟大安拉!正是安拉造就了你的完美形象!"

商人更加敬重努兹蔓,整个白天里,对姑娘关怀无微不至。夜幕垂降,商人去市场买来东西让努兹蔓吃,然后让她进澡堂沐浴,还请侍女专门伺候她。商人吩咐侍女:"等小姐洗完澡,你们给她换上漂亮的服装,然后派人来通知我。"

"遵命!"侍女欣然从命。

之后,商人为努兹蔓买来食品、水果、蜡烛,放在澡堂的长凳上。

侍女为努兹蔓洗完澡,给她换好衣服。努兹蔓走出浴室,坐在长凳上,眼见那里摆放着丰盛的食品,便和侍女一道吃了一些,将剩下东西送给了澡堂的看门人。

当天夜里,商人为努兹蔓单独安排了房间休息。

第二天天刚亮，商人醒来，叫醒努兹蔓，为她送去薄绸衫、一块价值一千第纳尔的头巾、一套土耳其金丝绣花套装、一双缀着宝石的软底靴和一对价值一千第纳尔的珍珠耳环、一条金项链，还有一条垂至乳峰与肚脐之间的龙涎香项链，上面有十个球和九个月牙。每个球上镶有一颗红玉。每个月牙上嵌有一颗宝石，价值三千第纳尔。商人给努兹蔓送去的衣饰价值连城。随后，商人吩咐努兹蔓好好打扮一番。

努兹蔓打扮完毕，商人便带着她出了家门。

商人在前面走，努兹蔓在后面跟。过路人见姑娘姿色非凡，无不感到惊异，纷纷议论说："安拉至大！天下竟有如此美人！谁要能与她生活在一起，那才叫洪福齐天呢！"

商人领着努兹蔓一直来到总督府。

商人见到总督舒尔康，行过吻地礼，然后说："总督阁下，我为你带来了一件奇特无比、举世无双的礼物。这姑娘集美貌、才华于一身，实为当今难觅难寻。"

舒尔康总督说："那就带来让我亲眼看看吧！"

商人走去片刻，领着努兹蔓来到总督面前。

舒尔康看见努兹蔓，一种血缘亲情顿生心间。还在努兹蔓没出生的时候，舒尔康便离开了家；舒尔康根本没有见过努兹蔓，努兹蔓出生之后舒尔康才听说自己添了一个妹妹，名叫努兹蔓，同时还添了一个弟弟，名叫杜姆康。因为得知自己有了弟弟，他与父王欧麦尔·努阿曼感情不和，怕自己的王太子的地位保不住，日后不能继承王位。正因为这一点，舒尔康决计离开巴格达，当了大马士革总督，以期远避巴格达的王权争夺斗争。舒尔康万万想不到眼前这位美丽的姑娘努兹蔓竟然是自己的同父异母妹妹。

商人把努兹蔓领到舒尔康面前，说道："总督阁下，这是一位当今举世无双的窈窕淑女。她通晓宗教、哲学、政治、数学等多门学问。"

舒尔康问:"你花多少钱买的,我就给你多少钱,留下她你就走吧!"

"我完全听阁下的安排。不过,我还求阁下给我写个文书,保证永远免除我的什一税①。"

"免税证,我马上就可以给你。我先问你,你买这个姑娘花了多少钱?"

"姑娘的身价十万第纳尔,衣饰十万第纳尔。"

舒尔康听罢,说道:"我给你的钱一定会超过这个数。"

舒尔康立即唤来司库,吩咐说:"给这个商人三十二万第纳尔!"

旋即,舒尔康请来四位法官,并对他们说:"法官们,请你们为我做证,我宣布自今日起,释这个女奴为自由人。我要娶她为妻。"

法官们立即为姑娘写了一张释奴证书,然后又为他俩写了一张结婚证书。

文书写毕,舒尔康欣喜不已,随后将大把大把的金币抛向在场者的头上,金币哗哗啦啦地散落在地上,仆人们低头弯腰争相捡钱。

随后,舒尔康总督吩咐法官按照商人的要求写了一张免缴什一税证书,规定商人所到之地,任何人不得亏待他。接着,舒尔康赠予商人上等礼袍一件……

---

① 什一税,阿拉伯语意译,音译为"欧舍尔",指中世纪哈里发统治的国家规定穆斯林应缴纳的农业税、商业税和非穆斯林应缴纳的入境关税。税率一般为百分之五到百分之十不等,又称"十一税"。

讲到这里，眼见东方透出黎明的曙光，莎赫札德戛然止声。

第六十夜

夜幕垂降，莎赫札德接着讲故事：

幸福的国王陛下，舒尔康给了那个商人三十二万第纳尔。旋即请来四位法官，并对他们说："法官们，请你们为我做证，我宣布自今日起，释这个女奴为自由人。我要娶她为妻。"

法官们立即为姑娘写了一张释奴证书，然后又为他俩写了一张结婚证书。

文书写毕，舒尔康欣喜不已，随后将大把大把的金币抛向在场者的头上，金币哗哗啦啦地散落在地上，仆人们低头弯腰争相捡钱。

随后，舒尔康总督吩咐法官按照商人的要求写了一张免缴什一税证书，规定商人所到之地，任何人不得亏待他。接着，舒尔康赠予商人上等礼袍一件，随后将法官和商人留下，令其余人一律退下。

舒尔康总督对法官和商人们说："这位商人兄弟说这位姑娘通晓宗教、哲学、政治和数学等多门学问，我想让诸位考一考这位姑娘，以便弄清商人兄弟说的话是否属实。"

"好的！"四位法官异口同声道。

舒尔康吩咐届时用幕帘将男女隔开，他和法官、商人坐在帘外,努兹蔓和女仆们在帘后席地而坐。

当女仆们得知姑娘成了总督大人的妻子时,争相亲吻她的双手和双脚,细心伺候她,为她宽衣,看她的俊俏容颜和苗条身段。

王公臣僚们的夫人听说舒尔康总督花重金买下一名女奴,姿色无与伦比,博学多才,精通多门学问,竟花去了三十二万第纳尔,且宣布释放她为自由人,并且与她结为百年之好,还要请法官来测试她的学问;同时召集各方人士,当面测试她的学识,于是纷纷向她们的丈夫提出要求,恳请允许她们去总督府拜见那位女子,听听才女讲学。

总督府一时人声鼎沸,热闹非常。努兹蔓见王公大臣们的夫人进了房间,急忙站起来迎接她们,众婢女身后紧随。夫人们受到热烈欢迎,努兹蔓微笑着——按照她们的等级让座,对她们十分亲热,仿佛是和她们一起长大似的。努兹蔓好像已经俘虏了她们所有人的心。她们无不惊叹她的美丽容颜、聪明智慧、文雅举止,以致她们相互议论说:"这哪像是女奴,简直是王后、公主!"

太太们对努兹蔓赞不绝口,她们对努兹蔓说:"我们的女主人,你的光辉照亮了我们的家乡,照亮了我们的土地和国家。这个国家就是你的国家,这座宫殿就是你的宫殿,我们都是你的奴婢。看在安拉的面儿上,请你千万不要拒绝我们沐浴你的光辉,千万不要禁止我们看你的俊俏容貌。"

努兹蔓连声感赞她们的好意。

幕帘垂下来了,帘前坐着舒尔康总督以及四位法官和商人;努兹蔓及诸位夫人一律坐在幕帘之后。

舒尔康对努兹蔓说:"亲爱的当今第一才女……商人说你博学多才,精通多门学问,甚至通晓语法学,那就请把你所通晓的诸门学问给我们讲一讲吧!"

"遵命！"努兹蔓回答，"总督阁下，第一章先讲王政及当政者应该具备的品格。总督阁下，品格的终极目的是通往宗教和今世，因为任何人都要通过今世最终归于宗教，而今世又是通往来世的必由之路。今世的事情都是通过人们的工作组织安排的。人们的工作分为四种，即仕宦、商业、农业和工业。为仕宦者当有英明的决策及真切的洞察力，因为仕宦乃今世社会的轴心和枢纽；而今世则是通向来世的必由之路。伟大的安拉将今世给了他的崇拜者，如同旅行者上路所带的干粮一样，不带干粮是到不了目的地的。每一个人都应该从今世取得一份东西，以此将自己送往安拉那里，而不能迁就自己，为所欲为。假若人们各得其所，公平合理，也便不会发生争执。如果人们强取豪夺，为所欲为，便会产生争端，这时他们就需要官宦出来主持公道，裁决他们的事情。若为王者不遏制一部分人的行为，就必然会出现弱肉强食的局面。艾兹德什尔说：'宗教和国王是一对孪生子，宗教是国王的宝库和卫士。法律和智慧证明，人们应该依靠国王除暴安民，抑强扶弱，禁绝暴徒、恶棍的活动！'

"总督阁下，由此可见，王者品格的高下，决定着他统治的时间。使者穆罕默德有训：'有两件事情，如果办好了，人们就会从善；如果办坏了，智者与王公也会败坏。'部分学者认为国王分为三类：即信教国王、保持禁律国王和放荡国王。信教国王总是根据百姓们所信仰的宗教关心臣民，认为百姓们应该有自己信仰的宗教，因为他在宗教事务中像庶民一样履行义务，要求人们遵从他的命令，命令他们遵守法律；但在屈从命运安排方面，他总是服服帖帖，从不逾轨。保持禁律国王，则忠实履行宗教今世义务，要求人们遵守法律，保持豪侠气概，集文武于一身，得用文处，提笔发令；出现乱子，则用剑平，布公正于天下，以达国泰民安。放荡国王,则无宗教可依,为所欲为,唯从个人好恶行事,完全置任用他者的命令于不顾,肆意行动的结果必是王权倒台,一败涂地,为世所不齿。学者们说:'一位国王需要万人,万人需要一王。因此,为王者应该到庶民中去,体察民情,广布公正于民间,博施恩泽给大众。'

"总督阁下,艾兹德什尔乃波斯帝国的第三代君王,统治着所有地区,他将辖地分成四个部分,每一部分设四个部:第一部为海事、警察、保卫部,为其规定了责任范围;第二部为税收财政部,规定其主管社会繁荣;第三部为粮食部,规定其保证生活;第四部为司法部,规定其维护公正。这些制度一直延续到伊斯兰教出现时期。波斯科斯鲁写信给其在军队中的王子……"

讲到这里,眼见东方透出黎明的曙光,莎赫札德戛然止声。

第六十一夜

夜幕垂降,莎赫札德接着讲故事:

幸福的国王陛下,努兹蔓讲王政及当政者应该具备的品格时说:"总督阁下,艾兹德什尔乃波斯帝国的第三代君王,统治着所有地区,他将辖地分成四个部分,每一部分设四个部:第一部为海事、警察、保卫部,为其规定了责任范围;第二部为税收财政部,规定其主管社会繁荣;第三部为粮食部,规定其保证生活;第四部为司法部,规定其维护公正。这些制度一直延续到伊斯兰教出现时期。波斯科斯鲁写信给其在军队中的王子说：'你千万不要对部下过分赏赐，以免他们贪得无厌；你也不要对他们太刻薄，以免他们对你生厌。赏要适度，罚要恰当。宽裕时不可放纵他们，困难时避免过分刻薄。'

"据说，有位阿拉伯人来见曼苏尔，对曼苏尔说：'让你的狗跟着你吧！'曼苏尔一听这话，生气了。艾卜·阿巴斯·图司说：'我担心别人向你的狗扔一块大饼，它会离开你，跟着别人走了。'曼苏尔听了此话，怒气消了。他知道那句话不错，于是赠给那个阿拉伯人一份礼物。

"总督阁下，据传，阿卜杜·迈里克·本·麦尔旺派弟弟阿卜杜·阿齐兹·本·麦尔旺去埃及时，曾写信嘱咐弟弟：'你要仔细审查你的文书和侍卫。因为内务全由你的文书掌管，礼仪全由你的侍卫安排，外务消息则来自军队。'欧麦尔·本·海塔布任用仆人有四个条件：其一，不得骑载重的牲口；其二，不许穿华贵衣服；其三，不许吃腐烂食物；其四，不得推迟礼拜时间。常言说得好：智慧比金钱贵重；智慧莫过于精打细算、果敢刚毅；刚毅莫过于敬畏安拉；品格完善足解远渴；礼貌胜过公道；成功胜过利益；沉思是至佳知识；天课①是最好的崇拜；知耻乃最高信仰；谦恭是至高功绩；学识是至高尊荣。因此，要善于保护头脑和五脏六腑，时刻想到死亡和灾难。阿里说：'你们要严防女人的毒计，对她们保持警惕，不要凡事同她们商量。你们也不要太刻薄，以免她们耍阴谋诡计！'阿里还说：'谁丢弃了俭省节约的习惯，必将不知如何是好。'欧麦尔说：'女人可分三类：第一类是信仰坚定、性情温和、

---

① 天课，伊斯兰教五大宗教信条之一，伊斯兰教法规定的施舍，即信徒除生活必需的开支外，如有富余的财物，必须捐出百分之二点五做慈善事或救济亲友，又称"救贫税"。

纯洁善良的女性，总是帮助丈夫克服困难，而不是光为丈夫出难题；第二类女人是只会生孩子，别无他能；第三类女人则是其丈夫脖子上的枷锁。男人也分三类：第一类是足智多谋的男性，遇事总有主意；第二类是拿不定主意的男子，有事来临，不知后果，有人出主意，立即服从；第三类男子则遇事无主意，既不问人，又不听劝。'

"总督阁下，公平在一切事物中都是必不可少的，就连女奴也需要公平。人们举了这样的一个例子，说到危害公众的劫匪，当他们内部分赃不公平的时候，便会闹内讧而自相残杀。总而言之，高尚品格是高贵行为的根基，有诗为证：

　　　　任劳一青年，担任部族中。此情当记取，足为启后生。

"又有一位诗人云：

　　　　宽容成大业，大度显威严；诚中有港湾，诚者避风寒。
　　　　世间有其人，以钱换称赞；岂知功名业，德行总占先。

"总督阁下，列位法官，这样的回答可令你们满意吗？"

接着，努兹蔓就王政问题发表了见解，致使在座的人都说："我们从来没有见过一个人能像这位女子这样谈论王政问题，我们希望姑娘给我们讲讲别的题目。"

努兹蔓立即明白了他们的意思，于是说："关于礼法问题，这是一个范围极广的题目，简直可以说无所不包。"

接着，努兹蔓讲了许多历史故事：

先前，泰米姆人晋见哈里发穆阿维叶，艾哈奈福·本·盖斯也随他们一起来了。

穆阿维叶的侍卫去请示是否准许他们进来，说："信士们的长官，伊拉克人想晋见陛下，有话跟陛下谈。"

穆阿维叶说："去看看，谁在门外？"

"泰米姆人。"

"让他们进来吧！"

客人进来了，艾哈奈福·本·盖斯也随他们进了门。穆阿维叶说："喂，艾卜·白哈尔，靠近我一点儿，也好让我听清你的话。"

然后又说："喂，艾卜·白哈尔，你对我有什么话说？"

艾哈奈福·本·盖斯说："信士们的长官，请把头发分梳，剪去唇髭，剪短指甲，拔去腋毛，刮掉阴毛，常刷牙齿，这其中有七十二项好处。星期五洗浴，以消除两个聚礼日之间的罪孽。"

讲到这里，眼见东方透出黎明的曙光，莎赫札德戛然止声。

第六十二夜

夜幕垂降，莎赫札德接着讲故事：

幸福的国王陛下，努兹蔓继续给总督讲有关礼法的历史故事：

艾哈奈福·本·盖斯说："信士们的长官，请把头发分梳，剪去唇髭，剪短指甲，拔去腋毛，刮掉阴毛，常刷牙齿，这其中有七十二项好处。星期五洗浴,以消除两个聚礼日之间的罪孽。"

穆阿维叶问:"你对你自己有何要求呢?"

"我两脚踏地,慢慢移动,双眼不离双脚。"

"在没有官员在场的情况下,你如何见部族里的人呢?"

"我害羞地低着头,先向他们问好,不谈与我无关的事情,尽量少说话。"

"你见了自己的同僚,怎么办呢?"

"他们谈话时,我留心细听,我不与他们一道行动。"

哈里发问道:"你见了你的官长,如何行事呢?"

艾哈奈福·本·盖斯回答道:"我向他们问好,不打任何手势,等待他们答礼。倘若他们要我接近他们,我便接近他们;假若他们要我远离他们,我就远离他们。"

"你如何对待你的妻子呢?"

"信士们的长官,就请免我谈及此事吧!"

"我起誓,你一定要给我谈这事。"

"我要对妻子和善、温存,留给妻子足够的费用,因为女人是用男人弯曲的肋骨创造成的。"

"如果你想和妻子行房,怎么办呢?"

"我先要跟她交谈,让她心定神安,热情地亲吻她,让她心花怒放。等她知道我的用意时,我才让她仰卧床上。待她躺稳,我就祈祷:'安拉啊,让她成为吉祥如意的人吧!'这之后,我去做小净,洗手,擦身。然后,感赞安拉给予我的恩惠。"

穆阿维叶说:"你回答得非常好。你说,你需要什么吧!"

"我希望陛下敬畏安拉,关心百姓,秉公办事,一视同仁。"

说罢,艾哈奈福·本·盖斯起身告辞,离开哈里发穆阿维叶的坐厅。客人离去后,穆阿维叶说:"伊拉克仅有这么一位智者,我便也心满意足了。"

努兹蔓讲完这段故事,说:"这仅是关于礼法的片段论说。"

接着,她又讲了哈里发欧麦尔·本·海塔布和哈里发奥斯曼·本·阿凡时期的故事。

讲到这里,眼见东方透出黎明的曙光,莎赫札德戛然止声。

第六十三夜

夜幕垂降,莎赫札德接着讲故事:

幸福的国王陛下,努兹蔓接着又讲了发生在欧麦尔·本·海塔布和奥斯曼·本·阿凡两位哈里发执政时期的故事:

总督阁下,欧麦尔·本·海塔布哈里发执政时期,财政部长名叫穆吉布。有一天,这位财长看见哈里发欧麦尔的儿子,便从国库里拿了一第纳尔给了他。

穆吉布说:"我给了他一第纳尔之后,便回到家中。我正坐着时,突然见哈里发欧麦尔的差使来到我的面前。我只好随差使去见哈里发。到了哈里发面前,见那一第纳尔握在哈里发手中,哈里发对我说:'该死的穆吉布,我发现你用心不良!'我说:'信士们的长官,此话从何说起呢?'哈里发说:'为这一第纳尔,世界末日来之时,你得向穆圣的信徒们说个是非曲直。'"

哈里发欧麦尔给艾卜·穆萨·艾什阿里写了一封信，信中说："接到此信后，请将该给百姓的东西如数给百姓，其余税款带回京城。"艾卜·穆萨·艾什阿里照办了。

奥斯曼继任哈里发后，仍然写信给艾卜·穆萨·艾什阿里，他也照办了。当他带着剩余的税款回到京城时，齐亚德也跟着他来了。他把税款送到哈里发手中时，奥斯曼的儿子从中拿走一第纳尔，齐亚德哭了起来。奥斯曼说："喂，齐亚德，你哭什么呢？"

齐亚德说："我去欧麦尔·本·海塔布那里送税款时，也发生过类似的事，他的儿子拿了一第纳尔，欧麦尔当即令人从儿子手中夺回那一第纳尔，也没有任何人说什么。"

奥斯曼说："我们去哪里找欧麦尔·本·海塔布那样的人呢？"

载德·本·艾斯莱姆讲到他父亲艾斯莱姆陪哈里发欧麦尔夜巡的故事。一天夜里，艾斯莱姆与欧麦尔来到一堆篝火附近，哈里发说："你们好哇！你们在这里做什么呢？"

妇女说："我烧点儿水，让孩子喝上一口充饥。清算日那天，安拉会把哈里发欧麦尔叫去审问的。"

欧麦尔说："欧麦尔不了解他们的情况呀！"

"他掌管民众之事，怎么能不管民众呢？"

听完这话，欧麦尔和艾斯莱姆立即转回仓库，拿了一袋面粉和一钵奶油。欧麦尔说："让我背着！"

艾斯莱姆说："信士们的长官，我替你背着吧！"

"清算之日，你能替我担当责任吗？"哈里发欧麦尔说。

于是，艾斯莱姆把口袋抬到了哈里发的肩上，君臣二人急匆匆赶至带孩子的妇女面前，取出一些面粉，哈里发对妇女说："让我来吧！"

欧麦尔开始用嘴吹火。他的胡子浓密，只见烟从他的胡子里徐徐冒出。欧麦尔终于将面食做熟，然后往面食里放了些黄油，随后对妇女说："让孩子吃吧！我给他们吹凉。"

孩子吃饱后，剩下的留给妇女。

之后，欧麦尔走到艾斯莱姆跟前，说："喂，艾斯莱姆，我看孩子哭叫，原因在于他们肚子饿了，我不想离开这里，想弄明白那里为什么有火光……"

讲到这里，眼见东方透出黎明的曙光，莎赫札德戛然止声。

第六十四夜

夜幕垂降，莎赫札德接着讲故事：

幸福的国王陛下，努兹蔓讲完发生在欧麦尔·本·海塔布和奥斯曼·本·阿凡两位哈里发执政时期的故事后，接着又讲了关于哈里发欧麦尔的小故事：

据说有一次，哈里发欧麦尔从一个放羊的奴隶面前经过，说要买一只羊。奴隶说："这羊不是我的。"

哈里发说："我的意思是买你。"

欧麦尔买下了那个奴隶，并使之得到解放，变成了自由民。欧麦尔说："安拉啊，既然能赐予我解放一个奴隶的权利，就赐予我解放所有奴隶的权利吧！"

据传，哈里发欧麦尔让仆人吃牛肉，而自己却吃粗粮；让下人穿好衣，而自己穿粗布。他总是让人们各得其所，赏罚分明。有一次，他赏给一个人四千第纳尔，然后又补赏了一千第纳尔。有人对他说："你对你的儿子都不曾这样慷慨过！"

欧麦尔回答道："这是赏给他在伍侯德战役①中捐躯的父亲的。"

哈桑讲过这么一个小故事：

一天，欧麦尔收到了大量银钱。这时，他的女儿哈福萨来到父亲面前，说："信士们的长官，不能关照一下你的亲戚吗？"

欧麦尔说："哈福萨，安拉有嘱咐，关照亲戚要用我自己的钱，而这是全体穆斯林的钱，不能动啊！你出这样的主意，会惹父亲生气的。"

哈福萨听罢，拖着长裙离去。

欧麦尔的儿子在父亲归真后说："我衷心祈求安拉在某一年让我见见我的父亲。终于，我真的看到他正在擦额头上的汗珠，我忙问：'父亲，你好吗？'父亲说：'若不是安拉怜悯，你父亲早就死了。'"

努兹蔓开始讲第一章的第二节，即"礼法与德行"，其中谈到了圣门再传弟子及有德行者的故事。

先贤哈桑·巴斯里说："当一个人的灵魂告别今世时，他常为三件事感到惋惜：其一，没有尽赏听到的一切；其二，没有实现自己的愿望；其三，没有为来世备好充足的食粮。"

有人问苏福扬："一个腰缠万贯的人还能成为苦行者吗？"

---

① 伍侯德战役，麦加古莱氏贵族对穆罕默德进行报复的战役。公元六二五年三月，艾卜·苏福扬率三千人偷袭麦地那。穆罕默德获悉后率一千人去迎战，两军相遇于麦地那附近的伍侯德（在今沙特阿拉伯境内）山下，故称伍侯德战役。

苏福扬回答道:"可以,只要他受苦时能够忍耐,受礼后知道感恩。"

据说,当阿卜杜拉·本·舍达德病危时,将儿子穆罕默德叫到跟前,嘱咐说:"孩子,我已听到死神呼唤我了。你要记住,不论当面背后,都要敬畏安拉。你要感赞安拉的恩德,说话要诚实。感赞安拉会为人带来福分,敬畏安拉乃征途上的最好食粮!"

说完,阿卜杜拉·本·舍达德吟道:

幸福绝非聚钱财,敬畏安拉福才来。
敬畏本是食中精,安拉天下喜盈怀。

努兹蔓说:"请总督听一听第一章第二节中的佳话。"
舒尔康说:"什么佳话?"
努兹蔓讲述了这么几个故事:

欧麦尔·本·阿卜杜·阿齐兹担任哈里发之后,来到家人当中,将他们手中的钱财拿去,放在了国库之中,伍麦叶人大惊,急忙报告他的姑姑、麦尔旺的女儿法蒂玛。

法蒂玛连忙派人去见哈里发,传话说:"一定要见陛下一面。"

法蒂玛夜里来访欧麦尔。欧麦尔搀扶姑姑离开驼轿,把她迎进家中。法蒂玛坐稳之后,欧麦尔说:"姑姑,你一定有要事找我,就请先开口,讲出你的来意吧!"

法蒂玛说:"信士们的长官,你先说吧!因为你能把不易明白的道理一语道破。"

欧麦尔·本·阿卜杜·阿齐兹说:"为了怜悯世人而折磨另一部分人,伟大的安拉派使者穆罕默德来到人间。安拉选择了穆罕默德,于是将他叫去了,给人们留下一条河,以供世人解渴……"

讲到这里,眼见东方透出黎明的曙光,莎赫札德戛然止声。

❖❖❖ 第六十五夜 ❖❖❖

夜幕垂降,莎赫札德接着讲故事:

幸福的国王陛下,努兹蔓继续讲故事:

欧麦尔·本·阿卜杜·阿齐兹说:"为了怜悯世人而折磨另一部分人,伟大的安拉派使者穆罕默德来到人间。安拉选择了穆罕默德,于是将他叫去了,给人们留下一条河,以供世人解渴。穆圣归真后,艾卜·伯克尔担任哈里发,做了大量善事,努力工作,无人可以与之相比。轮到奥斯曼·本·阿凡担任哈里发时,河流分汊儿,另搞一套。让河水畅流,所作所为足令安拉欢心。后来,穆阿维叶担任哈里发,一条河分成多条河。其后的叶齐德以及麦尔旺的儿子们,如阿卜杜·迈里克、沃里德、苏莱曼等,将安拉留给人间的那条河弄得乱七八糟,支汊不计其数。我想恢复河流昔日的面貌。"

法蒂玛说:"我想听的就是你的这个话。既然你已有此想法,我就不想跟你说什么了。"

法蒂玛回到伍麦叶人中间,对他们说:"既然你们已与欧麦尔·本·海塔布结亲,那就请你们自食其果吧!"

据说，欧麦尔·本·阿卜杜·阿齐兹临死时，把儿子们呼唤到身边，穆斯里迈·本·阿卜杜·迈里克对他说："信士们的长官，你的孩子是在你的关怀下长大的，你怎么能让他们受穷呢？你从国库里拿些钱给他们，让他们富起来，又有谁敢阻拦你呢？这不比你把钱留给你的后继者更好吗？"

欧麦尔·本·阿卜杜·阿齐兹用愤怒、惊愕的目光望着穆斯里迈·本·阿卜杜·迈里克，说："穆斯里迈，我活着的时候尚且不让他们侵吞公款，我死后怎好将他们置于不幸境地呢？我的孩子无非成为两类人：要么服从伟大安拉，那样的话，安拉会使他们如愿的；要么违背安拉意志，那样的话，我是不支持他们的违抗行动的。穆斯里迈，我曾和你一道去参加麦尔旺人的葬礼，你还记得吧！事后，我做了个梦，梦见那个人受到了惩罚，这使我感到非常害怕，自那时起，我向安拉立下誓言：如果我执掌政权，决不干他干的那种事。我毕生为之努力奋斗，期望得到安拉的宽恕。"

穆斯里迈说："他仙逝后，我参加了他的葬礼。之后，我梦见他在一座花园里，身上穿着白衣服，花园里河水畅流。他走到我跟前，对我说：'喂，穆斯里迈，就让人们像我这样工作吧！'"

像这样的例子还很多。有一个权威人士说："欧麦尔·本·阿卜杜·阿齐兹担任哈里发期间，我干过挤羊奶的工作。有一次，我打一个牧羊人身边走过，见他的羊和一只狼或许多只狼在一起，我认为那是他的狗，因为在此之前，我没见过狼。我问牧羊人：'你养这么多狗干什么呢？'牧羊人说：'那不是狗，而是狼。'我问：'狼和羊在一起，狼不伤害羊吗？'牧羊人：'头正了，身子也就不歪了。'"

欧麦尔·本·阿卜杜·阿齐兹站在泥讲台上讲道。他先赞颂安拉，然后讲了三句话。他说："众人们，你们要很好地陶冶你们的内心世界，以便指导你们的外部表现，善待你们的兄弟。面对今世生活，你们要知足，不可贪得无厌。你们要知道，死人与活人之间并没有鸿沟相隔，阿卜杜·迈里克及其以前的人谢世了，欧麦尔及其之后的人也将离开人间。"

穆斯里迈对他说："信士们的长官，如果我们为你做一把靠椅，你能坐一会儿吗？"

欧麦尔·本·阿卜杜·阿齐兹回答说："我担心清算之日，我的脖子上因之套上罪名。"

话音未落，只听欧麦尔大喊一声，旋即昏迷过去，公主法特梅喊道："喂，玛丽娅，穆扎希姆，来人哪，瞧瞧哈里发怎么啦？"

法特梅往欧麦尔的脸上洒了点儿水，随之哭了起来。

欧麦尔终于苏醒过来，见法特梅在哭，便问："法特梅，你哭什么呢？"

法特梅说："信士们的长官，我看到你倒在我们面前，就想到你倒在伟大安拉面前的情景，想象到你离开人世，与我们永别的情况。我们就是想到这些，才哭起来的。"

欧麦尔说："法特梅，别哭了。你已经长大成人了。"

欧麦尔想站起来，可是刚一站又要倒，法特梅急忙将父亲抱住，说道："父亲，信士们的长官，你和我的母亲，我们都不能再和你们说话了。"

努兹蔓继续向她的同父异母哥哥——她不认识他——以及四位法官和商人讲第二章第一节：

讲到这里，眼见东方透出黎明的曙光，莎赫札德戛然止声。

第六十六夜

夜幕垂降,莎赫札德接着讲故事:

幸福的国王陛下,努兹蔓万万没有想到面前的那位总督舒尔康竟然是自己同父异母的哥哥。

努兹蔓继续向他们讲第二章第一节:

一次,欧麦尔·本·阿卜杜·阿齐兹写信给朝觐的人们,信中说:"在斋月和大朝觐的日子里,我求安拉为我做证,你们所受的压迫、欺辱,我是没有责任的,即使是我得到了命令,或故意那样做,或者已经有人通知我。我期望得到宽恕。但是,我是不允许任何人欺负人的,我要对每一个受欺负的人负责。任何人的行为逾轨,不按照《古兰经》和圣训行事,你们就不要服从他,除非他回到真理的轨道上来。"

欧麦尔还说:"我不贪求死亡减轻我的痛苦,因为那是穆民的最终归宿。"

一位可靠人士说:"我到了信士们的长官欧麦尔·本·阿卜杜·阿齐兹哈里发那里,见他手中拿着十二第纳尔,吩咐把它放入国库里。我说:'信士们的长官,你穷了你的孩子们,使他们变得一无所有。你给他们和你的穷亲戚一点儿钱,那该多好啊!'哈里发说:'你靠近我一些。'我走到他跟前,他对我说:'你说我穷了我的孩子,要我给孩子或穷亲戚一些钱,这是不对的。因为安拉会代替我照顾我的孩子及我亲戚中的穷人。我把他们托付给安拉,而他们则无非成为两种人:要么他们敬畏安拉,安拉将会给他们出路;要么他们为非作歹,我是不会支持他们违背安拉旨意的行动的。'

"之后,哈里发派人把他的十二个儿子叫到面前,说:'孩子们,你们的父亲面前有两条路,必二择其一:要么让你们富起来,你们的父亲就下火狱;要么让你们穷下去,你们的父亲则进天堂。对于你们的父亲来说,他更想入天堂,而不想使你们成为富人。你们站起来吧!我已把你们托付给了安拉。'"

哈立德·本·萨夫旺讲过这么一段故事:

有一次,尤素福·本·欧麦尔陪着他到希沙姆·本·阿卜杜·迈里克那里去。当时哈里发希沙姆正带着眷属和仆人在野外游玩,并且搭起了帐篷。

人们坐稳之后,哈立德向哈里发祝福说:"信士们的长官,安拉为你安排好了福利,为你提供了效法的榜样,简朴方面不能忽视。"

当哈里发的目光与哈立德的目光相遇时,哈立德说:"信士们的长官,安拉已使你的欢乐变成了一种危害。因此,我有一言劝告,我想,这劝告比你之前的君王的谈话更加有力。"

哈里发一听,正了正坐姿,说道:"本·萨夫旺,有什么话就请说吧!"

哈立德说:"信士们的长官,一年前,一位君王来到这块土地上,对他的座上客们说:'你们见过像我这样得天独厚的人吗?有

谁能像我这样享受权势呢?'

"一位敢于坚持己见的遗老说:'信士们的长官,你问到了一件大事,一个大问题,能允许我回答吗?'

"'可以回答。'哈里发说。

"'你所拥有的权势是一成不变的,还是瞬息逝去的呢?'

"'那是瞬息即逝的东西。'

"'既然是瞬息即逝的东西,生命极为短暂,又何必久问此事,将它当作抵押品呢?'

"'那么,我该怎么办呢?'

"'就了王位,你就应该服从安拉的意志,或者穿你的破烂衣服,崇拜你的主,直至大限来临。明天早晨,我再来吧……'"

次日早晨,哈立德·本·萨夫旺看见那位遗老来敲哈里发的门,但见哈里发放下王冠,准备起程。因那位遗老的告诫非常中肯,哈里发不禁泪水潸然落下,浸湿了胡须,下令立即拆除帐篷,回到宫中,从此守在宫里。

哈里发的侍仆们来见哈立德·本·萨夫旺,怒气冲冲地问:"你这样对待信士们的长官,岂不是扰乱了他的生活乐趣,为他的生活带来了烦恼?"

努兹蔓一口气讲了一个时辰,然后对舒尔康说:"在这一章中有若干劝诫和忠告,一次谈话是讲不完的。不过,大王,好在今后的日子还长,有时间再讲就是了。"

讲到这里,眼见东方透出黎明的曙光,莎赫札德戛然止声。

第六十七夜

夜幕垂降，莎赫札德接着讲故事：

幸福的国王陛下，努兹蔓一口气讲了一个时辰，然后对舒尔康说："在这一章中有若干劝诫和忠告，一次谈话是讲不完的。不过，大王，好在今后的日子还长，有时间再讲就是了。"

法官们说："总督阁下，这位姑娘的确是旷世才女，时代之花，实为我们见所未见，闻所未闻。"

舒尔康感谢法官，法官们为总督祝福祈祷，然后告辞离去。

舒尔康对仆役们说："你们快去准备婚礼庆典筵席吧！"

仆役们服从命令，立即下去，动手准备各种饭菜。舒尔康又吩咐在座的臣僚夫人和官员们回去沐浴更衣，准备参加婚庆大典。

晡时来临，筵席摆好，菜肴丰盛，色香味美，令人望之垂涎欲滴。

宾客们吃饱喝足，舒尔康总督派人请来享誉大马士革的歌女和舞伎，总督府内立即充满欢乐的歌声。

夜幕垂降，灯烛齐明，从城堡门到总督府大门，左右置放着万支蜡烛，将那条路照得如同白昼。王公大臣、国家要员走过舒尔康总督面前，一一向他表示祝贺。女仆们为努兹蔓梳洗打扮，无不称赞她貌美罕见，靓丽无双。

舒尔康沐浴更衣完毕，坐在鲜花簇拥着的新人座位上。众女仆陪伴着新娘，来到新郎面前。此时，鼓乐齐鸣，歌声萦绕，整个总督府内，一片节日气氛。在欢乐的高潮中，众女仆送新娘新郎入洞房，继之为新娘宽衣，祝福新人新婚欢乐。

洞房花烛之夜，努兹蔓便有了喜。

蜜月过去，舒尔康得知妻子身怀有孕，十分高兴，随即令府中医师记下妊娠日期。

次日清晨，百官朝拜，他们得知总督夫人有喜的消息，纷纷表示祝贺。舒尔康唤来文书，令其修书一封给他的父王欧麦尔·努阿曼，在信中向父王欧麦尔·努阿曼国王报告他买了一女奴，不仅识文断字，而且文采斐然，通晓多门学问，想把她带到巴格达去，让她见见弟弟杜姆康和妹妹努兹蔓。信中还说，他已把女奴释为自由人，并与之结为夫妻，她已身怀有孕。

书信写罢，派信使策马直送京城巴格达。

一个月后，信使回返，带来欧麦尔·努阿曼国王复信一封。

舒尔康打开信，但见信上写着：

奉大慈大悲安拉之名
因两个孩子失踪而不知所措的欧麦尔·努阿曼国王致信其子舒尔康：
　　孩子，你有所不知：自从你走后，为父忧心忡忡，闷闷不乐，食不甘味，夜不成寐，简直到了无法忍受的地步，再也不能不说了。我外出打猎之前，杜姆康曾对我说想去麦加朝觐，为父怕他有什么意外，故推说我来年带他去麦加。我外出打猎历时一个月……

讲到这里，眼见东方透出黎明的曙光，莎赫札德戛然止声。

第六十八夜

夜幕垂降，莎赫札德接着讲故事：

幸福的国王陛下，舒尔康接着看父王写来的信。信中写道：

……我外出打猎历时一个月，回到宫中之时，发现你的妹妹和弟弟拿了些钱，悄悄随着朝觐的人们到麦加去了。得知这个消息，我心神不安。我一直盼望着朝觐的人返回，但期他俩随他们一道回来。朝觐的人回来了，唯不见他俩归来，向他们打听他俩的消息，没有一个人能说出个究竟。因此，我感到非常难过，食不甘味，夜不成寐，整日六神无主，老泪纵横，不知如何是好。有诗述我心境：

爱子身与影，不离我眼前；爱女音与容，印在我心田。
若不盼之归，难活人世间；若无影像在，心神焉得安？

顺致安好，并代问候我所认识的人。切望你留心打听你弟弟、妹妹的消息。你要知道，王族中出这种事情，乃我们的巨大耻辱。

舒尔康读完信，一方面为父王感到难过，另一方面却因弟弟、妹妹失踪而感到欣喜。

舒尔康拿着父王的信去见妻子努兹蔓。

舒尔康不知道努兹蔓就是他的同父异母妹妹,而且努兹蔓也不知道舒尔康就是自己的异母同父哥哥,虽然舒尔康与努兹蔓朝夕相处,同枕共眠已达数月之久。而努兹蔓已坐在产床上,安拉使她平安生下一女婴。

努兹蔓派人去叫舒尔康。她看到舒尔康便说:"这是你的女儿,你给她起个名字吧!"

舒尔康说:"按照习惯,孩子出生的第七天,才给自己的孩子起名呢!"

舒尔康俯身亲吻女儿时,发现妻子的脖子上挂着一颗玮珠,就是伊卜里梓公主从罗马带来的那三颗珠子中的一颗。

舒尔康看到玮珠挂在妻子的脖子上,顿时魂飞魄散,怒气冲天。他仔细打量那颗珠子,断定就是那三颗玮珠当中的一颗,决无差错。他望着努兹蔓,问道:"丫头,这颗玮珠是哪里来的?"

努兹蔓听舒尔康喊自己"丫头",不高兴地说:"什么?我是你的夫人,是你的总督府的女主人!我是公主,你怎好喊我'丫头'?既然我们已成夫妻,就用不着保密了。告诉你,我叫努兹蔓,是欧麦尔·努阿曼国王的女儿,堂堂的公主!"

听努兹蔓这样一说,舒尔康如闻晴天霹雳,顿时魂飞魄散,低下头去,望着地面……

讲到这里,眼见东方透出黎明的曙光,莎赫札德戛然止声。

第六十九夜

夜幕垂降，莎赫札德接着讲故事：

幸福的国王陛下，舒尔康听努兹蔓说她是欧麦尔·努阿曼国王的女儿，不禁大惊失色，周身战栗不止。这时他明白了，原来她就是他的同父异母妹妹……他登时昏倒在地，不省人事。

过了一会儿，舒尔康慢慢苏醒过来，感到惊异不已。但是，他仍有些怀疑，于是问道："怎么……你……你……你是欧麦尔·努阿曼国王的女儿？"

"是的。"努兹蔓回答。

"哦，荒唐……荒唐……"

努兹蔓不解其意，舒尔康又说："你怎么会离开了你的父王，而遭受被贩卖之苦呢？"

努兹蔓把发生的事情从头到尾一五一十地向舒尔康说了一遍。努兹蔓告诉舒尔康，她在耶路撒冷告别了病中的弟弟，然后被一个贝都因老头儿骗走，继而卖给了那个商人。

舒尔康听后，确信她正是自己的同父异母妹妹，心想："唉，真是荒唐啊！我怎么和我的妹妹结为夫妻了呢？我赶快把她嫁给我的一个侍卫吧！如果事情暴露了，我就装作在我同她同房之前，就把她休掉了，让她与我的侍卫官结成夫妻。"

舒尔康扯打起自己的面颊，连声哀叹道："喂，努兹蔓，你是我的妹妹呀！我求安拉原谅我们犯的这次罪过。我是舒尔康，我是欧麦尔·努阿曼国王的长子啊！"

努兹蔓再三仔细打量舒尔康，终于认出那是自己的同父异母哥哥，顿时失去理智，大哭不止，连连批打自己的面颊。她边哭边说："我们犯下了弥天大罪，这可怎么办呢？"

舒尔康说："依我之见，我让你同我的侍卫官结婚，让你在他的家中照看我的女儿，不让任何人知道你是我的妹妹。这都是安拉为我们安排好的。只有把你嫁给我的侍卫官，才能不让任何人知道此事。"

说罢，舒尔康安慰了努兹蔓一番，亲吻她的额头。努兹蔓说："让这孩子叫什么名字呢？"

舒尔康说："就让孩子叫'润仙'吧！"

随即，舒尔康把努兹蔓嫁给了自己的贴身侍卫官，让她带着女儿润仙搬到了侍卫官家中。从此以后，润仙在众婢女的周到照顾下成长。

一天，信使送来欧麦尔·努阿曼国王的信。舒尔康打开一看，见信上写着：

奉大慈大悲安拉之名
舒尔康：
儿子和女儿失踪，令我极为难过，夜不成寐。望见信后，派人将税款送往京城，并让其带着你买到并已结为夫妻的才女，因为我很想见她一面，听听她论文说道。

近日，有一罗马老妇人带着五名妙龄女子来到京城，个个博学多才，通晓文学、哲学，吾见之甚爱也。我很想把她们留在宫中。因为在别的帝王那里没有这样的才女。我向那位老妇人打听她们的身价,老妇人言,必须以大马士革全年的税款换之。凭安拉起誓,我认为大马士革全年的税款也抵不上她们的身价;仅仅一位女子的身价也要超出全年的税款。我已答应老妇人所要之款,以换取她们留在王宫内。

为此,收信之后,立即送来大马士革的全年税款,以便打发老妇人回国;同时带上你买的那位才女,也好与她们比个高低。若你手下那位才女能在学者们面前战胜那些罗马女子,我即将她遣返大马士革,并且将带上巴格达的税款。

父王草书(签字)

讲到这里,眼见东方透出黎明的曙光,莎赫札德戛然止声。

第七十夜

夜幕垂降,莎赫札德接着讲故事:

洪福齐天的国王陛下,欧麦尔·努阿曼国王写信给儿子舒尔康,要他派人带上刚买到的那位才女速往巴格达,以便在学者们面前与那些罗马女子比个高下。

舒尔康读罢信,骑马来到贴身侍卫官家中,说道:"快把你的妻子叫来!"

努兹蔓来到舒尔康面前,舒尔康让她看过那封信,然后说:"妹妹,你看这信怎么回复呢?"

努兹蔓说:"你看着办吧!"

努兹蔓十分想念家人和祖国,便说:"就让我和我的丈夫一道去巴格达吧!以便向父王叙说我的经历。你就说贝都因老头儿把我卖给了商人,商人又把我卖给了你,你把我释为自由人,并将我许配给了侍卫官。"

舒尔康同意妹妹的办法,随即将女儿润仙领走,交给乳母照顾,随后开始准备税款。

一切准备完毕,舒尔康对贴身侍卫官说:"你带着税款和努兹蔓去巴格达吧!"

"遵命!"贴身侍卫官欣然从命。

舒尔康安排了两乘驼轿,一乘给侍卫官,另一乘给努兹蔓,然后写了一封信交给了侍卫官。

舒尔康取下努兹蔓脖子上的玮珠,给她戴上一串纯金项链,准备把那颗玮珠留给女儿润仙,之后同她告别。就在那天夜里,努兹蔓和侍卫官各乘一驼轿起程前往巴格达去了。

就在那天夜里,杜姆康和火夫外出游玩,看见许多骆驼、驴骡、灯笼和火把将夜色照得通明。杜姆康问到那些货及货主,有人告诉他,说那是大马士革的税款,正要送到巴格达城之主欧麦尔·努阿曼国王那里去。杜姆康问:"负责押运税款的是何人?"

有人回答说:"是总督的一位侍卫官,他与一位颇有才学的女奴结了婚。"

杜姆康一听,哭了起来,想起了母亲、父亲、姐姐和祖国。他边落泪,边对火夫说:"我再也不想在这里待下去了,我想跟着这支驼队,一步一步地走回我的家乡。"

火夫说:"你从耶路撒冷到大马士革,我就很不放心,何况从大马士革到巴格达呢!我一定要把你送到目的地。"

杜姆康说:"那太好啦!"

火夫立即开始收拾行装,牵来毛驴,捆上鞍袋,装上干粮,一切准备停当。

这时,侍卫官一行准备起程,他骑上一峰单峰驼,其余的人步行相随出发了。

杜姆康骑上火夫的毛驴,对火夫说:"你和我同骑毛驴吧!"

"我不能骑,只能伺候你。"火夫说。

"你一定要骑上一个时辰。"

"我累了的时候,就骑一个时辰。"

杜姆康说:"兄弟,到了我家里,你将知道我会怎样款待你。"

他们一直走到红日东升。天气很热,侍卫官下令打尖休息。大队人马停下来,饮过骆驼,然后继续前进。

五天之后,他们来到哈马特城,在那里住了下来。

讲到这里,眼见东方透出黎明的曙光,莎赫札德戛然止声。

第七十一夜

夜幕垂降,莎赫札德接着讲故事:

幸福的国王陛下,他们跋涉五天五夜,到达了哈马特城,在那里住了三天。三天之后,他们离开哈马特城继续前行。他们到达另一个城市,又在那里住了三天,然后上路,一直来到迪亚巴克尔城,在那里,已经可以沐浴到巴格达的微风。

月夜里,杜姆康想起了自己的姐姐努兹蔓、父亲、母亲和祖国;如今,姐姐不见了,如何回去面见父亲呢?想到这里,杜姆康哭了起来,心中万分难过,泪水不住流淌,吟诵道:

亲密朋友啊,相距几多远?
我已忍耐久,无使把信传。
相聚时不长,分别日望短。
且求携我手,怜我青春艳;
纵使我忍耐,青春去无还。
若要我淡忘,且请听我言:
即在清算日,欲忘亦枉然。

火夫对杜姆康说:"不要哭了,也不要再吟了,我们已经走近侍卫官的帐篷了。"

杜姆康说:"我一定要吟诵几句诗,但期心中的火因此而熄灭。"

"看在安拉的面儿上,你就丢开痛苦吧!到了你的国家,你爱干什么,就干什么;你走到哪里,我就跟你到哪里。"

"凭安拉起誓,我的心实在平静不下来。"

杜姆康把脸转向巴格达,仰望夜空,但见明亮月光遍洒大地。

那天夜里,努兹蔓没有合眼,因为她一直在想弟弟杜姆康,心中甚不平静,泪流满面。她正哭时,忽然听到弟弟杜姆康的哭声,只听他边哭边吟唱道:

宝石光闪闪,惆怅打扰我。
共干祝福酒,当年亲爱者。
闪亮耀目光,聚日再闪烁?
唤声责难者,莫再责备我;
因为我的主,早已责斥过。
亲人远离去,我受时折磨。
心中欢乐逝,时光背弃我。
愁闷缠我心,给我苦酒喝。
亲爱朋友啊,我从无欢乐;
未乐魂先死,仅留空躯壳。
欢快岁月哟,快快回归我;
高兴且放心,愁箭远离我。
可怜异乡人,惊煞熬夜客。
努兹蔓去后,痛苦又寂寞!
饱受逆贼欺,更待你奔波。

杜姆康吟完诗,一声大喊,昏迷过去。

那天夜里,努兹蔓无论如何也睡不着,因为她一直在想弟弟的下落。听到吟诗的声音,她的心有些宽舒感,站起来,清了清嗓子,喊来仆人,仆人问:"有什么事吗?"

努兹蔓说:"你去把那个吟诵诗歌的人喊来。"

讲到这里,眼见东方透出黎明的曙光,莎赫札德戛然止声。

第七十二夜

夜幕垂降，莎赫札德接着讲故事：

幸福的国王陛下，努兹蔓听到有人在月下吟唱诗歌，对仆人说："你去把那个吟诵诗歌的人喊来。"

仆人说："我没听见，也不认识他，人们都在睡觉呀！"

"你去看一看，哪个人醒着，那他就是吟诵诗的人。"

仆人出去查看了一番，见醒着的人只有一个，那就是那位火夫。杜姆康此时此刻尚在昏迷状态之中。

火夫看见一位官差出现在他的面前，不免有些害怕。仆人问火夫："你就是刚才吟诵诗的那个人吗？我们的女主人都听见你的声音了。"

火夫认定那位女主人因为听见吟诵诗而发怒了，故而感到害怕。他说："凭安拉起誓，不是我呀！"

"吟诗的究竟是谁，带我去找一找吧！因为你醒着，你一定知道谁在吟诗。"

火夫为杜姆康而担惊受怕，心想："也许这个仆人要加害于杜姆康。"想到这里，便说道："我不知道他是谁。"

"凭安拉起誓，你在说谎啊！你明明在这里坐着，你不知道，谁能知道？

"我跟你说实话，吟诗的那个人是个过路人，正是那个人搅得我不得安睡。安拉会惩罚他的。"

仆人说："你如果认识他，就请领我去找他，我把他带到我们女主人的驼轿门前，或者你带着他去。"

火夫说："你先走吧，我一会儿就把他带去。"

仆人离开火夫走去，将情况报告给女主人，说道："谁也不认识那个人，因为那是个过路人。"

努兹蔓没有作声。

杜姆康从昏迷中醒来，见月亮已挂在中天，凉风吹拂着他的面颊，激起他心中无限惆怅。他清了清嗓子，想再吟唱一番，不料火夫厉声问他："你想做什么呢？"

"我想吟唱几首诗歌，以便扑灭我心中的忧愁烈火。"杜姆康回答道。

"难道你不晓得刚才出了什么事？刚才我差点儿被一个当官差的抓去，险些丧掉这条命。"

杜姆康惊问："究竟出了什么事？快告诉我！"

"刚才你不省人事时，一位官差手握一根胡桃木棍子来到我的面前，仔细打量睡觉人的面孔，问刚才吟诗的是谁。他发现醒着的人只有我自己，便问起我来，我说是一个过路人吟唱了两句，已经离去了。幸亏安拉救了我一命；如若不然，他真会把我杀掉的。他对我说：'若再听见有人吟唱，你就把他带到我们这里来。'"

杜姆康听他这样一说，哭了起来。他说："我要吟就吟，要唱就唱，谁能阻止得住呢！我已离祖国很近了，还怕谁呢？"

"你这样只会给自己招来杀身之祸。"

"我非吟唱不可！"

"如果这样，你我只能在此分手，各奔东西了。我本想陪你一直到巴格达城，让你同你的父母团聚。我与你已经共度过一年半的时光，我从未伤害过你，现在我们长途跋涉外加熬夜，已经疲惫不堪，你何苦还要吟唱诗歌呢？况且夜深人静，人们一路风尘，劳累得很，正睡得香甜。"

杜姆康说："我一定要吟唱一番！"

杜姆康心中忧思勃发，再也压抑不住，开口吟唱道：

> 行至德塞区，站在庭院间；高声呼唤她，但期应声还。
> 寂寞成夜色，遮掩你的脸；如欲驱黑夜，思念火把燃。
> 倘若人已去，此情不新鲜：昔日种荆棘，焉盼花果山！
> 神离天园林，本非己所愿。若无自慰在，在天亦伤感。

杜姆康接着吟唱道：

> 回忆当年事，岁月当奴唤。至乐王国中，歌舞美食伴。
> 何当聚亲人，相会官院间；此站杜姆康，彼坐努兹蔓。

杜姆康吟罢诗歌，连喊三声，旋即昏迷过去。火夫起来，立即为他盖好斗篷。

坐在帐篷里的努兹蔓听到有人边吟边啼，而且诗中提到自己和弟弟的名字，更加惆怅不安，禁不住哭了起来。她叫来仆人，对仆人说："你这个没用的！刚才吟唱诗歌的那个人，又吟唱了起来，听声音离我们很近。凭安拉起誓，你若再不把他带来，我就告诉侍卫官，让他揍你一顿，然后将你赶走。你拿上这一千第纳尔，给了那个吟唱诗歌的人，和和气气地把他叫到我跟前来，千万不要伤害他。如果他不肯来，你就把这个装着一千第纳尔的钱袋给他；倘若他不肯要，就随他的意，问一问他是从哪里来的，是做什么的，然后迅速回来，不要久留那里……"

讲到这里，眼见东方透出黎明的曙光，莎赫札德戛然止声。

第七十三夜

夜幕垂降，莎赫札德接着讲故事：

幸福的国王陛下，努兹蔓派仆人去找那个月下吟唱诗歌的人，并要仆人和气对待那个人，将他带来为好；不然，就赶快回来，不要久留那里。

仆人出来，仔细观察，发现人们都在睡着，没有醒着的人。他来到火夫跟前，见火夫坐在那里，头也没蒙，便走近他，抓住他的手，问道："刚才吟唱诗歌的可是你吗？"

火夫害怕自己有个万一，慌忙回答说："不是！凭安拉起誓，首领，吟诗的不是我。"

仆人说："你不给我找到那个吟诗的人，我就不走。因为我空手回到女主人那里无法交差。"

火夫一听，开始为杜姆康担忧了，急得哭了起来。他说："凭安拉起誓，刚才吟唱诗歌的是个过路人，吟罢就走了。我是个异乡人，你不要把这种错误加在我的头上。我是个外地人，来自耶路撒冷。"

仆人说："你跟我走一趟，去见见我的女主人，你亲口对她讲个明白吧！因为我只见到一个醒着的人，那就是你，别无他人。"

火夫说："你刚来过，不是见我坐在这里原地没动吗？至于那个吟唱诗歌的人，只有卫兵将他抓住才行。你先回去吧！我就待在这里。你若再听见有人吟唱诗歌，不管多远多近，你来找我问我就是了。"

说罢,火夫吻了吻仆人的头,说了声请他放心,仆人便离去了。

仆人怕回去不好交代,转了一圈之后,便在附近的一个地方隐蔽起来。

火夫站起来,走去将杜姆康喊醒,说:"快坐起来,我给你讲刚才发生的事情。"

火夫把刚才发生的事情给杜姆康讲了一遍。杜姆康说:"你不要管我!我谁都不在乎。我的祖国已近在眼前了。"

"你为什么这样任性!为什么谁都不怕呢?我真担心我和你丢了性命。看在安拉的面儿上,你再不要吟唱诗歌了,直到踏上你的国土。我真没想到你会任性到这个地步。难道你不晓得侍卫官的妻子想责斥你?因为你打扰了她,而她因身体虚弱,或因旅途疲劳,需要好好休息。那位太太已两次派人来搜寻你了!"

杜姆康根本不把火夫的话放在心上,而是高喊三声,又吟唱起来:

> 我弃责怨者,责辞扰我心。责备算什么,反令我欢欣。
> 人言我淡忘,爱国情切深。人言待我善,我觉折磨人。
> 弃之登天难,即使尝苦辛。我不听责斥,纵然怨是亲。

藏在近处的仆人听得清清楚楚。杜姆康刚吟唱完,仆人便出现在他面前。站在远处的火夫在那里留心观看着他俩。仆人说:"先生,你好哇!"

杜姆康回答:"你好!愿安拉赐福给你。"

仆人说:"先生……"

讲到这里,眼见东方透出黎明的曙光,莎赫札德戛然止声。

第七十四夜

夜幕垂降,莎赫札德接着讲故事:

幸福的国王陛下,仆人对杜姆康说:"先生,你好哇!"

杜姆康回答:"你好!愿安拉赐福给你。"

仆人说:"先生,今天夜里,我是第三次到你这里来了,因为我们的女主人想见你一面,你愿意去见我的女主人吗?"

"这条母狗是打哪里来的,竟敢叫我?愿安拉诅咒她,惩罚她的丈夫!"

杜姆康把仆人也骂了一顿,而仆人又不敢还击,只是说他的女主人请杜姆康去,如果不愿意,就把一千第纳尔交给吟诗之人。仆人的语气十分柔和,他说:"孩子,我对你并没有什么恶意,只是想让你迈开尊步,去见一见我们的女主人,肯定有好事等待着你,你会满意而归的。"

杜姆康听仆人这样一说,便在众人和火夫的簇拥下走去。火夫边走边望着杜姆康,心想:"不妙,不妙啊!好端端的一个青年,明天就要上绞刑架了!"

当他们走近努兹蔓休息的地方时,火夫心想:"假若官差说我鼓动杜姆康吟唱诗歌,那可就糟了!"

杜姆康跟随仆人来到努兹蔓的帐篷前。杜姆康等在帐篷外,仆人进帐禀报道:"夫人,你要的那个人,我把他带来啦!那是一个相貌英俊的青年,满脸富贵相。"

努兹蔓一听,心怦怦直跳。她说:"你让他吟唱几首诗,我就近听一听。然后,你再问问他的姓名,从哪里来?"

仆人走出帐篷,对杜姆康说:"你吟唱几首诗,让我们的女主人听一听吧!我们的女主人就在帐篷里。请你告诉我你姓什么叫什么,从何处来,家在哪里?"

"我愿意回答。不过,问到我的名字,我的名字被埋没了,我的足迹消失了,我的身体瘦弱不堪。我的故事若记录下来,足以打动天下之人。如今,我昏昏沉沉,不似醉酒,胜似醉酒,处境狼狈,不知如何是好,整日沉浸在忧思的海洋之中。"

努兹蔓听到这几句话,哭得更伤心了,连声呻吟不止。她对仆人说:"你问问他,是否失散过一位一母同胞的亲人?"

仆人像主人嘱咐的那样问了杜姆康,杜姆康回答道:"是的。我远离了所有的亲人,最亲的就是我的姐姐,灾难将我和她分开了。"

努兹蔓听后,高兴地自言自语道:"安拉就要让他与亲人重逢了!"

讲到这里,眼见东方透出黎明的曙光,莎赫札德戛然止声。

❖❖ 第七十五夜 ❖❖

夜幕垂降,莎赫札德接着讲故事:

幸福的国王陛下,努兹蔓听杜姆康说:"是的。我远离了所有的亲人,最亲的就是我的姐姐,灾难将我和她分开了。"

努兹蔓听后,高兴地说道:"安拉就要让他与亲人重逢了!"

她又对仆人说:"让他吟些关于离别的诗歌给我们听听吧!"
仆人转达了女主人的吩咐,只见杜姆康流着热泪吟唱道:

> 但期我能知,他们占哪心?但求我心晓,何路他们循?
> 他们可平安,还是临死门?事主无所措,情中乱方寸。

他又吟唱道:

> 赞美代亲近,世好反离远。何故泪沾襟?思念泪不干。
> 敌恨我欲爱,时言恰如愿?岁月笑我们,令我泪涟涟。
> 永恒乐园里,束我借锁链;且让我沐浴,多福河水间。

之后,杜姆康止住眼泪,接着吟唱道:

> 求主抬贵手,允我访家园;
> 那里有姐姐,名唤努兹蔓。
> 轻松度时光,愉快且清闲;
> 琴弦弹妙曲,间或对杯盏。
> 痛苦化云烟,清泉润花园。

杜姆康吟唱完诗,在帐篷里静静听着的努兹蔓撩开帐篷,仔细察看。当她的目光落到杜姆康的脸上时,一眼便认出弟弟,情不自禁地喊道:"弟弟……杜姆康……"

杜姆康抬眼望去,一眼认出了姐姐,高声喊道:"姐姐……努兹蔓……姐姐……"

努兹蔓扑了过去,将弟弟紧紧抱在怀里,姐弟俩在经历了千难万险之后,终于相聚了。在那万分激动的时刻,姐弟俩登时昏迷过去,不省人事。

仆人见此光景,禁不住大惊失色,忙拿来了一件斗篷,为二人盖上。等待片刻之后,姐弟俩慢慢苏醒过来。

努兹蔓欣喜不已,一切忧愁云消雾散。她吟唱道:

> 岁月发过誓,依旧扰我神;时光违誓言,如今宽我心。
> 幸运远我梦,亲者助我身。且请站起来,欢乐尽寻觅。
> 我观往常事,天堂未接近;除非让我把,多福河水饮。

杜姆康听后,紧紧拥抱着姐姐,幸福欢乐的眼泪夺眶而出。他吟唱道:

> 离散我悔恨,泪漫眼窝深。立誓重逢时,别字离齿唇。
> 欣慰袭我来,欢喜泪淋淋。泪流寻常事,悲喜实难分。

姐弟俩在驼轿门前坐了一个时辰,努兹蔓对弟弟说:"站起来,到帐篷里去,给我讲讲你的经历吧!然后,我也给你讲讲我的遭遇。"

姐弟俩进了帐篷,坐稳之后,杜姆康说:"姐姐,还是你先讲吧!"

努兹蔓先从客栈分别讲起,讲到如何被贝都因老头儿骗去,之后又怎样把她卖给商人;商人把她买去之后,将她送到哥哥舒尔康那里,卖给了她的哥哥,哥哥将她释为自由人,并且与她订婚、结婚;后来,父王得知消息,写信给哥哥舒尔康,要他把她送往巴格达。

努兹蔓说:"感赞安拉,让我与你重逢了;这样,我俩可以像从父王那里出来时一样,再一起回到他那里去了。"

之后，努兹蔓又说："哥哥舒尔康把我许配给了这位侍卫官，让他把我送到父王那里去。这就是我的经历。弟弟，你把你离开我之后的情况讲给我听听吧！"

杜姆康把自己的经历从头到尾讲了一遍。他先讲安拉如何让他遇见了火夫，火夫如何陪他旅行，为他花钱，夫妇俩怎样白天、黑夜地把自己照顾得无微不至。杜姆康说："姐姐，这位火夫待我可好啦，为我做了许多善事，就连亲人，包括父亲也难以做到。我饿时，他就给我弄饭吃；让我骑牲口，而他步行。我在他的亲切关怀下，生活得舒适愉快。"

努兹蔓说："承蒙安拉意愿，我们一定要好好报答他的恩情。"

努兹蔓一声呼唤，仆人应声而至，上前吻了吻杜姆康的手。努兹蔓吩咐说："好心人，拿着你的报喜赏钱吧！让我与弟弟重逢的人就在面前，你手里拿的那一袋钱就赏给你了。你快去把你的主人叫来！"

仆人欣喜不已，转身向侍卫官走去。时隔不久，仆人领着侍卫官来到努兹蔓面前。

侍卫官走进妻子的帐篷一看，见一位男子坐在那里，一问即知是内弟。努兹蔓将姐弟遭遇从头到尾讲给丈夫听，然后说："侍卫官阁下，你娶的不是什么女奴，而是欧麦尔·努阿曼国王的女儿努兹蔓公主。我是努兹蔓，这是我的胞弟杜姆康。"

侍卫官听过叙述，确信妻子讲的全是事实，相信自己成了欧麦尔·努阿曼国王的驸马，喜在心里，乐上眉梢，心想："好命啊！我有治理一方天地的希望了！"

侍卫官走到杜姆康跟前，祝贺他平安脱险，顺利与姐姐重逢，随后令仆人为杜姆康准备一顶帐篷，挑一匹好马供他骑乘。努兹蔓说："我们离巴格达很近了，我想与弟弟单独畅谈，一道休息，一起吃饭,直到回到京城。因为我与弟弟分别的时间太长了。"

侍卫官说:"就照你想的办吧!"

随后,侍卫官吩咐仆役们送来蜡烛和糖果,还给杜姆康送来三套最漂亮的衣服。

侍卫官自感身份地位陡然提高,欣喜不已,正要转身向自己的帐篷走去时,努兹蔓说:"快派仆人把那位火夫找来,给他准备一匹好马,安排好他的午饭和晚饭,让他不要离开我们。"

侍卫官立刻派人叫来仆人,让他去办这件事,那个仆人说:"遵命!一定照办!"

仆人带着几个助手四下寻找,终于在大队人马的尽头找到火夫,只见他正在捆绑行装,准备逃走,而且泪洒面颊,生怕自己遇到不测。他因离开杜姆康感到十分悲伤,又听他自言自语地说:"我劝他不要那么任性,他就是不听我的话,落了个这样的下场,能怪谁……"

话音未落,仆人已站在他的面前。火夫见自己被几个仆役包围,脸色顿时变得蜡黄,周身颤抖,惶恐不安……

讲到这里,眼见东方透出黎明的曙光,莎赫札德戛然止声。

第七十六夜

夜幕垂降,莎赫札德接着讲故事:

幸福的国王陛下,仆人带着几个助手四下寻找,终于在大队人马的尽头找到火夫,只见他正在捆绑行装,准备逃走,而且泪洒面颊,生怕自己遇到不测。他因为离开杜姆康感到十分悲伤,又听他自言自语地说:"我劝他不要那么任性,他就是不听我的话,落了个这样的下场,能怪谁……"

话音未落,仆人已站在他的面前。火夫见自己被几个仆役包围,脸色顿时变得蜡黄,周身颤抖,惶恐不安,一时不知如何是好。

火夫高声说:"你们不知道我为他做了多少好事!我猜想他一定在仆役们面前说了我的坏话,想让我和他一起去受罪。"

仆人喊了火夫一声,然后说:"你这个骗子,究竟吟唱诗歌的人是谁?吟唱诗歌的人明明是你的同伴,你为什么说你不知道是谁呢?从现在起,我一直陪你到巴格达,你的同伴该怎样,你就该怎样。"

火夫一听,心想:"我担心发生的事,偏偏发生了!"他吟唱道:

担忧意中灾难降,本属安拉终归真。

仆人呼唤助手,对他们说:"把他从驴背上拉下来!"

助手们把火夫拉下驴背,给他牵来一匹马,让他骑上。

火夫骑着高头大马,众仆人左右护卫,浩浩荡荡走去。仆人对助手们说:"你们不得动他一根汗毛!要敬重他,不得轻蔑他!"

火夫见仆役们不离左右,自感活命已经没有什么希望。他望着那个仆人,说:"长官,我一无兄弟,二无亲戚,这个小伙子与我既不沾亲,也不带故。我只是澡堂里的一个火夫,发现他病倒在煤渣堆上……"

火夫哭了起来，心中有一千零一种委屈。

仆人在火夫旁边，对他的事只字不提，而是说："你和那个小伙子夜里吟唱诗歌，搅得我们的女主人不得安歇，你还哭呢！我劝你不要为自己害怕担忧了！"

仆人开始暗暗讥笑那火夫。

当他们打尖休息时，便有食物送来，仆人和火夫用一只盘子吃饭。吃罢饭，仆人令助手们送些糖水，他喝一点儿，然后递给火夫喝。虽然如此，火夫仍然不时落泪，担心自己遭遇意外，因离开杜姆康而感到难过，因想到自己与杜姆康都在异乡奔走而忧伤。

侍卫官时而望望坐在驼轿里的王子杜姆康和公主努兹蔓，时而照看一下那位火夫。

杜姆康和姐姐努兹蔓边谈边诉，一直行至离祖国仅有三天路程的地方。

夜晚来临，他们停下脚步，开始休息。

次日清晨，人们醒来，正要收拾行装起程上路时，忽见前方荡起冲天烟尘，顿时天昏地暗，如同漆黑夜晚。侍卫官大声喊道："暂停扎捆行装，且慢起程！"

说罢，侍卫官纵身上马，带上几名仆役，向尘烟处奔去。临近一看，只见烟尘下闪出一彪人马，其势如汹涌大海。大军看见他们，即分成两路包抄而来，每路足有五百骑兵。他们来到侍卫官面前，每五名骑士包围一名仆役。侍卫官问："出什么事啦？你们从哪里来，为什么这样对待我们？"

大军头领问侍卫官："你是何许人？从哪里来，到哪里去？"

侍卫官回答道："我是巴格达和呼罗珊大地之主欧麦尔·努阿曼国王之子、大马士革总督舒尔康的侍卫官，现押运税款和礼物前往巴格达，面送总督阁下的父王欧麦尔·努阿曼国王陛下。"

大军一听，勇士们纷纷摘下蒙面巾，号啕大哭不止。他们说："欧麦尔·努阿曼国王驾崩了！他是被毒死的。佟丹宰相在军中，你可以来见宰相。"

侍卫官一听，泣不成声。他说："多大的损失啊！我们这趟白辛苦了！"

侍卫官的仆役们也都哭了起来。

侍卫官被骑兵们带来见宰相佟丹，宰相问明情况，当即下令停止前进，撑起帐篷，就地扎营。

佟丹宰相坐在帐中，令侍卫官落座。宰相问其来由，侍卫官回答说，他是大马士革总督舒尔康的侍卫官，正押运税款和礼品前往巴格达。

宰相听侍卫官提及欧麦尔·努阿曼国王儿子的名字，不禁老泪纵横。宰相说："欧麦尔·努阿曼国王因中毒而死，由谁继承王位，众人意见不一，直至相互武斗起来。幸而朝中文武官员及四大法官出面劝阻，这才取得了一致看法。人们一致同意法官的主张，我们现在去大马士革，见国王的长子舒尔康，请他回来继承王位，治理其父王统治的王国。不过，也有一些人希望国王的次子继位，他们说次子名叫杜姆康，他还有个姐姐，名叫努兹蔓，姐弟俩到麦加去朝觐，但如今过去五个年头了，没有一个人知道他们的任何消息。"

侍卫官听完，知道妻子讲的情况千真万确，然而对国王之死感到痛苦万分；与此同时，他也非常高兴，尤其是杜姆康就在自己的身边，他有可能替代他父亲的位置，担当巴格达的主宰了。

讲到这里，眼见东方透出黎明的曙光，莎赫札德戛然止声。

第七十七夜

夜幕垂降,莎赫札德接着讲故事:

幸福的国王陛下,佟丹宰相坐在帐中,令侍卫官落座。宰相问其来由,侍卫官回答说,他是大马士革总督舒尔康的侍卫官,正押运税款和礼品前往巴格达。

宰相听侍卫官提及欧麦尔·努阿曼国王儿子的名字,不禁老泪纵横。宰相说:"欧麦尔·努阿曼国王因中毒而死,由谁继承王位,众人意见不一,直至相互武斗起来。幸而朝中文武官员及四大法官出面劝阻,这才取得了一致看法。人们一致同意法官的主张,我们现在去大马士革,见国王的长子舒尔康,请他回来继承王位,治理其父王统治的王国。不过,也有一些人希望国王的次子继位,他们说次子名叫杜姆康,他还有个姐姐,名叫努兹蔓,姐弟俩到麦加去朝觐,但如今过去五个年头了,没有一个人知道他们的任何消息。"

侍卫官听完,知道妻子讲的情况千真万确。侍卫官听说欧麦尔·努阿曼国王不幸去世,心中不胜难过;与此同时,他也为妻子及其弟弟杜姆康感到高兴,尤其是杜姆康有可能继承他父亲的王位,成为巴格达的主宰了。

侍卫官听宰相谈到国王驾崩的消息,当即向宰相表示深深惋惜。侍卫官说:"相爷阁下,这故事真是奇中之奇了!相爷阁下,你有所不知,你们现在遇到了我,安拉可以免除你们的跋涉之苦,事情就会像你们期盼的那样,轻而易举,如愿以偿。因为安拉已把杜姆康和努兹蔓送到了你们面前,事情好办了。"

宰相一听,欣喜万分。他说:"侍卫官阁下,你就把姐弟俩的事情对我讲讲吧!他俩究竟出了什么事,为什么这么长时间音讯全无呢?"

侍卫官谈到努兹蔓,说她已成了自己的妻子,然后谈及杜姆康,从头到尾将其经历说了一遍。

侍卫官讲完,宰相派人将文武百官请来,向他们讲述这段故事,他们一个个欣喜若狂,惊叹事情如此凑巧。之后,文武百官一起来到侍卫官面前,向他行吻地礼。

宰相也向侍卫官走来,向他表示祝贺。

就在那一天,侍卫官举行盛大聚会,他和宰相佟丹坐上席,文武大臣按地位高低依次就座,然后送来玫瑰汁糖水,供官员们饮用。群臣们商议国家大事,决计让手下人马先动身,慢慢前进,等大臣们议事完毕,再去追赶他们。那些人对侍卫官行过吻地礼,便纵身上马,在百面旌旗的引导下,起程上路了。

群臣议事完毕,一个个出帐纵身上马,追赶大队人马而去。

侍卫官来到宰相佟丹面前,说道:"依我之见,我先走一步,赶在你们的前面,为国王准备一个适当的地方,向他报告你们到来的消息,就说你们已经选定杜姆康继承王位。"

宰相说:"你的想法很好。"

侍卫官站起来,宰相也站了起来,以示对侍卫官敬重之意。随后,宰相向侍卫官赠送了礼物,期望他笑纳。接着,其他的王公大臣也一一向侍卫官送礼,并为他祈祷祝福。他们异口同声对侍卫官说:"希望你在杜姆康亲王面前多为我们美言几句,求他让我们继续留在自己的职位上。"

侍卫官答应了他们的要求。之后,侍卫官命令仆役们迅速赶路，宰相吩咐后勤们随侍卫官前进，并嘱咐他们在离城一天路程的地方撑起帐篷，他们表示坚决服从命令。

侍卫官心花怒放，飞身上马，上路登程。他边走边想："多么吉祥的一次远行啊！"他突然觉得妻子在自己心目中的地位更加重要了。

杜姆康带着手下人，扬鞭急行，一直来到离京城还有一天路程的地方，命令就地安营休息。

仆役们一起动手，为杜姆康准备好了休息的地方。这时，侍卫官及手下人在远远的地方离鞍下马，他吩咐仆役们前往努兹蔓的帐篷请求会面，获得准许后，他进帐见到努兹蔓和她的弟弟，报告说努阿曼国王驾崩，然后说群臣们一致拥戴杜姆康继承王位，并且祝贺杜姆康就任君王高位。

姐弟俩听到父王去世的消息，禁不住大哭起来。姐弟俩问："父王因何故突然离开人世？"

侍卫官说："宰相知道底细。明天，大军都将赶到这个地方。国王陛下，剩下的事情就是你要按照他们的建议行事了。如果你不按照他们的意见行事，他们就会另行拥戴别人为王，到那时候，你的生命就会受到威胁，说不定还会把你杀掉呢，或者你们兄弟俩相争，王位还会落入他人手中。"

杜姆康听完，低下头去，久久没有说话。之后，他慢慢抬起头来，说："这件事，我接受了。"

因为他不能避开此事。但是，他认为侍卫官还会给他出些主意。

片刻过后，杜姆康说："可是，我如何对待我的长兄舒尔康呢？"

侍卫官说："你的哥哥可以当大马士革总督嘛！你呢，就是巴格达的君王，下定决心，积极准备吧！"

杜姆康接受了侍卫官的意见。

片刻后，侍卫官送来宰相佟丹带来的一套国王朝服和传世宝剑，然后离开那里，接着命令仆役们选择一处高地，撑起大帐，供国王接受文武百官朝拜时使用。侍卫官又命令厨役们备好丰盛宴席送到新国王面前，接着吩咐运水仆役准备好水池。

一个时辰过后，各种准备工作刚刚结束，只见前方荡起一片烟尘，铺天盖地。片刻后，风卷去尘烟，出现大队人马，似大海怒涛席卷而来，看上去那是巴格达的军队，为首者便是宰相佟丹。他们都为杜姆康继承王位而感到高兴。

讲到这里，眼见东方透出黎明的曙光，莎赫札德戛然止声。

❖ 第七十八夜 ❖

夜幕垂降，莎赫札德接着讲故事：

幸福的国王陛下，侍卫官对杜姆康说："你的哥哥可以当大马士革总督嘛！你呢，就是巴格达的君王，下定决心，积极准备吧！"

杜姆康接受了侍卫官的意见。

片刻后，侍卫官送来宰相佟丹带来的一套国王朝服和传世宝剑，然后离开了那里。接着，侍卫官命令仆役们选择一处高地，撑起大帐，那是供国王接受文武百官参拜时使用的。侍卫官又命令厨役们备好丰盛宴席送到新国王面前，吩咐运水仆役准备好水池。

他们刚刚撑好帐篷，忽见前方荡起一片烟尘，铺天盖地。片刻后，风卷去尘烟，出现大队人马，似大海怒涛席卷而来，看上去那是巴格达的军队，为首者便是宰相佟丹。他们都为杜姆康继承王位而感到欢欣鼓舞。

杜姆康身穿王服，腰佩传世宝剑迎接他们。

侍卫官送来一匹马，杜姆康国王骑上马，侍卫官及其仆役们紧跟国王身后，帐篷里的所有仆役全部出动，护卫着国王向大帐走去。

走进圆顶式的大帐篷，杜姆康国王端坐中央，将传世宝剑放在腿上。侍卫官站在国王面前，伺候国王。仆役们列队站在大帐长廊上，人人手握寒光闪烁的宝剑，个个英姿勃勃，威武雄壮。

片刻后，大队赶到，求见国王。侍卫官进帐禀报，杜姆康国王欣然允许，令他们十个人十个人地进帐朝见。

侍卫官转身出帐传达谕旨，将领们异口同声地回答："遵命！"

将领们立即列队站在长廊门外，等候朝见。

每进来十个人，侍卫官便为他们开道，领他们到杜姆康国王面前。他们看见国王，无不肃然起敬，国王也热情接见他们，向他们许下许多好事。他们祝福国王顺利平安，并为他祈祷，向他宣誓效忠，决不违抗国王的命令，然后恭恭敬敬向国王行吻地礼，礼毕退下。其后，又进来十个人，照样一番祝福、祈祷、行礼，然后退下。就这样，十个十个地朝见完毕，最后是宰相佟丹。

佟丹宰相步入大帐，走到杜姆康国王面前，行吻地礼，国王立即站起来，扶起老人，说："欢迎尊敬的相爷阁下！你是老前辈，你是我们行动的指路人，日后的一切筹划安排全靠你的惠手了。"

之后，侍卫官走出大帐，下令摆上筵席，犒劳全体将士，大家吃了个足饱。

宴会结束，杜姆康国王对宰相说："请相爷下令，全体将士就地安营扎寨，休息十天。我想与阁下单独谈谈，请把父王死因如实相告。"

宰相从命，然后对国王杜姆康说："那是一定的。"

说完，宰相走出大帐，令全军将士就地驻扎十天，将士们表示完全服从命令。宰相允许将士们休息游玩，但在三天之内，任何人不得进入杜姆康国王的宝帐。将士和仆役们表示完全服从宰相大人的命令，祝福杜姆康国王富贵长久。

佟丹宰相将一切安排妥当之后，等候国王召见，准备将发生的事情一一详细禀报。

杜姆康忍耐到夜幕垂降，便去见姐姐努兹蔓。他对姐姐说："你已经知道父王离世，但不知死因，是吗？"

努兹蔓说："是的，我不知道父王是怎么死的。"

片刻过后，努兹蔓挂起一道绸帘，坐在幕后，杜姆康坐在帘外，派人去请宰相佟丹。

时隔不久，佟丹宰相来到杜姆康面前。

杜姆康说："宰相阁下，我想请你把父王的死因对我讲一讲。"

佟丹宰相开始从先王外出打猎回来讲起。

欧麦尔·努阿曼国王打猎回来，进到城中，因为没有看到你们姐弟俩，问手下人你俩到哪里去了。国王得知你俩跟着人们到麦加朝觐去了，不禁感到忧虑，心中甚是不安，不时发脾气。一连半年时间，先王每见到一个过往的人，便打听你俩的去向和下落，但谁也不能向先王提供有关你俩的任何消息。

你俩走失整整一年之后的一天，我们正在先王那里，突然来了一个老太婆，看上去满脸虔诚相。她带着五个妙龄少女，真可谓一个个花容玉貌，闭月羞花，窈窕多姿，简直美不胜表；不但长相漂亮，而且人人会读《古兰经》，通晓哲学，熟知先贤史绩。

老太婆求见先王，先王欣然同意见她。

老太婆来到先王御座前，恭恭敬敬地行吻地礼，先王见其虔诚朴实，便让她靠近自己坐下。当时，我也坐在先王的身旁。

老太婆坐稳后，对先王说："尊敬的国王陛下，我带来了五个少女，个个聪明美丽，而且擅讲故事，会读《古兰经》，通晓多门学问，熟知各国历史与诸王史绩。我敢说，任何一位国王身边，都没有这样多姿多才的宫娥婢女，大王陛下，她们都已来到你的面前，随时准备为大王效力。俗语说得好：考试面前，方显贵贱高低。谨请大王当面考考她们。"

先王见五个姑娘果然人人灵气外露，花容月貌，心中不胜欢喜。先王说："就请你们每位姑娘讲一段先贤的事迹给我听听吧！"

讲到这里，眼见东方透出黎明的曙光，莎赫札德戛然止声。

❖— 第七十九夜 —❖

夜幕垂降，莎赫札德接着讲故事：

幸福的国王陛下，宰相佟丹继续对杜姆康讲述先王的死因。

老太婆在先王身边坐稳后，对先王说："尊敬的国王陛下，我带来了五个少女，个个聪明美丽，而且擅讲故事，会读《古兰经》，通晓多门学问，熟知各国历史与诸王史绩。我敢说，任何一位国王身边，都没有这样多姿多才的宫娥婢女，大王陛下，她们都已来到你的面前，随时准备为大王效力。俗语说得好：考试面前，方显贵贱高低。谨请大王当面考考她们。"

先王见五个姑娘果然人人灵气外露，花容月貌，心中不胜欢喜。先王说："就请你们每位姑娘讲一段先贤的事迹给我听听吧！"

这时，一位姑娘走上前去，向先王行过吻地礼，然后开始说："大王陛下，有教养的人理应避免多管闲事，具备多种美德，忠实履行义务，避免犯大错；而且要保持这些品德，达到这样一种境界：一旦离开这些美德，就要丧失生命。礼貌的基础就是高尚品格。大部分生命门路，其目的在于求得生存，而生存的目的则是崇拜安拉。因此，为王者应该从善如流，绝对不要违背教律。人最需要的是精心筹划，而帝王比老百姓更加需要周密筹划，因为老百姓在做某些事时是不考虑后果的。为了安拉，你应该献出自己的一切。要知道，敌人就是对手；必当据理以争，战胜对手。至于对待朋友，与朋友相处，没有法官出面公断，只有依靠良好道德作为裁判。你为自己选择朋友，要在对方选择之后：倘若他是来世兄弟，那么，就让其表面上遵守教律，让其显示他的内心世界；如果他是今世兄弟，那么，就让他成为自由的、忠实的人吧！如果是这样，他既不会成为傻子，也不会成为坏人；因为傻子足以使其双亲逃避责任。骗子，不能取之作为朋友，因为'朋友'一词源于发自内心的忠诚，假若满口谎言，还有什么忠诚可言呢！如果你的朋友具有忠诚品质，则只管与之友好，不要与之中断关系。假若在他的身上表现出使你感到厌恶的地方，须知即使如此，他也不该如被随意休弃的女人。而朋友的心就像玻璃镜子，一旦碎裂，无法复原。"

姑娘说到这里，引诗为证。她吟诵道：

切莫伤害心,心伤愈合难;一旦心受伤,似镜破难圆。

姑娘接着讲:"智者有训:忠言逆耳,进忠言者方为好友,方为善举。来自男子汉口中的赞扬,才是至美赞词。圣人有言:为奴者不应该忘记对安拉的感赞,尤其在健康和智慧两项恩惠方面。古人云:灵魂高尚,名声远扬。把小灾看得很重的人,安拉必降大灾折磨之。谁为所欲为,纵欲放肆,必将丢失权利。听谗言者,必失去朋友。谁猜想到善者,你就相信他想到的是你。过分争执者,必定犯罪。谁不提防欺侮,必遭受剑击。"

姑娘停顿片刻,继续讲道:"大王陛下,我现就法官的职责讲一讲。想必知道,只有弄清情况,才能做出正确判断。法官对人应一视同仁。强者不应欺凌弱者,弱者能够讨得公道。法官应该要原告出示证据,弄明否认罪行的伪誓。穆斯林之间的纠纷应当调解,但有一点须知:不得断合法为非法,或判非法为合法。你今天怀疑的东西,就应重新审核,以便纠正你的判断,从而回到真理上来。坚持真理是一种义务;回到真理上比坚持荒谬要好。其次,还要熟悉格言谚语,谙熟文章,调和争端,要把目光盯在真理之上。要把自己的事情托付给伟大的安拉。要从原告那里取得证据;有了证据,方可正确进行判决;如若不然,被告便会发伪誓。这便是安拉的裁决。法官必须找正直的穆斯林当证人。教法规定,法官掌握案情之后,安拉允许其根据表象进行判决。法官应当避免在十分饥饿和痛苦的情况下履行自己的裁决职责。法官应当正视自己的职责,把判案看作沟通人与安拉的桥梁,为百姓负责,替安拉行道,竭尽忠诚,不愧对法官之名。泽哈里说到三条,一旦法官涉嫌之,理应免其职:其一,宽待坏人;其二,喜欢歌颂;其三,厌恶革职。欧

麦尔·本·阿卜杜·阿齐兹曾解除一个法官的职务,那个法官问:'你为什么革我的职呢?'欧麦尔回答:'有人告发你言过其实。'

"相传,亚历山大大帝对其法官说:'我把一个神圣的职位交给你,便是将我的灵魂、体面和尊荣寄托在了你的身上,你要用自己的心和智慧保住这个职位。'他对厨师说:'你是我身体的主宰,同时你也要怜悯自己。'他对文书说:'你是我智慧的调度师,在草拟文稿时,要牢牢记住我的言语。'"

第一位姑娘说完,向后退去,第二位姑娘走上前来……

讲到这里,眼见东方透出黎明的曙光,莎赫札德戛然止声。

❖❖ 第八十夜 ❖❖

夜幕垂降,莎赫札德接着讲故事:

幸福的国王陛下,佟丹宰相继续对杜姆康讲述先王死因:

第一位姑娘给欧麦尔·努阿曼国王讲先贤的事迹:"相传,亚历山大大帝对其法官说:'我把一个神圣的职位交给你,便是将我的灵魂、体面和尊荣寄托在了你的身上,你要用自己的心和智慧保住这个职位。'他对厨师说:'你是我身体的主宰,同时你也要怜悯自己。'他对文书说:'你是我智慧的调度师,在草拟文稿时,要牢牢记住我的言语。'"

第一位姑娘说完,向后退去,第二位姑娘走上前来,一连向先王行了七次吻地礼,然后说:"鲁格曼对他的儿子说:'有三种人,只有在三种特定时刻,方才被人认识:动怒之时,才见温和者;战争之时,方识英雄;需要之时,方能认识兄弟。'常言道:'暴君必后悔,纵然一时受到人们赞颂;受欺压者平安无事,即使常受人们埋怨。'

"伟大安拉有言:'有些人对于自己做过的事,扬扬得意;对于自己未曾做过的事,爱受赞颂,你绝不要认为他们将脱离刑罚,其实,他们将受痛苦的惩罚。'① 穆圣有训:'工作取决于意愿,然而并非人人都有意愿。'

"国王陛下,人身上最奇妙的东西就是心脏,因为它有从事工作的主动权。一旦心受贪欲刺激,就会使人丧命;倘若心被忧伤控制,惆怅就会置人于死地。人盛怒之时,心受伤害愈重。人恐惧之时,会感痛苦缠心。人遇灾难之时,心急如焚。人得财时,心会默念安拉之恩泽。环境恶劣,则忧愁缠心。急躁劳心,人体渐虚。总而言之,养心之道在于感赞安拉,从事能够获得生活之资的工作,并为来世生活做准备。

"有人问学者:'什么样的人情况最糟?'学者回答道:'这样的人情况最糟:其贪欲压倒了仁义,虽志向高远,学识扩大了,而容人的气量变小了。'诗人盖斯有诗为证:

> 可叹吾此生,装腔作势徒:己未走正道,反说人迷途。
> 金钱与品格,皆系身外物。心中隐藏事,终究会表露。
> 谋事走后门,自将终身误。办事走正门,人间光明路。

"关于修行之事,希沙姆·本·伯什尔说:'我问欧麦尔·本·

---

① 见《古兰经》"仪姆兰的家属章"第一百八十八节。

奥贝德：修行的实质是什么？'欧麦尔回答：'关于修行的实质，安拉的使者穆罕默德有训：真正的修行者，既不忘坟墓，亦不忘灾祸，崇高永存，轻蔑瞬息即逝之物，不相信自己明日还会活在人间，常常将自己列入死亡者中。'

"据传，艾巴齐尔曾说：'我喜欢贫困胜过喜欢富有；我喜欢疾病胜过喜欢健康。'当时，听者都一致祈求安拉怜悯艾巴齐尔。我则认为依靠安拉者，必然满足于安拉为其选择的处境。

"可靠人士说，伊本·艾卜在做晨礼时读《古兰经》：'盖被的人啊，你应当起来，你应当警告，你应当颂扬你的主宰，你应当洗涤你的衣服，你应当远离污秽，你不要施恩而求厚报，你应当为你的主而坚忍。当号角被吹响的时候……'① 读到这里，伊本·艾卜倒地而死。

"据传，萨比特·巴尼终日啼哭，几乎将双眼哭瞎。人们为他请来一位医生，给他看眼睛，医生说：'我为他看病，有一条他要听我的。'萨比特问：'哪一条？'医生说：'你不要哭！'萨比特说：'长着两只眼睛不哭，眼还有什么用？'

"有一个人对穆罕默德·本·阿卜杜拉说：'请你给我几条训示吧！'

穆罕默德说：'我嘱咐你：今世你要成为一名苦行者，来世要当一名贪心的奴隶。'那个人问：'那是怎么回事呢？'穆罕默德答道：'因为今世的苦行者会拥有今世和来世。'

讲到这里，眼见东方透出黎明的曙光，莎赫札德戛然止声。

---

① 见《古兰经》"盖被的人章"第一至八节。

第八十一夜

夜幕垂降，莎赫札德接着讲故事：

幸福的国王陛下，佟丹宰相继续对杜姆康讲述先王死因：

第二个姑娘给先王讲："据传，萨比特·巴尼终日啼哭，几乎将双眼哭瞎。人们为他请来一位医生，给他看眼睛，医生说：'我为他看病，有一条他要听我的。'萨比特问：'哪一条？'医生说：'你不要哭！'萨比特说：'长着两只眼睛不哭，眼还有什么用？'

"有一个人对穆罕默德·本·阿卜杜拉说：'请你给我几条训示吧！'穆罕默德说：'我嘱咐你：今世你要成为一名苦行者，来世要当一名贪心的奴隶。'那个人问：'那是怎么回事呢？'穆罕默德答道：'因为今世的苦行者会拥有今世和来世。'

"奥斯·本·阿卜杜拉讲到这样一个小故事：以色列人中有弟兄二人，一天，哥哥问弟弟：'你做的最可怕的一件事是什么？'弟弟说：'我路经鸡舍时，从鸡舍里偷了一只母鸡。后来，我又把母鸡扔到鸡舍里，但不是扔到原来的鸡舍里。这就是我做过的最可怕的一件事。那么，你做的最可怕的一件事是什么呢？'哥哥回答弟弟：'我所做的最可怕的一件事，则是我做礼拜时，怕自己仅仅为了酬劳才做礼拜的。'兄弟俩的对话，父亲听在耳里，于是说道：'安拉啊，倘若他俩说的是实话，那就请不要把他俩召到你那里去

吧！'有智者说：'这两个孩子是最好的孩子。'

"赛义德·本·朱伯尔说：一次他遇到法达莱·本·奥贝德，他说：'请你给我几条训示吧！'法达莱说：'要保持这样两个习性：不以任何物与安拉等同；不伤害安拉创造的任何人。'"

法达莱吟唱道：

无论怎样想，安拉恩泽深；且抛愁思绪，无事不可忍。
人间有二事，切要记在心：一勿拜多神，二勿伤害人。

他又吟道：

今世旅行中，干粮未带足。来世遇路人，人家粮袋鼓。
你定会后悔，与之怎同路？早知此时难，备粮宜当初。

第二位姑娘说罢，第三位姑娘走上前来，向先王行过吻地礼，然后说："修行的门是非常宽广的，我只想列举先人的部分训示。有的学者说：'我不以死亡为快乐，也不相信死亡中有什么轻松可言。但是，我却知道死神可以将人与工作隔离开来。所以，我希望加倍做好事，避免做坏事。'

"据传，阿塔·赛米勒写完遗嘱之后，周身颤抖不止，继之号啕大哭。有人问他：'这是为什么呢？'他说：'我想干一件大事，那就是站在伟大安拉面前，按遗嘱做事。'正因为这一点，阿里·齐·阿卜丁·本·侯赛因每当做礼拜时，总是周身战栗。有人问他：'这是为什么呢？'他回答道：'你们知道我在向谁礼拜，和谁说话吗？'

"据传,苏福扬·苏里身边有位盲人,每当斋月①来临,总是出门和人们一起去做礼拜,一声不吭,慢慢腾腾。苏福扬说:'世界末日来临之时,虔诚的穆民总会以非常的慷慨同常人区别开来。'苏福扬说:'假若一个人像应该的那样心静神安,那么,他就会高兴地飞起来,向往升入天堂;与此同时,也会十分悲伤,害怕下到地狱。'据说苏福扬还说过:'看暴君的面色是一项大罪。'"

第三位姑娘讲到这里,第四位姑娘走上前来,向先王行过吻地礼,然后说:"大王陛下,请允许我谈谈先贤们的一些训示。据传,布什尔·哈菲说:'我听哈立德告诫人们:你们要警惕多神教的意向!我问他何为多神教意向?他说,多神教意向就是做礼拜时,延长叩拜时间,致使异端思想扰心。'

"同样的学者说:'善行足以遮掩恶迹。'有的学者说:'我从布什尔·哈菲那里获得了一些真理的秘密。'布什尔说:'孩子,我们不应该让每个人都知道这种知识,像伊斯兰教的天命一样,每百人当选出五人去学,也就够了。'易卜拉欣·本·艾德海姆说:'我认为他的话很好,讲得很有道理。我正在做礼拜时,突然布什尔也做起礼拜来,于是我便跟在他的身后叩拜,直到宣礼员开始宣礼。这时,一个衣衫褴褛的人站起来,对众人说:公众们,你们要警惕有害的实话,而有益的谎言则是无害的。迫不得已之时,没有选择的余地;一无所有之时,说话没有益处;而富有之时,沉默寡言也没有什么坏处。'

"易卜拉欣说,有一次,他见布什尔丢了一达尼克②,于是走去送给他一迪尔汗,布什尔说:'我不要!'易卜拉欣说:'这钱是

---

① 斋月,伊斯兰教规定,穆斯林每年须在伊斯兰教历太阴年九月(即莱麦丹月)封斋一个月。
② 达尼克,辅币名,一迪尔汗等于六达尼克。

完全正当合法的.'布什尔说:'我不能以来世的荣华换取今日的富贵.'

"布什尔·哈菲的妹妹去见艾哈迈德·本·汉伯乐……"

讲到这里,眼见东方透出黎明的曙光,莎赫札德戛然止声。

❖─ 第八十二夜 ❖──

夜幕垂降,莎赫札德接着讲故事:

幸福的国王陛下,佟丹宰相继续对杜姆康讲述先王死因:

第四位姑娘说:"同样的学者说:'善行足以遮掩恶迹.'有的学者说:'我从布什尔·哈菲那里获得了一些真理的秘密.'布什尔说:'孩子,我们不应该让每个人都知道这种知识,像伊斯兰教的天命一样,每百人当选出五人去学,也就够了.'易卜拉欣·本·艾德海姆说:'我认为他的话很好,讲得很有道理。我正在做礼拜时,突然布什尔也做起礼拜来,于是我便跟在他的身后叩拜,直到宣礼员开始宣礼。这时,一个衣衫褴褛的人站起来,对众人说:公众们,你们要警惕有害的实话,而有益的谎言则是无害的。迫不得已之时,没有选择的余地;一无所有之时,说话没有益处;而富有之时,沉默寡言也没有什么坏处.'

"易卜拉欣说,有一次,他见布什尔丢了一达尼克,于是走去送给他一迪尔汗,布什尔说:'我不要!'易卜拉欣说:'这钱是完

全正当合法的。'布什尔说:'我不能以来世的荣华换取今日的富贵。'

"布什尔·哈菲的妹妹去见艾哈迈德·本·汉伯乐,对他说:'教长,我们都是这样一些人:夜晚纺织,白日外出谋生。或许巴格达当权者们的火把常从我们宅前经过,我们便借火把之光在屋顶上纺线。我们这样借光犯法违禁吗?'艾哈迈德问:'你是何许人?''我是布什尔的胞妹。'艾哈迈德说:'布什尔的亲人啊,我一直在从你们的心中探索虔诚。'

"有的学者说:'若安拉欲为崇拜者带来好处,那么,必将为其打开工作之门。'马立克·本·迪纳尔从市场上走过时,看见他所喜欢的东西,便说:'灵魂啊,你忍耐一下吧!我不能同意你的要求!'因为穆圣有训在先:'逆愿而行,心平神安;纵欲为事,必招祸患。'曼苏尔·欧马尔说:'在一个漆黑的夜里,我取道库法,前往麦加朝觐。正走在路上,忽然听见有人在深夜大声呼喊:伟大、尊贵的主啊,我本无意违抗你的意愿!我并非不了解你。但是,我过去曾有过大错,请求你宽恕我的过火行为;因为我违抗你的意愿,完全出于无知!'我听到那个大喊的人祷告完毕,朗诵起《古兰经》文:信道的人们啊!你们当为自身和家属而预防那以人和石为燃料的火刑,主持火刑的,是许多残忍而严厉的天神,他们不违抗真主的命令,他们执行自己所奉的训令。'① 那之后,我听到一种不知是什么重物落地的声音,然后便走去了。第二天清晨,我们上路后,见一送殡队伍,后面跟着一位年迈乏力的老太婆,我们向她打听死者的消息,她说那死者是位过路人,昨夜在她家投宿,见她的儿子边做礼拜边背诵《古兰经》,肝胆俱裂,登时倒地

---

① 见《古兰经》"禁戒章"第六节。

而死。'"

第四位姑娘讲完,退了下来,第五位姑娘走上前去,向先王恭恭敬敬地行过吻地礼,然后说:"请允许我向大王陛下述说先贤史迹。穆斯里迈·本·迪纳尔说:'只要人的心术正,无论小错大错,均可得到宽恕。安拉的奴仆只要远离罪过,都会有光明前程。'他说:'任何不接近安拉的安乐,都是灾难。今世的少享受使人忽视来世的多享受;来世的多享受,会使你忘掉今世的少享受。'

"有人问艾卜·哈齐姆:'什么样的人最顺利?'他回答道:'终生服从安拉的人最顺利。'有人问:'什么样的人最愚蠢?'答曰:'以别人的今世换取自己来世的人最愚蠢。'

"相传,先知穆萨①来到麦德彦泉边,他说:'我的主啊!我确需求你所降给我的任何福利的。'② 穆萨求助于安拉,而没有向人们乞讨。当两位少女来时,穆萨便替她俩饮羊,而没有等牧人们离去。当两位姑娘回到家中后,便把此事告诉了她们的父亲舒阿伯。父亲对女儿说:'也许他饿了。'少顷,父亲对一个女儿说:'你回泉边去,把那个人叫来。'姑娘蒙着面纱来到穆萨面前,说道:'我的父亲的确要请你去,要酬谢你替我们饮羊的功劳。'③ 穆萨不喜欢别人酬谢他,不想跟姑娘去。那姑娘臀部丰满,风吹衣裙边,臀部显得更加撩人心神。穆萨怕有失礼举动,便闭起眼睛,然后对姑娘说:'你在我后面走吧!'姑娘跟在穆萨身后向自己家走去。

"行至姑娘家,见到姑娘的父亲舒阿伯,晚饭已经备好……"

讲到这里,眼见东方透出黎明的曙光,莎赫札德戛然止声。

---

① 穆萨,《古兰经》中记载的古代著名先知之一,安拉六大使者之一。
② 见《古兰经》"故事章"第二十四节。
③ 见《古兰经》"故事章"第二十五节。

第八十三夜

夜幕降临,莎赫札德接着讲故事:

幸福的国王陛下,宰相佟丹接着向杜姆康转述第五位姑娘的话:

"舒阿伯对穆萨说:'喂,穆萨,你为我的两个姑娘饮了羊,我想给你报酬。'穆萨说:'我是虔诚的圣门弟子,我不想用来世之功换取人间的金银。'舒阿伯说:'青年人,你是我的客人,款待来客是我的积习,请来客吃饭是我家祖上传下来的风俗。'穆萨听老人这样一说,便坐下吃起饭来。之后,舒阿伯雇穆萨为他做了八年工,其代价则是将一个女儿嫁给穆萨,而穆萨为舒阿伯做工就是姑娘的聘礼。《古兰经》上有言:'我必定以我的这两个女儿中的一个嫁给你,但你必须替我做八年工。如果你做满十年,那是你自愿的,我不愿苛求于你。'①

"一个人对他的一位久别重逢的朋友说:'我好想你哟!我有好长时间没看到你了。'朋友说:'我一直在忙于伊本·舍哈卜的事,没有时间出来。你认识伊本·舍哈卜吗?'那个人回答说:'认识!我与他是邻居,有三十年时间了,但我没跟他说过话。'朋友说:'你忘了安拉,故忘了邻居。假若你热爱安拉,必定也爱你的邻居。

---

① 见《古兰经》"故事章"第二十七节。

难道你不晓得应以邻为亲的道理吗？'

"侯泽法说，那年，他和易卜拉欣·本·艾德海姆一块儿进入圣城麦加。就在那一年，舍基格·伯乐希也到麦加去了。他们在环绕天房①时见面了。易卜拉欣问舍基格：'你们那里的情况怎样？'舍基格回答道：'安拉给了我们收成，我们便有吃有喝。一旦闹起饥荒，我们就忍饥挨饿。'易卜拉欣说：'那么，伯乐赫的狗也要这样了！而我们有些不同：安拉赐收成给我们，我们便欢天喜地；当闹灾荒而挨饿时，我们亦表示谢意。'舍基格在易卜拉欣面前坐下来，然后说：'你是我的老师。'穆罕默德·本·欧穆朗谈道，有一个人问哈帖穆·艾斯穆：'你是怎样依靠伟大安拉的？'哈帖穆说：'分两方面：其一，安拉赐予我的糊口之资，别人无权享受，我对此感到心安理得；其二，我之所以成人，安拉一清二楚，因此我在安拉面前总有羞涩之感。'"

第五位姑娘讲完，退了下去，老太婆走上前来，向先王行七次吻地礼，然后说："大王陛下，关于修行方面的先贤训示，姑娘们都已讲到。我接着她们的讲解继续谈先人在这方面的训示。据说，伊玛目②沙菲仪将夜间分成三段：第一段用于学问，第二段用于睡眠，第三段用于深夜礼拜。伊玛目艾卜·侯乃法把半个夜晚的时间用于礼拜修行。当他走在街上时，有个人指着他对另一个人说：'他把整夜时间用于礼拜修行。'艾卜·侯乃法听后，说：'你们说的事情，我没有做到，这使我在安拉面前感到羞愧。'打那之后，艾卜·侯乃法把整个夜晚用于礼拜修行。

"鲁巴伊说：'沙菲仪在斋月里读七十遍《古兰经》，礼拜时也

---

① 环绕天房，伊斯兰教朝觐活动的一种仪式。
② 伊玛目，伊斯兰教用语，指清真寺的教长、穆斯林领袖、著名宗教学者、主持礼拜者等。

是如此.'沙菲仪说:'十年之中,我吃大麦饼从不吃饱。因为饱食会使心变得冷酷,令聪慧减退,使人困倦,体弱无力,懒于活动.'

"据传,阿卜杜拉·本·穆罕默德·赛克里说,一次他和欧麦尔谈话,欧麦尔说:'我没见过比穆罕默德·本·易德里斯·沙菲仪更卓越、更令人尊敬、更善于辞令的人了。'欧麦尔还说,有一次,他曾和哈里斯·本·莱比卜·绥法尔一同外出。哈里斯是马兹尼的学生,他的声音十分悦耳。当时,哈里斯朗诵起《古兰经》文:'这是他们不得发言之日。他们不蒙许可,故不能道歉。'① 欧麦尔说:'我看到沙菲仪面色顿改,周身战栗,惊恐不安,然后昏倒在地。'沙菲仪苏醒过来之后,说:'我求安拉保佑,使我远离骗子和粗心大意的人。安拉啊,有识之士的心永远归顺你。安拉啊,请你高抬贵手,宽恕我的罪恶吧!以你那尊贵的面孔,容忍我的短处吧!'之后,欧麦尔站起身来,离去了。

"一位权威人士说,当他到达巴格达时,沙菲仪正好也在那里。他在河边小净,准备做礼拜时,忽然有一个人从他身边走过。那个人对他说:'小伙子,好好做小净,安拉今世和来世都会使你安乐幸福。'他回头望去,但见一群人跟在一个男子身后,于是他迅速做完小净,跟着那个人走去。那个人回头望望他,问道:'你有什么事情吗?'他回答:'是的。就请把安拉教导你的教给我吧!'那个人说:'你要知道,笃信安拉者,安然无恙;热心于自己宗教的人,遇险平安无事;今世刻苦修行者,来世如愿以偿。你还希望我多教你一些吗?'他说:'是的。'那个人说:'在今世,你要平心静气;对来世,你要充满希望;只要你事事忠实诚挚,你就能同所有得救的人一起得救。'说完,那个人离去了。这位权威人士问别

---

① 见《古兰经》"天使章"第三十五、三十六节。

人:'这个人是谁?'别人告诉他:'那就是伊玛目沙菲仪!'伊玛目沙菲仪说过:'我希望人们从这种知识中受益;但有一条,不要把其中的任何东西归到我的身上。'"

讲到这里,眼见东方透出了黎明的曙光,莎赫札德戛然止声。

第八十四夜

夜幕降临,莎赫札德接着讲故事:

幸福的国王陛下,佟丹宰相继续对杜姆康讲述先王的死因:

老太婆札特·达瓦希接着说:"伊玛目莎菲仪说过:'我希望人们从这种知识中受益;但有一条,不要把其中的任何东西归到我的身上。'他还说:'我每看到一个人,总希望伟大安拉赐他以真理,帮助他宣扬真理。我每见到一个人,总希望宣传真理,而并不在乎这真理出自我的口中,还是出于他的口中。穆圣有言:假若担心自己的学识出现偏差,就请考虑一下:想讨谁的喜欢?希望得到什么样的享受?害怕受到什么惩罚?'

"有人对艾卜·侯乃法说:'信士们的长官,艾布·贾法尔·曼苏尔任命你为大法官,给你一万迪尔汗的俸禄。'而艾卜·侯乃法听后并不高兴。他估计要给他送钱来的那天,他做完礼拜,便盖起被子,一言不发。之后,果然哈里发的钦差大臣带着钱来了。钦差大臣见到艾卜·侯乃法,对他讲明来意,而他却不跟钦差大臣说话。钦差大臣说：'这钱是合法的。'艾卜·侯乃法说：'我知道这钱是合法的。但是，我讨厌权贵的厚意渗入到我的心中。'钦差大臣说：'你到了他们中间，只管提防他们的厚意就是了。'艾卜·侯乃法说：'跳入大海，哪有不湿衣服的道理？'沙菲仪有诗为证：

灵魂理当听劝言，一生高贵得平安。
切记抛开贪婪意，贪心终究招灾患。

"苏福扬·苏里曾嘱咐阿里·本·哈桑·席勒米：'你应该忠诚老实，不要欺骗撒谎，不要背信弃义，不要口是心非，不要大惊小怪。因为安拉总是要用这些习性中的一种指导人们做善事。你只应该向忠于教律的信士学习宗教知识，让你的朋友和你一道放弃世俗快乐，勤于修行。你要时常记起自己的最终归宿，多求安拉宽恕，求安拉赐予你余生平安。当信士向你询问宗教事务时，你当竭尽忠言劝告。你千万不要背弃信士！背弃信士，便是背弃安拉及其使者。不要争论吵闹，清除一切不必要的猜疑，自然心定神安。要劝人行善，止人作恶，方能博得安拉的欢欣。要好好加强你的内心修养，安拉才会使你的外表端庄。你要原谅每一个求你原谅的人。不要厌恶任何一位穆斯林，要与和你绝交的人恢复交情。要宽恕亏待你的人，这样才能成为先知们的伙伴。要把自己的内心和外表全托付给安拉，就像知道自己死后复活、将要站在安拉面前接受审判的信士那样敬畏安拉。要牢牢记住自己的命运归宿无非二择其一：要么进天堂，要么下地狱。'"

老太婆讲到这里，退而坐在五个姑娘的身旁。

先王听罢她们的讲述，认定她们是当代最杰出的女性，加之见到姑娘们一个个花容月貌，文质彬彬，礼貌周到，便把她们留了下来,让她们住在罗马公主伊卜里梓住过的那座宫殿里。先王把她们待若上宾,给她们送去一切必需品。

老太婆在那里住了十天。先王每去看她,总见她静守房中,夜间礼拜,白日斋戒。因此,先王十分敬重老太婆。

一次,先王对我说:"我的宰相阁下,这位老太婆真是一位女中豪杰、巾帼英雄啊!她已在我心目中占有很高地位。"

老太婆住下的第十一天,先王召见老太婆,要把那五个姑娘的身价交付给她。老太婆对先王说:"大王陛下,这几个姑娘的身价远远超出市场上的交易价格。我把她们送到这里,不是换取金银或珍珠宝石的,不论多还是少。"

先王一听,感到奇怪,然后说:"女施主,这些姑娘究竟值多少钱呢?"

老太婆说:"这些姑娘嘛,只要你斋戒一个月,白日斋戒,夜晚跪拜安拉,之后,这些姑娘就全归你所有了,你便可任意使唤她们。"

先王听罢,对老太婆的清廉、虔诚、道德十分敬佩。老太婆的地位在先王的心目中越发高了。先王说:"感赞安拉!是安拉派这位妇道人家为我们做善事来了。"

之后,先王与老太婆商定就按照老太婆提出的条件斋戒一个月。老太婆对先王说:"国王陛下,我为你祈祷祝福,希望你能得到她们。请你给我拿一罐水来。"

先王令仆人给她取来一罐水,老太婆接过水罐,只听她对水罐唧唧咕咕念叨了一阵,然后坐了一个时辰,说了一串话,我们什么也听不明白。之后,老太婆用一块布把水罐封盖好,递给先王,同时说:"斋戒十天后,在第十一天的夜里,你喝下这罐中之水。这罐水可以祛除你心中对于今世红尘的贪恋,使你心中充满光明和信念。明天,我就要去拜访我的兄弟们,他们都是智慧过人的占卜师,我很想念他们。第十一天过去后,我再来看你。"

先王从老太婆手中接过水罐,站起身来,回到宫中,专门收拾好一个房间,将那水罐放在那里,锁好门,把钥匙放在自己的口袋里。

白天里,先王照老太婆的嘱咐封斋。老太婆外出办自己的事去了。

讲到这里,眼见东方透出了黎明的曙光,莎赫札德戛然止声。

第八十五夜

夜幕降临,莎赫札德接着讲故事:

幸福的国王陛下,宰相佟丹接着讲述先王的死因:

老太婆札特·达瓦希对先王说:"斋戒十天后,在第十一天的夜里,你喝下这罐中之水。这罐水可以祛除你心中对于今世红尘的贪恋,使你心中充满光明和信念。明天,我就要去拜访我的兄弟们,他们都是智慧过人的占卜师,我很想念他们。第十一天过去后,我再来看你。"

先王从老太婆手中接过水罐,站起身来,回到宫中,专门收拾好一个房间,将那水罐放在那里,锁好门,把钥匙放在自己的口袋里。

白天里，先王照老太婆的嘱咐封斋。老太婆外出办自己的事去了。

先王封斋满十日，第十一天时，他走去打开水罐，喝了罐中的水，顿觉心旷神怡。封斋的第二个十天开始时，那位老太婆果然按时而归，带来一包甜食，用绿纸包着，那绿纸简直就像嫩绿的树叶。

老太婆来到先王的面前，先王站起身来，说道："欢迎善良的女施主！"

老太婆说："大王陛下，我的那些占卜师兄弟向你问好致意。我已把你的情况告诉了他们，他们听后十分高兴，并且托我把这包甜食带给你；这是来世的甜食，今天日落之后，你就可以进食了。"

先王高兴极了，说道："赞美安拉，使我有了能知幽冥世界的占卜师兄弟。"

之后，先王又感谢老太婆一番，吻了吻她的手，对她及五位姑娘敬重备至。

先王封斋第二十天头上，老太婆来到先王面前，对先王说："大王陛下，我已把你我之间的友好情意告诉了我的那些占卜师兄弟。我对他们说，我又把姑娘们留在了像你这样的一位君王的身边。因为他们一旦见到这些姑娘，就会竭力为她们祈祷祝福。我想带她们到占卜师那里去，以便从他们那里为姑娘们要到礼物。也许她们会带着大地上的宝中之宝来见你。到那时候，你已封斋完毕，可以为姑娘们的穿着打扮操心了，并且借她们为你带来的钱财，实现你的种种目标。"

先王听罢，忙对老太婆表示谢意，先王对老太婆说："我真担心我违背你的意愿；如若不然，说句实话，我是不贪恋世上的任何珍宝的。你何时带她们走呢？"

"本月二十七日，我就带她们走。下月初，我便带她们回王宫。到那时，你已封斋完毕，她们获得了解脱，完全听候大王陛下的使唤了。凭安拉起誓，每一个姑娘的身价要高出大王陛下的王权价数倍。"

"善良的女施主，我是知道的。"

之后，老太婆说："大王陛下，请你一定要从宫中选派一位你信得过的人陪同她们前往，以期得到占卜师们的信任，从占卜师那里获得吉祥如意。"

先王无意之中道出了老太太期盼的一切，说道："宫中有位罗马籍王妃，名叫索菲雅，生有一男一女。不过，我那一男一女两年前失踪了，迄今不知下落。女施主，你就让索菲雅陪同她们去吧，以求获得吉祥如意，但期占卜师们祈求安拉给她找回一男一女，让他们母子、母女团圆。"

讲到这里，眼见东方透出了黎明的曙光，莎赫札德戛然止声。

第八十六夜

夜幕降临，莎赫札德接着讲故事：

幸福的国王陛下，宰相佟丹接着讲述先王的死因：

那老太婆说："大王陛下，你一定要从宫中选派一位你信得过的人陪同她们前往，以期得到占卜师们的信任，从占卜师那里获得吉祥如意。"

先王无意之中道出了老太太期盼的一切，说道："宫中有位罗马籍王妃，名叫索菲雅，生有一男一女。不过，我那一男一女两年前失踪了，迄今不知下落。女施主，你就让索菲雅陪同她们去吧，以求获得吉祥如意，但期占卜师们祈求安拉给她找回一男一女，让他们母子、母女团圆。"

老太太说："你说得很对！"

先王继续封斋。老太婆对先王说："大王陛下，我就要到占卜师那里去了，请把索菲雅叫来吧！"

先王立即派人叫来索菲雅。时隔不久，索菲雅来了，先王把她交给了老太婆。

片刻后，老太婆走进自己的卧室，取出一个封口的杯子交给先王，并且叮嘱先王说："国王陛下，本月三十日那天，你要进澡堂沐浴。洗完澡，出了澡堂，你要独自进入宫中的一间幽室，喝下这杯中之水，足足睡上一觉，便可心想事成，如愿以偿。我谨祝你平安、健康、长寿。"

先王听老太婆这样一说，喜不胜收，连声表示感谢，热烈亲吻她的手。老太婆说："大王陛下，我已把你托付给了安拉。"

先王说："善良的女施主，我何时才能看到你呢？我真不想离开你。"

老太婆为先王祈祷祝福，然后带着姑娘们和索菲雅公主离开了王宫。

老太婆走后，先王继续封戒三日。月底到了，先王先进浴池沐浴，然后走出浴室进了宫中幽室，下令不准任何人打搅他。

先王步入幽室，反锁上门，喝下老太太给的那杯水，睡了起来。

我们一直在室外等着他，从一早等到日落西山，不见先王从幽室中出来。我们想，也许国王洗澡太累了，加之一个月戒斋，夜晚叩拜，昼不进食，疲劳至极，故需多睡一些时间。

我们耐心等到第二天，仍然不见先王走出幽室，我们便站在门外小声喊了喊，但听不到答声。我们忍耐不住了，大声喊起来，以期先王听见我们的喊声，询问有什么事情。可是，等来等去，仍不见先王答声。那时，我们再也忍耐不住，便撞开了门。进去一看，只见先王皮开肉绽，骨头都碎裂开了。见此光景，大家都惊呆了，心中有说不出的难过。我们拿起那个杯子，发现盖子上有张纸，纸上有这样一段文字：

为非作歹者，难免落孤独。这就是欺辱、奸污公主的罪恶之徒的下场。我们想告诉每一位阅读此文的人：舒尔康进犯我国，勾引伊卜里梓公主；不仅如此，还将公主抢劫到你们的王宫，然后又让其随一黑奴回返，途中被黑奴杀害，抛尸荒野。这就是帝王之作为！有此作为者，必有此下场！你们不要控告任何人害了这贼王。害死他的不是别人，而是精明强悍的老娘——札特·达瓦希。

我现在已带着索菲雅公主远走高飞，我将把她送到她的父王艾弗里顿那里去。

我们一定要征服你们，把你们统统杀死！我们要夺取你们的家园！到那时候，除了十字架和标带的崇拜者的房舍之外，任何房舍都将断绝炊烟。

我们读完了这张纸条，知道那老太婆欺骗了我们，她的阴谋得逞了。我们禁不住高声呼喊起来，同时批打自己的面颊，泪水簌簌落下,一个个哭泣不止,然而哭又有什么用呢?

后来,在拥戴谁为国王的问题上,朝中意见不一:有的人希望你当国王,有的人想立你的哥哥舒尔康为王。争执持续了一个月时间,后来我召集了一部分人,打算到你的兄长舒尔康那里去。我们在旅途中遇到了你。

这就是先王欧麦尔·努阿曼国王驾崩的经过。

佟丹宰相一口气把欧麦尔·努阿曼国王死亡的原因讲了个清清楚楚,明明白白。

听完父王惨死的情况,杜姆康和努兹蔓哭了起来。侍卫官也落下悲泪。

侍卫官对杜姆康说:"国王陛下,切请节哀!眼下要振作精神,增强意志,奋力支撑你的国家,这才是正道。老国王留下你这样的后代,虽死犹生。"

这时,杜姆康方才止住了眼泪。随后,杜姆康下令在帐廊外搭起一个宝座,以备在那里举行阅兵式。

杜姆康坐上宝座。侍卫官站在国王身后,宰相佟丹站在国王面前,文武大臣、国家要员依次站好。

杜姆康对佟丹宰相说:"相爷阁下,请把先王的金库储备情况向我报告一下吧!"

"遵命!"

宰相随即将国库储备情况,包括贵重物资、珍珠宝石等,向国王报告了一遍,然后将国库的钱财清单呈递到了国王手中。

杜姆康国王拿了些金钱,分发给将士们,并赐赠宰相佟丹锦袍一身,同时说:"我做了国王,你仍然做我的宰相。"

佟丹宰相向国王行吻地礼,并为国王祈祷祝福。之后,国王向诸位大臣赐赠锦袍。

杜姆康国王对侍卫官说:"把从大马士革运来的税款和礼物交给我。"

侍卫官随即将钱箱和珠宝箱呈递给国王。

讲到这里,眼见东方透出了黎明的曙光,莎赫札德戛然止声。

❖ 第八十七夜 ❖

夜幕降临,莎赫札德接着讲故事:

幸福的国王陛下,杜姆康国王拿了些金钱,分发给将士们,并赐赠宰相佟丹锦袍一身,同时说:"我做了国王,你仍然做我的宰相。"

佟丹宰相向国王行吻地礼,并为国王祈祷祝福。之后,国王向诸位大臣赐赠锦袍。

杜姆康对侍卫说:"把从大马士革运来的税款和礼物交给我。"

侍卫官随即将钱箱和珠宝箱呈递给国王。国王接过金钱及珠宝,立即将之分发给将士,一点儿未留。群臣们恭恭敬敬地向国王行吻地礼,祝福国王万寿无疆。他们异口同声说:"我们从未见过向群臣赐赠这么贵重礼物的慷慨君王。"

之后,群臣与将士们各回帐篷歇息去了。

第二天清晨,杜姆康国王下令拔寨起程。

大队人马跋涉三日后,于第四天临近巴格达城。

他们进入巴格达,但见全城装饰一新,张灯结彩,一派节日气氛。杜姆康国王步入已故父王的宫殿,登上宝座,宰相佟丹、文武百官及大马士革侍卫官站在国王面前。这时,杜姆康国王令宫廷文书修书给王兄舒尔康,将发生的事情从头到尾讲了一遍。信末写道:

> 望兄阅信之后,即亲率大军起程,前来会师,以便讨伐异教徒,报仇雪恨。

杜姆康阅后将信叠封好,对佟丹宰相说:"相爷阁下,这封信由你亲自送往大马士革,交给家兄。不过,见到家兄后,说话要和气、亲切、文雅。请你对他说:'假若你想继承父亲的王位,保你如愿,你的弟弟甘愿前往大马士革,接任你的总督职位。'这本是我们已经商量妥了的意思。"

佟丹宰相离开王宫,即刻收拾好行装,随即率人马登程而去。

杜姆康吩咐下人为那位火夫单独安排了一个好地方居住,陈设一应俱全,无不豪华之至。

不久之后的一天,杜姆康外出打猎。

几日后,杜姆康回到巴格达,几位朝臣向他敬献宝马良驹多匹,又送来妙龄女子数名,其俊秀美丽,难以用话语描绘。其中有一位少女,杜姆康极为喜欢,幽会之后,当夜结拜成亲,并且那女子身怀有孕了。

过了一些时间,宰相佟丹由大马士革返回,禀报说舒尔康总督已经起程,不日即达京城,并且对杜姆康说:"国王陛下,你当出宫迎接王兄到来!"

"我一定照你说的办!"杜姆康欣然答应。

杜姆康即率众朝臣，大队人马浩浩荡荡出了巴格达城，行走了整整一天后，就地撑起帐篷，恭候长兄舒尔康的到来。

第二天清晨，舒尔康率领的沙姆大军到了，但见将士们个个英姿飒爽，气宇轩昂，人人朝气蓬勃，生龙活虎。眼见大队人马临近，旌旗招展，杜姆康便率人马迎了上去。杜姆康看见舒尔康，想离鞍步行迎接哥哥，但舒尔康急忙赶来，不让国王下马，而是自己立刻离鞍下马，走了几步，来到弟弟面前。杜姆康亦离开马鞍，上前扑到哥哥的怀里，舒尔康紧紧抱住弟弟，二人一阵抱头痛哭。

过了一会儿，兄弟俩擦了擦眼泪，相互安慰一番，便各自上马，并驾齐驱，大队人马紧跟其后，于当天傍晚回到巴格达城。

兄弟俩相携进入王宫，安歇一夜。

次日清晨，杜姆康国王下令各地驻军迅速在京城集结，准备出征。

之后，他们等待的各路大军相继到来。每有一地军队到来，他们必然热情接待，答应来日重赏。此种情况，持续了一个月之久，各路大军相继进入巴格达集结。

舒尔康对弟弟说："把你这两年来的经历对我讲一讲吧！"

杜姆康把自己两年来的遭遇从头到尾讲了一遍，特别讲到火夫如何善待他。

舒尔康问："你没有报答他的恩情吗？"

"哥哥，至今尚未报答他的恩情。不过，等我征战回来，我是一定要报恩的，但期安拉让我如愿以偿。"

讲到这里，眼见东方透出了黎明的曙光，莎赫札德戛然止声。

第八十八夜

夜幕降临，莎赫札德接着讲故事：

幸福的国王陛下，杜姆康国王下令各地驻军迅速集结京城，准备出征。之后，他们等待的各路大军相继到来；每有一地军队到来，他们必然热情接待，答应来日重赏。此种情况，持续了一个月之久，各路大军相继进入巴格达集结。

舒尔康对弟弟说："把你这两年来的经历对我讲一讲吧！"

杜姆康把自己两年来的遭遇从头到尾讲了一遍，特别讲到火夫如何善待他。

舒尔康对弟弟杜姆康说："你没有报答他的恩情吗？"

"哥哥，至今尚未报答他的恩情。不过，等我征战回来，我是一定要报恩的，但期安拉让我如愿以偿。"

谈到这里，舒尔康得知妹妹努兹蔓说的全是真情实话。至于他与妹妹之间的那段往事，他一直守口如瓶，只是让侍卫官转达他对努兹蔓的问候。努兹蔓也让丈夫向哥哥问候，并问及女儿润仙的情况。得知女儿健康活泼，努兹蔓连声感赞安拉。

舒尔康去见杜姆康，商量出征之事。杜姆康对舒尔康说："贤兄，军队集结尚未完毕，各地的支前游牧族人也还没有到齐。"

之后，杜姆康下令加紧准备粮草和兵器。

杜姆康成亲已经五个月了，他去见王后，嘱咐文书、总管凡事听候王后调动，并且亲自为王后安排好了生活。

各地的军队和支前游牧族人到齐了。就在沙姆大军到达后的第二个月,杜姆康统率大军出发了。鲁斯图姆统领迪拉姆军,白赫拉姆统领土耳其军,右军由舒尔康统领,左军由侍卫官统领。

杜姆康国王的大军行军一个月,每逢星期五,都要到某一个地方休息三天,因为人马众多,行动确实困难。

大军艰苦行军四十天后,终于踏上了罗马国土。罗马的乡镇居民得知消息,纷纷逃往君士坦丁堡。哈杜布国王得到敌军大兵压境的消息,立即去见札特·达瓦希老太婆。正是这位老太婆设计谋,进入巴格达,毒死了欧麦尔·努阿曼国王,然后带着五个妙龄姑娘和索菲雅公主从容不迫地离开巴格达,回到了自己的国家。她回到她的儿子罗马国王身边,自感没有危险时,便对儿子说:"你该心满意足了!因为我已为你的女儿伊卜里梓报了仇,毒死了欧麦尔·努阿曼国王,还把索菲雅公主带了回来。现在,你快去见艾弗里顿国王,商量一下怎么办,因为我猜想穆斯林们是不会善罢甘休的。"

哈杜布国王对母亲札特·达瓦希说:"不要慌!等他们靠近我们的边境时,我们再行准备不迟。"

他们立即调集大军,进行准备。当敌军压境的消息传来时,他们已经调集完大军,一切准备工作也已就绪,他们立即前往君士坦丁堡会见艾弗里顿国王,为首者就是札特·达瓦希老太婆。

艾弗里顿国王得知罗马国王哈杜布到来,立即出宫相迎。

艾弗里顿国王见到哈杜布国王,问过安好,继而问其来意,哈杜布便把母亲杀死穆斯林国王及救出索菲雅公主的事情从头到尾讲了一遍。他们对艾弗里顿国王说:"穆斯林大军已经开进我国境内,希望你我两方联合在一起,共同抗击穆斯林大军。"

艾弗里顿国王一听,十分高兴,一来庆幸女儿得救,二来劲敌欧麦尔·努阿曼已经被杀。随即,艾弗里顿派人四下求援,同时向他们报告了欧麦尔·努阿曼国王被杀的原因。于是，基督徒大军迅速集结在艾弗里顿的旗帜下。不到三个月的时间，罗马大军组成了。之后，欧洲各地的援兵相继到来，有法兰西人、奥地利人、杜伯尔人、威尼斯人、基诺威人，还有艾斯法尔人。因为人数众多，城内一时显得狭窄拥挤，艾弗里顿国王命令大军开出君士坦丁堡。

罗马大军开出君士坦丁堡，连续行军十天，来到咸海附近的一道峡谷。大军在那里安营驻扎三天，当第四天他们正要起程时，忽然传来穆斯林大军迫近的消息，于是继续在原地驻扎了几天。

第七天，忽见前方荡起一缕烟尘，顷刻烟尘铺天盖地而来……一个时辰过后，烟尘消散，天空露了出来。矛头、铠甲闪闪发光，如同繁星驱走了黑暗，闪现出伊斯兰大军和穆罕默德的旗帜。又见一彪骑士如同铠甲组成的海浪，汹涌澎湃，势如排山倒海，勇不可当，又像是遮月的云彩，一朵朵飞掠而过。

两军相遇，如二海相搏，怒涛翻滚；又像仇人相见，分外眼红。

伊斯兰大军首先出战的是宰相佟丹，他统领的沙姆大军有三万人马；助战的是白赫拉姆和鲁斯图姆统领的土耳其军和迪拉姆军，共有两万骑兵。他们的身后则是驻扎在咸海附近的数万英豪，身穿甲胄，酷似昏暗夜空的朗朗圆月。

基督徒大军的将士们手举十字架，口中喊着耶稣和玛利亚的名字。

再说老太婆札特·达瓦希，艾弗里顿国王出战之前曾经去拜见过她。艾弗里顿对札特·达瓦希说："大难临头，这都是你招惹出来的，你有何良策，如何安排是好呢？"

老太婆说："国王陛下，伟大的占卜师，我给你出个主意，想个点子，就是魔鬼也会自叹无能为力的，哪怕是借助于它的死党。

依我之见……"

讲到这里,眼见东方透出了黎明的曙光,莎赫札德戛然止声。

第八十九夜

夜幕降临,莎赫札德接着讲故事:

幸福的国王陛下,艾弗里顿国王出战之前,曾拜见过老太婆札特·达瓦希。艾弗里顿国王对她说:"大难临头,这都是你招惹出来的,有何良策,如何安排是好呢?"

老太婆回答说:"国王陛下,伟大的占卜师,我给你出个主意,想个点子,就是魔鬼也会自叹无能为力的,哪怕是借助于它的死党。依我之见,你先派五万大军乘船渡咸海,开往杜哈山,在那里安营扎寨,原地不动,静等伊斯兰大军。待他们出现在你们面前时,你们从海上出击,我们从陆上进攻,前后夹击,使敌人背腹遭打,这样,他们一个也逃不掉,我们便可事半功倍,一劳永逸,安享太平了。"

艾弗里顿国王认为老太婆的主意很好,于是说:"多谋善断的老人家,你的点子实在是高明啊!你真是未卜先知,大难临头,不能不向你问策。"

当穆斯林大军向基督徒大军发动进攻时,却见峡谷中的帐篷燃起了大火,刀飞剑舞,血肉横飞。

过了一会儿,巴格达、呼罗珊大军的十二万将士赶到了,统帅者就是杜姆康国王。扎寨于咸海的基督教大军发现杜姆康大军赶来,立即从海上发动进攻,紧紧追赶。杜姆康国王看见基督徒大军开了过来,便一声呐喊道:"安拉选择的先知的信徒们,向异教徒冲啊!"

穆斯林将士们听到主帅的召唤,个个顺从大慈大悲安拉的意愿,向异教徒冲杀过去,刀飞剑舞,杀声震天。

就在这个时候,舒尔康总督率领的十二万人马组成的伊斯兰大军赶到了。

基督徒大军却有一百六十万人马。穆斯林两路大军会师,斗志倍增,他们高声呼唤道:"安拉保佑,我们必胜,异教徒必败!"

两军相遇,矛对矛,剑对剑。厮杀开始,战斗激烈。舒尔康身先士卒,冲入敌阵,以一当千,奋力厮杀。

舒尔康策马在敌方人马中纵横驰骋,挥矛策马,如入无人之境,利剑闪着耀眼的寒光,只听他口中高喊着"安拉至大",将异教徒人马赶回咸海岸边,只见他们一个个筋疲力尽,东倒西歪,如同醉汉。战斗一直进行到夕阳西下,基督徒大军损失将士四万五千人,而穆斯林大军仅折损三千五百兵。

舒尔康总督是伊斯兰教的雄狮。那天夜里,他和弟弟杜姆康都没有睡觉,而是忙于向将士们报喜,看望伤员,祝贺他们取得的辉煌胜利,预祝他们在清算日获得嘉奖。

穆斯林大军在庆祝他们的胜利,与此同时,希腊国王艾弗里顿、罗马国王哈杜布及其母亲札特·达瓦希正在忙于收集将士们的意见。他们对部分将士说:"我们已经达到了目的,解了心头之恨。但是,使我们感到奇怪的是,我们的人马众多,却吃了败仗。"

老太婆对将士们说:"你们要接近耶稣基督,你们要坚持正确的信仰!除此之外,其余一切毫无意义。凭耶稣起誓,穆斯林军之所以有力量，靠的就是那个舒尔康！那是伊斯兰教的雄狮，又称'伊斯兰宝剑'。"

艾弗里顿国王说："我决定明天摆开阵势与敌军交战。我将派鲁卡·伊本·沙姆鲁特将军出战！有鲁卡出战，遇到舒尔康，定能将他斩于马下，并且使其他人丧命沙场，直杀得敌军一个不剩！今夜，我决计焚'巨香'为你们祈祷，为你们祝福。"

将士们听后，纷纷向国王行吻地礼。

艾弗里顿国王提及的"巨香"，其实是用操生杀大权的大主教们的粪便做的。将士们纷纷争抢，兴高采烈，无不想取之沾福。大主教们在他们的粪便中加入麝香和龙涎香，然后用绸布包裹起来发往各地。"巨香"运到帝王们那里，帝王们竞相购买，顿时身价百倍。帝王们还派人去采购那种香，或在婚礼上燃焚，或取之染涂眼睑，还有的用来医病，按照他们自己的信仰，可用来医治肚子痛。因为大主教们的粪便数量有限，不够各地用，故主教们也常把自己的粪便混在大主教的粪便中，做成"巨香"，运往各地。

次日天刚亮，勇士们争先恐后地拿起长矛刀剑……

讲到这里，眼见东方透出了黎明的曙光，莎赫札德戛然止声。

❖ 第九十夜 ❖

夜幕降临，莎赫札德接着讲故事：

幸福的国王陛下，艾弗里顿国王提及的"巨香"，其实是用操生杀大权的大主教们的粪便做的。将士们纷纷争抢，兴高采烈，无不想取之沾福。大主教们在他们的粪便中加入麝香和龙涎香，然后用绸布包裹起来发往各地。"巨香"运到帝王们那里，帝王们竞相购买，顿时身价百倍。帝王们还派人去采购那种香，或在婚礼上燃焚，或取之染涂眼睑，还有的用来医病，按照他们自己的信仰，可用来医治肚子痛。因为大主教们的粪便数量有限，不够各地用，故主教们也常把自己的粪便混在大主教的粪便中，做成"巨香"，运往各地。

次日天刚亮，勇士们争先恐后地拿起长矛刀剑，准备上战场了。

艾弗里顿国王带来了贴身主教和要臣，向他们赐赠了衣袍，在他们的脸上画上十字，用"巨香"为他们熏沐。在为他们焚香时，将被人们称为"基督之剑"的鲁卡·伊本·沙姆鲁特叫来，也给他焚香熏沐，并把剩余的涂在他的面颊和胡子上。

鲁卡·伊本·沙姆鲁特是个勇敢的骑士。在罗马帝国，没有比他更威武的英雄，其射箭术，无与伦比；他使长矛，更是熟练无比，威力无穷，被人们誉为"基督之剑"。不过他容貌丑陋，生着一张驴脸，面孔似猴子，貌似毒蛇；他那哭丧的表情，比离别亲人时的表情还要苦涩；他肤色漆黑，胜过黑夜；他口臭熏人，令人生厌；他背驼似弯弓。

鲁卡·伊本·沙姆鲁特来到艾弗里顿国王面前，吻了吻国王的双脚，然后站在国王面前。

艾弗里顿国王说："鲁卡·伊本·沙姆鲁特将军，眼下欧麦尔·努阿曼国王的儿子、大马士革总督舒尔康率大军进犯我国，为我们带来威胁和耻辱。明天，我要派你迎战舒尔康。"

"我一定全力拼杀！"

随后,国王在鲁卡·伊本·沙姆鲁特的脸上画了个十字,并祝他旗开得胜,马到成功。

次日天亮,鲁卡·伊本·沙姆鲁特离开艾弗里顿国王,骑上一匹白色战马,身着红衣袍,手持三叉戟,俨然像遭难之日的夜间魔鬼。

鲁卡·伊本·沙姆鲁特率基督徒大军出发了,好像他们在向火狱开进。他们当中的叫阵者高声呼喊着阿拉伯人,说道:"穆罕默德的部队,赶快派你的'伊斯兰宝剑'、大马士革总督舒尔康出来与我们决一死战吧!"

话音未落,整个旷野上响起一片嘈杂声,惊天动地,人们都听得清清楚楚;急促的马蹄声令人闻而生畏,这使人们情不自禁地想起侯乃尼之战①,足令胆小鬼胆战心惊,纷纷引颈观望。

突然间,大马士革总督、欧麦尔·努阿曼国王之子舒尔康出现在阵前。弟弟杜姆康眼见战场上的情景,耳听敌阵的叫阵声,望着哥哥舒尔康说:"他们在喊你出阵决战呢!"

舒尔康说:"若真如此,对我来说,那真是求之不得的呀!"

他们听见有人叫阵道:"除了舒尔康,我不与任何人决战!"

他们知道那就是罗马帝国赫赫有名的骑士英雄鲁卡·伊本·沙姆鲁特。此人已经立过誓言:要在战场上把穆斯林一扫而光,一个不留;如若不然,他就是最大的失败者。因为他威名远扬,不管是土耳其人,还是迪拉姆人、库尔德人,听到他的名字,无不战战兢兢,肝胆俱裂。

---

① 侯乃尼之战,公元六三〇年穆罕默德率军征服哈瓦津部落的战斗。穆罕默德占领麦加后,东部的哈瓦津人不服,联合塔伊夫人(在今沙特阿拉伯境内)的达基夫部落共约两万余人,企图偷袭。穆罕默德率一万二千人迎战于侯乃尼(在今沙特阿拉伯境内)山谷。最后穆罕默德大获全胜。

舒尔康飞身上马,像一头愤怒的雄狮,手握长矛,霎时间,骏马像狂奔的羚羊,直朝鲁卡冲了过去。舒尔康手中的长矛不住地颤动,活像一条长蛇,只听他口中吟道:

胯下白龙马,由缰任驰骋;奔波不惜力,尽在得意中。
长矛手中握,锐利无双锋;如同死神在,常缠丈矛柄。
腰佩印度剑,出鞘寒光生;恰似电闪时,炽光映宇明。

鲁卡·伊本·沙姆鲁特不明白这话中的含义,更不解这诗中的激情,只是用手摸一摸自己的面颊,以示敬重脸上的十字,之后又吻吻自己的手,继而挥动长矛,向舒尔康冲去。

鲁卡·伊本·沙姆鲁特像魔术师一样,一手将短矛抛起,矛顿时消失在众人眼前,旋即伸出另一只手将矛接住,之后向舒尔康投射而去;短矛飞出,活像羽箭,众人不禁哗然。这时,众人又为舒尔康捏把汗。然而那短矛飞近舒尔康时,只见舒尔康把左手伸向空中,一把将短矛抓住,众将士见之,无不称奇叫绝。

舒尔康抓住飞来的短矛,轻轻摇动,抛向空中,又用右手接住,继而便是一声大喊,说道:"凭创造七重天的安拉起誓,我一定要使这个逆贼臭名远扬!"随即向鲁卡·伊本·沙姆鲁特投射过去。

鲁卡·伊本·沙姆鲁特见短矛飞来,也想像舒尔康那样露一手,于是伸手去抓空中飞来的短矛。就在这时,舒尔康立即抛射出第二支短矛,正好击中鲁卡脸上的十字,鲁卡当即翻身落马,顿时一命呜呼。

基督徒大军见鲁卡·伊本·沙姆鲁特倒在血泊之中,纷纷批打自己的面颊,连连发出悲叹哀号,急忙向大主教求救……

眼见东方透出了黎明的曙光，莎赫札德戛然止声。

第九十一夜

夜幕降临，莎赫札德接着讲故事：

幸福的国王陛下，舒尔康抓住飞来的短矛，轻轻摇动，抛向空中，又用右手接住，继而便是一声大喊，说道："凭创造七重天的安拉起誓，我一定要使这个逆贼臭名远扬！"随即向鲁卡·伊本·沙姆鲁特投射过去。

鲁卡·伊本·沙姆鲁特见短矛飞来，也想像舒尔康那样露一手，于是伸手去抓空中飞来的短矛。就在这时，舒尔康立即抛射出第二支短矛，正好击中鲁卡脸上的十字，鲁卡当即翻身落马，顿时一命呜呼。

基督徒大军见鲁卡将军倒在血泊之中，纷纷批打自己的面颊，连连发出悲叹哀号，急忙向大主教求救。

他们大声喊道："十字架哪里去了？修道士们到何方修道去了呢？"

异教徒们围在鲁卡尸体周围，摩拳擦掌，握紧剑矛，准备发起攻击，发誓要与伊斯兰大军决战。两军混战一起，短兵相接，杀声喊声震天。剑飞矛舞，战马铁蹄踏着兵士的胸膛，双方直杀得臂疲腕累，仿佛马匹也被抽去了骨架，站立不稳。然而叫阵者仍在厉声喊叫，直到将士们个个筋疲力尽。战斗一直从早晨持续到夜幕降临，双方才分开；因为厮杀激烈，英雄们个个像醉汉，行走摇摇晃晃，坐下东倒西歪。战场上尸横遍野，血染大地，死伤者不计其数；伤者与死者混在一起，死生难以分辨。

当晚，舒尔康会见弟弟杜姆康、侍卫官和宰相佟丹。舒尔康对杜姆康和侍卫官说："伟大的安拉为异教徒们打开了通向死亡的大门，万赞归于全世界的主。"

杜姆康说："我们感赞安拉为阿拉伯人和非阿拉伯人解除了忧愁。你巧接飞矛，当众置可恶的异教徒鲁卡·伊本·沙姆鲁特于死地，结果了那个可恶的异教徒，大长伊斯兰大军的威风，重挫基督徒大军锐气，天下后人必定一代一代牢记舒尔康的大名，业绩定为广大百姓传颂。"

舒尔康喊道："侍卫官勇士！"

"有！"侍卫官站起应答。

"你和佟丹宰相带上两万骑兵，向咸海方向进发，行进七法尔萨赫，然后加速前进，直抵咸海岸边，在离敌军两法尔萨赫的地方，选低洼地安营埋伏，只要他们下船登陆，你们就可以听到他们的吵嚷声从四面八方传来。我们与他们之间有屏障。当你们看见他们的大部队，就要像败兵溃逃那样离开原地后退，基督徒大军就会从海岸、帐篷等各个方面包抄你们。到那时，你们再行出击。侍卫官，当你看见一面写有'万物非主，唯有安拉；穆罕默德是安拉的使者'字样的旗帜时，你就高举起绿旗，高声呼喊'安拉至大'，从背后攻打敌人。到那时，你要竭尽全力，不让敌人占领我们与咸海之间的那块土地。"

"遵命！"侍卫官答道。

商量完毕，他们开始了准备工作。行装整备完毕，侍卫官和宰相即率两万人马，乘夜色出发了。

翌日清晨,基督徒大军将士披挂出营,手持长矛利器,不多时,旷野山坡布满了勇士。主教们高声呼唤着,为将士们鼓气加油。与此同时,海上的将士们光着头,将十字架挂在船的桅杆上,从各个方向迅速向岸边驶去。基督徒大军登陆后,将马匹卸到岸上,随即开始发动进攻。只见利剑闪着寒光,将士一起出击,矛刀刺向铠甲,火星四溅。骑士们前赴后继,脑袋与躯体分家,舌头吐露,眼睛失神,肝胆俱裂;利器刃摧,头颅飞落,臂断腕折,战马悲嘶,倒入血海。

伊斯兰大军高声祈祷,赞美大慈大悲的安拉及其使者穆罕默德,感赞安拉赐予他们的巨大恩惠。基督徒大军则赞颂十字架。战斗在激烈进行中,呐喊声、呻吟声、哭号声、刀枪剑戟与铠甲盾牌的撞击声及战马的嘶鸣声响成一片。主教们的助战呐喊声格外高亢响亮,此起彼伏,使战斗显得更加激烈。

激战正在进行中,杜姆康和舒尔康勒马掉头后退,仿佛伊斯兰大军随即后撤,看上去,像是败给了敌人。与此同时,基督徒大军以为伊斯兰大军真的败退了,加强攻势,拼命追击,试图与伊斯兰大军短兵相接,置伊斯兰大军于死地。

穆斯林大军将士们高声朗读《古兰经》的"黄牛章",① 战马踏着横卧在地上的尸体向后撤退。

基督徒大军的传令官高声喊道:"耶稣基督的信徒们,坚持正教的将士们,大主教的仆从们,你们已经胜利在望了!伊斯兰大军溃逃了,你们绝不要让他们跑掉!你们要乘胜追击,穷追不舍!你们要用利剑挡住他们的去路,决不要放过他们!如若不然,就不配做圣母玛利亚之子耶稣的信徒!"

---

① 见《古兰经》第二章。

希腊国王艾弗里顿以为基督徒大军胜券在握,根本不知道那是穆斯林大军的巧计,于是急忙派人去向罗马国王送喜报。艾弗里顿国王在喜报中写道:

此次战役,我们之所以获胜,全凭大主教们的"巨香"在教徒们的胡须中散发的芬芳;十字架的信徒们,不管在场还是不在场,都领略到了这种芬芳。我以圣母玛利亚的基督教奇迹和洗礼圣水起誓,绝不让敌兵留在这块土地上。我将坚守这种意愿,不达目的,绝不罢休。

差使带着这封信上路了。基督徒大军的将士们高声喊道:"为鲁卡·伊本·沙姆鲁特报仇!为鲁卡·伊本·沙姆鲁特雪恨!"

讲到这里,眼见东方透出了黎明的曙光,莎赫札德戛然止声。

第九十二夜

夜幕降临,莎赫札德接着讲故事:

幸福的国王陛下,希腊国王艾弗里顿以为基督徒大军胜券在握,根本不知道那是穆斯林大军的巧计,于是急忙派人去向罗马国王报喜。艾弗里顿国王给罗马国王写了一封信,差使带着这封信上路了。

基督徒大军的将士们高声喊道:"为鲁卡·伊本·沙姆鲁特报

仇！为鲁卡·伊本·沙姆鲁特雪恨！"

罗马国王则号召将士为伊卜里梓公主雪恨。

就在这时，杜姆康国王对穆斯林将士高声喊道："安拉的虔诚奴仆们，举起长矛，挥舞利剑，向着异教徒冲杀吧！"

旋即，穆斯林大军向基督徒大军冲了过去，只见矛头飞舞，剑闪寒光，耳闻杀声四起，两军厮杀声惊天动地。

穆斯林大军的传令者高声呼喊道："安拉选定的先知的信徒们，你们要奋力消灭伊斯兰教的敌人！现在正是赢得慷慨、宽容的安拉喜悦的时刻，建功立业的机会到了！期望在清算之日得到解脱的人们，天堂就在剑影之下！"

将士回过头去，向基督徒大军冲了过去，顿见矛头飞舞，剑闪寒光，喊杀声惊天动地。

这时，舒尔康已带领人马切断了基督徒大军的退逃之路。舒尔康跃马挥剑，在敌阵中纵横驰骋，刺杀随心应手。突然间，见一灵巧、勇猛的骑士在敌阵中杀出一条血路，但见其挥矛舞剑，顿时地上遍滚人头，尸体横卧，异教徒们人人目瞪口呆，一个个伸长脖子，任勇士砍杀。那勇士腰佩双剑，一细一宽；手握双矛，一长一短，实有万夫不当之勇。正如诗人所云：

> 当他佩剑时，我曾对他讲：目光赛利剑，何需真锋芒？
> 他却回答道：眼剑赠美娘。若给世俗者，爱情味何尝？

诗人又云：

> 浓发何所益，战场展雄姿；青年手握矛，雨箭失虐肆。

舒尔康看见那位勇士,说:"壮士,凭《古兰经》和安拉的至嘱起誓,但求安拉保佑你平安无事,力挫劲敌。壮士,请通报大名吧!你奇勇过人,奋杀顽敌,业绩丰硕,定能博得来世大福。壮士,你是何人?"

骑士答道:"你我昨日还在共商战事,怎么这样快就把我忘了呢?"

那骑士边说边摘下蒙面巾,露出英俊面容,只见那不是别人,而是弟弟杜姆康。

舒尔康欣喜不已。可是,当舒尔康看到大军腹背受敌的情势时,禁不住为弟弟担惊受怕,原因有二:其一,弟弟年纪尚幼,缺少自我保护能力;其二,弟弟的安危,关系到整个王国的兴衰。想到这里,舒尔康忙对弟弟说:"国王陛下,你太冒险了!赶快贴近我的马!你腹背临敌,实在使我放心不下。你最好不要离开我们的大部队,可以借你的高明箭术消灭敌人。要知道,你身上维系着整个王国的安危。"

杜姆康说:"我要和你并肩作战。在你面前参战,我什么都不怕。"

说话间,伊斯兰大军开始从四面八方包围基督徒大军。穆斯林们奋力作战,粉碎了基督徒们的进攻,挫败了他们的斗志。艾弗里顿国王见罗马军节节败退,溃不成军,痛惜不已,不时发出哀叹。

基督徒大军一片混乱,竞相向海边的战船逃去。就在这时,伊斯兰大军的一彪人马突然从海岸杀将出来,为首者就是文武双全的老相爷佟丹,只见他手起剑落,敌军一个个首级滚落在地。在后面追杀的是土耳其军统领白赫拉姆将军,率有两万精兵。基督徒大军已处于伊斯兰大军的前后夹击之中。与此同时,伊斯兰大军派出一支分队,急速向停在咸海的敌船冲去,捣毁船只,基督徒士兵们纷纷跳海自尽。基督徒大军死者逾十万之众,只有二十条船狼狈向海上逃去。伊斯兰大军一举缴获了大批钱财、武器和物资。那一天,伊斯兰大军获得的战利品比以往任何一次战役中的收获都多得多,历史上从未有过这样的大胜仗。伊斯兰大军还缴获了五万匹战马。穆斯林人人欢呼雀跃,手舞足蹈,庆贺安拉赐予他们的辉煌胜利,感谢安拉给予他们的巨大支持。

基督徒大军逃回君士坦丁堡去了。

在此之前,君士坦丁堡人听到消息,说艾弗里顿国王大胜穆斯林大军。老太婆得知胜利消息,得意扬扬地说:"我早就知道,我的儿子哈杜布国王是不会失败的。他从不惧怕伊斯兰大军,而且一定能从基督徒的土地上把他们赶出去。"

之后,老太婆命令张灯结彩,装点城郭。人们沉醉在一片欢乐之中,纷纷把盏畅饮,根本不知道前线究竟出了什么新情况。

就在众人沉浸在欢歌笑语中时,忽然飞来一只乌鸦,在众人头上盘旋哀鸣。二十只侥幸逃出的船回来了,罗马国王哈杜布就是其中的一名败将。艾弗里顿国王在海岸边迎接他们,哈杜布国王向艾弗里顿国王讲了遭遇穆斯林大军的情况之后,他们个个号啕大哭,泪如雨下,欢乐气氛顿时一扫而光,继之愁云密布,人人感到悲凉。他们告诉艾弗里顿国王,鲁卡·伊本·沙姆鲁特将军不幸身亡,血洒疆场。艾弗里顿国王这才恍然大悟,知道他们吃了败仗,事实既成,无计更改。悲伤的气氛顿时笼罩天空,人人心灰意懒,个个悔恨交加,哭声四起,惊天动地。

哈杜布国王来到艾弗里顿国王面前,详细述说真实情况,说道:"穆斯林大军佯装溃退,原来是个计谋……唉,回来的兵马,就算是逃脱了死亡;没有回来的,再也回不来了……"

艾弗里顿国王听哈杜布国王这样一说,登时倒在地上,不省人事了。

讲到这里，眼见东方透出了黎明的曙光，莎赫札德戛然止声。

第九十三夜

夜幕降临，莎赫札德接着讲故事：

幸福的国王陛下，老太婆命令张灯结彩，装点城郭。人们沉醉在一片欢乐之中，纷纷把盏畅饮，根本不知道前线究竟出了什么新情况。

就在众人沉浸在欢歌笑语中时，忽然飞来一只乌鸦，在众人头上盘旋哀鸣。二十只侥幸逃出的船回来了，罗马国王哈杜布就是其中的一名败将。艾弗里顿国王在海岸边迎接他们，哈杜布国王向艾弗里顿国王讲了遭遇穆斯林大军的情况之后，他们个个号啕大哭，泪如雨下，欢乐气氛顿时一扫而光，继之愁云密布天空，人人感到悲凉。他们告诉艾弗里顿国王，鲁卡·伊本·沙姆鲁特将军不幸身亡，血洒疆场。艾弗里顿国王这才恍然大悟，知道他们吃了败仗，事实既成，无计更改。悲伤的气氛顿时笼罩天空，人人心灰意懒，个个悔恨交加，哭声四起，惊天动地。

哈杜布国王来到艾弗里顿国王面前，详细述说真实情况，说道："穆斯林大军佯装溃退，原来是个计谋……唉，回来的兵马，就算是逃脱了死亡；没有回来的，再也回不来了……"

艾弗里顿国王听说穆斯林佯装败退是骗局，登时倒在地上，不省人事了。

当艾弗里顿国王从昏迷中苏醒过来时,不免心惊肉跳,害怕至极,于是向老太婆札特·达瓦希叙说心事。

老太婆札特·达瓦希向艾弗里顿国王献计说:"穆斯林军队兵强马壮,斗志昂扬,看来不用计谋,我们是无法打败他们的。我决计乔装打扮,混入穆斯林大军之中,就像毒死欧麦尔·努阿曼国王那样,用计除掉他们的大将舒尔康。如果我的计划成功了,管叫他们全军覆灭,这就叫擒贼先擒王。不过,行动之前,我还要找一百名去沙姆做过生意的基督徒经纪人,要他们协助我一下。"

艾弗里顿听了老太婆这番话,非常兴奋,立即派人寻找一百名在沙姆做过生意的人,召他们入宫,对他们说:"老太后札特·达瓦希准备为宗教而牺牲她的生命,阻止穆斯林给我们基督徒带来的灾难,她要带领你们去完成一项重要任务,你们愿意为我们的宗教献身吗?生还的人,将得到重赏;死去的人,上帝也会赏赐他的。"

"我们服从上帝的安排。"商人们齐声回答。

札特·达瓦希立刻开始准备工作。她收集药材,在水中浸泡,用开水煮成黑色,晒干后制成药膏。之后,她把药膏涂在脸上,披上一条长头巾,穿着一身花裙去见国王。国王及大臣们谁也认不出来者是何人。老太太除去伪装,人们才认出了她。

哈杜布国王当面夸赞道:"妙哉,妙哉!像你这样的人,是我们基督徒不可缺少的!"

老太婆一听,信心十足,随即带着商人们离开君士坦丁堡,去追寻穆斯林大军实施她的阴谋诡计去了。

老太婆札特·达瓦希是个占卜师,精通妖术,口无实言,放荡不笃,诡计多端,寡廉鲜耻,背信弃义;她口臭令人生厌,眼皮泛红,面颊蜡黄,一双烂眼,身生疥疮,头发灰白,腰弯背驼,鼻涕横流。尽管如此,这个老太婆却博览伊斯兰宗教书籍,曾朝觐天房。她的这些行动,目的在于熟悉伊斯兰教义,通晓《古兰经》。

札特·达瓦希在耶路撒冷居住过两年,目的在于获得人类和精灵的计谋。她是一种瘟疫,她是一种灾难。她败坏信仰,根本不信任何纯正宗教。她喜欢搞同性恋,一旦迟误,即见形容枯萎。凡是她所喜欢的女仆,她都教她们哲理、格言。她常把番红花研成细末给她们,气味极香,令她们心神陶醉。哪个女仆听她的话,她就对哪个女仆好;谁要是不听她的话,她就设计谋,置之于死地。她就是这样对待伊卜里梓公主的贴身女仆麦尔加娜、丽哈娜和阿特里洁的。

伊卜里梓公主十分厌恶老太婆札特·达瓦希。不喜欢和她睡在一起。因为老太婆生有狐臭,气味熏人;脸上散发着腐尸的气息,皮肤比椰枣树纤维还粗糙。接近老太婆的人则富贵荣华,珠光宝气,而伊卜里梓则与此无缘。正如诗人所云:

富家门前自感卑,面对穷者傲气吹。
聚财焉得遮丑貌,徒搽香水臭难退。

老太太离开后,基督教的将士随即准备向伊斯兰大军进攻。

艾弗里顿国王去见罗马国王哈杜布。哈杜布国王对艾弗里顿国王说:"我们没有必要听大主教的命令,也不需要他们祝福祈祷了,而是要按照我母亲的意见去做。我母亲计谋高超,有足够的能力对付穆斯林,就按照她的意愿行事吧!穆斯林大军就要到了,他们很快就要包围我们的京城了。"

艾弗里顿国王听哈杜布这样一说,心中惊恐不已,忙写信给各地基督徒,信中说:"任何一位基督徒和十字架兵团的成员,尤其是守卫城堡的将士，都不应该迟缓，无论男女老幼，理当迅速集结于京城。因为穆斯林大军已经踏上我们的国土。我们必须紧急动员起来，准备抗敌。"

老太婆札特·达瓦希带着商人们来到京城郊外，给他们全都换上一身穆斯林商人的打扮。老太婆带着一百匹骡子，驮着安塔基亚产的布匹，嵌织银丝的绸缎和宫廷用的绸缎一应俱全。她还随身带着艾弗里顿国王签署的通行证，证上写道：

> 兹证明这些商人来自沙姆，在我地经商，任何人不得阻拦他们，亦不得向他们征收什一税等，以期他们平安返回故乡和安全地带。因为在他们身上寄托着国家繁荣的希望。他们绝非好战与败事之徒。

老太婆札特·达瓦希对随行人员说："我想策划一计，以便消灭穆斯林大军。"

"老太后，就按照你的想法下令吧！我们完全听候你的吩咐。耶稣基督一定会成全你的安排。"

老太婆穿起光滑柔软的白色毛料衣服，把前额擦得微红，显得很漂亮，然后抹上油膏，经过一番化妆，看上去光彩照人。这个可恶的老太婆身体瘦弱，两眼深陷。此时此刻，她绑住自己的双腿，来到穆斯林大军营地。到了那里，方才解绑，绳索留下深深的印痕，她又在印痕处抹上血迹，并命令随行人员狠狠打她一顿，然后把她装在一口木箱里。众随行人员说："你是我们的主心骨，你是太后，我们怎下得去手打你呢？"

老太婆说："求援之道，贵在及时，无可责备，无可埋怨。有道是，需要之时，禁律皆废。你们把我打得遍体鳞伤，然后将我装在一口箱子里,将箱子和货物混在一起,让骡子驮着,向穆斯林大军营地进发。你们什么也不要怕。如果穆斯林将你们拦住,你们就把骡子、货物、钱财全交给他们,然后去找杜姆康国王,向他求援。你们对那位国王说:'我们曾在异教徒国家经商,他们不要我们任何东西,反而给我们发了通行证,以免有人拦截我们,给我们增加困难。'如果他问你们在罗马帝国有何收获,你们就说:'我们解救了一位修道士,这就是我们的收获。那位修道士在地窖里被囚禁了十五年,不知多少次发出呼救声,结果没有一个人搭救他,他受到异教徒夜以继日的折磨。我们虽然在君士坦丁堡住了很长时间,但一直对此一无所知。我们将手里的货物卖掉,然后又买了一些货物,然后收拾行装,决计起程回国。那一夜,我们一直谈论着起程上路之事。我们离开君士坦丁堡的那天清晨,看到墙上有一幅画像,走近细看,画中人动了起来。画中人说:'穆斯林兄弟,你们当中有谁跟世界之主有过来往吗?'我们回答:'那怎么可能呢?'画中人说:'安拉要我对你们谈谈,以便增强你们的信心,给你们以灵感,请你们离开异教徒国家,奔赴穆斯林大军营地。他们当中有一位当代英雄,那就是杜姆康国王,号称"安拉之剑"。杜姆康国王攻克了君士坦丁堡,杀死了基督徒。只要你们走三天路程,就会看到一座修道院,名叫麦塔尔修道院。那座修道院里有间禅房,你们理应抱着诚挚的愿望和坚强的意志到禅房里去。因为禅房里隐居着一位来自耶路撒冷的修道士,名叫阿卜杜拉。阿卜杜拉是位虔诚的信徒,他的尊荣和威严足以消除疑问和模糊概念。因受一些修道士欺骗,他被囚禁在修道院的地窖里,时间已经很久了。若能救出阿卜杜拉,将是最大功德之一。所以,我们把阿卜杜拉救了出来。'这些话,你们记住了吗?"

"记住啦!"商人们齐声说。

老太婆向随行人员交代了这番话之后,又说:"如果杜姆康国王很乐意听你们讲,你们就对他说:'我们听了画中人说的那番话,知道那位修道士……'"

讲到这里,眼见东方透出了黎明的曙光,莎赫札德戛然止声。

第九十四夜

夜幕降临,莎赫札德接着讲故事:

幸福的国王陛下,老太婆札特·达瓦希向随行人员交代,见到杜姆康后对他说:"杜姆康国王攻克了君士坦丁堡,杀死了基督徒。只要你们走三天路程,就会看到一座修道院,名叫麦塔尔修道院。那座修道院里有间禅房,你们理应抱着诚挚的愿望和坚强的意志到禅房里去。因为禅房里隐居着一位来自耶路撒冷的修道士,名叫阿卜杜拉。阿卜杜拉是位虔诚的信徒,他的尊荣和威严足以消除疑问和模糊概念。因受一些修道士欺骗,他被囚禁在修道院的地窖里,时间已经很久了。若能救出阿卜杜拉,将是最大功德之一。所以,我们把阿卜杜拉救了出来。这些话,你们记住了吗?"

"记住啦!"商人们齐声说。

"如果杜姆康国王很乐意听你们讲,你们就对他说:'我们听了画中人说的那番话,知道那位修道士是个大好人,也是真正的忠诚的信徒之一。'于是我们走了三天,看见了那座修道院,便拐了进去。我们在那里住了一天,仍然按照商人的习惯,又卖又买。白天

过去,夜幕降临,我们就向那间有地窖的禅房走去。行至门前,先听到那位修道士朗诵《古兰经》,然后听他吟道:

> 不期中诡计,胸怀满惆怅。时遇无奈何,心没愁海洋。
> 倘无解脱日,眼前唯死亡。久困灾难里,莫如身早僵。
> 耀眼闪电兮,且请临舍旁;人人报喜讯,个个面浮光。
> 可叹战事激,牢狱闭门窗;离此谈何易,相见安有望?
> 捎信给友人,请对他们讲:罗马修道院,将我手脚绑。

你们只要把我送到穆斯林大军营地,我到了那里就知道如何设巧计令他们上当;到那时,定将把他们杀个一人不留。就等着听我的好消息吧!"

基督徒们听罢老太婆札特·达瓦希这番面授机宜的话语,纷纷亲吻她的双手,继之按照她的嘱咐,抄起荆棘条子,将老太婆打了个遍体鳞伤,因为他们认为服从她的安排是自己的义务;随后,他们给老太婆戴上脚镣手铐,把她装在一口箱子里,让骡子驮着,向穆斯林大军营地进发了。

让我们回过头来,看看穆斯林大军的情况。

穆斯林大军在安拉的默助下,将敌人打得大败而逃,缴获了大量钱财和武器,大队人马停下脚步,开始休整,庆贺畅谈。

杜姆康对哥哥舒尔康说:"由于我们公正无私,团结一致,安拉默助我们取得了伟大胜利。舒尔康,就请按照安拉意志,服从我的命令吧!"

舒尔康说:"一言为定。"

舒尔康拉住弟弟的手,说:"如果安拉赐予你一个男孩儿,我就把我的女儿润仙许配给他。"

杜姆康听后,十分高兴。将士们相互祝贺,为战胜敌人而欣喜若狂。

这时,佟丹宰相走到跟前,对兄弟俩说:"二位君王,我们远离亲人和故土,不惜生命,为国效力,安拉默助我们战胜了敌人。依我之见,我们应该乘胜追击,将敌人围而歼之。如果你们同意,就请国王和总督率兵上船走海路,我领兵走陆路,包围基督徒京都,将他们置于死地。"

宰相佟丹反复鼓动将士们奋力战斗,并且吟诵古人的诗歌:

  世间大快事,纵马驰疆场。挥剑斩敌顽,杀声震天响。
  差使翩跹至,情人约言扬:问其何所去?迦南①好地方。

宰相佟丹又吟道:

  念吾终生志,视战为母亲;认剑做兄弟,长矛当父亲。
  散发上战场,笑迎死神临;仿佛捐躯事,只得伴终身。

宰相佟丹吟完,说道:"赞美伟大的安拉默助我们打败了敌人,让我们获得了大批白银和黄铜。"

之后,杜姆康国王号令穆斯林大军拔营,向君士坦丁堡进发。几日艰苦跋涉,穆斯林大军来到一片宽广的草原,但见那里泉水流

---

① 迦南,巴勒斯坦的古称,包括今以色列、约旦及埃及北部等地区,公元七世纪阿拉伯人迁入这里,以伊斯兰教同化了当地居民,形成了阿勒斯坦。

淌,草木青翠,花香鸟语,美景处处,野兽出没,羚羊戏耍。其时,他们已经跨过许多荒原,一连六天没有喝上水。当他们来到这片草原时,眼见泉水涌淌,果实累累,美丽的大地就像人间天堂,草青树茂,树枝仿佛喝了牛毛细雨酿成的香醇,呈微醉状,和着习习惠风,摇摇晃晃……他们看到这般景象,人人惊异,个个欢喜。

正像诗人所云:

花园景色美,绿裙罩青翠。
目光落临处,小溪长流水。
大树浓荫在,头顶旗飘飞。

另有诗人写道:

光入河水颇呈红,半分羞涩半分影。
露结枝条似银镯,花像皇冠美中圣。

杜姆康眼见绿树成荫、花香鸟语的草原,叫来哥哥舒尔康,说:"像这样的好地方,在大马士革是找不到的。因此,大军就地停留三日,好好休息休息,让我们的大军休整一下,养精蓄锐,准备日后一举消灭异教徒!"

这时,忽听远处传来喧闹声。杜姆康问:"什么声音?"

探马外出侦察一番,回来禀报说:"有一商队,自沙姆来,他们要在这里打尖休息。也许我们的大部队遇到了他们,或许有人拿了一些他们带的货物。他们曾去罗马境内经商。"

一个时辰过后,商人们走来,他们高声说:"大王啊,救救我们吧!"

杜姆康国王见此情景，下令将他们带过来。商人走到国王面前，国王问："出了什么事？"

商人们说："大王陛下，我们在异教徒国家经商多年，不曾有人抢我们的东西。到了我们的穆斯林兄弟国家，怎么却有穆斯林兄弟抢夺我们的财物呢？当我们看到你们的大部队时，我们便投奔而来，虽然我们已向他们说明了情况，穆斯林兄弟们还是抢走了我们的东西。"

说罢，他们拿出希腊国王签发的通行证，递到杜姆康国王手里。

杜姆康国王接过通行证，看了看，然后对商人说："你们的货物，我们一定悉数送还你们。不过，你们不应该到基督徒国家经商。"

商人们说："国王陛下，本是安拉把我们引向了他们的国家，以便让我们得到任何入侵者都未曾得到的东西，就连你们在征战中也没有得到的东西。"

舒尔康问："你们得到了些什么？"

商人们回答道："关于我们的收获，我们只能跟你们单独谈。因为这件事情一旦在众人之间传开，有人会利用它，而置我们于死地，并将危害每一个去罗马帝国的穆斯林。"

这时，他们已把装着老太婆札特·达瓦希的那口木箱隐藏了起来。

杜姆康和舒尔康单独与他们谈话，他们把关于那位修道士的事情向二人叙说了一遍。

商人打扮的基督们向杜姆康兄弟叙说完毕，都哭了起来，那兄弟俩也哭了。

讲到这里，眼见东方透出了黎明的曙光，莎赫札德戛然止声。

第九十五夜

夜幕降临，莎赫札德接着讲故事：

幸福的国王陛下，基督徒打扮的商人们来到杜姆康国王面前，述说货物和钱财被穆斯林抢走的情况，并拿出希腊国王签发的通行证，递到杜姆康国王手里。

杜姆康国王接过通行证，看了看，然后对商人说："你们的货物，我们一定悉数送还你们。不过，你们不应该到基督徒国家经商。"

商人们说："国王陛下，本是安拉把我们引向了他们的国家，以便让我们得到任何入侵者都未曾得到的东西，就连你们在征战中也没有得到的东西。"

舒尔康问："你们得到了些什么？"

商人们回答道："关于我们的收获，我们只能跟你们单独谈。因为这件事情一旦在众人之间传开，有人会利用它，而置我们于死地，并将危害每一个去罗马帝国的穆斯林。"

这时，他们已把装着老太婆札特·达瓦希的那口木箱隐藏了起来。

杜姆康和舒尔康单独与他们谈话，他们把关于那位修道士的事情向二人叙说了一遍。

商人打扮的基督徒们向杜姆康兄弟叙说完毕，都哭了起来，那兄弟俩也哭了。

他们把老太婆札特·达瓦希交代的那番假话向国王和总督述说了一遍,舒尔康对那位修道士顿生恻隐、怜悯之心,保卫伟大安拉的意志愈加强烈。

舒尔康问他们:"你们已经把那位修道士救了出来,还是那位修道士现在仍在修道院里呢?"

商人们回答:"我们已经把修道士救了出来,并且杀掉了修道院的主人。因为我们担心自己的安全,害怕招来灾难,便迅速逃离了那个地方。听可靠人士说,那座修道院里藏有数堪他尔①的珠宝和黄金。"

紧接着,商人们抬来那口木箱,打开箱盖,将那个可恶的老太婆从箱子里拉了出来,只见老太婆戴着脚镣手铐,因为又黑又瘦,看上去简直就像印度金莲花荚。

杜姆康及在场的人看见那老太婆,以为她是个男子,是位忠实的信士,是一位出色的修道士,尤其她形容粗糙,前额上抹着油膏,看上去闪闪放光。又见她戴着镣铐,相信真受过酷刑,杜姆康及哥哥舒尔康都难过地哭了起来。

片刻过后,大家一起走向老太婆,亲吻老太婆的双手和双脚。杜姆康和舒尔康痛哭失声,老太婆向兄弟俩打了个手势,说道:"不要哭了,请听我讲!"

杜姆康、舒尔康听从老太婆的劝告,止住了哭声。老太婆说:"我甘心情愿受主的安排。我认为灾难临头正是安拉对我的考验。不能忍受灾难的人,就没有到达幸福天国的希望。我盼望回到我的国家,不惧怕临头的灾难,即使死在那些勇士的马蹄之下。因为他们在为主而战,纵然牺牲在战场,依旧活在人们的心中。"

---

① 堪他尔,埃及重量单位,一堪他尔约等于四十四点九二八公斤。

接着，老太婆吟道：

> 堡垒是高山，战火已点燃。你本是穆萨，得道到时间。
> 抛掉手中杖，一切全吞咽。切莫害怕哟，绳与蛇无缘。
> 战斗激烈日，领略书中战。颈上闪光剑，堪称真经典。

老太婆吟完诗，两眼洒出热泪，抹着油膏的前额闪烁着亮光。

舒尔康走上前去，亲吻老太婆的手，然后给她端来饭菜，老太婆拒绝进食。老太婆说："十五年来，我一直斋戒呀；如今，蒙国王陛下之恩，让我摆脱了俘虏生活，挣脱了火的折磨，我怎好在此时开戒呢？我一定要坚持到日落之后再吃饭。"

傍晚时分，舒尔康和杜姆康送来饭菜，并且对老太婆说："虔诚的修道士，请用餐吧！吃完饭后再好好休息一下！"

老太婆说："这是什么？这不是吃饭的时间，而是拜主的时间。"

说完，她站在礼拜台上，一直礼拜、祈祷到夜过三更。一连三天三夜，老太婆只有在行礼、问候之时才坐一下。

杜姆康眼见此种情景，由衷相信了老太婆。他对舒尔康说："给那个虔诚的修道士单独撑起一顶帐篷，并派人好好服侍他吧！"

三天来，老太婆总在帐篷里做礼拜，杜姆康和舒尔康都相信她是个虔诚的修道士，不时称赞她。

第四天，老太婆开口要饭吃，于是，人们给她送来各种饭菜，色味俱佳，但老太婆仅就着盐吃了一张发面饼，然后决意斋戒。

夜幕降临，老太婆便做礼拜去了。

舒尔康对杜姆康说："这位男子不是完全弃绝世俗了吗？若不是因为征战任务在身，我一定与他形影不离，和他一道崇拜安拉，为安拉效力，直到归真之日。我真想和他一道进帐篷，与他交谈上一个时辰。"

杜姆康说："我也有同样想法。可是，明天我们就将攻打君士坦丁堡了，我们还没有过这样的时辰。"

佟丹宰相听后，说："我也想见见修道士，但期能为我祈祷献身于圣战，归见安拉。因为我已厌恶世俗。"

夜幕垂降之后，他们一起来到老太婆的帐篷里，只见老太婆正在做礼拜。他们走近老太婆，因怜悯她而都哭了起来。老太婆却根本不回头看他们。半夜时分，老太婆做完礼拜，向他们走去，问候他们，并且问道："你们来我这里有事吗？"

他们回答道："虔诚的礼拜人，难道你没听见我们围着你哭泣吗？"

老太婆说："站在安拉面前的人，身已不在人间，故听不见人的声音，也看不见任何人。"

他们说："我们希望你给我们谈谈你被俘虏的原因，并在今夜为我们祈祷祝福；在我们看来，今夜交谈，机会难得，比擒获艾弗里顿国王还宝贵。"

老太婆听完他们的话，说道："凭安拉起誓，如果你们不是穆斯林首领，我是不会向你们谈任何事情的，只会向安拉述说。我现在就向你们讲我被俘的原因。你们有所不知，我本居住在耶路撒冷，和一些人一起修功悟道。我对他们一向虔诚敬重，因为安拉赐予我谦虚和朴实的美德，从无自高自大的表现。碰巧一天夜里，我走到大海边，发现自己已修行到了能在水面上行走的境界，不由得沾沾自喜起来，心想：'谁能像我这样在水面上行走呢？'从那之后，我的心变得冷酷起来，开始喜欢旅行，安拉要用灾难折磨我了。我到了罗马帝国，在那里住了一年，走遍了各个地方。每到一处,必拜安拉。当我到达这里时,我就登上一座山,山上有座修道院,名叫麦塔尔修道院。修道士麦图尔·哈纳看见我,走来亲吻我的手,并对我说:'你一来到罗马帝国,我就看到了你。你使我十分向往伊斯兰帝国。'说着,他拉着我的手,把我领进修道院里的一间小黑屋里;进了小屋,乘我不备之时,他把门锁上,便扬长而去了。我一个人在里边待了四十天,既没有吃的,也没有喝的。麦图尔·哈纳企图把我饿死在里边。后来,有一天,一位名叫迪格亚努斯的大主教来到修道院,与之同来的还有十个童仆和他的女儿。大主教的女儿名叫泰玛丝,花容月貌,举世无双。大主教进了修道院,修道士麦图尔·哈纳便把我的情况述说了一遍。大主教听完,说道:'快把他放出来吧!现在剩下肉,喂鸟也不够了。'他们打开黑屋子一看,见我正站在神龛前顶礼膜拜、诵经、赞颂安拉。他们见此情景,麦图尔·哈纳说:'哦,这真是一位神汉!'众人一听,一起朝我走来,大主教迪格亚努斯及其一伙也朝我走来,继之把我狠狠打了一顿。那时候,我真想一死了之。我责备自己,自言自语地说:'这都是我自高自大,借安拉赐予的力量骄傲自矜的报应!喂,我的心灵啊,你沾沾自喜,自鸣得意,难道你不晓得骄傲会惹怒安拉?难道你不晓得自大会使人心冷酷,引人下地狱吗?'

"之后,他们给我戴上枷锁,又将我送进了那间小黑屋。那间屋子的下面有个地窖,他们把我关在地窖里,每隔三天,给我一张大饼和一杯水。每隔一个月或两个月,大主教到修道院里来一趟。

"我第一次见到他的女儿泰玛丝时,小姑娘才九岁;我被囚禁十五年之后,再见到泰玛丝,她已是二十四岁的大姑娘了。

"泰玛丝姿色绝美,不论在我国,或在罗马帝国,都找不到比她更漂亮的姑娘。姑娘已经许给耶路撒冷总督。不过,她常女扮男装,骑马随父亲外出;虽貌美无双,但谁也看不出她是一个姑娘。

"她的父亲大主教迪格亚努斯把自己的钱财都存在那座修道院里。不仅仅是这位大主教,凡是有贵重财宝的人,都将财宝存放在修道院里。因此,我亲眼看见那里金银财宝如山,还有数不清的古玩、宝石。那些钱财宝贝,有谁比你们更配得到呢?你们何不赶快行动,取出那些银钱财宝,用在穆斯林身上,尤其是奖励那些为安拉而战斗的勇士。"

"这些商人到了君士坦丁堡,卖掉了他们的货物,安拉有意赐恩泽给我,墙上那幅肖像画便向他们讲述了这件事情。商人们赶至修道院,一顿严惩修道士麦图尔·哈纳,又拽着他的胡子,让他领他们到囚禁我的地窖,将我救了出来,然后把他杀掉了。他们生怕出什么意外,别无他路,只有逃跑。明天夜里,泰玛丝姑娘照例要到那座修道院去,她的父亲和仆人们也将随之前往。如果你们想去看一看,那就带着我去,我将把你们领到大主教迪格亚努斯的金银库所在的山上。因为我亲眼见过他们拿出金杯银盏喝酒,并且看到歌女们给他们唱阿拉伯歌曲。啊,歌女们的声音实在悦耳动听,倘若用在朗诵《古兰经》上,那该多好!如果你们有这种想法,你们就进入那座修道院,埋伏在那里,等迪格亚努斯及其女儿泰玛丝一到,你们就把泰玛丝抓住;说句实话,泰玛丝姑娘配舒尔康总督或杜姆康国王,那是再合适不过的了。"

他们听老太婆这么一说,都非常高兴,只有宰相佟丹觉得老太婆的话不入耳。佟丹之所以耐着性子听,完全为了照顾国王的情面。听了老太婆的那番长长的谈话,宰相扭过脸去,显然是对那些话感到吃惊、怀疑。

老太婆又说:"我真担心大主教到来之后,看见这草原上驻扎着这么多军队,就不敢进修道院了。"

杜姆康国王立即令大军开往君士坦丁堡。他说:"我想带一百名骑兵，另外再牵上多匹骡子，直奔山上，抢出修道院中的金银财宝。"

说完，随即派人去喊侍卫官及诸位将领。众将领来到面前，杜姆康国王说："天亮后，你们立即出发，开往君士坦丁堡。侍卫官，由你替代我出主意想办法，运筹帷幄。鲁斯图姆，由你替代家兄指挥作战。你们要严格保密，不要让任何人知道我们不在大军中的消息。三天之后，我们就去追赶你们。"

说完，杜姆康国王精选了一百名骁敢骑兵。随后，杜姆康、舒尔康、佟丹宰相带着一百名骑士、多匹骡子和数口装钱用的木箱向老太婆札特·达瓦希说的那座修道院进发了。

讲到这里，眼见东方透出了黎明的曙光，莎赫札德戛然止声。

第九十六夜

夜幕降临，莎赫札德接着讲故事：

幸福的国王陛下，杜姆康国王等人听了老太婆札特·达瓦希关于被俘的长长的一段话，都非常高兴，只有宰相佟丹觉得老太婆的话不入耳。

老太婆又说："我真担心大主教到来之后，看见这草原上驻扎着这么多军队，就不敢进修道院了。"

杜姆康国王立即令大军开往君士坦丁堡。他说："我想带一百名骑兵，另外再牵上多匹骡子，直奔山上，抢出修道院中的金银财宝。"

说完，随即派人去喊侍卫官及诸位将领。众将领来到面前，杜姆康国王说："天亮后，你们立即出发，开往君士坦丁堡。侍卫官，由你替代我出主意想办法，运筹帷幄。鲁斯图姆，由你替代家兄指挥作战。你们要严格保密，不要让任何人知道我们不在大军中的消息。三天之后，我们就去追赶你们。"

说完，杜姆康国王精选了一百名骁敢骑兵。随后，杜姆康、舒尔康、佟丹宰相带着一百名骑士、多匹骡子和数口装钱用的木箱向老太婆札特·达瓦希说的那座修道院进发了。

第二天天刚亮，侍卫官来到大队人马前，命令他们起程。大队人马浩浩荡荡向君士坦丁堡进发，谁都认为杜姆康国王、舒尔康总督和宰相佟丹与他们在一起行军，万万没有想到他们已带领人马向修道院开去了。

舒尔康、杜姆康兄弟及宰相佟丹一行人马，一直走到日落时分。

老太婆札特·达瓦希安排完毕，她手下的基督徒随行人员来见她，亲吻她的双手和双脚。老太婆命令他们按照她的意图行事，那些人悄悄地溜走了。

夜幕降临之时，老太婆对杜姆康国王及其随行人员说："你们和我一起上山吧！你们带的人要少一些。"

杜姆康及手下人听到老太婆的安排，只留下五名骑士守在山脚下。修道士打扮的老太婆札特·达瓦希眼见自己的计谋步步得逞，显得精神格外抖擞。杜姆康见此情景，赞叹道："凭安拉起誓，这样精明的修道士，我压根儿还没见过！"

老太婆札特·达瓦希早就用信鸽向希腊国王艾弗里顿传去了情报，将发生的情报一一写明。信的末尾写道：

欲请国王陛下立即派一万名罗马精兵强将,悄悄开到此山脚下,以防被伊斯兰大军发现,继而开进修道院,埋伏在那里,等待我带着穆斯林国王及其兄弟去修道院。我已骗过那国王兄弟二人,将带他俩前往,同行的还有宰相佟丹及一百名骑兵。我将把修道院里的十字架交给他们。我已下定决心杀死修道士麦图尔·哈纳,因为此计的成功非以他死为代价不可。一旦此计成功,穆斯林们则一无立足之地,二无人为之炊火造饭,只有退回他们的老家去。至于修道士麦图尔·哈纳,也就只能为基督徒和十字架殉身献魂了。感赞之词始终归于耶稣基督。

信鸽飞回君士坦丁堡,养鸽人见之,立即取下那封信,呈送到艾弗里顿国王手中。国王读罢信,当即选定骑士,或配宝马良驹,或配明驼快骡,各自带上干粮,奔赴那座修道院。

杜姆康、舒尔康和宰相佟丹由修道士打扮的老太婆札特·达瓦希带路,走进那座修道院,看见修道士麦图尔·哈纳向他们走来。老太婆说:"把这个可恶的逆贼杀掉!"

众壮士一起拥上去,手起剑落,顿时结果了麦图尔·哈纳的性命。

老太婆带着他们来到"还愿堂",但见那里珍宝无数,金银成堆,比老太婆向他们描述的还要多。他们将金银财宝聚集起来,装入箱子里,打成驮子,准备用骡子驮走。不过,出乎意料的是,泰玛丝没有露面,也没有看到她父亲的身影,因为他们害怕穆斯林大军。

杜姆康在修道院里等着泰玛丝,第一天、第二天过去了,仍不见人来。第三天,舒尔康说:"凭安拉起誓,我不知道我们的大部队的进军情况如何,实在放心不下。"

杜姆康说:"我们已经得到了这一大笔钱,我认为泰玛丝和别的人,因为看到罗马大军惨败的情况,也不会到这座修道院里来了。因此,我们应该满足于安拉赐予我们的财富,立即离开这里,但期安拉默助我们攻克君士坦丁堡。"

随后,他们下了山。老太婆因为担心他们看破她的计谋,没有阻拦他们。

杜姆康一队人马来到一条狭路,忽见万余名基督徒骑兵出现在那里;这就是老太婆札特·达瓦希阴谋埋伏下的大军。

基督徒看见杜姆康的人马,立即包抄过来,他们挥舞长矛,拔出利剑,厮杀开来。基督徒们喊声阵阵,寒光闪烁,羽箭飞鸣。

杜姆康、舒尔康和佟丹宰相见异教徒如此人多势众,敌众我寡悬殊,禁不住发问道:"究竟是谁把我们的行踪告诉这支大军的?"

舒尔康说:"弟弟,现在不是说话的时候,而应该挥剑、射箭、厮杀,要下定决心,振作精神,奋勇向前!这条狭路,实际上是条羊肠小道,仅有两个出口。凭安拉和非阿拉伯人的先贤起誓,如果不是因为这个地方太狭窄,纵然他们有五千人马,我也定会把他们全部杀光。"

宰相佟丹说:"即使我们有一万人马开入如此狭窄之地,也是无济于事的。不过,安拉会默助我们战胜异教徒的。我对这条狭路了如指掌,我知道这里有许多可以隐身之处。我随欧麦尔·努阿曼国王征战此地、包围君士坦丁堡时,曾经在这里安营扎寨。这里有比冰雪还凉的冷水。我们应该振奋精神,趁基督徒大军尚未全部赶到,从这条狭路冲出去,以免敌人抢占山头,向我们投石,到那时候,我们就无能为力了。"

杜姆康一行人马迅速开始从狭路撤离。

老太婆札特·达瓦希见此情景，便开口对他们说："你们已经把自己许给了安拉，一心为安拉而战斗，还有什么可惧怕的呢？凭安拉起誓，我被囚禁地下达十五年之久，从未埋怨过安拉给我安排的命运。将士们，勇敢地为安拉而战斗吧！勇敢的战斗者，天堂将是他的归宿地；不战斗而退者，不可能得到荣光。"

穆斯林将士们听完这位假修道士的话，心中的忧虑、愁思顿时烟消云散，一个个镇静下来，这时基督徒们开始向他们发动猛烈进攻，剑与矛向他们的脖颈刺来，有的人不幸倒了下去。

穆斯林们服从安拉的意志，与敌人展开激战，挥舞剑矛，向敌人猛冲狠刺。

杜姆康奋勇杀敌，大显身手，但见敌军五个、十个地人头落地，死者不计其数。正当此时，那个可恶的老太婆挥剑示意，为基督徒大军鼓气加油。胆怯者纷纷逃向老太婆，而老太婆则暗示他们去杀舒尔康。他们明白老太婆的暗示，一队又一队地冲向舒尔康，而舒尔康则挥刀舞剑，力克敌军，敌人一队又一队地败在舒尔康的刀剑下。舒尔康眼见自己得心应手，每每得胜，还以为沾了那个假修道士的老太婆的福。舒尔康心想："这位修道士得到了安拉的特别关照。正是他增强了我的斗志，以其真诚愿望助我战胜异教徒。基督徒们害怕我，不敢向我发动进攻，而是见我就逃跑，根本不敢与我交战。"

穆斯林将士们一直战斗到夕阳西下。夜幕降临，他们因遭劫和被石击，疲惫不堪，就在狭路上找了处山洞栖身休息。那天，他们当中共有四十五人捐躯。当他们聚集在一起时，便开始找那个假修道士、真老太婆札特·达瓦希，结果踪影全无，他们觉得很是难过。他们说："也许他已经牺牲了。"

舒尔康说:"我们看见他用手势为勇士们鼓气加油,并为他们朗诵经文。"

正在他们谈论之时,可恶的老太婆札特·达瓦希忽然出现,只见她提着两万大军的头领、大主教的首级。原来那位首领本是一个性情倔强的大汉,是中了一位土耳其籍士兵之箭而被安拉送往地狱的。基督徒大军眼见自己的首领被射杀,一齐冲向那个穆斯林士兵,数口宝剑扬起,那个穆斯林战士迅速被安拉送入了天堂。可恶的老太婆札特·达瓦希则趁机割下那位死首领的脑袋,来到舒尔康、杜姆康和宰相佟丹的面前。

舒尔康看见老太婆,一跃而起。他说:"勇敢的修道士,赞美安拉,我终于看见了你。"

老太婆说:"孩子,今天我本准备献身的,因此冲锋陷阵,深入敌军之中,而他们十分怕我。当你们分头杀敌时,我真有些嫉妒你们。于是,我便向他们的头领大主教冲了过去。他们这位头领有千夫不当之勇,而我却上去削掉了他的首级,没有一个异教徒敢于挨近我。你们瞧,我把他的首级带到了你们面前……"

讲到这里,眼见东方透出了黎明的曙光,莎赫札德戛然止声。

第九十七夜

夜幕降临,莎赫札德接着讲故事:

幸福的国王陛下,穆斯林将士们一直战斗到夕阳西下。正当人们寻找老太婆时,她提着两万大军头领的首级来了。原来那位首领本是一个性情倔强的大汉,是中了一位土耳其籍士兵之箭而被安拉送往地狱的。基督徒大军眼见自己的首领被射杀,一齐冲向那个穆斯林士兵,数口宝剑扬起,那个穆斯林战士迅速被安拉送入了天堂。

可恶的老太婆札特·达瓦希则趁机割下那位死首领的脑袋,来到舒尔康、杜姆康和宰相佟丹的面前。

舒尔康看见老太婆,一跃而起。他说:"勇敢的修道士,赞美安拉,我终于看见了你。"

老太婆说:"孩子,今天我本准备献身的,因此冲锋陷阵,深入敌军之中,而他们十分怕我。当你们分头杀敌时,我真有些嫉妒你们。于是,我便向他们的头领大主教冲了过去。他们这位头领有千夫不当之勇,而我却上去削掉了他的首级,没有一个异教徒敢于挨近我。你们瞧,我把他的首级带到了你们面前,以便增强你们的斗志,好让你们奋勇挥剑杀敌,使安拉欢喜满意。我想和你们一道参加战斗。我想加入到你们的大军中去,即使他们已迫近君士坦丁堡城门之下。我将给你们搬两万名援军来,消灭这些异教徒。"

舒尔康说:"修道士,谷地狭路已经被异教徒堵死,你怎样去搬救兵呢?"

老太婆说:"安拉会蒙住他们的眼睛,使他们看不见我的身影;即使有人看见我,也不敢接近我。到那时,我会隐身于天地之中,安拉将替我消灭敌人。"

舒尔康说:"修道士,你说得很对。我亲眼见识过你勇斗敌人的场面。你若能夜初前往,是再好不过的了。"

老太婆说:"我立即动身,你若想跟我一道前往,不让任何人看见你,那就请马上行动。假如你弟弟也想跟我们一起去,我们就带上他，别人就再也不能去了。因为安拉宠爱者的影子只能掩蔽二人。"

舒尔康说："我不能丢下我的同伴啊！不过，我弟弟杜姆康如果乐意前往，那倒没什么不便，好让他摆脱这种困境。因为他是穆萨的堡垒，又是'安拉之剑'。如果他愿意，就让他带着佟丹宰相，或由他亲自挑选一个人，也好搬来一万援兵，助我们消灭这些敌人。"

一番商量之后，他们就此达成一致。片刻过后，老太婆说："你们慢些行动，我先动身，侦察一下那些异教徒的情况，看看他们正在熟睡，还是都醒着。"

舒尔康说："我们要和你一道出去，把我们的一切都托付给安拉了。"

"如果我依了你们，你们可不要埋怨我；出了事，只能自己埋怨自己。依我之见，我先行动，你们稍晚一步，让我先打探一下他们的情况。"

舒尔康说："好吧，你先去吧！不过，行动要快点儿，不要迟误，我们等着你回来报告消息。"

老太婆起身走了出去。

老太婆走后，舒尔康对杜姆康说："多亏了这位虔诚的修道士！假若没有这位神通广大的修道士，我们也就没有办法杀死敌军那个大主教。这位修道士功劳非凡哪！由于那个大主教命丧疆场，异教徒大军一片混乱，元气大伤。因为他们失去了那位勇猛善战、精明强悍的指挥官。他削下了那个基督徒的首级，使敌军大乱，帮了我们的大忙……"

他们正谈话时，老太婆札特·达瓦希突然回来了。

老太婆札特·达瓦希来到杜姆康国王、舒尔康总督和宰相佟丹面前,得意扬扬地说:"我敢担保你们能战胜基督徒大军!"

君王杜姆康、总督舒尔康和宰相佟丹连声感谢眼前这位假修道士,他们万万没有想到这个老太婆又设下了新的计谋,等待他们上圈套。

老太婆札特·达瓦希问:"当世大王杜姆康在哪儿?"

杜姆康应声来到老太婆面前。老太婆说:"带着你的宰相,跟我走就是了。我们包围君士坦丁堡去!"

其实,老太婆札特·达瓦希已把计谋通知了基督徒大军。基督徒大军的将士们听后,个个跃跃欲试,眉飞色舞,兴高采烈。他们又转而咬牙切齿地说:"他们杀死了我们的勇敢无比的主教将军,我们非要他们抵命不可!"当老太婆说她将把穆斯林国王带来时,他们说:"你把他带来之后,我们要把他送到艾弗里顿国王那里去,要他听候我们国王的发落。"

杜姆康国王安排妥当,佟丹宰相跟着老太婆出发了。老太婆对二人说:"前进吧!愿安拉保佑你们。"

杜姆康和宰相回答:"赞美安拉。"

此时此刻,命运之箭已向这位国王及宰相射来。

老太婆带着杜姆康和佟丹宰相走了不多时,来到一条狭路上,进入了基督徒大军的包围圈。基督徒大军看见他们,并没有上前阻拦,因为老太婆已叮嘱过他们。

杜姆康和佟丹宰相见基督徒大军没有出来拦截他们,还以为基督徒的眼睛真被安拉蒙盖住了。佟丹宰相说:"凭安拉起誓,这是为什么?莫非看的是这位修道士的面子?无疑这位修道士修炼到了神通广大的地步。"

杜姆康说:"凭安拉起誓,我认为那些异教徒都是瞎子;我们能看见他们,而他们,根本看不见我们。"

二位正在连声赞美假修道士、真骗子老太婆的修行恩德之时，基督徒大军向他俩冲了过来，将二人捆绑了起来。他们问二人："还有人跟着你俩吗？我们要把你们统统抓起来。"

"难道你们看不见我们前面还有一个人吗？"

"凭耶稣基督、修道士、教长和大主教起誓，我们只看到你们俩，没看见第三个人。"

杜姆康说："凭安拉起誓，这都是安拉对我们的惩罚呀！"

讲到这里，眼见东方透出了黎明的曙光，莎赫札德戛然止声。

第九十八夜

夜幕降临，莎赫札德接着讲故事：

幸福的国王陛下，杜姆康国王和佟丹宰相正称赞那个假修道士、真骗子老太婆的修行恩德之时，基督教大军冲了过来，将二人捆绑了起来。他们问二人："还有人跟着你俩吗？我们要把你们统统抓起来。"

杜姆康和佟丹宰相回答说："难道你们看不见我们前面还有一个人吗？"

"凭耶稣基督、修道士、教长和大主教起誓，我们只看到你们俩，没看见第三个人。"

杜姆康说："凭安拉起誓，这都是安拉对我们的惩罚呀！"

接着，基督徒大军将二人绳捆索绑，交给兵士看管。二人这才相互叹息道:"不听好人言,吃亏在眼前。如今,比遭难更艰难的下场已经降临在我们头上了。"

让我们回过头来,看看舒尔康的情况。

那天夜里,舒尔康在山洞里度过。次日天亮,他开始整顿部队,准备与基督徒大军决战。舒尔康为部下鼓劲,答应日后重赏将士。随后,将士们荷剑持矛,向着敌军冲去。

基督徒大军远远地望着穆斯林军,对他们喊道:"穆斯林们,我们已经俘获了你们的国王和掌管你们事务的宰相。你们如若再不撤兵,我们必将把你们全部消灭,一个不留。假若你们即刻放下武器,缴械投降,我们将带你们去见我们的国王,他将与你们进行和平谈判,准许你们平平安安返回你们的国家,回到自己的家园。你们不伤害我们,我们也不伤害你们。如果你们有这种好的想法,你们必有好运降临;假若你们拒绝,那么,我们只有消灭你们。我们已经把话对你们说明,这也是我们对你们的最后忠告。何去何从,你们掂量吧!"

舒尔康听敌人这样对他喊话,确信弟弟杜姆康和佟丹宰相已被敌人俘虏,心中万分难过,眼泪潸然落下,顿感周身酸软无力,自认非死不可。舒尔康心想:"究竟他俩被俘的原因何在呢?莫非他俩对修道士不礼貌,或者不听修道士的话?他俩究竟怎么啦?"

穆斯林勇士奋勇上阵,开始与基督徒大军厮杀起来。基督徒中许多人死于穆斯林的剑矛之下。那一天,谁是真正的勇士,谁是胆小鬼,表现得一清二楚。战场上马蹄声碎,剑矛被鲜血染红。基督徒大军像苍蝇一样从四面八方向穆斯林大军猛扑过来。舒尔康率部下奋勇杀敌,不怕牺牲,争先恐后,直杀得整个峡谷中血流成河,尸横山坡。

夜幕降临时，双方才鸣金收兵，各回营地。穆斯林们返回山洞中，所剩人员已经不多。那一天，他们又有三十多名骑士阵亡，虽然他们杀死了几千敌人。

舒尔康眼见此情此景，非常难过。他对部将们说："你们看如何是好呢？"

部将们说："没有别的办法，只有听凭安拉的安排了。"

第二天清晨，舒尔康对部将们说："倘若你们再要出战，必将一个也剩不下。因为我们所余人员少，干粮少，水也不多了。依我之见，你们要拔剑出鞘，坚守山洞口，不让任何敌兵攻入。也许修道士已经到达穆斯林大军营地，不久即有万名援兵来解救我们，助我军杀退基督徒大军。兴许异教徒们根本没有发现修道士及其随行人员。"

"这个主意好！毫无疑问，这个办法行得通。"部将们异口同声道。

说罢，穆斯林将士冲到山洞口，荷枪持剑，坚守洞口，凡欲冲入山洞的异教徒士兵，均一一死在穆斯林剑矛下。他们坚守洞口，奋力抗击敌人，一直坚持到红日西沉，夜幕降临。

讲到这里，眼见东方透出了黎明的曙光，莎赫札德戛然止声。

第九十九夜

夜幕降临，莎赫札德接着讲故事：

幸福的国王陛下，穆斯林们返回山洞中，所剩人员已经不多。

那一天,他们又有三十多名骑士阵亡,虽然他们杀死了几千敌人。

舒尔康眼见此情此景,非常难过。他对部将们说:"你们看如何是好呢?"

部将们说:"没有别的办法,只有听凭安拉的安排了。"

第二天清晨,舒尔康对部将们说:"倘若你们再要出战,必将一个也剩不下。因为我们所余人员少,干粮少,水也不多了。依我之见,你们要拔剑出鞘,坚守山洞口,不让任何敌兵攻入。也许修道士已经到达穆斯林大军营地,不久即有万名援兵来解救我们,助我军杀退基督徒大军。兴许异教徒们根本没有发现修道士及其随行人员。"

"这个主意好!毫无疑问,这个办法行得通。"部将们异口同声道。

说罢,穆斯林将士冲到山洞口,荷枪持剑,坚守洞口,凡欲冲入山洞的异教徒士兵,均一一死在穆斯林剑矛下。他们坚守洞口,奋力抗击敌人,一直坚持到红日西沉,夜幕降临。

夜幕垂降后,舒尔康再清点部将,发现仅剩下二十五名勇士。

这时,基督徒大军的士兵们议论说:"我们与穆斯林交战,已打得精疲力竭。这样的日子,什么时候才能熬到头呢?"

有的基督徒战士说:"继续打吧!他们只剩下二十多人了。如果我们攻不进山洞,我们就放火烧。倘若他们缴械投降,尚可保全性命,就当我们手下的俘虏。假若他们顽抗到底,我们就把他们当作柴火,扔进火堆,以供目击者借鉴。这样,耶稣既不会怜悯他们的先辈,也不会让他们在基督的土地上立足。"

说毕,基督徒将士们把柴火堆到山洞口前,顷刻之间,烈火熊熊地燃烧起来了。

舒尔康眼见洞口火焰熊熊,他及手下人都认为必死无疑。

正当此时,基督徒大军中的一位主教将军出现了。他对示意烧死穆斯林的指挥官说:"即使要杀死他们,也要在艾弗里顿国王面前开斩,以便让大王解心头之恨。我们应该活捉他们,明天把他们押解到君士坦丁堡,让国王按自己的意愿处置他们。"

"这个主意好!"众基督徒士兵异口同声。

基督徒兵士冲进山洞,将已经被烈焰熏倒的穆斯林将士捆绑起来,派人加以看守。

夜幕降临,基督徒大军陶醉在胜利的欢乐之中,他们开始大吃大喝起来,饮酒作乐,直喝得个个酩酊大醉,人人东倒西歪,横躺竖卧。

舒尔康、杜姆康及穆斯林将士们被绳索捆绑关押在一起。舒尔康看见了弟弟,悄悄凑上前去,说:"你看我们想个什么办法逃脱呢?"

杜姆康说:"凭安拉起誓,我真不知道如何是好。如今,我们已经变成笼中之鸟了。"

舒尔康怒气盛极,长长地叹了口气,因为用力过猛,竟将绳索挣断了,两手顿时得以自由活动,只觉得眼前一片光明。

舒尔康悄悄走近看守头目,见其已昏昏入睡,便伸手从看守的口袋里掏出枷锁钥匙,为杜姆康、宰相佟丹和其余被铐着的穆斯林一一打开枷锁,然后快步走到杜姆康和佟丹跟前,悄声说:"我想杀他三个看守,然后扒下他们的外衣,我们穿上,就成了罗马士兵模样,混在他们当中,谁也认不出我们来了。之后,我们相机行事,迅速去找我们的大队人马。"

"这个办法不行啊!"杜姆康说,"假若我们杀了他们,万一有人听到声音,基督徒们就会注意到我们;到那时,他们会杀掉我们的。我看,我们最好先赶到狭路口外去。"

大家表示同意杜姆康的办法。

他们立即动身，悄悄行至狭路口外不远的一个地方，只见那里拴着一些马匹，骑手们都在熟睡之中。

舒尔康对弟弟杜姆康说："我们立即动手，每人牵一匹马。"

二十五人同时行动，各牵了一匹马。承蒙安拉默助，那些基督徒骑兵谁也没有觉察到，仍然都在沉睡之中。

接着，舒尔康轻手轻脚走近基督徒骑兵，悄悄拿起他们的利剑和长矛，策马扬鞭。每个将士既有坐骑，又有武器，他们纵身上马，飞驰而去。

基督徒将士们依旧在醉酒中。在他们看来，任何人都不可能为杜姆康、舒尔康及其穆斯林俘虏松绑，因此，他们插翅难逃。

杜姆康一行挣脱被俘的处境之后，策马扬鞭，不多时便来到了安全地带。这时，舒尔康勒马回望，对将士们说："你们不要担惊受怕了！因为有安拉庇护我们，我们安然无恙。我有一个想法，但期能助我们一臂之力。"

"什么想法？"将士们问道。

舒尔康说："我希望你们登上山顶，同声高喊'安拉至大''伊斯兰大军来啦！伊斯兰大军来啦！'我们也同时高声呼喊'安拉至大'。这时，醉意朦胧的基督徒大军就会乱作一团，认为伊斯兰大军真的来了，便会从四面八方拥来；因为酒醉与睡意交加，他们会不知是敌是友，只能混战一气，自相残杀。我们趁此机会，用他们的宝剑割下他们的首级，将像囊中探物，轻而易举，不战而胜！让他们自相残杀到天明。"

杜姆康说："这个主意不合适。我们最好一声不吭，连夜去找我们的大军。因为我们一喊'安拉至大'，敌人就会注意我们，然后追赶我们。我们可就一个也逃不掉了。"

舒尔康说:"凭安拉起誓,即使他们注意到我们,那也没有什么关系。我希望你们同意这个意见,因为这个办法对我们有百利而无一害。"

大家表示同意舒尔康的办法,旋即登上山顶,开始高声呼喊:"安拉至大!安拉至大……"

整个大山和林木、巨石,因为敬畏伟大的安拉,亦同声呼喊着"安拉至大"。

基督徒将士们听到喊声,不禁一阵惊叫……

讲到这里,眼见东方透出了黎明的曙光,莎赫札德戛然止声。

❖ 第一百夜 ❖

夜幕降临,莎赫札德接着讲故事:

幸福的国王陛下,杜姆康国王和舒尔康商量如何冲出基督徒大军围困圈的办法,舒尔康说:"我希望你们登上山顶,同声高喊'安拉至大''伊斯兰大军来啦!伊斯兰大军来啦!'我们也同时高声呼喊'安拉至大'。这时,醉意朦胧的基督徒大军就会乱作一团,认为伊斯兰大军真的来了,便会从四面八方拥来;因为酒醉与睡意交加,他们会不知是敌是友,只能混战一气,自相残杀。我们趁此机会,用他们的宝剑割下他们的首级,将像囊中探物,轻而易举,不战而胜!让他们自相残杀到天明。"

杜姆康说:"这个主意不合适。我们最好一声不吭,连夜去找我们的大军。因为我们一喊'安拉至大',敌人就会注意我们,然后追赶我们。我们可就一个也逃不掉了。"

舒尔康说:"凭安拉起誓,即使他们注意到我们,那也没有什么关系。我希望你们同意这个意见,因为这个办法对我们有百利而无一害。"

大家表示同意舒尔康的办法,旋即登上山顶,开始高声呼喊:"安拉至大!安拉至大……"

整个大山和林木、巨石,因为敬畏伟大的安拉,亦同声呼喊着"安拉至大"。

基督徒大军听到喊声,不禁一阵惊叫,清醒过来,急匆匆相互喊叫,拿起武器。他们说:"敌人进攻我们了。凭耶稣基督起誓,穆斯林向我们发动进攻了。"

他们果然在夜色中相互拼杀起来,死伤无数。趁敌人乱作一团、相互厮杀之机,穆斯林冲过去,基督徒大军死伤人数只有伟大的安拉知道。

天亮之后,基督徒大军发现俘虏不见踪影。他们的将领们说:"这种事情,就是那些俘虏干的。赶快行动起来,追击他们,让他们吃吃苦头吧!你们不要害怕,不要惊慌!"

基督徒大军知道上了当,随即一个个飞身上马,追击穆斯林们去了。

没过多时,基督徒大军追上了杜姆康的人马,立即将他们包围起来。

杜姆康见此情景,惊恐不安。他对舒尔康说:"我所担心的事情果然发生了。我们别无选择,只有奋起抵抗了。"

舒尔康一言不发。杜姆康冲下山去,其余的人高呼着"安拉至大"的口号,跟着杜姆康下了山,决心为安拉献身,与敌人拼个你死我活。

狭路相逢,拼杀开始,战斗激烈,穆斯林们一个个视死如归。

正当这时,远方突然响起"安拉至大"的喊声,惊天动地,回荡在峡谷中。杜姆康一听便知是自己的援军到了,顿时精神抖擞,斗志更旺。舒尔康带人向基督徒们冲杀过去,他们高声呼喊着:"安拉至大!万物非主,唯有安拉;穆罕默德是安拉的使者。"大地在颤抖,就像是在地震。基督徒大军散乱在山坡上,穆斯林追了过去,奋力刺杀,只见基督徒被杀得溃不成军,人头纷纷落地。杜姆康带领左右冲锋陷阵,战斗一直进行到红日西沉。

当天夜里,穆斯林们相互祝贺,沉浸在胜利的欢悦之中。

第二天清晨,旭日照亮大地,只见迪拉姆军将领鲁斯图姆和土耳其军将领白赫拉姆两位将军赶到,个个如狮似虎,大部队威武雄壮。

骑士们看见杜姆康国王,立即离鞍下马,上前问候,向国王行吻地礼。杜姆康对他们说:"穆斯林大胜,基督徒败北,可喜可贺。"

他们相互祝贺,期盼平安,期待清算之日获得嘉奖。

大将白赫拉姆和鲁斯图姆之所以率手下人马赶来,原因在于他们迫近君士坦丁堡时,发现基督徒大军已登上城墙,占据了城堡、要塞,在各个堡垒里都做好了准备,由此判定基督徒大军已经得知伊斯兰大军进攻京城的消息。守城的军队听到刀枪剑戟的撞击声和人喊马嘶声,看到了伊斯兰大军的旗帜。他们眼见尘土飞扬,马蹄声传入耳际,大队人马如乌云、似蝗虫,铺天盖地而来,继而听到穆斯林们诵读《古兰经》和赞颂安拉的呼声。伊斯兰大军迫近君士坦丁堡城下,基督徒大军人多势众,如同汹涌大海,已在城头严阵以待,而且男女老少都出动了。原来这都是那个老奸巨猾、善于伪装、诡计多端的老太婆札特·达瓦希预先送去情报后计划筹谋好的。见此情景，土耳其将领白赫拉姆对迪拉姆军将领鲁斯图姆说："我们已经处在城头敌军的威胁之下，你们看哪，城楼上敌兵势众，简直就像波涛汹涌的大海，基督徒们的兵力比我们多百倍。看来定有奸细通风报信，透露了我们进军的情报，所以我们才面临着不计其数、难以征服的敌军守城。如今，我们的杜姆康国王、舒尔康总督及宰相佟丹又不在军中，敌军会因此向我们发动猛攻；弄不好，我们会插翅难飞，全军覆没。因此，依我之见，我们应立即带领两万骑兵，前往麦塔尔修道院和穆鲁赫草原去找我们的兄弟和战友。你们若赞同我的主张，我相信我们能够摆脱敌人的围困，可化险为夷，转危为安；你们如不听我的，必然凶多吉少，日后可不要抱怨我。我们要快去快回。凡事要从坏处着想才是。"

　　白赫拉姆将军的意见立即为大家接受，随后他挑选了两万名骑兵，大队人马浩浩荡荡向穆鲁赫草原和麦塔尔修道院进发了。

　　这就是两万名穆斯林骑士开来的原因。

　　老太婆札特·达瓦希用阴谋诡计诱使杜姆康国王、舒尔康总督和佟丹宰相以及百名骑手落入基督徒大军手中之后，她抓住一匹马，对基督徒们说："我想去追赶穆斯林大军，设法消灭他们。他们现在君士坦丁堡。我将告诉他们，说他们的统帅已经丧命。他们听到这个消息，必然军心动摇，一片混乱，四分五裂，一蹶不振。之后，我再去见艾弗里顿国王和我的儿子哈杜布国王，把这个消息告诉他俩，他俩会立即向穆斯林发动进攻，举兵消灭他们，把他们杀个一干二净，不留一兵一卒。"

　　说罢，老太婆纵身上马，连夜赶路。

　　次日天亮时分，老太婆眼见白赫拉姆和鲁斯图姆的大军出现在视野里，便急忙躲进树林，把坐骑藏在林中，自己走了出来。她边走边想:"也许穆斯林大军在君士坦丁堡一战吃了败仗,如今败逃回来了。"当她稍稍走近时,看清了旗帜,确信正是穆斯林大军,但看上去毫无丧气的样子,知道他们并非败逃而归,亦不是担心他们的国王和同伴出了什么意外。

见此情景,老太婆加快了脚步,继而像疯狂的魔鬼一样,跑向穆斯林大军。她上气不接下气地对他们说:"安拉的大军,去消灭魔鬼吧!"

白赫拉姆将军看见老太婆,立即翻身下马,上前行吻地礼,然后说:"安拉的友人,有什么消息?"

"大事不好啊!我们的勇士们获得了麦塔尔修道院的钱财宝贝后,正想开往君士坦丁堡时,不料突然出现一队基督徒人马……"

老太婆把那番话重复了一遍,有意以谣言惑众,恫吓穆斯林大军。她接着说:"大部分将士都已阵亡,仅留下了二十五人。"

白赫拉姆说:"修道士,你是何时与他们分手的?"

"就在昨夜。"

"赞美伟大安拉赋予你非凡能力,一夜之间,仅拄一根椰枣树枝,凭两条腿,能跨越这么远的路程。你真是蒙受天启的飞毛腿圣徒。"

白赫拉姆听完老太婆的话,惊异不已,一时不知如何是好。他随即纵马驰骋,并说:"无能为力,只有依靠伟大的安拉了。我们的辛苦白费了。我们的国王及其同行者都已沦为俘虏,我们怎不忧伤?"

之后,穆斯林大军立即纵马飞奔,日夜兼程,全速前进。

拂晓时分,穆斯林大军赶至狭路口,见杜姆康国王、舒尔康总督正高声呼喊"安拉至大",并连声赞颂安拉,白赫拉姆将军即率人马如同山洪暴发围向基督徒大军,将敌人卷向荒原。穆斯林大军呼喊声惊天动地,令敌人丧胆,使大山生畏。

天亮了,旭日照耀大地,杜姆康国王雄姿英发,出现在穆斯林大军面前。如前所述,他们相互祝贺,欢呼雀跃;将士们相继走来,向国王、总督行吻地礼。国王及舒尔康把山洞中发生的事情告诉他们,将士们听后,无不惊异万分。

他们相互说:"我们赶快进军君士坦丁堡吧!我们的战友们正等在那里,我们的心挂念着他们。"

穆斯林大军簇拥着杜姆康国王、大队人马,浩浩荡荡起程向君士坦丁堡进发了。杜姆康国王为穆斯林们鼓劲打气,他吟道:

千赞与万赞,归主理应当。迄今助我力,功成事业上。
少年得主护,流落客异乡。如今依靠主,胜利有希望。
给我钱与财,赐我恩泽长。给我佩利剑,勇气倍增长。
赐我以王荫,帝业万古芳。赠我慷慨志,主泽放异光。
灾难万千重,平安一一闯。谨遵主叮嘱,遇事问宰相。
感赞主恩厚,罗马兵命丧。英雄凯旋日,敌血染戎装。
给我胜者姿,敌退步踉跄。置敌谷底里,尸首四下躺。
饮酒伴咖啡,似把送命殇。战船皆归我,权旗陆海扬。
且来修道士,功绩传城乡。报仇乃本愿,声名遍八方。
将士遭敌杀,鲜血洒疆场。英名伴河山,雄魂升天堂。

杜姆康吟完诗,哥哥舒尔康祝他平安顺利,杜姆康则对哥哥的壮举表示了谢意。之后,他们策马扬鞭,急速向君士坦丁堡进军,去与他们的大军会合。

讲到这里,眼见东方透出了黎明的曙光,莎赫札德戛然止声。

第一百零一夜

夜幕降临,莎赫札德接着讲故事:

幸福的国王陛下,杜姆康吟完诗,哥哥舒尔康祝他平安顺利,杜姆康则对哥哥的壮举表示了谢意。之后,他们策马扬鞭,急速向君士坦丁堡进军,去与他们的大军会合。

老太婆札特·达瓦希与白赫拉姆、鲁斯图姆二位将军见过面后,回到树林中,牵出自己的马,纵身上马,扬鞭飞驰,一直来到包围君士坦丁堡的穆斯林大军的驻地。

老太婆札特·达瓦希离鞍下马,牵着马来到侍卫官的大帐。侍卫官看见老太婆,立即站起身来,向她致意,然后说:"欢迎虔诚的修道士!"

随后问起修道院的情况,老太婆编造了一番骇人听闻的假话,然后说:"我真为鲁斯图姆、白赫拉姆二位将军担惊受怕呀!"

"此话从何说起?"侍卫官问。

"我遇到了他俩,我让他俩带着军队救驾去了。但是,二位将军只带着两万人马,而异教徒的人马要比他们的多得多。现在,我希望你马上派兵追他们去,以防他们在路上遇到什么不测。你们行动要快呀!"

侍卫官及手下将士听"修道士"这样一说,不禁个个周身乏力,纷纷哭泣落泪。

老太婆说:"求助于伟大的安拉,忍受这巨大的灾难吧!在穆圣的民族中，有你们效法的榜样。天堂里有亭台楼阁，那是安拉为英勇献身的烈士准备的。人固有一死，但为主道而死是至高无上的。"

侍卫官听老太婆这样一说，连声为白赫拉姆将军祈祷。有位部将，名叫泰尔卡什，是白赫拉姆将军的弟弟。侍卫官立即挑选万名精兵，令泰尔卡什率领立刻上路，日夜兼程，赶至杜姆康国王所在的地方。

次日天亮，舒尔康见远处扬起一片烟尘，不禁为穆斯林军感到担心。他说："有一队人马正向我们开来。如果来者是穆斯林军，那么，我们的胜利就在眼前；假若来者是基督徒大军，那么，命中注定之事，我们也就无可奈何了。"

舒尔康走到弟弟杜姆康跟前，对弟弟说："你千万不要害怕！我将以我的生命为你赎身，坚持抗击逆贼。如果这些人是伊斯兰大军，自然福上添福；假若这些人是我们的敌人，我们就一定要同他们搏斗。但是，在我死之前，我想见那位虔诚的修道士一面，求他为我祈祷一番，让我殉身成仁。"

正当此时，军旗出现在他们的视野里，旗上写着：

万物非主，唯有安拉；穆罕默德是安拉的使者。

舒尔康高声喊问："穆斯林们好吗？"

"很好！"来军异口同声回答，"我们之所以到这里来，因为担心你们出什么意外。"

将领随即离鞍下马，上前向舒尔康行吻地礼，问道："主公，国王、佟丹宰相、鲁斯图姆和我哥哥白赫拉姆都好吗？他们全都平安无事吗？"

"都好，都好！"舒尔康回答，"是谁把我们的消息告诉你们的？"

"是那位修道士。他说他遇见了白赫拉姆和鲁斯图姆，他派他俩来解救你们。他还说，基督徒大军包围了你们。而且说敌人人马比我们多。可是，我到这里一看，情况完全相反，你们是胜利者呀！"

舒尔康问："那个修道士是怎样到你们那里去的？"

"步行去的……他一天一夜走了一个快马骑士十天走的路程。"

"那么，他一定是受安拉宠爱的修道人。他现在哪里？"

"我们把他留在我们的大部队那里了。他一直在鼓励我们同基督徒大军作战。"

舒尔康听后感到高兴，感赞安拉保佑他们及修道士安然无恙，感赞安拉怜悯在战斗中捐躯的烈士。

他们说："这都是天意啊！"

他们交换信息后，立即策马上路了。

正当此时，突见前方荡起一缕烟尘，顷刻间天昏地暗……

舒尔康定神细看，说："我真担心前方这队人马是基督徒大军，他们已经打败了伊斯兰军队，因为这烟尘势头极大，铺天盖地，把东方和西方的天空都遮住了。"

烟尘下出现一股黑色烟柱，烟柱升腾直上，朝着他们移动而来，令人望而周身战栗，比世界末日来临还要可怕。舒尔康派几名骑士纵马前往侦察，以便探明原因。临近一看，但见来者是那位假修道士、真老太婆，骑士们离鞍下马，争相亲吻老太婆的双手。老太婆高声喊道："优秀的民族，黑暗中的明灯啊，异教徒趁穆斯林们在帐篷里安歇时，向他们发动突然袭击，致使他们营地遭毁，备受折磨。你们赶快上马去救穆斯林兄弟吧！"

舒尔康一听，不由得心惊肉跳，一时不知如何是好，忙离鞍下马，上前亲吻老太婆的双手和双脚。杜姆康及将士们亦仿效舒尔康，争相向老太婆行礼、问候。但是，唯有佟丹宰相仍然稳坐鞍上，无动于衷。

佟丹宰相对舒尔康说："凭安拉起誓，我打内心里厌恶这个修道士。因为我知道，凡在宗教上夸夸其谈的人，无一不是为非作歹之徒。你们不要理睬他，还是追赶你们的伙伴去吧！这种人是不会得到安拉怜悯的。我曾随先王欧麦尔·努阿曼多次征战此地，对这里了如指掌。"

舒尔康说："不要这样胡乱猜疑吧！你没看见这位修道士在一直激励穆斯林们舞剑挥矛勇敢杀敌吗？他总是和我们一起战斗，鼓舞我们的斗志。不要背后说人家的坏话；背后说人家的坏话是会伤人的，说好人的坏话是有害的。你看哪，假若不是安拉喜欢他，绝不会让他跟随我们长途跋涉，而是早就把他抛入苦海里去了。"

随后，舒尔康下令给假修道士、真老妖婆一匹努比亚骡子，① 让她骑乘，并且说："虔诚的修道士，你骑这匹骡子吧！"

老太婆不肯上前接受舒尔康总督的奖励，拒绝骑乘骡子，表现出一种诚于追求苦练的气质，她这样做，原来是为了达到某种路人不知的目的。他们不知道这位表现虔诚的修道士，正是诗人笔下的那种阴阳人：

心中存图谋，礼拜又戒斋；图谋得逞日，斋礼皆抛开。

老太婆坚持在战马与士兵们当中徒步行走，就像一只狡猾的狐

---

① 古努比亚国在今埃及南部，以产优良品种的骡子而著名。

狸，伺机扑向猎物。她还边走边高声朗诵《古兰经》，同时不住地赞美安拉。

舒尔康一行人马赶上伊斯兰大军时，见他们处境艰难，侍卫官正濒临惨败的边缘，矛飞剑舞，敌我几乎同归于尽，形势危急。

讲到这里，眼见东方透出了黎明的曙光，莎赫札德戛然止声。

第一百零二夜

夜幕降临，莎赫札德接着讲故事：

幸福的国王陛下，舒尔康下令给假修道士、真老妖婆一匹努比亚骡子，让她骑乘，并且说："虔诚的修道士，你骑这匹骡子吧！"

老太婆不肯上前接受舒尔康总督的奖励，拒绝骑乘骡子，表现出一种诚于追求苦练的气质，她这样做，原来是为了达到某种路人不知的目的。

老太婆坚持在战马与士兵们当中徒步行走，就像一只狡猾的狐狸，伺机扑向猎物。她还边走边高声朗诵《古兰经》，同时不住地赞美安拉。

舒尔康一行人马赶上伊斯兰大军时，见他们处境艰难，侍卫官正濒临惨败的边缘，矛飞剑舞，敌我几乎同归于尽，形势危急。

情况之所以如此糟糕，原因在于穆斯林受骗上当。伊斯兰教的凶恶敌人老太婆札特·达瓦希一见白赫拉姆和鲁斯图姆两位将军带着部队援救舒尔康和杜姆康去了，她便从穆斯林营地调出了泰尔卡什将军。她的这一调虎离山之计,目的在于分化、削弱穆斯林援军。

老太婆札特·达瓦希偷偷离开穆斯林大军营地,直奔君士坦丁堡城下,高声呼唤守城将领:"喂,赶快放下一条绳子,把信吊上去,速送艾弗里顿国王和哈杜布国王!让他和我的儿子哈杜布国王过目,并让二位国王照信中的叮嘱行事。"

守军立即放下一根绳子,老太婆将信拴在绳端上,信被送往王宫,信中写道:

智多星札特·达瓦希致艾弗里顿国王陛下:

我已替你们设下巧计,定可置穆斯林军于死地,请放心就是了。他们的国王和宰相已被我军俘虏,而且我已将此消息告诉了他们的军队,他们的锋芒顿时为之折损,力量因此衰弱。我成功地骗过围城的伊斯兰大军,诱泰尔卡什率一万二千人马去救被俘者,故此间所剩兵力无几。万望你们于今日晚些时候,令所有人马倾城而出,突袭穆斯林营帐,切记一道出战,将敌军斩尽杀绝。耶稣基督望着你们,圣母玛利亚关怀你们。我求耶稣基督不要忘记你的英雄壮举。

顺致安好。

艾弗里顿国王读过信,不禁欣喜若狂,立即派人去请札特·达瓦希的儿子哈杜布国王。

哈杜布国王听艾弗里顿国王读罢信,高兴异常,说道:"你瞧,母后谋略高明,不是利剑,胜过利剑。她一出现,今日的恐惧便烟消云散了。"

艾弗里顿国王说:"耶稣基督既不会忘记你母后功德,亦不剥夺你的谋略与吝啬。"

旋即,艾弗里顿国王命令主教们喊话发兵城外。消息顿时传遍君士坦丁堡,基督徒大军和十字架兵团冲出城外,拔出利剑,高喊冲锋口号,向穆斯林大军发动攻击。

侍卫官眼见基督徒大军出了城,立即高声喊道:"罗马军攻来了!他们知道我们的国王不在军中,也许因此向我们发动进攻。我们的大部队救援杜姆康国王去了。"

侍卫官大怒,高声喊道:"穆斯林大军,正教的卫士们,你们若逃跑,那只有死路一条;倘若你们忍耐坚持,胜利一定属于你们!你们要知道,勇敢就是一时忍耐;任何事情都是一时困难,安拉很快会来解困。安拉为你们祝福,安拉在用怜悯的目光望着你们。"

穆斯林大军齐声高呼:"安拉至大!冲啊……"

他们边高呼口号,边举矛拔剑,奋勇冲向敌人。霎时间,长矛飞舞,剑闪寒光,杀声震天,战斗激烈,血染山谷,尸横遍野。

基督徒大军中的神父、修士束紧腰带,高举十字架,为将士们鼓劲加油。

穆斯林们时而高呼"安拉至大",时而高声朗诵《古兰经》。安拉的大军与撒旦的大军交战,只见脑袋离身,满地乱滚,天使有意考验穆斯林大军。

战斗一直进行到夜幕降临,基督徒大军不肯收兵,继续包围穆斯林大军,试图一鼓作气置穆斯林大军于死地。两军一直激战持续到拂晓。

天亮了,侍卫官及手下将士纵马上阵,期望安拉默助他们战胜敌军。两军交锋,激烈战斗。勇士坚定,猛烈厮杀;懦夫胆怯,望风而逃。胆小鬼有的逃去,有的丧命。两军交战,穆斯林军兵力单薄,难以抵挡基督徒的众多人马,不得已而撤出阵地。他们的部分帐篷落入罗马大军之手。

穆斯林军正决计撤退之时,突然间,舒尔康总督率领的穆斯林援军赶到了,但见旌旗招展,尘烟飞扬,人马众多,浩浩荡荡。舒尔康冲锋在前,杜姆康、佟丹宰相、大将鲁斯图姆和白赫拉姆及其弟弟泰尔卡什紧跟其后,奋力向基督徒大军杀去,其势如暴风骤雨,勇不可当。

基督徒大军见此情景,不禁魂飞魄散。穆斯林的精英们相会了。烟尘四起,弥漫了整个天空和大地。

舒尔康与侍卫官热烈拥抱,感谢他坚忍不拔,顽强抗敌。侍卫官赞扬舒尔康总督的及时支援和帮助。穆斯林大军会师了,顿时欢声四起,信心倍增,他们齐心协力,向敌人发起猛攻,争先恐后为安拉建功立业。

基督徒大军见穆斯林大军旌旗如林,旗子上全都写着"万物非主,唯有安拉;穆罕默德是安拉的使者",禁不住一个个发出悲哀的叹息声,纷纷求救于大主教,呼唤约翰和玛利亚,不住地在胸前画十字,不由自主地放下手中的武器,停止了战斗。

与此同时,艾弗里顿国王和哈杜布国王率兵赶到,前者为右军,后者为左军;著名骑士拉威亚亦率部同来,担任中军。尽管他们眼见穆斯林大军威势吓人,胆战心惊,但还是列阵准备投入战斗。

穆斯林大军列阵以待,准备与基督徒大军决战。这时舒尔康来到弟弟杜姆康跟前,说道:"国王陛下,无疑基督徒大军想和我们决战了。这也是我们所期望的。不过,我有个想法,那就是想让意志坚定的勇士打先锋。俗语云:巧妙安排是生活的一半。"

杜姆康国王说:"此想法甚妙!你有何具体打算?"

舒尔康说:"我打先锋,直撞基督徒大军中心;佟丹宰相在左,你在右,白赫拉姆将军担任右军后卫,鲁斯图姆将军担任左军后卫。尊敬的国王陛下,你只管守在军旗下,因为你是我们的支柱;我们首先依靠安拉,其次便是仰仗着你。我们必将竭尽全力,不让你受任何伤害。为保卫国王,我们即使赴汤蹈火,亦在所不辞。"

"好!就这么办!"杜姆康国王说。

顷刻,剑拔弩张,寒光闪烁,杀声震天。

激战正在进行中,基督徒大军中忽然闪出一名骑士,直朝穆斯林大军冲来。当骑士靠近穆斯林大军时,人们方才看清楚,那骑士骑着一匹骡子,奔跑如飞,轻松躲过矛刺剑击;骡子背披白绸鞍鞯,下铺一块克什米尔产毛毯。他们再仔细看那位骑士,却见是位老翁,白须长垂,表情严肃,身披白色铠甲,扬鞭策马来到穆斯林军前。老翁喊道:"我是作为使者向你们传信的,你们要保证我的安全,为我完成传信使命提供方便!"

舒尔康喊道:"两军交战,不杀来使。你不要害怕!"

老翁离鞍下马,摘下脖子上戴的十字架,送到杜姆康国王面前,态度谦恭温顺,仿佛在求对方行善。

穆斯林们问道:"你带来什么消息?"

老翁回答道:"我是艾弗里顿国王的使者,我已劝告过国王停止伤人毁物的战争行动,向他说明最好的办法是制止流血,争斗仅在两位骑士之间进行。国王同意我的建议。国王有话要我转告贵军。他愿出阵与贵军头领厮杀,以保全军部下生命,并且希望穆斯林国王也像他一样出阵与之交战,以便为穆斯林众将士赎身。如果我们的国王丧命,那么,全体基督徒大军甘愿让出城池;倘若贵军首领失利,穆斯林军就应该立即撤退,不可留一兵一卒。"

舒尔康听完，回答道："请告诉你的国王，我们国王同意贵国国王的这个主张。毫无疑问，这个办法是公平的，不应该有什么异议。我是穆斯林骑士，我将出阵迎战你们的骑士。如果他当场将我杀死，他就算取得了胜利，穆斯林军非离开此地不可了。修道士阁下，请你回去转告你们的国王，就说决战在明天进行。如你所知，因我们刚刚到达这里，一路跋涉，人困马乏，待我们休息一下，再行决战，成功与否，也便没有什么怨言了。"

来使听罢，心中不胜高兴，转身跨上骡鞍，飞也似的回到艾弗里顿国王那里，传达了舒尔康的回话。

艾弗里顿国王听后，甚是兴奋，一切忧虑云消雾散，心想："这个舒尔康……确乎是穆斯林大军中最善于舞矛弄剑的勇士……假若我结果了舒尔康的性命，他的大军便会心灰意冷，穆斯林必将溃不成军！"

艾弗里顿国王之所以如此得意，原因在于老太婆札特·达瓦希已经给他来过信，信中提到舒尔康是穆斯林大军里的"王中王""勇中勇""冠中冠"，并且告诫艾弗里顿国王要小心舒尔康。

艾弗里顿是位勇武骑士，精通各种战法，善使多种利器，投石、射箭无不出色，铁棍、长矛得心应手，无所畏惧，勇冠群雄。他听说舒尔康愿意出阵与他较量，高兴得简直要飞起来，因为他自认自己勇猛无敌。那天夜里，他痛饮美酒数杯，一夜安睡。

次日清晨，两军摆好阵势，但见长矛林立，剑闪寒光，旌旗飘扬，呐喊声此起彼伏。

忽见一骑士出现在阵前，跨下宝马良驹，身披铁环甲衣，胸前挂着宝石护心镜，手持利剑一口，摆出不可一世、决一死战的架势，只见他撩开面罩，大声喊道："认识我的，就用不着我做自我介绍了；不认识我的，马上就会见到我。我是艾弗里顿，多蒙札特·达瓦希老太后赐福。"

艾弗里顿话音刚落,穆斯林大军中的勇士舒尔康总督便出现了,只见他骑着一匹价值一千金币的白龙马,鞍鞯上镶嵌着珍珠宝石;手持一口印度宝剑,剑柄上亦嵌着宝石;看上去气宇轩昂,风度非凡,一切困难均不在话下。他在众骑士的目送下,策马急驰到两军阵前。

艾弗里顿高声叫骂道:"你这个该死的!难道你以为你在同一个一击即垮的骑士在交战吗?"

旋即,两位骑士对冲而去,只见二位勇士像相互撞击的两座大山,又像是相互冲击的两个大海。二位勇士时近时远,时交时分,时进时退;有时像在戏闹,有时显得格外认真;有时相互击打,有时互相刺杀。

两军望着两位交战的主将,有的说:"舒尔康胜!"有的讲:"艾弗里顿胜。"两位主将交战,众说纷纭,莫衷一是,烟尘飞扬,一直战到红日西斜,白天即将消逝。

艾弗里顿国王呼唤舒尔康一声,然后说:"凭基督耶稣和正确的信仰起誓,你虽是个能攻善守、机警果敢的英雄好汉,然而你也是个背信弃义的人。你的品质并不高尚,你的行动并不可赞。你的战法纯属英雄好汉的战法,而你的部将却把你列入奴仆行列之中。看哪,他们为你牵来另一匹马,以便让你继续厮杀。凭我的宗教起誓,你的厮杀与击刺已使我感到精疲力竭。你如果还想与我于今夜交战,你就不要更换你的马匹和武器,也好在勇士们面前显示一下你的高贵和战法。"

舒尔康听艾弗里顿这样一说,不禁火冒三丈,心想部将怎会将自己列入奴仆行列。他回过头去,想去命令部下既不要给他换马,也别更换武器。就在这时,艾弗里顿摇动飞镖,向着舒尔康射去;

与此同时，舒尔康正回头望着，却不见一个人影，知道艾弗里顿存心欺骗，于是当即扭回脸，只见飞镖朝自己射来，他急忙低下头去，躲在前鞍头旁，飞镖落在了他那高挺的胸上。舒尔康的前胸被飞镖射中，只听他一声大喊，随即趴在马背上，昏迷了过去。

眼见舒尔康中镖，艾弗里顿非常高兴，自以为对手已经丧命，便高声呼喊基督徒将士，基督徒们顿时欢呼雀跃，而穆斯林将士们却因此哭泣落泪。

杜姆康国王见哥哥趴在马背上，眼看就要跌下马背，急忙派骑兵前往援助。穆斯林英雄们争相纵马朝舒尔康飞驰而去。跑在前面的是佟丹宰相、白赫拉姆和鲁斯图姆。

讲到这里，眼见东方透出了黎明的曙光，莎赫札德戛然止声。

第一百零三夜

夜幕降临，莎赫札德接着讲故事：

幸福的国王陛下，舒尔康与艾弗里顿交战，他回过头去，想去命令部下既不要给他换马，也别更换武器。就在这时，艾弗里顿摇动飞镖，向着舒尔康射去；与此同时，舒尔康正回头望着，却不见一个人影，知道艾弗里顿存心欺骗，于是当即扭回脸，只见飞镖朝自己射来，他急忙低下头去，躲在前鞍头旁，飞镖落在了他那高挺的胸上。舒尔康的前胸被飞镖射中，只听他一声大喊，随即趴在马背上，昏迷了过去。

杜姆康眼见舒尔康中了艾弗里顿的飞镖,以为哥哥已经死在马背上,立即派骑兵前往救援。穆斯林们争相纵马朝舒尔康飞驰而去。跑在最前面的是佟丹宰相、白赫拉姆和鲁斯图姆。他们上前扶起舒尔康,然后把他抬到杜姆康的身边。杜姆康叮嘱部将们好好照料舒尔康。

基督徒们开始向穆斯林军发动猛攻,两军交战,但见矛飞剑舞,烟尘弥漫,又闻喊杀声此起彼伏,与剑矛的撞击声响成一片。

宰相佟丹、大将白赫拉姆和鲁斯图姆安排好舒尔康的事情,立即挥戈奔向战场,与基督徒展开搏斗。战斗异常惨烈,但见手起剑落,血肉横飞,脑袋搬家,大地被染成了鲜红色。

战斗一直进行到深夜,双方均感精疲力竭,方才各自鸣金收兵,回营安歇。

基督徒将士纷纷来到艾弗里顿国王面前,向国王行吻地礼。神父和修士们纷纷祝贺艾弗里顿国王战胜舒尔康。

时隔不久,艾弗里顿国王回到君士坦丁堡,坐在王宫的宝座上。片刻后,罗马国王哈杜布来见艾弗里顿,对艾弗里顿国王说:"耶稣基督帮了你的忙,答应了我母亲给你做的所有祈祷。你要知道,舒尔康这位统领一死,穆斯林在这里也就再也待不下去了。"

艾弗里顿说:"明日我再出战杜姆康,便可分出胜负来了;我已向杜姆康挑战,倘若把他斩于马下,穆斯林军也只得退却而逃,打道回府了。"

当夜,基督徒大军陶醉在胜利的欢乐之中。

杜姆康回到帐篷里,唯一担心的事便是哥哥舒尔康的伤势。他来到舒尔康身旁,发现舒尔康命已危在旦夕。于是立即派人去叫宰相佟丹、大将鲁斯图姆和白赫拉姆,以便进行商量。几位要人来到杜姆康国王面前,经过商议,一致同意请大夫为舒尔康医治镖伤。

过了一会儿，他们哭了起来。他们边哭边说："像这样的情况，恐怕难以久留世间了。"

那一夜，他们都没合眼，一直守在舒尔康身边。

夜将尽时，假修道士、真奸细札特·达瓦希流着眼泪进了帐篷。杜姆康看见她，立即站起身来走了过去。老太婆伸手抚摩舒尔康，朗诵了几节《古兰经》，祈祷大慈大悲的安拉保佑舒尔康。他们一直守到东方透亮。

东方透亮时，舒尔康苏醒过来，睁开眼睛，舌头动了动，想要说话。见此情景，杜姆康国王十分高兴，说道："托修道士的福……"

舒尔康说："赞美安拉，我感觉好多啦！那个可恶的东西，竟然玩弄阴谋，向我暗发飞镖！幸亏我躲闪得快，不然的话，我的胸膛非被射穿不可。感谢安拉，救了我一命。我们的大军情况如何？"

杜姆康说："他们都在为你的伤势哭泣流泪。"

舒尔康说："我已经好了，请大家不必挂念。那位尊敬的修道士到哪儿去了呢？"

这时，假修道士、真奸细札特·达瓦希就在舒尔康的身旁，杜姆康说："就在你的身边呀！"

舒尔康转脸望着老太婆，亲吻她的双手。

老太婆札特·达瓦希凑近舒尔康，说："忍耐是美德。孩子，你要忍耐一下！安拉定会报偿你的，因为安拉总是根据信士所经历的艰难困苦而给报偿的。"

舒尔康说："请你为我祈祷吧！"

老太婆即刻为舒尔康祈祷。

东方透出黎明的曙光，穆斯林大军挺起胸膛，走向战场。基督徒大军也做好了厮杀的准备。

天大亮了，穆斯林军个个摩拳擦掌，人人精神抖擞，雄赳赳，气昂昂，上前叫阵，要与敌军决一死战。

杜姆康国王和艾弗里顿国王都想出战，试图将对方置于死地。

杜姆康出现在战场上，紧随其后的是宰相佟丹、侍卫官和大将白赫拉姆。他们劝杜姆康国王说："国王陛下，我们愿替你出战，陛下不必亲自上阵。"

杜姆康国王对他们说："凭天房和渗渗泉①及伊斯玛仪驻足处起誓，我一定要亲手斩杀这些妖贼！"

杜姆康冲入战场，舞矛弄剑，如同玩耍，致使骑士们无不感到震惊，双方将士都打内心里钦佩这位国王的高超武艺。他向右军冲去，杀出两条生路；又向左军冲去，也杀出两条生路。之后，他立马战场中央，高声呐喊道："艾弗里顿在哪儿？出来尝尝羞辱的痛苦折磨吧！"

艾弗里顿试图假装听不见杜姆康的喊声而退逃，但杜姆康决心不让其离开战场，继续高喊道："国王陛下，你昨天同我哥哥厮杀，今天该与我相搏了。你那一点儿勇气，我根本不在乎。"

话音未落，杜姆康策马飞驰，手扬利器，就像激战中的沙漠骑士安塔拉②。杜姆康骑着一匹乌骓马，奔腾如飞，正像诗人所描述的那样：

明眸赛神目，依稀追天命。
色调黯淡淡，似夜黑洞洞。

---

① 渗渗泉，麦加"圣寺"内的一眼清泉。据传，易卜拉欣与妻携子伊斯玛仪来到麦加，妻子为寻水源，曾七次奔走于萨法与麦尔卧两山之间，滴水未获。伊斯玛仪因干渴啼哭，足蹬石块，石下涌出泉水，有"圣泉"之称。
② 安塔拉（525—615），古代阿拉伯著名骑士，七首《悬诗》的作者之一。

嘶鸣惊闻者，如同霹雳声。
若与风相比，风神拜下风。
纵然闪电来，亦自叹无能。

两位国王向着对方冲去，双方都小心翼翼，严防对方的利器刺着自己，他们各显绝技，时进时退，时攻时守，交手百余回合，不分胜负，致使观战的两军将士都感到不快，再也没有耐心看下去。

就在双方勇士失去观看的耐心之时，杜姆康国王呐喊着向艾弗里顿冲去，只见他手起剑落，艾弗里顿国王人头落地，一命呜呼。

基督徒大军将士见国王丧命，便奋起向杜姆康发动进攻。杜姆康纵马急驰，挥剑舞矛，直杀得敌人东倒西歪，血流成河。

穆斯林将士们高声呼喊着"安拉至大"的口号，赞颂安拉的呼声此起彼伏，向安拉祈祷的喊声连绵不断，勇士们奋力厮杀，又蒙安拉默助信士羞辱异教徒，穆斯林们节节胜利。

佟丹宰相高声喊道："穆斯林勇士们，冲啊！为欧麦尔·努阿曼国王报仇，为舒尔康总督雪恨！冲啊！"

佟丹宰相身旁的两万名勇士顿时精神振奋，随着相爷的喊声，一齐向基督徒大军发动猛攻。基督徒大军见穆斯林大军攻势凶猛，纷纷掉头逃窜。穆斯林将士们穷追不舍，但见剑光闪烁，矛头翻飞，基督徒大军约有五万人倒在血泊之中，被俘者更多。基督徒大军退至城门口时，因为人多拥挤，自相践踏，死伤者不计其数。生逃者急忙将城门关起来，然后登上城墙，以防丧命。

穆斯林大军凯旋，相继回到营地。杜姆康立刻去看哥哥舒尔康，发现哥哥情况很好，连忙叩拜安拉，感戴安拉的大恩大德，向哥哥祝贺平安康复。

舒尔康对杜姆康说："我们全都沾了这位仁慈慷慨的修道士的

福。我们之所以能够取得大胜,全依仗着修道士的祈祷;直到今天,老人家还在坐着为穆斯林将士们祷告呢……"

讲到这里,眼见东方透出了黎明的曙光,莎赫札德戛然止声。

❖ 第一百零四夜 ❖

夜幕降临,莎赫札德接着讲故事:

幸福的国王陛下,舒尔康以为胜利的取得多亏了那个修道士的祈祷。他对弟弟杜姆康说:"我们全都沾了这位慈悲慷慨的修道士的福。我们之所以能够取得大胜,全依仗着那位修道士的祈祷;直到今天,老人家还在坐着为穆斯林将士们祷告呢!当我听到你们赞美安拉的喊声时,我心里顿时产生了一种力量,知道你们战胜了敌人,打了一个漂亮仗。弟弟,快把你的情况向我叙说一下吧!"

随后,杜姆康将自己与艾弗里顿交战的情况从头到尾讲述了一遍,并且告诉哥哥,艾弗里顿已身首分家的经过,他永远进入被安拉诅咒的行列之中了。

舒尔康听后,欣喜不已,连声感赞弟弟的辉煌战绩,感谢弟弟的英雄举动。

假修道士札特·达瓦希听说艾弗里顿国王丧命,顿时脸色蜡黄,伤感得泪珠欲夺眶而出。但是,老太婆竭力掩饰自己的真实情感,在穆斯林们面前却装出高兴的样子,说她是因为过分高兴而哭。她心想:"好一个杜姆康啊,你杀死了基督徒的主心骨艾弗里顿国王!凭耶稣基督起誓,假若不像你杀死艾弗里顿国王那样送你的哥哥舒尔康一死,那么,我活在世上还有什么意义?"但她的心事一点儿不露。

杜姆康国王、宰相佟丹和侍卫官一直在舒尔康那里守着,直到大夫为舒尔康涂好药膏、伤口愈合之时。他们都为舒尔康的康复感到欣喜快慰。随后,他们把这个消息通报穆斯林全体将士,将士们欢欣鼓舞,欢呼雀跃。他们说:"明天,我们的总督就能率我们出战,和我们一道攻城了。"

舒尔康对将士们说:"将士们,你们今天打了一个大胜仗,辛苦了!你们应该各回营帐,好好睡上一觉,不要熬夜了!"

众将士一致响应,各自回营休息,舒尔康身边只留下几个卫士,札特·达瓦希也留在了那里。

舒尔康和老太婆札特·达瓦希谈了一会儿,就睡觉了。几个卫士人人困倦不堪,相继进入梦乡,睡得像死人一样。

札特·达瓦希见舒尔康及几个卫士都已睡熟,帐中只有她一个人醒着,便悄悄站起来,活像一头贪婪的狗熊,或像一种可怕的瘟疫,从腰里抽出一把浸了毒药的匕首;若把这把匕首放在顽石上,顽石也会被融化。老太婆拔出匕首,俯下身去,一下削下了舒尔康的首级。之后,她又走到几个酣睡的卫士身边,一一削下他们的脑袋,以防他们告密。

札特·达瓦希走出帐篷,来到杜姆康国王的大帐,见卫兵们没有睡觉,随后向佟丹宰相的帐篷走去。

老太婆来到见佟丹宰相的帐篷,见佟丹正在念《古兰经》。宰相看见老太婆,便说:"欢迎虔诚的修道士!你好哇!"

老太婆听佟丹宰相这么一说,心中为之一颤,忙说:"我之所以这个时候到这里来,原因在于我听了受安拉宠爱的人的声音。我这就要到安拉宠爱的人那里去了。"

话未说完,老太婆撒腿就跑。佟丹宰相心想:"凭安拉起誓,今天夜里,我一定要追上这个修道士!"

宰相佟丹站起身来,跟了过去。老太婆觉察到了宰相跟踪,生怕阴谋败露,心想:"如果我不耍诡计骗过他,我就要败露了。"想到这里,立即站住,转过身来,对宰相说:"宰相阁下,我这就去找安拉宠爱的人,也好跟他认识一下。我认识他之后,求他允许你去和他见面,然后再回来告诉你,因为我担心你不经他允许而和我一道去见他,他一看见你,会责怪我的。"

佟丹宰相听老太婆这样一说,不好意思再追问什么,让老太婆走去,自己转身回帐篷里。他想睡觉,但睡不着,似乎觉得整个世界压在他的胸口上,压得他喘不过气来。宰相心想:"我何不到舒尔康总督那里坐一坐,和他谈到东方大亮?"宰相终于下定决心,走出帐篷,向舒尔康的帐篷走去。

宰相走进舒尔康的大帐,只见满地是血,发现舒尔康和卫士们都被杀了,禁不住一声惊叫,许多将士被喊声惊醒。将士们迅速起来,见总督及卫士们都躺在血泊之中,便一个个失声痛哭不止。

这时,杜姆康国王醒了过来,问发生了什么事,有人告诉他说:"舒尔康总督及其卫士都被人杀啦!"

杜姆康快步来到舒尔康的大帐,见宰相佟丹还在喊叫,又看到哥哥的断头尸,顿时昏倒在地。

将士们边哭喊,边围着杜姆康转,一个时辰过去,杜姆康终于苏醒过来。杜姆康望着舒尔康的尸首,痛哭一场。宰相佟丹、大将鲁斯图姆和白赫拉姆也哭了一场。侍卫官更是悲痛不已,呼叫不止。

过了一会儿,杜姆康国王要求大家节哀,他说:"你们知道是谁残害了我的哥哥吗？怎么看不见那位远离世间红尘的修道士了呢？"

佟丹宰相说："除了那个可恶的修道士，谁还给我们带来这样大的痛苦？凭安拉起誓，我自始至终打心眼儿里讨厌那个鬼修士。因为我知道，在这个世界上，凡是打着宗教幌子沽名钓誉的人，毫无例外，无一不是狡猾的坏蛋！"

众将士一听，全都哭了起来，纷纷祈求安拉让他们把那个坏家伙抓住，因为那家伙根本不信仰安拉。

将士们将舒尔康的遗体埋葬在他曾战斗过的山谷里，他们都为失去这位精英而悲伤万分。

讲到这里，眼见东方透出了黎明的曙光，莎赫札德戛然止声。

第一百零五夜

夜幕降临，莎赫札德接着讲故事：

幸福的国王陛下，舒尔康总督及其卫士都被人杀掉了，大家无不悲痛万分。杜姆康国王要求大家节哀，他说："你们知道是谁残害了我的哥哥吗？怎么看不见那位远离世间红尘的修道士了呢？"

佟丹宰相说："除了那个可恶的修道士，谁还给我们带来这样大的痛苦？凭安拉起誓，我自始至终打心眼儿里讨厌那个鬼修士。因为我知道，在这个世界上，凡是打着宗教幌子沽名钓誉的人，毫无例外，无一不是狡猾的坏蛋！"

众将士一听，全都哭了起来，纷纷祈求安拉让他们把那个坏家伙抓住，因为那家伙根本不信仰安拉。

穆斯林将士们将舒尔康的遗体埋葬在他曾战斗过的山谷里，他们都为失去这位精英而悲伤万分。

老太婆札特·达瓦希骗过了佟丹宰相，快步行至君士坦丁堡城下，让卫兵放下一根绳子，把她吊进城去。她一口气跑到宫中，见到哈杜布国王，报告了杀死舒尔康的经过，哈杜布国王听后欣喜非常，衷心感谢母亲的智谋和功德。

接着，杜哈布下令全军坚守城堡，不许出城应战。

札特·达瓦希叮嘱过哈杜布国王，倒光肚子里的坏水之后，拿出笔墨和纸，给穆斯林军写了这么一封信：

札特·达瓦希致信全体穆斯林将士：

你们有所不知，请允许我向你们实话实说。我到了你们的国家，用我的卑劣手段欺骗了你们的尊贵之人。我曾在宫中毒死你们的国王欧麦尔·努阿曼。我还在山道战役中杀死了你们的许多将士。我用我的智慧与谋略杀死的最后一批人，便是舒尔康及其卫兵。假若时光助我，撒旦听从我的安排，我本可以杀死你们的国王和宰相佟丹。我就是那个披着修道士外衣，尽施阴谋诡计的假圣贤君子。如果你们想日后得到平安，那么，你们就赶快拔营离去；假若你们想自取灭亡，那么，你们就继续驻扎此地，无须改弦更张。即使你们在这里驻扎上几年，你们也不会有任何收获。

老太婆札特·达瓦希写罢信，为艾弗里顿哀悼三天。第四天，老太婆叫来一位大主教，令他把她写的那封信捆在羽箭上，射给穆斯林大军。

然后，札特·达瓦希走进教堂，失声痛哭，为失去艾弗里顿国王感到万分忧伤。她说："失去艾弗里顿这位英明国王，由谁来治国安民呢？我一定要杀死杜姆康和所有的伊斯兰将领！"

穆斯林大军驻扎在君士坦丁堡城周围，一连三天处于悲痛之中。第四天，将士们朝城墙望去，但见一主教手持一羽箭，箭尾上捆着一封书信。他们耐心等待片刻，大主教将箭射向了穆斯林大军。

宰相佟丹令部下捡来那封信，并读给他听。他听了信中的那些话语，禁不住泪如雨下，连声喊叫，对老太婆的奸诈狡猾深恶痛绝。宰相说："凭安拉起誓，我真打内心深处憎恶这个老恶鬼！"

杜姆康国王听后，问："这个老坏蛋，怎么能够两次使我们两次上当呢？凭安拉起誓，我不把她的阴户里灌上熔化了的铅水，不把她关在鸟笼子里，绝不离开这个地方。我要用她的头发拧成绳子，把她吊死在君士坦丁堡的城门上！"

杜姆康国王想起了哥哥舒尔康，因此哭得更伤心了。穆斯林的将士们也都沉浸在痛苦之中。

与此相反，君士坦丁堡城内的基督徒将士们听到札特·达瓦希报告自己的行动结果，一个个高兴得几乎跳起来。他们因老太婆杀了舒尔康及其卫兵而感到欣喜，他们为老太婆平安返回而兴奋异常。

穆斯林将士们返回君士坦丁堡城下，杜姆康国王许下诺言：攻克君士坦丁堡之后，城中的金银财宝，将平均分发给将士。

杜姆康边指挥战斗，边思念自己的哥哥舒尔康，眼泪不曾断过，因此身体渐渐消瘦下来，终于皮包骨头，简直就像烤肉用的扦子。

一天，宰相佟丹来到杜姆康国王面前，劝道："国王陛下，你只管放心就是了。令兄之死，是因为他的寿数已尽，万事皆由天而定，痛苦是无济于事的。诗人有言在先：

世间该无事，神策难创生。人世该有事，躲藏无穴洞。
万事有时晌，时到即发生。无智之辈者，常常被欺蒙。

请陛下抛开哭号忧伤，振作精神，拿起武器，披挂上阵。"

杜姆康听完宰相的劝告，说道："相爷阁下，家父、家兄接连被害，再加上我们远离故土，因此我心中总是闷闷不乐，怀念臣民之心尤为急切。"

宰相佟丹及在座的将军们听后都哭了起来。

穆斯林大军继续包围着君士坦丁堡。

过了一些时候，巴格达派来信使，带来了重要消息，报告杜姆康国王，王后生下一男孩儿，由国王的姐姐、孩子的姑姑努兹蔓为小王子起了名，唤作"卡麦康"。因见小王子气宇非凡，大家认为日后必将成就大事。努兹蔓在信中还说："我已吩咐学者和演说家们在讲坛上为你们祈祷祝福，顶礼膜拜。我们均平安快乐，而且丰年稔岁，风调雨顺。如今，你那位火夫朋友过着十分宽舒的生活，身边有若干仆人使唤。但是，直到现在，他还不知道你的情况。顺致平安。"

杜姆康国王极为高兴，对信使说："我有儿子了！我有儿子了！我的腰杆更硬了！还怕什么呢？"

讲到这里，眼见东方透出了黎明的曙光，莎赫札德戛然止声。

第一百零六夜

夜幕降临,莎赫札德接着讲故事:

幸福的国王陛下,穆斯林大军继续包围着君士坦丁堡。

过了一些时候,巴格达派来信使,带来了重要消息,报告杜姆康国王,王后生下一男孩儿,由国王的姐姐、孩子的姑姑努兹蔓为小王子起了名,唤作"卡麦康";因见小王子气宇非凡,大家认为日后必将成就大事。努兹蔓在信中还说:"我已吩咐学者和演说家们在讲坛上为你们祈祷祝福,顶礼膜拜。我们均平安快乐,而且丰年稔岁,风调雨顺。如今,你那位火夫朋友过着十分宽舒的生活,身边有若干仆人使唤。但是,直到现在,他还不知道你的情况。顺致平安。"

杜姆康国王极为高兴,对信使说:"我有儿子了!我有儿子了!我的腰杆更硬了!还怕什么呢?"

两天过后,杜姆康国王对宰相佟丹说:"我想告别这种痛苦,为死于非命的家兄举行祭奠仪式,朗诵《古兰经》。"

宰相佟丹说:"陛下的想法很好!"

旋即,宰相佟丹吩咐将士在舒尔康墓前搭起帐篷,让军中善于朗诵《古兰经》的将士集合在一起,有的诵经,有的赞颂安拉。杜姆康站在哥哥的墓前,泪水流淌,凄然吟道:

将士送贤兄,悲泪洒衣衫。

哭声动天地,悔罪西奈山。①
贤兄入坟茔,墓似掘心田。
肩抬尸床走,本非吾心愿。
皓皓明亮星,何因葬土间?
墓临吉祥地,光芒赖兄颜。
将士颂贤兄,业绩垂人寰。

杜姆康吟罢诗,失声痛哭,在场者无不泪洒胸襟。接着,宰相佟丹走到舒尔康墓前,吟道:

君别今世尘,换得来世福。先人相继去,运命未见殊。
毅然别世去,乐事生地府。君战沙场上,吓敌胆气无。
存心寻真理,勇斗世虚腐。主赐你宝座,永在天堂住。
思君夜难寐,悲伤不胜述。但见东西方,泪雨为君注。

佟丹宰相话音未落,已是泣不成声。接着,舒尔康的一位好朋友走上前去,肃立在墓前,泪水脱眶而出,连声赞颂舒尔康的功德,继之边哭边吟诵道:

贵手土中葬,吾心多忧伤。世上讨施者,日后求何方?
君去我思甚,体落魔鬼网。且看我面颊,泪书字几行。
君读得慰藉,日久难遗忘。凭主我起誓,君居吾心房。
念君德行高,此生永不忘。每思君恩深,热泪不住淌。

---

① 传说穆萨只身在西奈山封斋静修四十天。期间,曾因请求面见安拉而遭遇山崩之险,穆萨连声悔罪。

每当朝他人,投去二目光。念君情思潮,必将君墓望。

那个人吟罢,泣不成声。杜姆康国王、佟丹宰相及全体将士声泪俱下,整个山野与穆斯林大军共同沉浸在悲伤之中。

祭奠完毕,他们回到营帐中。

杜姆康国王叫来宰相佟丹,二人开始商议作战事宜,一连几天几夜。

杜姆康仍然摆脱不掉忧伤痛苦的折磨。他对宰相佟丹说:"相爷阁下,我很想听些古代帝王、先贤名士的言行趣闻,但求安拉消除我心中的忧伤与苦闷,使我摆脱泪水的困扰和折磨。"

宰相佟丹说:"如果听古代帝王将相、先贤名士的言行趣事能解除陛下的忧闷,这倒是一件轻而易举的事情。已故先王在世之时,我就是专司讲故事、诵诗文的。今天夜里,我就给陛下讲个恋人的故事,以便为陛下消愁解闷。"

杜姆康国王听佟丹宰相这样一说,心中高兴不已,只盼夜幕快些降临。

夜幕降临了。杜姆康国王吩咐部下点上灯烛,摆上各种食品和饮料,燃起香,国王大帐中香烟缭绕,灯火辉煌。之后,国王派人去请宰相佟丹、大将白赫拉姆、鲁斯图姆、泰尔卡什以及侍卫官。

片刻后,诸位要员相继到来。杜姆康国王望着宰相佟丹说:"相爷阁下,夜幕已经降临,你答应给我们讲故事,就请实践约言吧!"

宰相回答道:"能为国王陛下及大将们讲故事,我非常高兴,全力效劳。"

讲到这里,眼见东方透出了黎明的曙光,莎赫札德戛然止声。

第一百零七夜

夜幕降临，莎赫札德接着讲故事：

幸福的国王陛下，夜幕降临了。杜姆康国王吩咐部下点上灯烛，摆上各种食品和饮料，燃起香，国王大帐中香烟缭绕，灯火辉煌。之后，国王派人去请宰相佟丹、大将白赫拉姆、鲁斯图姆、泰尔卡什以及侍卫官。

片刻后，诸位要员相继到来。杜姆康国王望着宰相佟丹说："相爷阁下，夜幕已经降临，你答应给我们讲故事，就请实践约言吧！"

宰相回答道："能为国王陛下及大将们讲故事，我非常高兴，全力效劳。"

佟丹宰相开始讲故事：

相传，许久许久以前，伊斯法罕山脉后面有一座城市，名叫哈杜拉城；那是哈杜拉王国的京城，国王名唤苏莱曼。

苏莱曼国王慷慨好施，公正无私，忠实善良，从善如流，仁慈厚道。因此，名声远扬，广为天下人称颂，各方英雄好汉纷纷投奔而来。

苏莱曼国王执政日久，国泰民安，但美中不足的是他未娶妻，当然更无子嗣可谈。难怪他感到寂寞，总觉得缺少点儿什么。他有一位宰相，性情与他颇为相近，慷慨豁达，喜为善事。

一天，苏莱曼国王差人把宰相叫到自己面前，对宰相说："相爷阁下，你有所不知：我既无妻室，又无子嗣，不免有些寂寞愁闷。作为一个君王，怎好这样下去呢？为官为民者都以有妻室子女为快事，视之为天伦之乐。后继有人，国家才能强盛，事业才能发展嘛！先知有言明训：'你们结婚吧！你们生殖繁衍吧！复活之日，我会为你们感到自豪。'我的宰相阁下，在这方面，你对我有何明教及劝言呢？"

宰相听罢此言，两行热泪脱眶而出，忙说道："国王陛下，此等大事，系伟大造物主安排的范围，让我来谈，岂不是想让我激怒大王而下地狱吗？"

苏莱曼国王说："宰相阁下，你要知道，假若一个国王随便去买个奴隶，既不知其门第，又不知其出身血统与禀性，拉来便入洞房，也许轻易怀孕，日后生一个伪善、暴虐的杀人犯，岂不和贫瘠土地长不出好庄稼是一个道理吗？生出那样的孩子，会处处顶撞老子，令不行，禁不止，为非作歹，不堪教化，后患无穷。我绝不能去买个女奴当妻子。我希望向一位公主求婚，其门第遐迩闻名，相貌如花似月。你若能在穆斯林诸国王的公主中间为我选择这样一位姑娘，我定前往求婚，继而大宴宾朋，举行隆重婚礼。如此明媒正娶，定可获得安拉的欢欣与赞同。"

宰相说："安拉定会满足你的要求，令你如愿以偿。"

"怎会如此容易呢？"

"国王陛下，据我所知，白仪达王国的君主泽哈尔国王有一个女儿，生相俊秀，言语难以描述，举世无双。那姑娘长得完美无缺，身材匀称，一对明眸清亮如水晶，乌黑的头发长垂，腰肢纤细，臀部丰满。她走向你时，你的魂魄必定会被她夺去；她离开你时，你的神志将被她带走。国王啊，那位姑娘真堪称亭亭玉立，闭

月羞花,沉鱼落雁呀!正像诗人所描述的那样:

> 世有窈窕女,苗条羞柳枝。
> 貌美绝世代,日月喻之姿。
> 涎水溢香醇,朱口含皓齿。
> 匀称身段巧,天堂杨柳似。
> 闪亮眸一双,容颜俏独一。
> 世上多少男,相思为之死。
> 爱情道路上,艰险谁个知?
> 倘她在人间,依旧为我思。
> 如若没有她,我生几何值?

"国王陛下,即使这首诗,也难以描绘出那位公主的姿色。依臣之见,陛下派一名阅历丰富、聪明干练、善于辞令的使臣,去见公主的父王,婉言向其父王表达求婚之意。那位公主的容貌与性情,确乎世间远近没有第二个。这样行事,我看伟大安拉定会满足你的要求,让你如愿以偿。我们的先知穆罕默德有言:'伊斯兰教是不主张禁欲的。'"

苏莱曼国王听了宰相的这番描绘、吟诵和劝解,顿感心花怒放,胸怀开阔,愁闷、忧虑为之一消。

苏莱曼国王走到宰相身边,说:"宰相阁下,你这番话点燃了我心中思恋那位美丽公主的熊熊烈火。我恨不得马上把她迎娶到宫中来。在群臣当中,唯宰相阁下智力过人,知理善言,此等使命,至关紧要,非你不能完成。你就立刻回相府安排一下,整理行装,准备明早上路登程,为我去向那位公主求婚吧!"

"遵命!"

宰相当即转回相府，准备适于馈赠帝王的礼品，诸如珍珠、宝石、玉器等价值高、分量轻、便于携带的名贵物品，还备下阿拉伯良种马、大卫铠甲及钱箱等难以用语言述说的贵重礼品。礼品装箱打包完毕，分门别类扎绑在骡背和驼背上。

由宰相率领的一百名男仆和婢女组成的庞大求亲队伍准备出发了。苏莱曼国王嘱咐宰相快去快回。之后，大队人马在数面旗帜的引领下，浩浩荡荡上路了。

宰相离去之后，苏莱曼国王忐忑不安，如坐针毡，日夜思恋着那位未曾谋面的美丽公主。

宰相率领大队人马，日夜兼程，穿沙漠，跨荒野，终于来到一条河的河畔。这里距白仪达王国的京都仅仅剩下一天的路程了。宰相唤来他的一名贴身侍从，吩咐他快马去见泽哈尔国王，向国王报告宰相来访的消息。侍卫飞身上马，朝白仪达王国的京城赶去。

侍从进城时，说来也巧，泽哈尔国王正在城门前的花园里坐着赏花。泽哈尔国王无意中一扭脸，看见那位牵马进城的侍从，一眼便看出那是位异乡客，当即吩咐下人把侍从叫来。

异乡客来到泽哈尔国王面前，国王说："欢迎你，异乡来客！你打什么地方来呀？"

侍从回答："我是伊斯法罕山脉后面哈杜拉王国苏莱曼国王陛下的宰相的差使。"

泽哈尔国王一听，喜不胜收，热烈欢迎来使，随后将之带入王宫。

泽哈尔国王问差使："你是在何处与宰相分手的？"

差使答道："我是在河畔与宰相分手的。宰相可望明日抵达京城。安拉赐福予国王陛下，并怜悯令尊令堂在天之灵。"

苏莱曼国王权势浩大，远近闻名。出于敬重之意，泽哈尔国王令宰相率大部分侍卫和文武官员，浩浩荡荡地出城迎接苏莱曼国王的宰相一行。

宰相在河边驻足休息到夜半，然后传令大队人马起程向白仪达王国京城进发。

天亮了，旭日东升，晨光照亮了平原和山冈。苏莱曼国王的宰相无意中朝前望去，但见泽哈尔国王的宰相率众多文武官员远远走来。就在离京城仅有几法尔萨赫的地方，远方来客与迎宾队伍相见了。

苏莱曼国王的宰相自认完成任务有望，心中十分高兴，上前向迎接者致礼问候。他们继续前进，不久到达王宫。进了宫门，来到了第七道长廊，因为这里距国王宝座很近，故必须下马，方可入内。

苏莱曼国王的宰相离鞍下马，步行走进一座高大宫殿，只见殿堂中央放着一张杜松木宝座，满镶珍珠宝石，下有四条象牙腿，上铺金丝绣花绿缎垫，顶悬缀着珠玉的罗纱帐。泽哈尔国王正襟危坐在宝座之上，文武官员分站两旁。宰相走到泽哈尔国王面前，稳定神情之后，开始侃侃而谈，他语言流畅，姿容自然，辞令得体，颇得泽哈尔国王赏识。

讲到这里，眼见东方透出了黎明的曙光，莎赫札德戛然止声。

第一百零八夜

夜幕降临，莎赫札德接着讲故事：

幸福的国王陛下,佟丹宰相接着讲故事:

宰相在河边驻足休息到夜半,然后传令大队人马起程向白仪达王国京城进发。

天亮了,旭日东升,晨光照亮了平原和山冈。苏莱曼国王的宰相无意中朝前望去,但见泽哈尔国王的宰相率众多文武官员远远走来。就在离京城仅有几法尔萨赫的地方,远方来客与迎宾队伍相见了。

苏莱曼国王的宰相自认完成任务有望,心中十分高兴,上前向迎接者致礼问候。他们继续前进,不久到达王宫。进了宫门,来到了第七道长廊,因为这里距国王宝座很近,故必须下马,方可入内。

苏莱曼国王的宰相离鞍下马,步行走进一座高大宫殿,只见殿堂中央放着一张杜松木宝座,满镶珍珠宝石,下有四条象牙腿,上铺金丝绣花绿缎垫,顶悬缀着珠玉的罗纱帐。泽哈尔国王正襟危坐在宝座之上,文武官员分站两旁。宰相走到泽哈尔国王面前,稳定神情之后,开始侃侃而谈,他语言流畅,姿容自然,辞令得体,颇得泽哈尔国王赏识。

这位宰相望着泽哈尔国王,欣然吟诵道:

> 身披铠甲至,原来为施舍。生依护身符,魔力生眼窝。
> 请告责斥者,莫要抱怨我!我一直爱他,未曾动摇过。
> 就连我的心,也已背叛我;睡神眷恋他,对我无话说。
> 唤声我的心,切莫独生活!只管跟着我,哪怕怠慢我。
> 唯赞泽哈尔,听我方快乐。毕生凝视他,会招他意恶。

若为他祝福,伙伴自然多。期待新王出,无疑信仰弱。

宰相吟完,泽哈尔国王把他叫到面前,对他极为敬重,让他坐在自己的旁边,微笑着与之亲切交谈,一直谈到东方大亮。宫仆们送上丰盛的早餐,宾主们吃饱喝足之后相继离去,宫殿里只留下一些贴身宫女。

宰相见官员们已经离去,便站起身来,恭恭敬敬地向泽哈尔国王行过吻地礼,然后说:"尊敬的大王陛下,臣此次前来,只为了一件事:臣以为此事对陛下有百利而无一害。我是作为伊斯法罕山脉后面的哈杜拉王国国王苏莱曼的使臣,代表他向公主求婚的。我们的国王公正无私、慷慨好施,仁慈厚道,从善如流。我们的国王为陛下送来了许多礼物,珍宝马匹、男仆女婢,应有尽有。敝国国王愿娶陛下千金为王后,不知意下如何?"

宰相说完,静静地等待着泽哈尔国王的回答。

泽哈尔国王听罢使臣的话,站了起来,俯下身去,向来使恭恭敬敬地行了个吻地礼。在场的人无不因大王对来使如此谦恭感到惊奇不已。之后,泽哈尔国王一番盛赞苏莱曼国王,继之仍然站着说:"尊敬的宰相阁下,请听我说!我们都是苏莱曼国王的臣民,我们常为此而感到荣幸。我的女儿也是苏莱曼国王的女婢,有苏莱曼国王做我的支柱和靠山,这更是我求之不得的。"

随后,泽哈尔国王召法官和证人进宫,证明苏莱曼国王委托其宰相办理求婚事宜,泽哈尔国王高高兴兴地为女儿定下了婚事。之后,法官和证人依法办好订婚手续,签好婚约,然后祝贺泽哈尔国王和使臣圆满完成任务,旋即辞别而去。这时,宰相站起来,派人去取珍宝等礼品呈赠给泽哈尔国王。

泽哈尔国王笑纳大批礼物后,一方面着手为女儿做出嫁准备,另一方面款待来使宰相。三日一小宴，五日一大宴，宫门外车水马龙，宫院中人如穿梭，宫中的一切无不使人感到赏心悦目，整整热闹了两个月时间。

新娘子所需要的一切准备停当，泽哈尔国王下令在京城外搭起帐篷，准备庆典。继之，将绫罗绸缎、珍宝古玩、金银细软等嫁妆装箱，另选罗马和土耳其婢女若干名作为陪嫁。接着，特别为新娘子准备了一顶金花轿，上面镶嵌着无数颗珍珠宝石，由四十匹骡子拖着行进；那花轿简直就像一座堂皇的楼阁，而楼阁的主人就像一位天仙，轿室就像天堂里的宫殿。

金银财宝等嫁妆放上骡子和骆驼背，全部扎绑结实，送亲队伍出发上路了。泽哈尔国王陪着大队人马走了三法尔萨赫，然后告别女儿、宰相及其他随行者，满心欢喜地返回了京城。

宰相带着泽哈尔国王的公主，日夜兼程，越沙漠、穿荒原，马不停蹄，人不离鞍。

讲到这里，眼见东方透出了黎明的曙光，莎赫札德戛然止声。

第一百零九夜

夜幕降临，莎赫札德接着讲故事：

幸福的国王陛下，佟丹宰相接着讲故事：

新娘子所需要的一切准备停当，泽哈尔国王下令在京城外搭起帐篷，准备庆典。继之，将绫罗绸缎、珍宝古玩、金银细软等嫁妆装箱，另选罗马和土耳其婢女若干名作为陪嫁。接着，特别为新娘子准备了一顶金花轿，上面镶嵌着无数颗珍珠宝石，由四十匹骡子拖着行进；那花轿简直就像一座堂皇的楼阁，而楼阁的主人就像一位天仙，轿室就像天堂里的宫殿。

金银财宝等嫁妆放上骡子和骆驼背，全部扎绑结实，送亲队伍出发上路了。泽哈尔国王陪着大队人马走了三法尔萨赫，然后告别女儿、宰相及其他随行者，满心欢喜地返回了京城。

宰相带着公主，大队人马，日夜兼程，越沙漠、穿荒原，马不停蹄，人不离鞍。在离京城还有三天路程时，宰相派人策马向苏莱曼国王报告新娘子到来的喜讯。

差使从命，飞身上马，迅速赶至京城，向苏莱曼国王报告了喜讯。苏莱曼国王听后兴奋不已，当场赐赠差使锦袍一身，然后下令大队人马出城迎接新娘及送亲队伍，并嘱咐他们要用旌旗开道，气氛要热烈，规格要特别高，以示敬重。

仆役们完全服从国王的命令，而且马上派出传令员，沿街高声呼喊："公众们，无论姑娘、媳妇，还是老太太，都要出门，迎接国王的新娘子！"

整个京城，万人空巷，排队夹道欢迎新娘子。一些大人物为新娘子着想，商量好夜间引新娘子入王宫，正好遇上文武官员们张灯结彩，装点城郭，他们都站在原地，让送亲的队伍通过。只见仆人们在前开道，婢女们两厢护轿。当新娘子一出现时，大队人马立即从左右两侧围拢上来。新娘子坐的轿子继续行进，渐渐接近了王宫大门。这时候，人们无不争相引颈看新娘子。但听锣鼓喧天，号声响亮，彩旗招展，香气飘溢，人欢马叫，热闹非常。大队人马来到了宫门下，仆役们走上前去，将轿子由便门抬入宫中，但见新娘子的衣饰和首饰闪闪放光，把宫中的一切照得通亮。

夜幕垂空，仆役打开门窗，依次站在大门的两旁。这时，新娘子走了进来，在众宫女的簇拥下，就像众星捧月，又像串珠上的一颗珠玉。

新娘子走进厅堂，那里已经为她摆上一张镶嵌着珍珠宝石的杜松木宝座，新娘子大大方方地坐在宝座上。

苏莱曼国王走进来，一看新娘子花容月貌，便爱在心中。隆重的婚礼举行完毕，新娘新郎入洞房，洞房花烛之夜，新人双双尽兴，自不用言。苏莱曼国王的寂寞、愁闷从此云消雾散。

苏莱曼国王与泽哈尔国王的千金结为伉俪，幸福美满。洞房花烛之夜，王后便身怀有喜。

蜜月过后，苏莱曼国王端坐宝座，料理朝政，关心臣民，从不懈怠。

光阴荏苒，不知不觉九个月过去了。婚后第九个月的月末，王后临盆，鸡鸣时分阵痛开始，上了产床，多蒙安拉默助，顺利生下一个男婴，满脸大富大贵之相。接生婆们小心翼翼地接出婴儿，剪断脐带，包裹停当，点上眼药，然后派人去向国王报喜。

苏莱曼国王听说添了一个男孩儿，欣喜不已，忙重奖报喜人银钱若干。随后，快步赶往母子那里，俯身亲吻儿子的眉心，惊叹儿子生相标致，正好切合诗人的描绘：

    天生雄狮威，巨星帅座间。现身大军中，兵剑皆开颜。
    莫恋颜如玉，马背梦中船。何须断其奶，敌血最香甜。

国王为王子起名叫塔基·穆鲁克·哈郎，请来乳母哺育，小王子在特别精心的照护下成长。

岁月不居，时节如流，不知不觉几年过去了。塔基·穆鲁克王子已经七岁了。就在这年，苏莱曼国王请来学者，令他们教王子学书法，习格言，读书识字。仅仅两年时间，王子便学到了应该懂得的知识。

当王子的学问达到父王对他的要求时，苏莱曼国王立即给王子请来了教法学家，同时请来专门教师，教王子骑马射箭等武艺。就这样，塔基·穆鲁克一直学到十四岁，成了一名文武双全的美少年。他出外办事，人见人爱，每每受人称赞，甚至有的人看见他武艺超群，赋诗歌颂他。

讲到这里，眼见东方透出了黎明的曙光，莎赫札德戛然止声。

第一百一十夜

夜幕降临，莎赫札德接着讲故事：

幸福的国王陛下，佟丹宰相接着讲那个故事：

国王为王子起名叫塔基·穆鲁克·哈郎，请来乳母哺育，小王子在特别精心的照护下成长。

岁月不居，时节如流，不知不觉几年过去了。塔基·穆鲁克王子已经七岁了。就在这年，苏莱曼国王请来学者，令他们教王子学书法，习格言，读书识字。仅仅两年时间，王子便学到了应该懂得的知识。

当王子的学问达到父王对他的要求时,苏莱曼国王立即给王子请来了教法学家,同时请来专门教师,教王子骑马射箭等武艺。就这样,塔基·穆鲁克一直学到十四岁,成了一名文武双全的美少年。他出外办事,人见人爱,每每受人称赞,甚至有的人看见他武艺超群,赋诗歌颂他。塔基·穆鲁克王子确乎武艺高强,貌美出众。正如诗人所云:

上前拥抱他,忽醉于馨香;
恰似嫩柳枝,随风轻飘荡。
醉而非因酒,因见酿酒郎。
酒郎美中美,故而醉心肠。
起誓安拉前,此景终难忘;
只要活在世,美貌刻心房。
生时深爱之,死后卧墓旁。

塔基·穆鲁克王子年满十八岁,已是个完完全全的男子汉了。他身体越来越健壮,粉红色的面颊上的那颗美人痣周围长出了黑黑的胡子,美人痣像龙涎香豆一样点缀着面颊和胡子,使得他显得更加英俊。正像诗人所描绘的那样:

英俊优素福,堪称美男王。只要他出现,恋人皆紧张。
且请随我来,一观他脸庞:王符化黑痣,映得面生光。

诗人又写道:

君眼未曾见,比此更美景;

> 如青美人痣,点缀粉面孔;
> 黑色眼珠下,白里透嫩红。

诗人还说:

> 美人痣拜火,未被火烧着。更有怪事出,用目传道者;
> 虽是妖术师,却称信经说。腮上胡须生,只缘苦楚多。

诗人又云:

> 人问生命水,究竟何地淌?问得好生怪,君未见羚羊?
> 水淌美羚唇,髯挂唇下方。穆萨遇见羚,欲求耐心荒。

  王子有许多好朋友,凡是和他接近的人,都希望他能继承父亲的王位,日后成为称霸一方的君王,而他们也在他身边混个官职,显赫一时。

  王子渐渐爱上了外出打猎,一刻也不肯停歇,简直入了迷。苏莱曼国王怕王子在野外遇到什么不测,一再劝其放弃打猎活动,但王子根本听不进去。

  有一天,王子吩咐仆人们预备十天的干粮,仆从们唯命是从。一切准备停当,王子带着仆从们外出了。他们在荒野上走了四天,来到一片绿草地,那里野兽出没,树木繁茂,清水流淌。塔基·穆鲁克对仆从们说:"你们赶快动手,把网撑在这里,把围猎圈子扩大一些,我们的碰头地点在围猎圈尽头处。"

  仆从们服从命令,架起猎网,并且扩大了围猎圈。结果许多野兽和羚羊被围在圈内。俗语云:困兽犹斗。果然不假,许多野兽狂奔乱跳,甚至冲着马头窜来,但见猎狗、猎鹰争相扑去,弓箭手们相继射中了多头野兽。当他们围到终点时,许多野兽落网,只有一少部分野兽逃掉了。

塔基·穆鲁克王子下到水中,捞出猎物,分成几份,将稀有的野兽留给父王,并立即派人送到王宫,另外的一些则分给朝中文武官员。

那天晚上,塔基·穆鲁克王子就在那里过夜。

第二天清晨,眼见许多商队朝他们走来,商队中有奴隶、仆人,也有商人,他们在有水草的地方打尖休息起来。塔基·穆鲁克王子看见他们,便对一个仆从说:"你去打听一下这些人的情况,问问他们为什么在这个地方停留!"

那个仆从立即转身走了过去,问他们:"告诉我,你们都是些什么人?赶快告诉我。"

他们说:"我们是商人,在这里休息一下。因为我们的家还远着呢!我们之所以敢在这里停歇,因为我们对苏莱曼王国的人十分放心。我们知道,每个到了苏莱曼王国的人,只管放心就是了,安全的确有保障。我们带着名贵布匹,是特意带给塔基·穆鲁克王子殿下的。"

仆从听罢,转身回到王子面前,将商人的话一一禀报。王子说:"既然他们为我带来了东西,我就不回城了,也不离开这里,就地看一看他们带来的货色。"

说完,王子策马去见商人,仆从们紧随其后。来到商队歇脚处,商人们立即站起来,祝福王子顺利平安,荣华富贵。这时,他们已经为王子搭起了宝座,上面缀着翡翠宝石。塔基·穆鲁克王子坐在宝座上,仆从们左右伺候。王子唤来商人,令他们把带的货物全部拿给他看。商人们争相摊开自己的货物,王子一一过目,从中挑出自己喜欢的东西，照价付过钱，然后走出缎帐，纵身上马。

塔基·穆鲁克正要离去之时，无意中一回头，见商队中有一位美男子，衣着整洁，款式别致，额似花朵，面如满月；不过，令人不解的是，那青年容貌失常，面色蜡黄，似乎正经历着一场别亲之苦。

讲到这里，眼见东方透出了黎明的曙光，莎赫札德戛然止声。

第一百一十一夜

夜幕降临，莎赫札德接着讲故事：

幸福的国王陛下，佟丹宰相接着讲那个故事：

仆从听罢商人们的话，转身回到王子面前，将商人的话一一禀报。王子说："既然他们为我带来了东西，我就不回城了，也不离开这里，就地看一看他们带来的货色。"

说完，王子策马去见商人，仆从们紧随其后。来到商队歇脚处，商人们立即站起来，祝福王子顺利平安，荣华富贵。这时，他们已经为王子搭起了宝座，上面缀着翡翠宝石。塔基·穆鲁克王子坐在宝座上，仆从们左右伺候。王子唤来商人，令他们把带的货物全部拿给他看。商人们争相摊开自己的货物，王子一一过目，从中挑出自己喜欢的东西，照价付过钱，然后走出缎帐，纵身上马。

塔基·穆鲁克王子正要离去之时，无意中一回头，见商队中有一位美男子，衣着整洁，款式别致，额似花朵，面如满月；不过，令人不解的是，那青年容貌失常，面色蜡黄，似乎正经历着一场别亲之苦。只见那青年泪流满面，边哭边吟道：

> 相别时已久，惆怅塞满心。每思友与伴，腮边被泪浸。
> 与友别离后，终日叹孤身；无心做甚事，希冀尽消隐。
> 唤声我的友，且请脚站稳：假我谈心日，消灾祛病根。

青年吟罢诗，又哭了一阵儿，随后晕了过去。

塔基·穆鲁克王子望着青年，觉得很奇怪。青年苏醒过来，用失神的目光凝视着王子，随口吟道：

> 警惕她的眼，她眼夜不眠。中其目弹者，难以免灾患。
> 困倦时眼睛，可以断利剑。她言虽轻柔，切莫受欺骗。
> 世间烈性酒，能令神志乱。丝绸触其身，见她肢舒坦。
> 装饰与涂抹，相距何其远！爱好香味人，芳香何不见？

塔基·穆鲁克王子见此情景，一时不知如何是好，于是朝青年走去。

青年从昏迷中苏醒过来，见王子站在自己的头前，急忙站了起来，向王子行了个吻地礼。

王子问："你为什么没有向我展示你的货物呢？"

青年答道："主公啊，因为我带的货物实在没有适于殿下用的东西。"

"你一定要让我看看你的货物才是，并且要把你的情况告诉我。因为我看到你哭得很伤心。假若你受了什么委屈，我会为你申冤；

如果还欠了什么债,我可以替你偿还。我见你难过成这个样子,不禁心急如焚哪!"

说着,塔基·穆鲁克王子吩咐仆人摆上一把镶金嵌银的象牙檀木椅,又铺上一块丝毯,让青年坐在丝毯上。王子说:"把你的货物拿出来,让我看一看吧!"

"主公,别谈这个了!因我的货物中没有适于王子用的东西。"

王子坚持地说:"你一定要拿出来让我看一看才是。"

接着,王子令仆从们强行拿来青年带的货物。青年看见那些货物,眼泪夺眶而出,又是哭诉,又是长吁短叹,声音一阵高一阵低。青年吟道:

眼含娇媚墨色新,体态轻盈燕舞门。
唇浸酒香甜比蜜,情缠意绵格外亲。
心存希望高声唤,意求拜见幻影真。
有缘梦乡来相会,何思惧者感安稳。

青年吟罢诗,打开自己的货包,把货物摊展在塔基·穆鲁克王子面前,一件一件地让王子仔细观看。王子拿出一件金丝织的衣衫,价值两千第纳尔,刚一打开,便见一块绸布从金丝衣里掉了下来,青年眼疾手快,捡起来塞在自己的大腿下面。青年张皇失措地吟道:

何时得痊愈,我受折磨心?金牛宫七星,比你距我近。
远离加背弃,忧思乱方寸。拖延加耽搁,岁月空耗尽。
弃离难煞我,相见无温馨。你不接近我,遥远怎近身?
你既没公平,不得你怜悯;难得你救急,你处难藏身。

不喜万般理，只因爱你们。致使我不晓，该向何方进。

王子听他吟出这样的诗句，不禁惊异万分，也不知原因何在。王子见他把那块绸布藏在大腿下面，便问道："那是一块什么东西？"

青年回答："主公，这是块布，与殿下无关。"

"让我看一看嘛！"

"主公，之所以不乐意让殿下看我的货，就是因为这块绸布，我实在不能让你看。"

讲到这里，眼见东方透出了黎明的曙光，莎赫札德戛然止声。

第一百一十二夜

夜幕降临，莎赫札德接着讲故事：

幸福的国王陛下，佟丹宰相接着讲那个故事：

青年吟罢诗，打开自己的货包，把货物摊展在塔基·穆鲁克王子面前，一件一件地让王子仔细观看。王子拿出一件金丝织的衣衫，价值两千第纳尔，刚一打开，便见一块绸布从金丝衣里掉了下来，青年眼疾手快，捡起来塞在自己的大腿下面。

王子见他把那块绸布藏在大腿下面，便问道："那是一块什么东西？"

青年回答:"主公,这是块布,与殿下无关。"

"让我看一看嘛!"

那青年对塔基·穆鲁克王子说:"主公,之所以不乐意让殿下看我的货,就是因为这块绸布,我实在不能让你看。"

"我一定要看!"

王子再三坚持要看,青年方才从大腿下取出那块绸布,随后便哭了起来。青年边哭边吟道:

> 你莫责备他,责斥伤他心。你所言极是,他却听不进。
> 主赐我明月,出升照凡尘。生活欲别我,生活多清新。
> 我却无意愿,告别生本身。别离那一天,你情何其真!
> 难抑离别泪,不禁似倾盆。借口衣已破,但期我缝纫。
> 我未曾睡安,他眠也不稳。时光有意向,试图驱贫困;
> 解救你与我,扭转穷苦运。赶走忧与愁,你我同杯饮。

青年吟罢诗,塔基·穆鲁克王子说:"我看你的情况很不正常。请告诉我,你为什么看到这块绸布便哭泣落泪呢?"

青年听王子提到绸布,深深叹了口气,说道:"看见这块罗帕,不免想到这块罗帕的主人及绣花姑娘,这里有一段奇妙曲折的故事。"

说着,青年展开罗帕,只见上面绣着两只羚羊,其中一只用金线绣成,另一只则是银线绣的,银线绣的羚羊脖子上戴着一个用金线绣的项圈和三块黄玉石。

塔基·穆鲁克王子眼见那精美的绣工,情不自禁地赞叹道:"赞美万能的安拉,让人学会如此高超的技艺!"

王子很想听听青年的故事,于是说:"给我讲讲你与绣羚羊的姑娘的故事吧!"

青年开始讲自己婚恋的故事:

主公有所不知,我父亲本是一位巨商,膝下只有我这么一个独生子。我有个堂妹,其父早年去世,她从小在我家生活,和我一起长大;我俩两小无猜,直到长大成人。

堂妹的父亲在世时,曾与我父亲商妥,待我和堂妹长大成人后,结为百年之好。有一天,我父亲和我母亲谈起此事,我父亲对母亲说:"今年,我们就给阿齐兹和阿济泽正式订婚吧!"

商妥之后,父亲便开始筹备订婚仪式的用品。尽管父母亲已做了这样的安排,而我与堂妹仍然睡在一张床上,根本没想到结婚之事,对父母的安排一无所知。

堂妹比我懂事,也比我知道的事多。

婚礼所需要的东西准备齐全之后,就只待举行订婚仪式,然后结婚圆房。父亲打算把订婚礼安排在礼拜五的聚礼之后,他去通知他的商界朋友,母亲则去告诉她的妇女伙伴和亲朋。

礼拜五那天一早,人们开始帮助我家打扫客厅,擦拭石台阶,铺上地毯,装饰四壁,然后摆放上所需要的一切家什。

聚礼完毕,宾朋们相继到来,父亲忙送去茶点糖果,招待客人。万事齐备,就只等写婚书了。

在此之前,母亲要我去洗澡,给了我一身最漂亮的衣服。我洗完澡,穿着那套漂亮的衣服,走出澡堂。那套衣服香气四溢,我走到哪里,哪里就能闻到香味。我想到清真寺去,忽然又想起一位朋友,于是决定去找他来参加订婚仪式。当时我心想:"所有这几件事,要在聚礼结束之前完成。"

我走进一条没有走过的胡同,因洗澡出汗,那套漂亮衣服都沾在了身上，香气被汗腥味儿盖过了。我见胡同口有条石凳，拿出了一块绣花手帕垫上，然后坐下来休息。天太热了，汗珠子顺着脸往下淌。因把手帕铺在座位上，也就不能用来擦汗了。我想用袍角擦汗，正要提袍角时，不料一块白罗帕自天上飘飞而降。

那白罗帕轻薄柔软赛过微风，看见它，比看见病人康复还要舒畅。我伸手抓住罗帕，抬头朝天空望去，但期知道这罗帕自何处飘来，不料看见的却是个妙龄女子，就是绣这幅羚羊图的那个姑娘。

讲到这里，眼见东方透出了黎明的曙光，莎赫札德戛然止声。

第一百一十三夜

夜幕降临，莎赫札德接着讲故事：

幸福的国王陛下，青年接着讲自己的婚恋经过：

我走进一条没有走过的胡同，因洗澡出汗，那套漂亮衣服都沾在了身上，香气被汗腥味儿盖过了。我见胡同口有条石凳，拿出了一块绣花手帕垫上，然后坐下来休息。天太热了，汗珠子顺着脸往下淌。因把手帕铺在座位上，也就不能用来擦汗了。我想用袍角擦汗，正要提袍角时，不料一块白罗帕自天上飘飞而降。

那白罗帕轻薄柔软赛过微风，看见它，比看见病人康复还要舒畅。我伸手抓住罗帕，抬头朝天空望去，但期知道这罗帕自何处飘来，不料看见的却是个妙龄女子，就是绣这幅羚羊图的那个姑娘。

只见那位姑娘把头探出铜窗,正望着我。她一发现我抬着头看她,便伸出手指,放在自己的嘴上,来了个飞吻,然后把食指和中指并拢,放在胸前的两座乳峰当中,仅过片刻,便缩回头去,将窗子关了起来。

姑娘离去了,却给我的心里送来了一把火,使我周身发热,她的目光给我带来万千愁思,因为我没有听到她说什么,也不明白她的手势意味着什么,因此不知如何是好,如坠五里云雾之中。

我再次抬头朝窗子望去,见窗子依旧紧关着。我在那里一直等到夕阳西沉,既没听见任何声音,也未看到一个人影。

我失望了,认为看不到姑娘了,就站起身来,打开罗帕,但觉香气扑鼻,顿感精神抖擞,心情豁然开朗,如同置身天堂。随后,我将罗帕摊在手上,不料从中掉出一片折纸。我捡起来,打开一看,发现是张香信笺,芬芳四溢,清心怡神。那香笺上写着这样几行诗:

　　　　寄书情郎哥,一诉心愁苦。字映书道艺,笔细行稀疏。
　　　　情哥开口问,何至如此书? 笔细欠力道,难以看清楚。
　　　　瘦弱苗条身,字体亦仿吾。情侣托鸿雁,书道难见殊。

我读完这几行诗,再仔细审视罗帕,发现一角上写着这样几行诗:

　　　　腼腆俨然成写家,执草书颓字两行。
　　　　双月见之忙躲避,摇曳羞煞柳枝长。

那罗帕的另一个角上也有几行诗:

腼腆执风字两行,墨玉点落苹果上。
　　声响茂园乐人死,醉不在面酒中藏。

　　看过罗帕上的诗句,我的心中燃起熊熊烈火,思恋之心更加强烈。

　　我拿起罗帕和香纸笺回到家中,不知道怎样与那位姑娘联系和交往,我对情场上的事情一无所知。

　　当我回到家时,天已经黑了。我看见堂妹正坐在家里哭。当她看见我回来时,立刻擦去眼泪,朝我走来,帮我脱下衣服,问我为什么回来这么晚,并且告诉我说:"家中来了许多宾客,有王公、商人、法官和证人也都来了。他们吃过饭,又坐了一阵子,一直等着你回来写婚书,就是不见你回来。一等再等,不见你的身影,他们失望了,便一个一个地离去了。"

　　堂妹又对我说:"因为你久久不回来,你父亲非常生气,立誓来年才给你我订婚。因为他为今天的事花去了很多钱。"

　　堂妹关切地问我:"你今天究竟有什么事,为什么这么晚才回来呢？究竟原因何在呢？"

　　我把发生的事从头到尾给她讲了一遍,还向她提起了罗帕。堂妹拿起香纸笺和罗帕,读了读上面的诗,禁不住泪水淌到腮边。她吟道:

　　　　谁道初恋事,皆系出自愿?
　　　　应言是谎话,被迫结姻缘。
　　　　被迫不算耻,真相不遮掩。
　　　　逼婚至完美,此中无缺陷。

　　　　纵已时有幸,自愿无美满;
　　　　内或藏奸计,落入圈套间。
　　　　任人指西东,心灵方得安。

她接着吟道:

　　　　你若有意愿,无妨道苦闷;
　　　　或言恩与仇,忧喜俱入心。
　　　　彼此不相容,或益或生损。

她又吟道:

　　　　伴他如过节,甜笑口常开。
　　　　芳香四方溢,污气皆得排。
　　　　卑劣下贱心,绝不容存在。

　　堂妹吟罢诗,问我:"那位姑娘对你说了些什么?对你又有什么表示呢?"

　　我告诉堂妹:"那姑娘什么也没说,只是把手指头放在嘴上,然后又把食指和中指并拢,放在胸前,指了指地,就把头缩了回去,随即关上了窗子。之后,我再也没有看见她;而她,则把我的心带去了。我在那里一直坐到红日西沉,等待她再次探出头来,但她没再露面。我感到失望,便离开了那个地方。事情的经过就是这样。这使我感到苦闷,我希望你能帮我一把。"

　　堂妹抬起头来,说:"堂哥,假若你要我的眼珠,我会剜出来送给你。你有什么需要,我一定帮助你。她有什么需要我的地方,我也一定帮助她。她爱上了你，同时你也爱了她。"

我问堂妹："她的手势做何解释呢？"

堂妹说："她把手指放在嘴上，意思是说你在她的躯体中居于灵魂的地位，希望和你交往。罗帕则是情侣之间互相致意的标志。香纸笺的意思是说她深深爱上了你，而她把两个手指并在一起贴在前胸，则是说要你两天之后到她那里去，以便借你的容貌消除疲劳。堂哥呀，她爱上了你，她信得过你。这就是我对她的手势的分析和解释。假若我能够出面，一定能在最短的时间内把你俩聚在一起。我会用我的袍角为你们打掩护。"

我听堂妹这样一说，忙连声感谢她。我心想："我忍耐两天！"

我在家里坐了两天，不出不进，不吃不喝，头靠在堂妹的怀里，而她则不住地安慰我，为我开心解闷。堂妹对我说："你要振作精神，鼓足勇气，穿好衣服，放心大胆地按时赴约。"

讲到这里，眼见东方透出了黎明的曙光，莎赫札德戛然止声。

第一百一十四夜

夜幕降临，莎赫札德接着讲故事：

幸福的国王陛下，青年继续对塔基·穆鲁克王子述说自己的婚恋经过：

我的堂妹对我说："她把手指放在嘴上，意思是说你在她的躯体中居于灵魂的地位,希望和你交往。罗帕则是情侣之间互相致意的标志。香纸笺的意思是说她深深爱上了你,而她把两个手指并在一起贴在前胸,则是说要你两天之后到她那里去,以便借你的容貌消除疲劳。堂哥呀,她爱上了你,她信得过你。这就是我对她的手势的分析和解释。假若我能够出面,一定能在最短的时间内把你俩聚在一起。我会用我的袍角为你们打掩护。"

我听堂妹这样一说,忙连声感谢她。我心想:"我忍耐两天!"

我在家里坐了两天,不出不进,不吃不喝,头靠在堂妹的怀里,而她则不住地安慰我,为我开心解闷。堂妹对我说:"你要振作精神,鼓足勇气,穿好衣服,放心大胆地按时赴约。"

说完,堂妹站起来,为我更衣熏香。我果然振作精神,鼓足勇气,迈步出了家门,向那条胡同走去。我走进胡同,坐在那条石凳上。一个时辰过后,那窗子打开了。我抬眼望去,真的看见了那位姑娘,不料我晕了过去,不省人事。

过了一些时候,我苏醒过来,抖了抖精神,鼓了鼓勇气,再次抬头看那位姑娘,结果我又一次昏迷了过去。当我第二次苏醒过来时,看见姑娘手里拿着一面镜子和一块红手绢。当她看见我时,立即挽起袖子,张开五指,用手掌和五指拍了拍胸脯,然后用手举起那面镜子,往胡同照了照,接着拿起红手绢,缩回身去,又露出头来,把红手绢垂向胡同,连续垂下、提起三次,最后提上去,拧了拧,缠在了手上,又点了点头,便缩回头去,关上了窗子。

姑娘隐去了。她一句话没有说,留给我的是无限惆怅,使我不知道如何是好,也不明白她那些手势究竟是什么意思。

我在那张凳子上一直坐到天黑,近夜半时分,我才回到家中。

回到家里,我见堂妹手托下巴,眼里正淌着泪水。她边哭边吟道:

无羞折磨你,与我何相干?
你是嫩枝条,岂可弃一边?
唤声机灵人,你近我心肝。
纯洁爱情真,何故思弃叛?
人美全在心,并非似利剑。
你曾赋予我,爱情一重担。
吾体本羸弱,力微不负衫。
曾因隔膜语,我哭眼血浸。
钟情目藏锋,灿灿闪光寒。
但期我之心,像你心一般。
惜我身骨单,仅似你腰杆。
公子容颜俏,早入世女眼;
我为此忧虑,侍卫亦作难。
人赞优素福,十美一少年;
美哉几何有,其实皆谎言!
多少追求者,难数几汪泉;
谁知我忧虑,恐君失体面。

我听罢她吟诵的诗歌,更加惆怅难言,忧思万端,急忙躲到房间的角落里去。堂妹立即走来,为我脱去衣服,用衣袖给我擦脸,然后问我:"你究竟怎么啦?"

我把当天在胡同里发生的事情从头到尾向她述说了一遍。

堂妹说:"堂哥,姑娘把手掌和五指放在胸前,意思是说五天之后请你去见她。用镜子往胡同里照,又把头探出窗子,意思是要你坐在染匠店里,等她派的差使来见你。"

听堂妹这么一说，我的心中又燃起熊熊烈火。我说："堂妹，你解释得完全正确。因为我看见那条胡同里确实有一家犹太人开的染坊。"

旋即，我哭了起来。

堂妹说："堂哥，你坚强一些！静静心，定定神！别的小伙子谈恋爱，一等就是两年时间，都能够经受得住情火的炙灼，而你仅需等上五天，怎么就急成这个样子呢？"

堂妹好言好语安慰我，给我端来饭菜，我仅吃了一口。其实我很想吃，但吃不下去。从那天起，我食水不进，夜不成寐，脸色发黄，容颜憔悴。因为在此之前，我从未经历过恋情的煎熬，这还是第一次受到情火的灼烧。我瘦弱下来，堂妹也因我而变得面黄肌瘦。为了给我开心解闷，每天夜里，她都给我讲情侣之间的故事，直到将我送入梦乡。当我醒来之时，每每看见她为我守夜，腮边总是挂着泪珠。

就这样，五天的时间好容易才熬过去了。

第六天清晨，堂妹早早起来，为我烧好水，让我洗完澡，又给我穿好衣服，然后对我说："快去找那个姑娘去吧！安拉会满足你的要求，让你如愿以偿，顺利找到意中人。"

我出了家门，径直来到那条胡同。那天是星期六，我见染匠店关着门，便在门前坐到晡礼时分，未见一个人影。我又在那里坐到红日西沉，昏礼①时刻来临，仍未听到任何动静。不知不觉夜幕降临，既不见人，亦未听见任何动静，只有我一个人孤零零地坐在那里，我不禁害怕起来。于是我站起身，醉汉似的离开那里，摇摇晃晃，步履蹒跚，跌跌撞撞地走回家中。

---

① 昏礼，伊斯兰教每日五次礼拜的第四次礼拜，在太阳刚落后举行。

一进家门，我看见堂妹阿济泽一手抓着墙上的橛子，一手摁在自己的胸口上，边淌眼泪边吟道：

　　应怜天方女，依今何所思？亲人与花木，根扎希贾兹。
　　若遇商队过，炊烟借一丝；托其传情怀，泪珠伴花枝。
　　我情复我爱，世间难觅寻；岂可量此心，与罪等同视。

堂妹吟罢诗，回过头来望我，见我正垂泪，便擦去自己腮边的泪水，走过来，用衣袖为我拭泪，继之微笑着对我说："堂哥，安拉有意赠礼给你，你何不在心上人那里过夜，以求得到心理上的满足呢？"

听她这样一说，我飞起一脚，踢在了她的胸口上，只见她当即倒下，前额碰到了堂柱上，顿时皮开肉绽，鲜血流淌。

讲到这里，眼见东方透出了黎明的曙光，莎赫札德戛然止声。

❖❖ 第一百一十五夜 ❖❖

夜幕降临，莎赫札德接着讲故事：

幸福的国王陛下，青年对塔基·穆鲁克王子讲自己的婚恋故事：

我约会那位姑娘回来，一进家门，看见堂妹阿济泽一手抓着墙上的橛子，一手按在自己的胸口上，边淌眼泪边吟诵了一首诗。

堂妹吟罢诗，回过头来望我，见我正垂泪，便擦去自己腮边的泪水，走过来，用衣袖为我拭泪，继之微笑着对我说："堂哥，安拉有意赠礼给你，你何不在心上人那里过夜，以求得到心理上的满足呢？"

我听她问我何不在心上人那里过夜，十分生气，当即飞起一脚，踢在了她的胸口上，只见她当即倒下，前额碰到了堂柱上，顿时皮开肉绽，鲜血流淌。但她一句话没说，迅速站了起来，烧了些纸灰，敷在伤口上，然后取了块布，将伤口包扎起来，随后擦去滴在地毯上的血迹，好像什么事情也没发生过一样。

过了一会儿，堂妹走到我跟前，微笑着用温柔的语调对我说："堂哥，凭安拉起誓，我刚才说的话不是拿你开心，也无意讥笑那位姑娘。刚才我还觉得头疼，现在感到轻松多了。请告诉我，今天的情况怎样？"

我便把那天的情况一五一十地讲给堂妹听。我讲完后，哭了起来。堂妹对我说："堂哥，你的目的达到了，你的希望实现了。这就是姑娘愿意的迹象。她之所以不出面，是想考验考验你，想知道你是否有耐心，是否真心爱她。你的欢乐就要来临，悲伤也已隐去，明天不妨还到原地去等，看姑娘对你有何表示。"

堂妹开始安慰我，而我却愁上添愁，忧上加忧。过了一会儿，堂妹给我端来饭菜，我抬脚将饭盘踢翻，碗碟碎了一地。我说："每一个谈情说爱的人，都是疯子，吃不下饭，睡不着觉。"

堂妹说："堂哥，我以安拉起誓，这都是爱情的征兆啊！"

堂妹哭了，泪水横淌。她捡起落在地上的碎碗片，又扫净掉在地上的饭菜，然后和我并排坐下来。

我祈祷安拉让明天快快到来。

第二天天刚亮,我就出门去找那位姑娘了。我快步走进那条胡同,坐在那条石凳上。突然间,窗户开了,姑娘笑眯眯地探出头来,旋即隐去,稍倾又出现在窗口,只见她手里拿着镜子、口袋、一盆花草和一盏灯。她首先把镜子装在口袋里,扎上袋口,扔在房中,然后把头发披在脸上,接着把灯放在花草上。片刻过后,她把这些东西全拿走,关上了窗子。

眼见这种情景,我完全捉摸不透她那扑朔迷离的暗示意味着什么,我的心都碎了。她一句话都没有跟我说,而我对她爱慕之情更加强烈,对她更加钟情、迷恋。

之后,我怀着一颗痛苦的心,哭着原路转回家里。

进了家门,只见堂妹阿济泽正面壁坐着。愁闷、忧虑、嫉妒在灼烧着她的心;可是,当她发现我一心迷恋上了那个姑娘时,出于对我纯真的爱,她半句不吐露自己心中的真情。

我望望堂妹,但见她头上有两处伤痕:一处是那天在堂柱上碰的;另一处在眼睛上,因为哭得太厉害,眼皮都肿起来了。她的情况很不好。她边哭边吟道:

> 走去的人儿,永居我心中;
> 无论在何处,终究是救星。
> 安拉永伴你,何惧灾难重。
> 你去我孤独,泪流任纵横。
> 但期我知晓,君在西与东?
> 倘饮清澈水,眼泪杯中盛。
> 万事皆甜美,分离苦由衷。

堂妹吟完诗,回头看见了我,忙擦去眼泪,站起身,朝我走来。因为难过,她一句话也说不出来。沉默了片刻之后,堂妹说:"堂哥,你这次去见姑娘,情况怎样啊?"

我把情况如实相告。堂妹听后说:"你耐心等一等,你俩相会的时刻就要到了。你的愿望就要实现了。姑娘把镜子装入口袋中,意思是让你等到红日西沉。姑娘把头发披散在脸上,意思是说你到夜幕降临之后再去找她。她举着花盆,意思是说你去之后,要进胡同后的那座花园。至于她把灯放在花盆上,意思则是说你进了花园,径直朝前走,哪里有灯光照明,你就往哪里去,然后坐在灯下等她,因为她太爱你了。"

我听了堂妹的这番话,情不自禁地大喊一声。我对堂妹说:"你给了我多少次希望啦?我却每每达不到目的。我认为你的解释没有什么正确的地方。"

这时,堂妹笑了。她说:"你应该忍耐一下!等今天红日西沉、夜幕垂降之后,你的愿望就能实现了。这话千真万确,一点儿不假。"

之后,堂妹吟道:

> 时节逝若水淌,愁苦不会久长。
> 世间难为之事,时到易如反掌。

堂妹吟罢,朝我走来,柔声细气地安慰我,但没给我端饭来,恐怕我发脾气,期望我顺从她。

她走来没有什么别的用意,只是给我脱衣服。她说:"堂哥,你坐下,我跟你谈谈,让我们一直谈到天黑。天黑之后,蒙安拉默助,你就能看到你的心上人了。"

我没有扭脸看她,一心等着夜色降临。我祈祷说:"安拉啊,快让夜幕垂降下来吧!"

夜色终于降临了。堂妹哭得十分伤心,她把一粒纯麝香丸递给我,对我说:"堂哥,你把这粒香丸含在口里。你见到意中人,向她提出要求,在她满足了你的愿望时,你就给她吟诵这首诗……"

堂妹吟诵道:

世上恋人们,切请告诉我:青年被人恋,他该如何做?

堂妹吟罢,吻了吻我,并且要我立誓,只有和情人分手时,才能吟诵这首诗。我急忙回答堂妹:"遵命!遵命!"

晚饭时分,我出了家门,一直走到那座花园,发现园门大开着。我迈步跨进园门,见远处有亮光,便冲着亮光走去。走近一看,见那里有座凉亭,圆顶是象牙、檀木结构,顶上悬挂着吊灯,厅中有圆形座椅,上面铺着金银线绣花的丝毯。灯下还摆放着一个金蜡台,上面插着一支盛燃的大蜡烛。凉亭的中央有一座喷水池,池边上镶嵌着各种装饰图案。水池旁边摆放着一桌丰盛筵席,全用丝巾盖着。桌旁摆放着一只大缸,缸中满盛醇酒。酒缸旁的桌子上放有镶金嵌银的水晶酒杯,还有一个蒙着绸罩的大银盘。我掀开罩巾一看,见盘中盛着各种水果,有无花果、石榴、葡萄、椰子、佛手柑、香橼、橙子等,还有各种馨花,如玫瑰花、桃金娘、水仙花等,顿感香气扑鼻,口中涎水直淌。

眼见此景,我欣喜不已,兴奋极了,忧愁不翼而飞,惆怅的心情云消雾散。不过,使我感到奇怪的是这里不见一个人。

讲到这里,眼见东方透出了黎明的曙光,莎赫札德戛然止声。

第一百一十六夜

夜幕降临,莎赫札德接着讲故事:

幸福的国王陛下,青年继续对塔基·穆鲁克王子讲自己的婚恋故事:

晚饭时分,我出了家门,一直走到那座花园,发现园门大开着。我迈步跨进园门,见远处有亮光,便冲着亮光走去。走近一看,见那里有座凉亭,圆顶是象牙、檀木结构,顶上悬挂着吊灯,厅中有圆形座椅,上面铺着金银线绣花的丝毯。灯下还摆放着一个金蜡台,上面插着一支盛燃的大蜡烛。凉亭的中央有一座喷水池,池边上镶嵌着各种装饰图案。水池旁边摆放着一桌丰盛筵席,全用丝巾盖着。桌旁摆放着一只大缸,缸中满盛醇酒。酒缸旁的桌子上放有镶金嵌银的水晶酒杯,还有一个蒙着绸罩的大银盘。我掀开罩巾一看,见盘中盛着各种水果,有无花果、石榴、葡萄、椰子、佛手柑、香橼、橙子等,还有各种馨花,如玫瑰花、桃金娘、水仙花等,顿感香气扑鼻,口中涎水直淌。

我看到满盘的各种水果和鲜花,欣喜不已,兴奋极了,忧愁不翼而飞,惆怅的心情云消雾散。

不过,使我感到奇怪的是这里不见一个人,既看不见一个男仆,也瞧不见一个女婢,竟没有人看管这丰盛筵席。我在那把圆形椅子上坐下来,等待着心上人的到来。

一更天过去了,不见美人影;二更天、三更天过去了,美人仍未出现。我觉得肚子极饿,因为过分钟情,我已多时不曾进食。眼见此情此景,我开始相信堂妹对那位姑娘暗号的解释是正确的。我休息了一下,感觉饿得难受,餐桌上那些美味勾起了我的食欲。到了那个地方,自感心静神安,想吃东西了,便走到餐桌前,揭开罩巾;但见当中的一个大瓷盘里放着四只红烧鸡,色香味俱佳;大盘周围放着四个钵碗,一个盛着甜食,一个盛着糖石榴子,一个盛着白面点心,一个盛着酸甜奶制品。我吃了些奶制品和一块儿肉,又拿起白面点心吃了一些,然后奔甜食而去,吃了一勺又一勺,接着吃了些鸡肉,方才觉得肚子填饱了。随后感到四肢乏力,懒得熬夜,洗了洗手,不知不觉困神来临,头靠着靠枕,进入了梦乡,其后发生了什么事情,我就不知道了。

当我醒来时,火辣辣的阳光已照在我的身上。因为我已经几天没尝过熟睡的滋味了。

我睁开眼睛,见我的肚子上堆着盐和木炭,急忙站起身来,掸了掸衣服,继之左右望了望,却一个人影未见。我发现自己睡在大理石上,什么东西都没铺。我一时不知如何是好,痛苦极了,泪水直淌腮边,深为自己感到遗憾。我离开那里,转回家中。

我回到家中,见堂妹正捶胸哭泣,雨一般的泪水模糊了她的双眼。她吟诵道:

惠风起天末,荡起缠绵情。
微风尽兴吹,丝丝各有命。
情若得珍惜,眷属终必成。
不见堂哥面,欢乐一扫空。
但求知哥意,心可情中融?

堂妹看见我，迅速站起身来，擦去眼泪，走到我的面前。她用温柔的语气对我说："堂哥，你正处于热恋之中，安拉有灵，让你爱上了你所爱的人。我哭泣，我难过，原因不在于不忍与你分离，有谁会埋怨我呢？不过，安拉不会因为我而责怪你的。"

堂妹微笑着望着我，微笑中夹带着怨气。她对我那样殷勤，给我脱下衣服，摊开来。她说："凭安拉起誓，这是得到了心上人的气息呀！堂哥，今天的情况怎样，请对我讲一讲吧！"

我把事情的经过一一细告，她又微微地笑了，微笑中依旧夹带着怨气。她说："我心里感到难过。谁使你心里不好受，是不得安生的。这个女子傲气十足；堂哥，凭安拉起誓，我真担心你会受她的气。堂哥，你有所不知，撒在你身上的盐，意思是说你在沉睡时，就像要腐烂的食物一样令人厌恶，应该用盐防腐，以免变质。因为你自称钟情之人，而沉睡与钟情是大不相宜的，是情人之大忌，说明你的爱情是虚伪的，她的爱情也是虚伪的。她看到你在睡觉，没有把你叫醒；假若她真爱你，她定会叫醒你的。至于身上的木炭，意思是说因为你把爱情看成是虚假的，故安拉用炭抹黑你的脸；说你不是个志向远大的人，只有燕雀小志，一味贪吃、贪喝、贪睡。这就是我对她那些暗示的解释。但求安拉能够让你摆脱开她。"

我听完她这番话，禁不住捶胸顿足。我说："凭安拉起誓，你的分析、解释很对。我的确睡着了，而钟情者是不能睡的。我害了自己，再没有比吃和睡对我危害更深的了。事到如今，我该怎么办呢？"

之后，我哭得更伤心了。我对堂妹说："你赶快给我指条路吧！你怜悯我，安拉会报答你的；如若不然，我只有死路一条。"

堂妹是非常喜欢我的。

讲到这里，眼见东方透出了黎明的曙光，莎赫札德戛然止声。

第一百一十七夜

夜幕降临，莎赫札德接着讲故事：

幸福的国王陛下，青年继续对塔基·穆鲁克王子讲自己的婚恋故事：

我听完堂妹解释姑娘暗示的意思后，禁不住捶胸顿足。我说："凭安拉起誓，你的分析、解释很对。我的确睡着了，而钟情者是不能睡的。我害了自己，再没有比吃和睡对我危害更深的了。事到如今，我该怎么办呢？"

之后，我哭得更伤心了。我对堂妹说："你赶快给我指条路吧！你怜悯我，安拉会报答你的；如若不然，我只有死路一条。"

堂妹是非常喜欢我的。

堂妹对我说："我很愿意为你想办法，我一定尽心尽力。可是，堂哥，我给你说过多次了，假若我能够出入家门，我一定让你俩在最短的时间内见面，而且将用我的袍角为你们遮目。我之所以这样行事，都是为了让你高兴。但期安拉默助，让我为你们俩之间的事尽最大努力。不过，堂哥，你要听我的，服从我的意愿，你要到同一个地方去，坐在那里；晚饭时间到来时，你还要坐在原地，不要吃任何东西,因为吃了东西会困倦欲睡的。你千万不要睡觉!当夜过二更时,你心上的人儿就会来见你,安拉会保佑你不受她的伤害。"

我听堂妹这样一说,心中高兴,祈求安拉尽快降下夜幕。当我准备离开家时,堂妹说:"你见了她的面,你要给她吟诵前面提到的那首诗。"

"我一定记住,完全照办。"我顺从地回道。

我走出家门,直奔那座花园而去。

我走进花园,但见那个地方布置得和先前一样,大餐桌上摆着美味食品,清凉饮料,水果种种,鲜花芬芳。我在一把椅子上坐下来,闻到香味四溢的饭菜,不免垂涎三尺,很想美餐一顿。我几次遏制自己的食欲,但不见效,于是站起身来,走到餐桌前,掀开餐罩,见那里放着一大盘鸡,周围摆着四碗菜。

我每样吃了一些,又吃了点儿甜食和肉,还喝了些蜜米羹;因米羹颇合我的口味,我拿起调羹,喝了个足饱。我吃饱喝足之后,拿了枕头,放在头下,合上眼睛;当时我心想:我不能睡觉,只是靠一靠枕头,合合眼……

我合上了眼睛,进入了梦乡。

当我醒来之时,已是日上三竿。我发现我的肚子上堆放着四样东西:大踝骨、小木棍、椰枣核和稻豆子树籽。那个地方既没有什么家什,也不见任何其他东西,好像那里昨天不曾摆放过任何东西似的。

我站起身来,扔掉那四样东西,走出花园,满肚子是气地回到家中。

回去一看,见堂妹正长吁短叹,她吟道:

体弱心力竭,泪水面颊淌。

情人错难免,好人为事良。

兄情满我心,泪漫吾眼伤。

我厉声呵斥堂妹,还骂了她一顿,她哭了。

片刻过后,堂妹擦干眼泪,朝我走来,吻了吻我,然后把我抱在她的怀里,而我却把她推开,自我责备起来。

堂妹说:"堂哥,好像你夜里又睡觉了,是吗?"

我回答说:"是的。可是,当我醒来的时候,发现我的肚子上放着四样东西:大踝骨、小木棍、椰枣核和稻豆子树籽。我不知道那个姑娘究竟为什么这样行事。"

接着,我情不自禁地哭了起来,继而走到堂妹跟前,对她说:"堂妹,你给我分析、解释一下那位姑娘的暗示吧!请告诉我该怎么办,帮我一把,让我摆脱这种处境吧!"

堂妹说:"我愿意帮助你。她放在你身上的小木棍,意思是说你人来了,但心没有来,好像她在对你说:'谈情说爱,不能这样行事;你根本没把自己置于恋人行列之中。'那椰枣核,意思是说,假如你真是一位恋人,那么,你的心中会燃烧着爱情的火焰,根本不会去尝睡梦的那种甜美,因为爱情之甘甜像燃烧在心中的火焰。至于稻豆子树籽,则是向你暗示情人的心已被夺走,要你拿出圣约伯①的耐心去忍受与她离别的痛苦。"

听完堂妹的分析与解释,我的心中顿时如火一般,痛苦难耐,禁不住狂叫大喊道:"我的运气薄呀,因此安拉安排我熟睡一夜之久。"

---

① 圣约伯,希伯来人的先知,忍耐的典型。

之后，我对堂妹说："堂妹，从可怜我能活下去这一点出发，你就给我想个主意吧，也好让我跟她联系上，见见面。"

堂妹不禁泪水涟涟。她说："阿齐兹，我的好堂哥，我心烦意乱，满肚子的话，不知道从何说起。不过，我想，今天夜里，你还是到那个地方去，千万不要再睡觉；只要能做到这一点，你的目的就能达到。这就是我的想法。祝你顺利！"

我说："但愿安拉保佑我，要我不再睡觉。我一定照你的吩咐行事。"

堂妹站起来，走去端来饭菜，对我说："吃吧！现在就吃个饱，以免你再想什么。"

我吃了个足饱。夜晚来临时，堂妹去给我拿来一套漂亮衣服，让我穿上，提醒我要向姑娘吟诵那首诗，并且告诫我千万不要贪睡。

一番叮嘱之后，我与堂妹告别，直奔那座花园而去。

我进了花园，还是坐在那张椅子上，望着那座花园。夜色暗下来，我用手指撑着眼皮，不住地摇晃着脑袋，坚持熬夜，以防困神侵扰。

讲到这里，眼见东方透出了黎明的曙光，莎赫札德戛然止声。

❖❖ 第一百一十八夜 ❖❖

夜幕降临，莎赫札德接着讲故事：

幸福的国王陛下，青年继续讲自己的经历：

堂妹一番叮嘱之后,我与堂妹告别,直奔那座花园而去。

我进了花园,还是坐在那张椅子上,望着那座花园。夜色暗下来,我用手指撑着眼皮,不住地摇晃着脑袋,坚持熬夜,以防困神侵扰。微风送来饭菜的香味,我觉得肚子更饿了,于是走到餐桌前,掀开餐罩,每种菜都吃了一口,还吃了一块儿肉;然后走到酒缸前,心想只喝一杯,于是举起酒杯,一饮而尽。我自感克制不住自己,又喝了第二杯、第三杯,一口气喝下了十杯。凉风吹来,我微睡似的倒在了地上。

我又是一觉睡到大天亮。当我醒来之时,发现我身在花园外,肚子上放着一把快刀和一枚铁币,我不禁周身颤抖,心惊肉跳。

我一骨碌爬起来,拿起快刀和铁币,回到家中。我听堂妹说:"在这个家中,我是一个痛苦的、可怜的、无依无靠的女人,只有眼泪和哭泣伴随着我。"

我走进屋门,便倒在了地上,快刀和铁币脱手落地。我晕了过去。

当我从昏迷中苏醒过来时,便把昨晚发生的事情向堂妹述说了一遍。我对堂妹说:"我的目的没有达到!我失败了。"

堂妹见我哭得很伤心,更加为我感到难过。她对我说:"我是爱莫能助啊!我劝你不要睡觉,你没听我的劝告。我的话对你不起任何作用。"

我对堂妹说:"看在安拉的面儿上,我求你给我解释一下这刀和铁币的含义吧!"

堂妹说:"那枚铁币,意思是说姑娘立下誓言:凭安拉和她的右眼起誓,假若你下次再来,还是睡觉的话,她一定要用这把刀把你杀死。堂哥,我真为你担忧,你一定要对她的狡诈保持戒心。我心里非常为你难过、痛苦,语言难以表达。你要知道,你再去她那里,不要睡觉,这样才能达到目的,实现你的愿望。与此同时,你也应该知道,假如你去她那里,照样睡觉,她就会把你杀掉。"

"堂妹,我该怎么办呢?看在安拉的面儿上,我求求你,帮我渡过这个难关吧!"

"我是乐意帮助你,只要你听我的,服从我的安排,你定会如愿以偿。"

我急忙说:"堂妹,我听你的,我服从你的命令。"

堂妹说:"等出发时间到来时,我再跟你说。"

堂妹把我搂在怀里,然后把我扶到床上,给我盖好被子,她守在我身旁,直到我两眼发涩,进入梦乡。

堂妹拿着扇子,坐在我的身旁,为我打扇,直到送走夕阳,堂妹才将我叫醒。我睁开蒙眬睡眼,见堂妹还坐在我的身旁,手里摇着一把扇子,哭个不止,泪水把衣襟都浸湿了。

堂妹见我醒来,便擦去眼泪,给我端来一些吃的东西,我不想吃,也吃不下去。堂妹说:"我不是告诉过你,要听我的,服从我的安排吗?"

听堂妹这样一提醒我,我没有违抗她,于是开始吃东西了。堂妹把食物送到我的嘴里,我慢慢咀嚼,直到吃饱;她又给了我一些葡萄汁喝。我吃饱喝足,堂妹给我洗了洗手,又用香帕给我擦干手,然后洒了点儿玫瑰水。这时,我才精神饱满地坐了起来。

天色黑下来,堂妹给我穿好衣服,对我说:"堂哥,今夜你要特别注意,整夜都不要睡觉。那位姑娘夜将尽时才来找你呢!愿安拉保佑你,让你今夜与她相会。不过,你千万不要忘记我的叮嘱啊!"

话音未落,堂妹哭了起来;因为她哭得太伤心,使我心里难过。我问她:"你对我还有叮嘱吗?"

堂妹一字一句地说:"当你离开那位姑娘的时候,你要吟诵那首诗!千万莫忘记呀!"

我高高兴兴地离开堂妹,向那座花园走去。

我走进花园,坐在那张椅子上;这次与前两次不同,我的肚子饱饱的,任何香味都对我失去了吸引力。我安安稳稳地坐下来,熬到夜过二更。

那一夜,对我来说实在太长了,简直就像一年时间那样长。三更天过去,雄鸡鸣叫了,我因熬夜已感到肚子饥饿,就站起来,走到餐桌前,吃了个足饱,喝了个尽兴,顿时感到头沉,想睡觉了。

就在这个时候,远处传来一阵嘈杂声。我立即站起身来,洗了洗手,漱了漱口,心里提醒自己:"夜将尽,眼看天就要亮了,坚持,再坚持一会儿!"

突然之间,那位姑娘出现了,在十个婢女的簇拥下走来了,如同众星捧月。那位姑娘身穿金丝绣花绿缎衣,似出水芙蓉,亭亭玉立,婀娜多姿,正如诗人所描述的那样:

　　情妹蹁跹至,春装绿色鲜;衣扣松解开,乌发披满肩。
　　借问名与姓,容之对君言:曾烙火印痕,情人心上边。
　　我诉苦予她:爱情多悲惨!她答君可知,顽石听不见。
　　纵心似顽石,此亦不用嫌;万能安拉在,石上溢清泉。

姑娘看见我时,她笑了。她说:"你一夜没有睡觉,怎么这样精神焕发呢?你一夜熬红了眼,我就知道你已是个热恋中的人了。凡是争春的热恋之人,都是通宵达旦忍受恋情考验的。"

之后,她转向婢女,向她们使了个眼色,她们便离去了。她随即走到我跟前，将我搂在她的怀里，吻我，我也吻她；她咂我的下唇，我咂她的上唇。接着我伸进手去摸她的腰，我俩一块滚到了地上。她解开了裤腰带，我把脚伸进她的两腿之间，我俩相互搂住脖子，打滚戏闹，说说笑笑，抱脚携腰，直到关节全部放松，飘飘欲仙，各入梦境。那一夜，令人开心怡神，快乐忘忧。正相诗人所云：

此生曾度良宵，未尝一杯一盏。
困盹远离眼帘，脚镯紧接耳环。

次日清晨，我想离开那里时，姑娘拉住我的手，对我说："等一下，我有件事情告诉你，有一事要叮嘱你一下。"

讲到这里，眼见东方透出了黎明的曙光，莎赫札德戛然止声。

✦✦ 第一百一十九夜 ✦✦

夜幕降临，莎赫札德接着讲故事：

幸福的国王陛下，青年继续对王子讲自己的经历：

那位姑娘转向婢女，向她们使了个眼色，她们便离去了。她随即走到我跟前，将我搂在她的怀里，吻我，我也吻她；她咂我的下唇，我咂她的上唇。接着我伸进手去摸她的腰，我俩一块滚到了地上。她解开了裤腰带,我把脚伸进她的两腿之间,我俩相互搂住脖子,打滚戏闹,说说笑笑,抱脚携腰,直到关节全部放松,飘飘欲仙,各入梦境。那一夜,令人开心怡神,快乐忘忧。

次日清晨,我想离开那里时,姑娘拉住我的手,对我说:"等一下,我有件事情告诉你,有一事要叮嘱你一下。"

我站住了脚。姑娘拿出这块罗帕,摊展在我的面前。我见罗帕上有这样一幅羚羊图,不禁惊奇万分,于是我拿起罗帕,与姑娘相约每天夜里到花园凉亭下相会。

当姑娘把绣有羚羊图的罗帕递给我时,她对我说:"这是我妹妹绣的。"

我问姑娘:"你妹妹叫什么名字?"

"我妹妹叫努尔霍黛。你要好好保存这块罗帕。"

我告别了姑娘,高高兴兴地离开了她,一时忘记了吟诵堂妹要我吟诵的那首诗。

当我欢天喜地、步履轻快地回到家中,见堂妹躺着。堂妹见我回来了,赶忙起来,淌着泪水朝我走来,亲吻我的胸膛,问我:"你按我的叮嘱吟诵那首诗了吗?"

我说:"我只是注意这幅羚羊图,把吟诗的事忘了个一干二净。"

我把罗帕扔在堂妹面前。堂妹站起来,又坐下去,再也忍不住,泪水潸然而落。她吟诵道:

    欲分别者务请要慢,拥抱怎可将你欺骗?
    时间本质乃是背叛,分离便是相伴终点。

堂妹吟罢,对我说:"堂哥,把这块罗帕送给我吧!"

我当真把罗帕送给了我的堂妹。

堂妹拿起罗帕，摊展开来，观看上面绣的羚羊图。

我赴约会的时间到了，堂妹对我说："去吧！祝你顺利平安。不过，当你离开她那里时，千万要对她吟诵我先前对你说过的那首诗。你已有好几次把此事忘掉了。"

我对堂妹说："你再给我吟诵一遍吧！"

堂妹给我吟诵了一遍，我便离开家，直奔花园去了。

我进了花园，发现姑娘正在等着我。姑娘看见我，朝我走了过来，亲吻我，让我坐在她的怀里。之后，我们吃饱喝足，就像昨天晚上那样，一阵拥抱、交欢之后，共同陶醉在无比的欢乐之中，直到东方吐亮。

天亮之时，我对姑娘吟诵道：

    世上恋人们，切请告诉我：青年被人恋，他该如何做？

姑娘听罢我的吟诵，顿时眼泪汪汪，吟诵道：

    隐情得保密，守口宜如瓶。处处要忍耐，事事必顺从。

我背下了姑娘吟诵的诗。堂妹的帮助，使我如愿以偿，我为此感到欣喜不已。

我离开那位姑娘，回到家中，见堂妹躺在床上，而我的母亲坐在她的身旁，正为她伤心落泪。我走到床前，母亲怒斥我："你这个当哥哥的真该死！你妹妹病成这个样子，你怎好丢下她不管呢？"

堂妹看见我，抬起头，坐了起来，对我说："堂哥，你对她吟过那首诗了吗？"

"吟诵过了。"我说,"那姑娘听了那首诗,哭了起来。之后,她吟诵了另一首诗,我还背了下来呢!"

"你背一背,让我听一听呀!"

我把姑娘吟诵的诗背了一遍,堂妹听罢,不禁泪水满面,吟诵道:

> 忍耐诚美德,美德何所得?到头心烦躁,情痴空无获。

堂妹吟罢,又对我说:"你再去同那位姑娘幽会时,你就对她吟诵刚才听到的这首诗。"

"我听你的!"

当天晚上,我照例去花园幽会那位姑娘。我与她亲吻拥抱,亲密无间,水乳交融,欢情难言。当我想离开她时,向她吟诵了那首诗:

> 忍耐诚美德,美德何所得?到头心烦躁,情痴空无获。

她听完这首诗,泪如泉涌,吟诵道:

> 保密无耐心,死外别无路。

我背下了这首诗,然后转回家去了。

回到家中,见堂妹躺在床上,昏迷不醒。我母亲坐在她的身旁。堂妹听到我的说话声音,睁开眼睛,说:"堂哥,你向姑娘吟诵过那首诗了吗?"

"吟诵过了。"我回答,"当那位姑娘听了我的吟诵后,哭了起来。她向我吟诵道:'保密无耐心,死外别无路。'"

堂妹听我这样一说,再次昏迷过去。当她苏醒过来时,吟诵道:

我们听且从,然后临死期。禁绝联系者,请受我敬意。

夜色降临后,我照习惯到那座花园去赴约会。步入园门,发现那位姑娘在等着我。我们坐下,又吃又喝,寻欢作乐,然后一觉睡到大天亮。

临别时,我向姑娘吟诵了堂妹吟诵过的那首诗。姑娘听罢,大叫一声,神情烦躁不安。姑娘说:"凭安拉起誓,吟诵这句诗的那位女子已经死去。"

话音未落,姑娘哭了。她对我说:"你这个该死的!你与吟这首诗的女子有何亲戚关系?"

我告诉姑娘:"她是我的堂妹。"

"你撒谎!假若她是你的堂妹,凭安拉起誓,你一定会像她爱你一样爱她。是你害了她!安拉会像你害她一样将你置于死地的。凭安拉起誓,假若知道你有这位堂妹,我绝不会让你接近我的。"

我对姑娘说:"你给我的暗示,都是我的堂妹为我破译的;我的一切作为,都是我的堂妹为我出主意,为我进行安排的。"

"她了解我们的情况?"姑娘问。

"是的。我们的事情,她完全了解。"

"安拉会像你摧残你堂妹的青春那样断送你的韶华。"

姑娘又对我说:"快去看看你的堂妹吧!"

我顿觉心事沉重,离开姑娘,快步赶往家中。当我走进我家的胡同口时,便听到凄惨的哭声。我问出了什么事,有人告诉我:

"阿济泽，阿济泽……我们发现她死在了门后……"

我急步进了家门。母亲看见我，对我说："你这个该死的东西！她的错误都在你这个当堂哥的身上。安拉是不会宽恕你的！"

讲到这里，眼见东方透出了黎明的曙光，莎赫札德戛然止声。

第一百二十夜

夜幕降临，莎赫札德接着讲故事：

幸福的国王陛下，青年继续讲自己的婚恋故事：

姑娘对我说："快看看你的堂妹去吧！"

我顿感心事沉重，离开姑娘，快步赶往家中。当我走进我家的胡同口时，便听到凄惨的哭声。我问出了什么事，有人告诉我："阿济泽，阿济泽……我们发现她死在了门后……"

我急步进了家门。母亲看见我，对我说："你这个该死的东西！她的错误都在你这个当堂哥的身上。安拉是不会宽恕你的！"

我父亲来了，我们一起为堂妹料理丧事，出殡送葬。下葬之后，又在坟前念了《古兰经》，守墓三天，然后返回家中。堂妹的死，使我感到非常难过。我来到母亲身边，母亲对我说："我想知道一下，你究竟是怎样对待你堂妹的，致使她胆裂丧命。孩子，我时刻都在问她的病因，你却没有告诉我，没对我明说。看在安拉的面儿上，你告诉我你是怎样对待她的吧！"

我对母亲说："我没有对她怎么样。"

母亲说："安拉会找到你为你的堂妹报仇的。她什么都没对我说，而是把一切埋在心中，心甘情愿死去。她快咽气时，我就在她身边。她睁开眼睛，对我说：'大娘，安拉注定我和堂哥不能成亲，我不责斥他那样对待我。安拉要把我从这个世界带到永恒世界去了。'我对她说：'孩子，你会好的。'我问起她的病因，她什么也没说，只是微微一笑。后来，她对我说：'大娘，如果我堂哥还想去他常去的那个地方，请告诉他，当他离开那个地方时，要他不要忘记说两句话：忠实是美德，背叛是丑行。这表明了我对堂哥的关心。我生前和死后都关心着他。'后来，她把要送给你的一件东西递给我，并且叮嘱我，只有看到你哭她时，才能把这件东西交给你。现在，这件东西在我手中。只有当我看见你像她说的那样大声哭她的时候，我才能把东西给你。"

"妈妈，让我看看那件东西吧！"我恳求道。

母亲没有满足我的要求。之后，我只想自己的事情了，没再去考虑堂妹的死。因为我的心早已不在她身上，巴不得整天整夜都跟我那心上人待在一起。

又逢夜幕降临时，我直奔花园而去。进了园门，看见我心爱的那位姑娘在焦急地等待着我的到来。她一看见我，便立即跑上前来，搂住我的脖子，问我堂妹的情况。我告诉她说："堂妹已经不在人世了。我们在她的墓前已念过《古兰经》，超度过她的灵魂。她已经归真四天，今天已是第五夜了。"

姑娘听罢，一声高叫，哭了起来。她说："我不是对你说过吗，是你害了她？假若你能在她死之前让我认识她，我定会报答她做的好事。她为我效了力，做了好事，把你送给了我。如果没有她的努力，我是不能与你相见的。我真为你感到担心，怕你因她遭难遇到什么不幸。"

我对姑娘说："堂妹去世之前已经表示我与她没有什么关系了。"

之后,我把母亲告诉我的那些情况一一告诉姑娘。姑娘说:"凭安拉起誓,你回家见到你母亲,一定要看看她手里的那件东西。"

我说:"母亲告诉我,我堂妹临终前叮嘱我,假若要到常去的那个地方去,就要说这么两句话:忠实是美德,背叛是丑行。"

姑娘听完,说道:"愿安拉怜悯你的那位堂妹。她已把你从我的手中拯救出来了。我本存心害你;现在,我既不想害你,也无意看管你了。"

我感到奇怪。我问她:"你我之间已有情谊,你打算怎样处置我呢?"

姑娘说:"你已爱恋上了我,可是,你的年龄还小,天真无邪,你不晓得我们女人的狡猾和欺诈。假若你的堂妹还活着,她定会帮助你的。你之所以平安无事,原因在于她把你从危险之中救了出来。现在,我要嘱咐你,千万不要同像我们这样的女人谈话,无论是年纪小的,还是年纪大的。你千万要记住,千万不要忘记!因为你还不了解女人的奸猾和欺骗性。为你分析、解释暗示的堂妹已经谢世;我真担心你再次陷入灾难时,因你的堂妹不在人间,而找不到搭救你的人。"

讲到这里,眼见东方透出了黎明的曙光,莎赫札德戛然止声。

第一百二十一夜

夜幕降临,莎赫札德接着讲故事:

幸福的国王陛下,青年继续对塔基·穆鲁克王子讲述自己的经历:

姑娘对我说:"你已爱恋上了我,可是,你的年龄还小,天真无邪,你不晓得我们女人的狡猾和欺诈。假若你的堂妹还活着,她定会帮助你的。你之所以平安无事,原因在于她把你从危险之中救了出来。现在,我要嘱咐你,千万不要同像我们这样的女人谈话,无论是年纪小的,还是年纪大的。你千万要记住,千万不要忘记!因为你还不了解女人的奸猾和欺骗性。为你分析、解释暗示的堂妹已经谢世;我真担心你再次陷入灾难时,因你的堂妹不在人间,而找不到搭救你的人。"

姑娘停顿片刻,又对我说:"你那位堂妹是多么不幸啊!假若我能在她去世之前认识她,那该多好啊!如果那样,我还能够报答她给予我的恩惠。愿大慈大悲的安拉怜悯她!她保住了自己的心事,什么都没有吐露。如果不是她,你是见不到我的。我想让你办件事!"

"什么事呀?"

"领我去她的坟上看一看,我要在她的坟前吟诗凭吊。"

"但愿安拉默助,我们明天就去。"

那天夜里,我就和姑娘睡在一起。

一个时辰过后,姑娘对我说:"你堂妹活着时,你就把她的情况告诉我,那该多好啊!"

"堂妹叮嘱的那两句诗,即'忠实是美德,背叛是丑行'是什么意思呀?"

姑娘没有回答我。

次日清晨,姑娘起了床,拿来一袋钱,对我说:"起来吧!带我去看你堂妹的坟墓,我不仅要赋诗凭吊,而且要为她建个圆顶墓室,祈求安拉怜悯她。我要把这些钱用来为她超度灵魂。"

"遵命!"

说罢,我在前面带路,姑娘在后面紧跟。一路上,她边走边施舍。她每施舍一次,便说:"这是为超度阿济泽的灵魂而进行施舍的。阿济泽至归真没有吐露自己的心事,没有说出自己爱情的秘密。"

袋子里的钱施舍完了,我们也来到了坟地。

姑娘看见我堂妹的坟墓,便扑了上去,一阵失声痛哭。之后,她掏出铁笔和袖珍锤子,在堂妹坟前的石头上,工工整整地刻下这样一首诗:

行经一园中,来到荒冢前;坟上白头翁,七朵花正鲜。
借问谁家坟?大地开口言:切请礼貌些,死者生失恋。
求主怜悯你,殉情好青年;送你入乐园,魂居七重天。
失恋诚不幸,坟墓亦可怜;屈辱土一堆,凄凉万物间。
倘使我能为,植树绿陵园;滚滚泪水淌,浇得百花艳。

姑娘又是一阵痛哭。之后,她站起身来,我也随着她站了起来，继而朝那座花园走去。

姑娘对我说:"看在安拉的面儿上,我求你千万不要和我中断联系。"

"遵命!"我回答得干脆利落。

自那之后,我常常到她那里去。每当我在她那里过夜时,她总是对我那么热情、周到、大方、慷慨,又每每问起堂妹生前对我母亲讲过的那两句话,我也就毫不迟疑地给她重复一遍。我在她那里照样吃喝,与她拥抱、接吻,更换薄衣。因为终日处于欢乐、享受之中,我渐渐心宽体胖起来,没有忧虑,没有痛苦,没有悲伤,没有牵挂,把堂妹完全忘在了脑后,深深沉浸在了享乐之中,不知不觉一整年过去了。

新年元旦那天,我到澡堂沐浴,理发修面,换上了一套漂亮衣衫。我出了澡堂,喝了一杯酒,闻到我那套衣衫上散发出来的诱人香味,那种种忧虑、灾难全都忘了个一干二净。

夜幕降临时,我想去幽会心上人;当时,我醉意朦胧,简直不知道该向哪里去。我出了门,醉意把我引入了奈基布胡同。我正在那条胡同里走时,忽然见一位老妪走来,她一手端着蜡烛,另一只手拿着一封卷着的信……

讲到这里,眼见东方透出了黎明的曙光,莎赫札德戛然止声。

第一百二十二夜

夜幕降临,莎赫札德接着讲故事:

幸福的国王陛下,那个叫阿齐兹的青年继续对王子讲自己的情况:

因为终日处于欢乐、享受之中,我渐渐心宽体胖起来,没有忧虑,没有痛苦,没有悲伤,没有牵挂,把堂妹完全忘在了脑后,深深沉浸在了享乐之中,不知不觉一整年过去了。

新年元旦那天,我到澡堂沐浴,理发修面,换上了一套漂亮衣衫。我出了澡堂,喝了一杯酒,闻到我那套衣衫上散发出来的诱人香味,那种种忧虑、灾难全都忘了个一干二净。

夜幕降临时,我想去幽会心上人;当时,我醉意朦胧,简直不知道该向哪里去。我出了门,醉意把我引入了奈基布胡同。我正在那条胡同里走时,忽然见一位老妪走来,她一手端着蜡烛,另一只手拿着一封卷着的信。我朝她走去,但见她边落泪边吟诵道:

    欢迎信使至,报喜进家门。带来悦耳语,闻者乐开心。
    倘若爱礼袍,赠之我不吝。辞别时刻到,每见伤心人。

老太太看见我,对我说:"孩子,你认识字吗?"
"老奶奶,我还能认些。"我回答道。
"给你这封信,替我念一念吧!"
我接过信,打开之后,念给老太太听。那是游子从异乡寄回来的平安家信,信中问候了多位老人。

老太太听罢,十分高兴,连声为我祈祷祝福。她对我说:"安拉会像解除我的忧烦一样为你排忧解难。"

说完,老太太拿着信走了。我因为憋着尿,赶快找了个地方小解。小解完后，整理好衣服，正要走时，那位老太太又朝我走来，上前亲吻我的手，对我说："小主人，安拉祝你青春常在！我期望你跟着我走几步，到那座门那里去一趟。我把你念的信，向他们说了说，可是他们不相信我。跟我去一趟，把信读给他们听一听。你千万要答应我的请求。"

我说："这封信有什么故事吗？"

"孩子，这封信是我的儿子捎来的；我的儿子外出做生意已有十年没有音信了，我们都已经失望，以为他已经死在异乡。就在这时候，我们收到了儿子的来信。他有个妹妹，因哥哥没有音信，她白天黑夜地哭。我对她说，他平安无事，而她却不相信。她说：'你只有把念信的人带到我的跟前，亲口告诉我，我才会相信、放心。'孩子，多愁善感的人总是喜欢胡乱猜想。你就快随我来，去念念这封信吧！你站在吊帘后，让他妹妹在门里听，以便消除她的疑虑。谁能为穆斯林解决一个难题，谁就能避免一次灾难。安拉的使者穆罕默德说：'谁能在今世为他人排除一个灾难，安拉就能在复活日为他排除七十二个灾难。'我来找你，你千万不要让我失望。"

"老太太，我听从你的安排。"

随后，我跟着老太太走去。

走了没多远，便来到一座大门前，但见大门包着红铜皮。我站在门外，只听老太太用波斯语喊了一声，便见一位姑娘迈着轻快的步子从门内的走廊走出来，只见她裤管高卷，露出了白皙细嫩的大腿，诱人心动，正如诗人所云：

　　　　嫩白若玉柱，显现情人前；意在动君心，情思更联翩。
　　　　又献杯中酒，举至君嘴边。香醇与玉柱，诱君醉入眠。

姑娘的脚腕儿上戴着镶嵌着宝石的脚镯，上衣撩到腋下，衣袖挽着，露出白嫩的手腕，两腕上戴着金手镯。她的双耳上戴着珍珠耳环，脖子上挂着宝石项链，头戴紫金冠，上面镶嵌着无数颗宝石。她的内衣角外露着，仿佛在干什么家务活儿。

那姑娘一看见我，就用甜润、流畅的语调说道："母亲，这就是那个来为我念信的人吗？"

那语调之甜美，是我从未听到过的。

老太太回答道："是的。正是来给我们念信的。"

老太太伸出手，把那封信递给我。这时姑娘距我们尚有一戈斯布①远。我伸出手接信，头和肩已经靠近门。就在这一刹那，老太太用头将我的后背一顶，我的手一抓门框……当我回头看时，发觉自己已进了院子，站在了走廊下。那位老太太眼疾手快，立即将大门关了起来。

讲到这里，眼见东方透出了黎明的曙光，莎赫札德戛然止声。

第一百二十三夜

夜幕降临，莎赫札德接着讲故事：

幸福的国王陛下，阿齐兹继续对塔基·穆鲁克王子讲自己的

---

① 戈斯布，古埃及长度单位，一戈斯币约合三点五五米。

经历：

那姑娘一看见我，就用甜润、流畅的语调说道："母亲，这就是那个来为我念信的人吗？"

那语调之甜美，是我从未听到过的。

老太太回答道："是的。正是来给我们念信的。"

老太太伸出手，把那封信递给我。这时姑娘距我们尚有一戈斯布远。我伸出手接信，头和肩已经靠近门。就在这一刹那，老太太用头将我的后背一顶，我的手一抓门框……当我回头看时，发觉自己已进了院子，站在了走廊下。那位老太太眼疾手快，立即将大门关了起来。站在走廊上的姑娘朝我走来，一把将我搂在她的怀里，继之将我摔倒在地，骑在我的身上，使劲地用手挤压我的肚子，致使我失去知觉。之后，她又紧紧攥住我的手，因为攥得太紧，我无法挣脱，接着将我带走了。

这时，那位老太太来了，手里端着一支蜡烛在前面带路。走过七道走廊，将我带入一座大厅，那大厅里有四根柱子，精美壮观，令人难以想象。

姑娘让我坐下，对我说："睁开你的眼吧！"

我睁开眼。因为被她挤压得过于厉害，我一时感到十分难受。

我睁眼一看，只见那大厅四壁全用大理石砌成，地上铺满华贵的地毯，靠枕、坐椅摆列整齐，还放着一张黄铜长椅和一张赤金宝座，宝座上镶嵌着贵重宝石，看上去只有帝王才配坐上去。姑娘对我说："喂，阿齐兹，你究竟想死，还是想活？"

"我当然想活！"我回答道。

"如果你想活，那就要和我结婚成亲；只有这样，你才能免遭那个女妖的危害。"

"女妖？哪个是女妖？"

姑娘笑了。她说："到今天为止，你同那戴丽莱一起混了一年零四个月，你还不晓得哪个是女妖……安拉诅咒那个坏女人！凭安拉起誓，世上再没有比她更狡猾多端的人了。在你之前，她害死过多少人，干过多少无耻勾当！你和她一起混了这么长时间，她为什么没有害死你或者打搅你？你为什么能够平安无事？究竟原因何在？"

听姑娘这样一说，我感到十分吃惊。我问："小姐，你怎么认识她的？"

"我认识她就像时光认识灾难。我希望你对我讲一讲你与她之间的交往，以便弄清你能在她手中得以平安的原因。"

我把与戴丽莱之间的交往情况一五一十地向姑娘讲述了一遍，还把堂妹阿济泽的情况讲给她听。听说我的堂妹已不在人世，姑娘用拳击掌，深表惋惜，泪水盈眶。她说："阿齐兹，安拉会因为你失去了她而给你补偿的。正是由于你的堂妹，你才没有受那个女妖的伤害。若没有你的堂妹相助，恐怕你早已不在世上了。我真担心你中那女妖的诡计，遭受那女妖的伤害。可是,我却不能对你明讲。"

我说："凭安拉起誓，那一切都已成为过去了。"

姑娘摇摇头，然后说道："当今世上，就是打着灯笼，也找不到像阿济泽那样的好姑娘了。"

"姑娘临死时，仅留下两句话，即：忠实是美德，背叛是丑行。"

姑娘一听，立即对我说："阿齐兹，凭安拉起誓，正是这两句话，把你从戴丽莱那个女妖的手中救了出来；正是有了这两句话，那女妖才没有杀你。你堂妹生前保护了你，死后还在保护着你。凭安拉起誓，说句老实话，我早就想和你相会，哪怕仅仅一起待上一天。我的这种愿望,此时此刻才得以实现,我终于安排了这么一个巧计,才把你请到了我的家中。你呀,阿齐兹,你的年纪尚轻,不知道女人的狡猾,更不懂老年人的智谋。"

"凭安拉起誓,对这一切,我真是一无所知。"

"你就放心好啦!归真的人,有安拉怜悯;活着的人,有安拉关怀。你是一位美男子,我只希望你遵照安拉及其使者穆罕默德的训示行事。不管你要多少钱,需要多少绸缎,我都会迅速如数给你送到眼前。我不勉强你做任何事情。我这里有吃有喝,全不用发愁。我只希望你像公鸡那样,就心满意足了。"

"公鸡?公鸡怎样呢?"我惊异地问。

姑娘双手一拍,笑了起来,笑得前仰后合。之后,她坐起来,说:"难道你连公鸡能做什么也不了解?"

"凭安拉起誓,我真不知道公鸡能做什么。"

"公鸡嘛,就干三件事:吃、喝、交尾!"

听她这样一说,我害羞了。我迟疑片刻,然后说:"哦!原来这就是公鸡的作为?"

"是呀!公鸡就会这些!现在,我对你没有别的要求,只希望你振奋精神,增强意志,成为一只健壮的公牛。"

姑娘说罢,击了击掌,呼喊道:"母亲,来吧!"

话音未落,老太太便带着四个证人来到女儿面前,随后,老太太点着了四支蜡烛。

证人进来,向我问了安好,坐了下来。姑娘站起身,放下面纱,委托证人为她办理婚书事宜,并且证实她已先后收下聘礼,共计折合钱一万迪尔汗。

讲到这里,眼见东方透出了黎明的曙光,莎赫札德戛然止声。

第一百二十四夜

夜幕降临,莎赫札德接着讲故事:

幸福的国王陛下,青年继续对王子讲自己的经历:

姑娘说:"公鸡嘛,就干三件事:吃、喝、交尾!"

听她这样一说,我害羞了。我迟疑片刻,然后说:"哦!原来这就是公鸡的作为?"

"是呀!公鸡就会这些!现在,我对你没有别的要求,只希望你振奋精神,增强意志,成为一只健壮的公牛。"

姑娘说罢,击了击掌,呼喊道:"母亲,来吧!"

话音未落,老太太便带着四个证人来到女儿面前,随后,老太太点着了四支蜡烛。

证人进来,向我问了安好,坐了下来。姑娘站起身,放下面纱,委托证人为她办理婚书事宜,并且证实她已先后收下聘礼,共计折合钱一万迪尔汗。证人们写好婚书,姑娘支付了酬金,他们便离去了。

之后,姑娘脱下衣裙,换上金丝绣花薄衫,拉着我的手,走进装饰华丽的洞房,将我领到了床上。她说:"我们的婚姻合法合理,没有任何可指责的,也没什么可害羞的。"

说着,她仰面躺在床上,让我趴在她的身上,之后她撒娇地喊了起来。接着,她撩开自己的内衣,露出丰隆的双峰,我再也抑制不住自己，连抓带吻，而她则低声呻吟着，听我摆布，百依百顺，泪水涟涟，娇声娇气，双双抱吻不息……这使我想起了诗人的描述：

撩开石榴裙，玉门眼前竖；狭窄如喉咙，又像谋生路。
进到一半时，耳闻人吟苦；我问意如何？余部快进入！

她说："亲爱的，就请你尽兴欢乐吧！我是你的女仆，我的一切都是属于你的，就请你全部拿去吧！"

我不时地听到她的呻吟，还听到她的喊声。我们拥抱、亲吻、呼叫……我们的喊声传到了路边。我们共享天伦之乐，美满而尽兴，一觉睡到大天亮。

天亮了，我想出去一趟，妻子笑着朝我走过来，说："你以为你是到澡堂洗澡，想进就进，想出就出吗？你不要错把我当成戴丽莱。你已是我的合法丈夫了，你如果是喝醉了酒，那就清醒一下吧！你要知道，你所在的这个大院，一年之中，院门只开一天。你不妨到大门那里看上一看。"

我走到大门那里一看，大门果然关着，而且钉上了钉子。我回来告诉妻子，说院门被钉死了。妻子说："阿齐兹，我们这里有的是粮食米面，食糖齐全，鸡羊无数，还有各种水果，足够我们食用数载。自今夜开始，一整年之后，院门方才开启。"

"无能为力，只有依靠伟大的安拉！"我无可奈何地说。

"这对你有何妨害呢？我已经告诉过你，你只要有公鸡的本领就行了！"

妻子笑了，我也笑了起来。

我服从了妻子的安排，像公鸡一样住在她那里，只知道吃、喝和交尾。

不知不觉，十二个月过去了。一年刚满，妻子生下一个孩子。

新年元旦，我听到大门开启的声音，又见许多人带着糕点、面粉和糖进了院门。我想出去看一看，妻子忙说："等到天黑下来，你再出去吧！"

我好容易等到天黑，正想出去时，妻子拦住我，说："凭安拉起誓，只有你发誓今夜关门之前回来，我才准你出门。"

我答应关门前回来，并且手摁宝剑和《古兰经》立誓，她还以离婚相威胁，方才让我出了大门。

出了门，我径直朝那座花园走去。

走进花园，我发现那里的景况没有什么变化。心想："我有一整年时间不到这里来了。如今突然来访，园门依旧洞开，不晓得戴丽莱姑娘是否仍在。现在正是初夜，回家看母亲以前，我一定要进花园看一看。"我边想边进了花园，来到了那把坐椅前。

讲到这里，眼见东方透出了黎明的曙光，莎赫札德戛然止声。

ᛯ 第一百二十五夜 ᛯ

夜幕降临，莎赫札德接着讲故事：

幸福的国王陛下，阿齐兹继续给塔基·穆鲁克王子讲自己的经历：

我好容易等到天黑，正想出去时，妻子拦住我，说："凭安拉起誓，只有你发誓今夜关门之前回来，我才准你出门。"

我答应关门前回来，并且手摁宝剑和《古兰经》立誓，她还以离婚相威胁，方才让我出了大门。

出了门，我径直朝那座花园走去。

走进花园，我发现那里的景况没有什么变化。心想："我有一整年时间不到这里来了。如今突然来访，园门依旧洞开，不晓得戴丽莱姑娘是否仍在。现在正是初夜，回家看母亲以前，我一定要进花园看一看。"我边想边进了花园，来到了那把坐椅前。

我抬头一看，戴丽莱姑娘真的坐在那里，低着头，手托着下巴，面无血色，两眼凹陷。她看见我，便说道："赞美安拉！安拉保佑你康泰平安！"

她想站起来，但因为太高兴了，一时力不从心。

看见她，我有些害羞，低下头来，向她走去，亲吻了她一下。我问："你怎么晓得我这个时候会来看你呢？"

"我并不知道你这时会来。凭安拉起誓，整整一年当中，我不曾尝过睡梦的甜美，而是天天晚上在这里熬夜，等待着你的到来。自从我送给你一套新衣服，你离开我，并且答应再来看我的那一天起，我就在这里等着你。我等了一夜，不见你来；又等第二夜，仍不见你来；再等第三夜，仍然看不见你的身影。我一直在等着你；情人嘛，就是如此。你一年时间没来看我，原因何在呢？"

我把自己的情况向她述说了一遍。

当她得知我已结婚时，脸色顿时蜡黄。我对她说："我今晚来看看你，天亮之前还得回去。"

"她耍了个阴谋，和你结为夫妻，关了你整整一年时间，难道她还不满足，反倒以离婚相威胁？她怎好让你天亮之前回去，连我和你的母亲都不让你看一看呢？我在她之前就认识你，而且一年没有见面了，她怎好不让你在我这里休息一夜呢？安拉怜悯你的堂妹阿济泽。她做了别人做不到的事情，而且忍受了别人所不能忍受的苦楚。她让你认识了我，她是为你而死的。我本有能力把你囚禁起来，将你置于死地；只因我猜想你会回来，便放走了你。"

说罢，戴丽莱哭了，然后用愤怒的目光凝视着我。

见此情景，我周身战栗，害怕极了，简直成了火上的豆子。她说："你已成家，而且有了孩子，对我来说，已经没有半点儿用场了，不宜与我待在一起，因为只有光棍儿才能和我共枕同欢。已婚男子，于我无用。你为那个婊子而把我出卖了。凭安拉起誓，我一定要让她因为你而感到忧伤，让你既不属于我，也不属于她。"

话音未落，戴丽莱一声大喊，十个婢女应声赶来，随后将我摔倒在地，将我死死摁在地上。戴丽莱站起身，手拿一把刀，对我说道："我要像宰山羊那样把你宰掉。这就是给你的最轻惩罚。你那样对待你的堂妹，只能得到这样的报应。"

我被婢女们摁在地上，脸挨着地，又见戴丽莱这个女妖手中握着明晃晃的尖刀，自认非死不可，忙连声求饶。

讲到这里，眼见东方透出了黎明的曙光，莎赫札德戛然止声。

❖— 第一百二十六夜 —❖

夜幕降临，莎赫札德接着讲故事：

幸福的国王陛下,佟丹宰相给杜姆康国王讲的故事还没有完,杜姆康国王和几位将军听得津津有味。

青年阿齐兹继续给塔基·穆鲁克王子讲自己的经历:

话音未落,戴丽莱一声大喊,十个婢女应声赶来,随后将我摔倒在地,将我死死摁在地上。戴丽莱站起身,手拿一把刀,对我说道:"我要像宰山羊那样把你宰掉。这就是给你的最轻惩罚。你那样对待你的堂妹,只能得到这样的报应。"

我被婢女们摁在地上,脸挨着地,又见戴丽莱这个女妖手中握着明晃晃的尖刀,自认非死不可,忙连声求饶。

求饶没有任何结果,她们反倒对我更加狠毒。戴丽莱令婢女们把我捆绑起来,让我仰面朝天,她们坐在我的肚子上,揪住我的脑袋。随后,两个婢女站起身,抓住我的脚指头;另两个婢女坐在我的腿上。接着,戴丽莱这个妖女命令两个婢女抽打我,打得我死去活来,最后昏迷过去,不省人事了。

当我苏醒过来时,心想:"就是把我杀掉,也比这样打要好受。"我想起堂妹的话,她说:"安拉会保佑你免遭她的伤害。"我大声呼喊,失声痛哭,直哭得声音嘶哑。

这时,戴丽莱抽出尖刀,对婢女们说:"你们闪开,让我……"

就在这时,安拉默助我说出堂妹叮嘱我的那两句话:"忠实是美德,背叛是丑行。"

妖女戴丽莱一听,大声说道:"阿济泽,安拉怜悯你的青春!你生前爱护你的堂兄,死后仍在关心着他。"

片刻过后,她对我说:"凭安拉起誓,这两句话救了你的命!不过,我一定要给你留下点儿痕迹,以便激怒那个不让你来看我的女人。"

说罢,一声喊叫,婢女们应声侍立面前。她对婢女们说:"骑在他的肩上,用绳子将他的腿绑起来!"

婢女们照命令行事。她则拿来一口铜锅,架在火上,倒上麻油。此时此刻,我被吓得已是魂不附体。戴丽莱来到我的身旁,扒下我的裤子,用绳子扎住我的阴囊,把绳子头递给两个婢女,发令说:"使劲拉绳子!"

那两个婢女用力一拉,我只觉得一阵剧烈疼痛,失去了知觉。接着,妖女戴丽莱举起刀,割下了我的生殖器,霎时之间,我变成了女性。她用沸油烫过我的伤口,又敷上了些药粉。

当我醒来之时,伤口已经停止流血,戴丽莱灌了我一杯酒,然后对我说:"现在,你去找那个和你结了婚、不肯让你跟我过一夜的女人吧!安拉怜悯你的堂妹,正是她救了你一条命。假若你不说出她那两句话给我听,我会把你宰掉的。现在,你想谁就到谁那里去吧!我这里嘛,只留下我割下来的那件东西。如今,我对你没有任何要求,不需要你了。站起来,摸着你的脑袋,滚吧!好好记着你堂妹的恩情吧!"

说完,她又踢了我一脚。

我站起来,却走不动路。我一步一步地挪动,好容易才回到妻子家门前。我见院门开着,不由自主地倒在了门前,昏迷了过去。恰巧我的妻子出来,把我抱进屋里,这才发现我变成了女性。我睡着了,睡得很沉。

当我从沉睡中醒来之时,发现自己躺在那座花园门口外。

讲到这里,眼见东方透出了黎明的曙光,莎赫札德戛然止声。

第一百二十七夜

夜幕降临,莎赫札德接着讲故事:

幸福的国王陛下,青年阿齐兹继续讲下去:

我站起来,却走不动路。我一步一步地挪动,好容易才回到妻子家门前。我见院门开着,不由自主地倒在了门前,昏迷过去了。恰巧我的妻子出来,把我抱进屋里,这才发现我变成了女性。我睡着了,睡得很沉。

当我从沉睡中醒来之时,发现自己躺在那座花园门口外。

我挣扎着站起来,心中不胜烦恼。我离开那里,走回家去。进了家门,见母亲正为我痛哭流泪。母亲边哭边说:"孩子啊,你究竟到哪里去了呀?"

我走近母亲,一下子扑到母亲的怀抱里。母亲看见我,发现我情况不正常,脸色黄中带黑。

我想起堂妹,想到堂妹为我做的好事,确信堂妹是非常爱我的人,我哭了起来。母亲也和我一道哭了起来。母亲说:"孩子,你的父亲已经去世了。"

听说父亲去世,我更加愁思满怀。我哭个不止,直到昏迷过去,不省人事。

我苏醒过来时,看见堂妹生前坐过的地方,又哭了起来;因为哭得死去活来,再次昏迷了过去。我一直哭到半夜,母亲对我说:

"你父亲已经去世十天了。"

"除了堂妹,我谁都不想。我堂妹才是真正爱我的人,而我却亏待了她,真是罪有应得。"

"你怎么啦?"母亲问。

我把刚才发生的事情向母亲述说了一遍。母亲听罢,哭了一个时辰。之后,母亲走去给我拿来吃的东西,我吃了一点点。吃过喝过,我又把我的全部经历向母亲说了一遍,母亲听后,说道:"感谢安拉!虽然你受了些苦,性命还是保住了。"

母亲给我的伤口敷药调治,我终于恢复了健康。母亲对我说:"孩子,我现在去取你堂妹给你留下的那件东西;那件东西是属于你的。你堂妹生前说,只有你想起她为她而哭时,才能把这件东西给你。如今,你已为堂妹感到难过,终断了除她以外所有人的关系。现在,我看到了你的这个长处。"

说完,母亲站起来,走去打开一个箱子,取出这块绣有羚羊图的罗帕,这就是我送给她的那块罗帕。

我打开罗帕,见上面题着这样一首诗:

> 叫我情中站,你却落座稳。我睁眼熬夜,你们沉睡寝。
> 梦境何甘美,介于眼与心。纵融你们中,唯慰你们神。
> 你们曾立誓,爱在心中隐;中伤者言多,多言害人深。
> 看在安拉面,呼请弟兄们:刻我墓碑上,此处葬孤魂。

读罢这首诗,我痛哭失声,连连批打自己的面颊。

我发现罗帕里掉出一片纸来,上面写着这样一段文字:

堂兄：

你知道，我使你与我脱离了关系，祈求安拉使你与你所心爱的人儿和光同尘，心心相印。如果戴丽莱待你有什么不好之处，你就不要再去她那里，也不要去别的女人那里。感赞安拉，让我走在了你的前面。我谨祝你平安……

讲到这里，眼见东方透出了黎明的曙光，莎赫札德戛然止声。

第一百二十八夜

夜幕降临，莎赫札德接着讲故事：

幸福的国王陛下，阿齐兹发现罗帕里掉出一片纸来，上面写着这样一段文字：

堂兄：

你知道，我使你与我脱离了关系，祈求安拉使你与你所心爱的人儿和光同尘，心心相印。如果戴丽莱待你有什么不好之处，你就不要再去她那里，也不要去别的女人那里。感赞安拉，让我走在了你的前面。我谨祝你平安。你要好好保存这块绣有羚羊图的罗帕，不要随意丢弃它。每当你外出时，这幅羚羊图总能给我以非同寻常的慰藉。你对绣这幅羚羊图的姑娘大加赞扬，你应该远离她，不要让她接近你，更不能同她结亲。万一你无法摆脱她，那么，在她之后，你就不要再接近别的女人了。你要知道,绣这幅羚羊图的姑娘,每年都要绣这样一幅羚羊图,寄往远方,以期进行自我张扬,宣传她的技艺高超,为异地无法仿效比拟。你的那位名叫戴丽莱的情人,她拿到这块绣有羚羊图的罗帕时,就会让人们看,并且还对人们说:"我有个妹妹,会绣羚羊图。"她说的全是谎话,安拉会揭穿她的谎言。

我之所以这样叮嘱你,原因在于我死之后,这个世界对你来说就显得十分狭窄,也许你会因此而漂泊在外,流落他乡,听人说起绣羚羊图的姑娘,因而想认识她。

堂兄,你要知道,绣这幅羚羊图的姑娘是卡夫尔岛王国国王的女儿——一位堂堂的公主。

你的堂妹　阿济泽

我读过这封信,明白了其中的含义,禁不住泪洒胸襟。见我哭泣,母亲也哭了起来。母子对哭,直到夜幕垂降。

一年之中,我都是在泪水中度过的。

一个年头好不容易熬过去了。城里的商人们置办货物,准备远行经商,我加入到了他们的商队中。母亲示意让我远去经商,她对我说:"去跑一跑吧!也许旅行能把你从这种悲伤中解脱出来。你走上个一年、两年,或三年,当商队回来时,也许你的心胸就会豁然开朗了。"

母亲还说了许多安慰我的话,直到我备好货物,与商人们一道上路。

旅途中,我的泪水不曾干过。每到一个下榻之处,我总是把这块罗帕摊展在面前,仔细端详这幅羚羊图,思念起我的堂妹,就像现在你看到的样子,我泪水潸然落下,哭个无休无止。

我堂妹太爱我了。她是因为我而苦闷丧生的。她给我的都是好处，为我做的皆是善事，而我却伤害了她的心。

我在外周游已满一年，只待商人们回返时，我也跟着他们一起回去，一年的漂泊生活，我心中的忧虑反倒有增无减，尤其是路经卡夫尔岛王国时，心中更是忧闷不堪。

卡夫尔岛王国由七个岛组成，那里有一座水晶城堡。国王名叫舍赫尔曼。他有个女儿，名唤杜妮娅。据说，这幅卓美的羚羊图，就是那位公主绣的，你手中的这幅羚羊图就是她的许多作品中的一件。

得知这一情况，我的思恋之情有增无减。我完全沉浸在了思虑与火烧的海洋之中。我为自己而落泪，因为我变得像女性一样，失去了男人的一切，没有用了。自从离开卡夫尔岛王国那天，我一直泪眼迷离，心中痛苦不堪。有好长一段时间，我一直处于这种精神状态中。我真不知道自己能否安全回到家中，死在母亲怀里？我已厌倦了这个世界。

阿齐兹谈到这里，哭了起来，不住地长吁短叹，诉说心中痛苦。他望着羚羊图，泪水直淌腮边。他吟诵道：

　　有人对我说：定能得解脱！我口出怒言：何时有结果？
　　人言等些日，我说怪事多。冰冷托词人，谁保我久活？

他又吟诵道：

　　分别时日起，悲伤泪淋漓；泪尽找人借，此情唯主悉。
　　人劝我忍耐，胜利终归你！听我问一言：忍耐何处觅？

塔基·穆鲁克王子听了阿齐兹的故事,惊奇不已。他听说杜妮娅公主那样美丽,心中燃起了烈火。

讲到这里,眼见东方透出了黎明的曙光,莎赫札德戛然止声。

第一百二十九夜

夜幕降临,莎赫札德接着讲故事:

幸福的国王陛下,宰相佟丹接着给杜姆康国王讲故事:

塔基·穆鲁克王子听了阿齐兹的故事,惊奇不已。他听说杜妮娅公主那样美丽,心中燃起了烈火。王子对阿齐兹说:"凭安拉起誓,你的经历是他人不曾经历的。不过,这一切都是安拉安排好的,人无力变更。我想问你一件事情。"

"什么事?"阿齐兹问。

"请你对我讲一讲,你是怎样看到那位绣羚羊图的公主的呢?"

"王子殿下,我是用计谋到公主那里去的。我随商队进了她的国家。一天,我外出游逛,走进一座树木繁茂的花园。花园的看门人是一位上了年纪的老人,我问他:'老人家,这座花园是谁家的?'老人说:'这是杜妮娅公主的。我们就在她的宫殿里当差。她要到园中游玩时,便从一个便门进来,观看景致,闻闻花香。'我说:'老人家,你就行个方便吧!让我到花园里坐一坐,等公主经过时,也好看她一眼。'老人说:'那倒没什么。'听老人这样一说，我便给了他一些钱，对他说：'老人家，给我买点儿吃的东西去吧！'老园丁很高兴，接过钱，将园门打开，领我进了花园。

"我跟着老园丁一直走到一个景色十分优美的地方，老人给我端来一些水果，对我说：'你在这里坐一坐，我去买东西，一会儿就回来。'老人离去仅一个时辰，便买回来了烤羊肉，我俩一起吃了个足饱。

"这时候，我很想见见那位公主。我们正坐着时，园门突然开了。老人对我说：'小伙子，快躲一躲！'我站起身，走去藏在一个地方，但见一位黑肤色的太监探进头来，问：'老人家，你那里有没有外人？'老园丁回答：'没有哇！'太监说：'把门关上吧！'老人走去关门。

"就在这个时候，杜妮娅公主出现在便门……看见公主时，我还以为是月亮从天上落在了地上，惊异、爱慕之情顿生，我思恋她，如同口渴的人思水。过了约一个时辰，公主把门关好，便离去了。这时，我才走出花园，返回住处。

"王子殿下，我心里明白，我无缘与公主接近，更不能成为国王的驸马。因为我已被阉割，和女人没有什么区别。我心想：'她是一位公主，而我只是个商人，如何与她结缘攀亲呢？'

"我的伙伴们收拾行装，准备起程，我也和他们一道开始做准备，然后和他们一道向这座城市走来。当我们走上这条路时，碰巧遇到了王子殿下。

"王子殿下，我就是这样见到公主的。"

阿齐兹一口气把遇见公主的经过讲了个清清楚楚，明明白白。

塔基·穆鲁克王子听了阿齐兹的叙说，禁不住心中悄悄爱上了杜妮娅公主。之后，王子纵身上马，带上阿齐兹，向父王的京城进发了。进了京城，王子为阿齐兹单独安排了一座房子，所需要的一切东西全部备齐,方才离去。回到自己的宫殿里,他的泪水直淌到腮边,因为他只是听到了公主的美貌,没有亲眼看见公主。王子因此患了相思病。

国王来了,见王子面黄肌瘦,知道儿子心中忧闷,于是问道:"孩子,你怎么啦。怎么面容如此憔悴?把心事告诉我吧!"

王子把思恋杜妮娅公主的事从头到尾向父王讲了一遍,讲起自己如何只听说而没有看见那位公主,便爱上了她。父王对王子说:"孩子,她的父亲是一位国王,那个王国离我们十分遥远,你就不要想这件事了,到你母亲的宫殿里去看看吧!那里有五百宫女,个个如花似月,你喜欢哪个,就娶哪个为妻好啦!如果宫女都不合你的意,你就向一个比杜妮娅公主还漂亮的公主求婚!"

讲到这里,眼见东方透出了黎明的曙光,莎赫札德戛然止声。

第一百三十夜

夜幕降临,莎赫札德接着讲故事:

幸福的国王陛下,佟丹宰相继续给杜姆康国王讲王子与公主的故事:

王子把思恋杜妮娅公主的事从头到尾向父王讲了一遍,讲起自己如何只听说而没有看见那位公主,便爱上了她。父王对王子说:"孩子,她的父亲是一位国王,那个王国离我们十分遥远,你就不要想这件事了,到你母亲的宫殿里去看看吧!那里有五百宫女,个个如花似月,你喜欢哪个,就娶哪个为妻好啦!如果宫女都不合你的意,你就向一个比杜妮娅公主还漂亮的公主求婚!"

塔基·穆鲁克王子说:"父亲,除了杜妮娅公主,我谁都不要;杜妮娅公主绣的羚羊图罗帕,我亲眼见过。我只要杜妮娅,如果娶不上她,我就逃往荒原,殉情自尽。"

父王说:"孩子,你给我些时间,容我派人去见她的父王,为你求婚,就像我当年向你母亲求婚那样,让你如愿以偿。倘若他不同意这门亲事,我就发重兵攻陷他的国土,把他的一切全归我的名下。"

说完,国王派人叫来阿齐兹,问道:"孩子,你认识到卡夫尔岛王国去的路吗?"

"认识!"阿齐兹答道。

"我想让你陪着我的宰相到那里去一趟。"

"我十分乐意。"

国王随即召宰相进殿,对宰相说:"王子有意向卡夫尔岛国王的公主求婚,你去拜见那位国王,办理此事吧!"

"遵命!"宰相欣然回答。

塔基·穆鲁克王子回到自己的宫中,忐忑不安,如坐针毡,嫌时间过得太慢,巴不得当日就把杜妮娅公主娶到宫中,尽享洞房花烛之乐。他好不容易才熬到天黑,虽感疲乏无力,却在床上翻来滚去,睡不着觉。他吟道:

夜幕降临时,我的泪如潮。
心恋远方女,胸中欲火烧。
向夜打听我,必将实情告:

处境确可怜,心被情缠绕。
夜下观繁星,无眠不觉晓。
泪珠滚滚涌,落颊似冰雹。
我孤无人伴,亲友俱缺少。

王子吟罢,昏迷过去了。

翌日天亮,国王来到王子寝宫,见儿子面容更加憔悴苍白,便一番好言安慰,并且许下诺言,很快就可以使儿子如愿以偿。

国王离开王子后,即令宰相及阿齐兹准备行装和礼物,尽快上路登程,赶赴卡夫尔岛王国。

宰相和阿齐兹整装完备,带上国王安排好的大批贵重礼品,一行人马便浩浩荡荡上路了。

宰相一行人马日夜兼程,艰苦跋涉了数日之后,方才临近卡夫尔岛王国,在一条河畔停下休息。

宰相即派差使去见卡夫尔岛国王,禀报他们前来拜访的消息,差使出发仅有半天时间,但见卡夫尔岛国王的侍卫和王公们迎接他们来了,他们相遇在距京城仅有一法尔萨赫的地方。宰相一行在他们的热情照料引领下,顺利到达王宫,拜见国王,献了礼物。他们在王宫住了四天。第五天,宰相拜见国王,来到国王面前,将自己的来意说了个明明白白。

听罢宰相叙说使命,国王一时不知如何是好,因为他的女儿不想出嫁。国王低下头去,眼望着地面,沉思片刻之后,抬起头来,对一名宫仆说:"你去找杜妮娅,把你听到的话告诉她,把宰相阁下的来意跟她说一说。"

宫仆离去,没过多大一会儿,便回到国王面前。宫仆说:"国王陛下,我已见过杜妮娅公主,把我听到的那些话一一告诉了公主。公主听罢，勃然大怒，举起棍子就朝我打来，简直想打破我的脑袋，我慌忙逃了出来。她还对我说：'假如父王强迫我出嫁，我就把要同我结婚的那个人杀死，然后自杀。'"

舍赫尔曼国王听了宫仆的报告，旋即召见宰相和阿齐兹。宰相和阿齐兹向国王问安致意之后，国王对二位使者说："十分抱歉，我的女儿不想出嫁。"

讲到这里，眼见东方透出了黎明的曙光，莎赫札德戛然止声。

第一百三十一夜

夜幕降临，莎赫札德接着讲故事：

幸福的国王陛下，舍赫尔曼国王听了宫仆的报告，旋即召见宰相和阿齐兹。宰相和阿齐兹向国王问安致意之后，国王对二位使者说："十分抱歉，我的女儿不想出嫁。"

宰相和阿齐兹及其随行人员听国王这样一说，只好无功而返。

宰相一行人马，跋涉数日，方才回到本国京城。他们见了国王，将出使卡夫尔岛王国的情况如实报告。国王听罢，即令将领们集结军队，准备兴兵讨伐卡夫尔岛王国。

宰相立刻向国王进言，说："国王陛下，千万不要兴兵讨伐！杜妮娅公主拒绝出嫁，过错不在舍赫尔曼国王身上。杜妮娅公主听说我们前往求婚之事，派人告诉她的父王，说：'假若父王强迫我出嫁，我就把要同我结婚的那个人杀死，然后自杀。'"

国王听宰相这样一说，为儿子塔基·穆鲁克担惊受怕起来。他说："假若我发兵打败了舍赫尔曼国王，纵使把杜妮娅公主抢来，她也是会自寻短见的……发兵又有何益呀？"

随后，国王把真实情况告诉了儿子塔基·穆鲁克。

塔基·穆鲁克王子得知此事，便对父亲说："父亲，我实在忍耐不下去了，我想亲自去找公主，与她取得联系；纵然为此身死，我也在所不惜。"

父王说："你怎么去呢？"

"我将打扮成商人前往。"

"如果你已下定决心，非去不可的话，那你就带上宰相和阿齐兹。"

父子商量妥当，国王从家藏中拿出一些贵重的东西，并为儿子准备下十万第纳尔的货物。

夜幕降临，塔基·穆鲁克王子和阿齐兹一道来到相府，在那里过夜。王子的心早就被人夺去，食不甘味，夜不成寐，遐想联翩，沉浸在相思的海洋之中，神魂全都飞向意中人那里去了。他边落泪边吟道：

> 借问天与地，相见何得之？期待面对面，诉我灼情痴。
> 日思夜亦想，夜长嫌晨迟。不曾尝梦香，万物不得知。

王子吟完诗，不知不觉哭成了个泪人。阿齐兹也动了感情，与王子一道哭了起来，随之想起堂妹阿济泽，二人一直哭到东方大亮。

次日清晨，塔基·穆鲁克穿起行装向母亲辞行。母亲问到他的事情，他把实际情况一一说给母亲。母亲还给了他五万第纳尔当盘缠，并祝他一路平安，顺利见到意中人。

王子告别母后，来到父王面前辞行。父王允之上路，又给了他五万第纳尔，并且令侍仆们在城外给王子搭一顶大帐篷。

塔基·穆鲁克王子一行在大帐中歇息两日后起程上路了。王子与阿齐兹十分亲近。他对阿齐兹说："阿齐兹兄弟，我再也不想离开你了。"

阿齐兹说："我也一样。我甘愿为你效犬马之劳，纵使死在你的脚前，我也在所不辞。不过，王子殿下，我的心总是惦念着家中老母。"

王子说："待我们大功告成之时，一切事情都好办。"

宰相紧紧跟随着王子，嘱咐他要振作精神，鼓励他要忍耐路途艰难。阿齐兹在一旁不住地朗诵诗歌，谈史说文，以消除旅途寂寞。他们马不停蹄，日夜兼程，跋涉了两个月时间。

在塔基·穆鲁克王子眼里，这路程实在太漫长，心中的爱情之火越烧越烈，而惆怅、迷惘也日甚一日。当他们接近卡夫尔岛王国京城时，王子兴奋不已，心中的愁闷云消雾散。

他们进了京城，都是一身商人打扮，王子也身着商人服装。他们来到一个名为"商人之家"的地方，其实那是一个大客栈。塔基·穆鲁克问阿齐兹："这就是商人住的地方？"

阿齐兹说："这不是我和商队曾住过的那个地方，但比那个地方更好。"

他们在那个客栈住了下来，把货物放入仓库之中。

他们在那里休息了四天，宰相要给他们租个更大的宅院，他们表示同意。

宅院租好，他们全搬了进去，大家都很高兴。宰相和阿齐兹开始安排塔基·穆鲁克的事情了。

塔基·穆鲁克一时不知如何是好。宰相来到塔基·穆鲁克和阿齐兹面前，对他俩说："你俩要知道，假若我们像这样住下去，我们是达不到目的的。我想了个主意，但期能帮助我们如愿以偿。"

二人说："你就看着办吧！你年纪大，见识多，经历的事情也多，一定有好办法，就请把自己的想法说给我们听吧！"

宰相对塔基·穆鲁克说："依我之见，我们在布匹市场给你租一个店铺，你坐在那里做买卖就是了。因为不管平民百姓，还是达官贵人，都离不开布。你坐在那里，尤其你长相这么漂亮，定有好事来临。至于阿齐兹，就让他当你的助手，守在店里就是了。"

塔基·穆鲁克一听，当即说："这个主意好极了！"

说着，塔基·穆鲁克取出一套商人服装，穿在身上便向大街走去，仆从们紧跟其后。他给他们每人一千第纳尔，让他们筹办开店之事，他们径直来到布匹市场。商人们见塔基·穆鲁克生得眉清目秀，风度翩翩，禁不住一个个惊异不已，于是奔走相问："莫非守卫天堂①的里德旺②打开了天堂门，从中走出了这个貌美出众的小伙子？"

也有的人说："也许他是一位天使！"

王子一行走近商人，向他们打听市场长老的店铺，商人们争先引领王子一行去见市场长老。

当他们接近市场长老的店铺时，长老及其商人朋友们主动站起身，上前迎接来客，对来客敬重备至，尤其对宰相更加毕恭毕敬。因为他们看到那位宰相不仅年纪大，而且仪表严肃，身后还跟着两个青年人。商人们窃窃私语，相互议论道："毫无疑问，这位老者

---

① 天堂，亦称"天国""乐园"，与"火狱"相对，安拉为先知、殉教者、虔诚信徒准备的归宿。
② 里德旺，相传是天堂的守门人。

是两个青年人的父亲。"

宰相走上前去,恭恭敬敬地问道:"哪位是市场长老阁下?"

"就是这一位!"商人们异口同声道。

宰相仔细打量他们指着的那个人,只见那是一位老者,仪态庄重,严肃大方,俨然一副呼奴唤婢之主形象。

长老走上前,向来客致意问安,恭敬备至,让他们坐在自己的身边。长老问:"有什么事要我们效力吗?"

宰相说:"是的,的确有事求助于长老阁下。我已上了年纪,膝下有两个孩子,我常带着他俩奔走各地,每到一处,必定住上一年半载,让他俩看看那个地方的风光,结识一些当地朋友。如今,我们来到贵城,要在这里住上一些时候,希望长老阁下能为我们物色一个店铺,地段要好,以便让这两个孩子在那里经营生意,饱览本城风情,学会做买卖和待人接物的本事。"

长老说:"那好办,好说!"

长老望了望两个青年,打心眼儿里觉得喜欢,因此十分高兴。这位市场长老素来喜欢热闹,重男而轻女,眼见这两位容貌俊美的小伙子,心想:"赞美伟大的造物主,用精液造就了这么两个美男子!"接着,长老站起来,走到二人面前,毕恭毕敬地听候二人使唤。

经过一番努力,长老在市场中段,为塔基·穆鲁克王子和阿齐兹找到了一家铺面,既宽敞,又体面,装修上乘,铺内的货架全是象牙和檀木的。长老把钥匙交给商人身份的宰相,并且说道:"安拉有意给你的两个孩子吉祥如意,兴隆发达。"

宰相接过店铺钥匙,带着塔基·穆鲁克王子和阿齐兹一起向那里走去。他们把自己的行李放在店中,然后命令仆从们将他们带的货物和布匹全部搬运到店铺中去。

讲到这里,眼见东方透出了黎明的曙光,莎赫札德戛然止声。

第一百三十二夜

夜幕降临,莎赫札德接着讲佟丹宰相讲的故事:

幸福的国王陛下,经过一番努力,长老在市场中段,为塔基·穆鲁克王子和阿齐兹找到了一家铺面,既宽敞,又体面,装修上乘,铺内的货架全是象牙和檀木的。长老把钥匙交给商人身份的宰相,并且说道:"安拉有意给你的两个孩子吉祥如意,兴隆发达。"

宰相接过店铺钥匙,带着塔基·穆鲁克王子和阿齐兹一起向那里走去。他们把行李放在店中,然后命令仆从们将他们带的货物和布匹全部搬运到店铺中去。

那个大店铺简直就是一座大仓库。他们把所有东西都搬运到了店中,随后回客栈休息过夜。

次日清晨,宰相带着王子和阿齐兹前往澡堂。他们进了浴池,痛痛快快地洗了个澡,换上漂亮衣服,两个小伙子的容貌变得更美了,正如诗人所描绘的那样:

喜讯忽传来,众生尽开颜;
手触玉体软,似生水光间。
不但肉且滑,麝取樟脑田。

他们洗完澡,走出了澡堂。

市场长老听说两个小伙子进澡堂沐浴,便坐在澡堂门外等候,突然间,他看见两个人出了澡堂,简直变成了两只羚羊:面颊粉红,两眼乌黑,体态匀称,像挂满果实的树枝,又像两轮皎洁的圆月。长老说:"孩子们,你们的澡洗得痛快吧!"

塔基·穆鲁克王子用甜润的语调回答道:"假若你能和我们一起沐浴,那该多好啊!"

王子和阿齐兹上前亲吻长老的手,领着长老向店铺走去,以示对老人家的敬重。因为他是市场上的大人物,而且对他俩照顾备至,为他俩租到了相当理想的铺面。

进了店铺,市场长老见二人兴致勃勃,欣喜不已,他望着二人,吟道:

　　　心寻自家门,合力因不明。
　　　无疑兴勃事,皆自动力生。
　　　旋转穹宇间,无物不运动。

二位青年听罢长老吟诵的诗歌,决心下次与长老一道去澡堂沐浴。

塔基·穆鲁克王子和阿齐兹是在澡堂里与宰相分手的。当市场长老第二次进澡堂时,宰相听到了他的声音,便从单间里走出来,与长老在澡堂大厅中央会面,请他进入单间,长老愉快从之而进。王子为长老擦身,长老连忙表示谢意,而阿齐兹则给长老倒水,长老连声感谢。宰相说:"这两个孩子,也是长老阁下的孩子,你就不要客气了。"

长老说:"安拉永久把这两个好后生留在你的身边。因为你们的到来，为这座城市增添了吉祥和幸福。"

说完，老人家吟唱起来：

> 君至山野一片绿，赢得处处鲜花开。
> 大地众生齐声喊：欢迎贵客临门来。

他们连声感赞长老的美意。塔基·穆鲁克王子继续为长老擦身，阿齐兹为长老添水。此时此刻，市场长老身觉已登上天堂，连声为两个青年祝福祈祷。之后，长老坐在宰相身边，以便和宰相交谈。然而，他的最主要的目的是看塔基·穆鲁克和阿齐兹。

片刻过后，侍仆送来毛巾，他们擦了身子，穿好衣服，出了澡堂。

宰相走到市场长老跟前，说："长老阁下，澡堂是世间的好地方啊！"

长老说："安拉赐予你及你的儿子幸福安康。你们能背诵一些雄辩家在澡堂子里吟诵的诗吗？"

塔基·穆鲁克王子说："我能背一首诗。"

王子背诵道：

> 澡堂生活美至极，堂中座位却见稀。
> 天堂虽好人厌住，下到地狱正合宜。

塔基·穆鲁克背完诗，阿齐兹说："我也来背诵一首诗。"

长老说："背一背，让我听一听啊！"

阿齐兹吟诵道：

> 孤零一房舍,坚石堆作花;四周燃起火,显得更高雅。
> 看去像地狱,实比天园佳。房中多日月,长夜尽光华。

阿齐兹吟诵完,市场长老对两个青年的口才及记忆力敬佩不已。长老说:"凭安拉起誓,你俩的口才超群。请听我吟诵一首诗吧!"说罢,长老和着乐曲,欣然吟唱道:

> 呼声火神美,其趣在折磨;谁知火神下,性命失却多。
> 今我腹中语,惊叹房一座;其乐仍旧在,房下燃大火。
> 世间快活日,当属痛苦者。泪水若雨注,冲倒墙与垛。

长老望着两位小伙子那动人的眼神,又兴致勃勃地吟唱道:

> 我临他宅院,门卫站面前,走来迎接我,笑意挂满脸。
> 我先看天堂,又将地狱观。感谢里德旺,看在主宰面。

他们听完长老吟唱的诗,无不惊奇万分。市场长老邀请他们去他家做客,他们表示感谢,答应改日再去,然后径直返回自己的寓所,想好好休息一下,消除洗澡后的疲劳。他们吃饱喝足,在自己的寓所里度过了十分高兴、欢乐的一夜。

次日天亮,他们起了床,先做小净,再做礼拜,后吃早饭。

晨阳东升,店铺开门,市场热闹起来。塔基·穆鲁克王子和阿齐兹走出客栈,行至市场,打开店门,但见仆役们已把店铺布置得漂漂亮亮,满铺丝毯,靠墙摆放着两把椅子,每把价值一百第纳尔,上铺金边圆皮垫,一派皇家风姿。

塔基·穆鲁克王子坐在一把椅子上,阿齐兹坐在另一把椅子上，宰相端坐在店铺中央，侍仆们站在他们面前。

店门开了，顾客蜂拥而至，争相购买货物，布帛销售最好，塔基·穆鲁克的名声传遍京城。尤其是这位王子的美貌，更是广为人知，有口皆碑。他们经营的日子里，顾客日日盈门，络绎不绝，生意兴隆，名播京城大街小巷。

宰相走到王子身边，叮嘱他好好保密，千万不要透露自己的身份，并且嘱咐阿齐兹好好照顾王子，以免出现意外麻烦。之后，宰相自己回到住处，以便安心筹划一切，也好尽善尽美地完成此次远行任务。

塔基·穆鲁克王子与阿齐兹在店铺中谈天。王子说："但愿杜妮娅公主会派人来……如果那样，那该多好啊！"

塔基·穆鲁克王子朝也盼，晚也盼，只盼有人从杜妮娅公主那里来，到他的店铺里买东西，一连数日数夜，不曾尝睡梦之甜美，完全沉浸在强烈的单相思之中，故日见体态消瘦，面色憔悴，食不甘味，夜不成寐，眼见一个皓月般的美男子变成了一个黄病儿。

一天，塔基·穆鲁克王子坐在店中，忽见一个老太婆走来，身后跟着两个女仆。老太太走到王子店铺前，站住了脚。她见塔基·穆鲁克身材匀称，容貌俊秀，不由得打心眼儿里喜欢这个小伙子。

讲到这里，眼见东方透出了黎明的曙光，莎赫札德戛然止声。

第一百三十三夜

夜幕降临，莎赫札德接着讲故事：

幸福的国王陛下,佟丹宰相继续给杜姆康讲王子与公主的故事:

塔基·穆鲁克王子朝也盼,晚也盼,只盼有人从杜妮娅公主那里来,到他的店铺里买东西,一连数日数夜,不曾尝睡梦之甜美,完全沉浸在强烈的单相思之中,故日见体态消瘦,面色憔悴,食不甘味,夜不成寐,眼见一个皓月般的美男子变成了一个黄病儿。

一天,塔基·穆鲁克王子坐在店中,忽见一个老太婆走来,身后跟着两个女仆。老太太走到王子店铺前,站住了脚。她见塔基·穆鲁克身材匀称,容貌俊秀,不由得打心眼儿里喜欢这个小伙子。她掸了掸自己的衣袖,赞叹道:"赞美伟大的造物主,用普普通通的精血造就了这么漂亮的青年,足令天下世人羡慕。"

老太太仔细端详王子一番之后,又惊叹道:"这哪里是凡人,简直是位高贵的天使!"

说完,老太太走近王子,向王子问安致意,王子恭恭敬敬地还了礼,随后站起身来,微笑着迎接来客。

所有这些举动,都是按阿齐兹的指点进行的。接着,王子让老太太坐在自己的身边,让她休息一下。老太太问王子:"孩子,英俊、完美的小伙子,你是本地人吗?"

塔基·穆鲁克王子用甜润、柔和的语调答道:"老太太,凭安拉起誓,我平生还是第一次到这里来,借贵方一块宝地,落脚解闷。"

"欢迎,欢迎!来客必得敬重!你带来了什么布料哇?把好东西拿出来,让我看一看吧!我想,漂亮的青年必定会带来漂亮的货色。"

塔基·穆鲁克王子听老太太这样一说，心跳陡然加快，但不明白话中的含义。阿齐兹急忙给王子使了个眼色。王子对老太太说："我这里的货，你一定会喜欢；因为这些货物都是供帝王将相、王后公主用的。你想为谁买东西，就请告诉我，我一定会拿出合用的货色让你看。你想给谁买衣料呢？"

王子这样问，目的在于了解老太太的意图。老太太说："我想给舍赫尔曼国王的女儿杜妮娅公主选块布料。"

塔基·穆鲁克王子听老太太提到他的意中美人的名字，心中有说不出的高兴。他对阿齐兹说："去把最好的货色拿来！"

阿齐兹拿来一包布，摊展在王子面前。王子对老太太说："老太太，请挑选适合于公主的衣料吧！这种名贵衣料，别的店里没有，只此一家经销。"

老太太挑了价值一千第纳尔的衣料，问道："一共多少钱？"

老太太边问，边用手指头挠自己的大腿。王子说："就这么一点儿东西，我还会跟您这样的贵客讲价钱吗？赞美安拉让我有幸与您相识。"

老太太说："赞美安拉给了你这样标致的容貌。谁能躺在你的怀里，和你同枕共眠，尤其是她也像你一样貌美，那才真叫有福气的女子呢！"

塔基·穆鲁克王子听罢，高兴得不知如何是好，笑得前仰后合。王子说："老太太，您真会说话！"

老太太问："小老板，你叫什么名字？"

"我叫塔基·穆鲁克①。"

"哦！这个名字是国王们的名字啊！可是你却身着商贾服装。"

---

① 塔基·穆鲁克，意为"国王的冠冕"，由此引出下面"身着商贾服装"之说。

阿齐兹接过话茬儿:"他的家人和喜欢他的人,都用这个名字称呼他,足见人们对他寄托着无限希望。"

老太太说:"你说得对!人们会因你们的貌美心善而嫉妒你们。但是,安拉会为你们排除嫉妒者带来的灾难的。"

说着,老太太拿起衣料告别了店主,边走边想着店老板的英俊面容和匀称身材。

老太太径直回到王宫,来到杜妮娅公主面前。老太太对公主说:"公主,我给你买来了漂亮的衣料。"

"让我看看呀!"杜妮娅说。

杜妮娅公主看过衣料,喜在心中,高兴地说:"阿姨,这衣料真是漂亮呀,在这京城中,我从来没有看见过这样好的衣料。"

老太太说:"公主,卖衣料的老板比这衣料还漂亮呢!好像是天堂的守门人里德旺一时疏忽,一个天使走出了天堂大门。我真希望他今天夜里就来王宫,睡在你的怀里。那真是个标致的小伙子,人见人爱。他带着这些布料来到本城,意在落脚解闷。"

杜妮娅公主听老太太这样一说,禁不住笑了起来。她说:"该死的老太婆,亏你说得出口。你简直在胡说八道,没有头脑。"

过了一会儿,公主又说:"把衣料拿来,让我好好看看。"

老太太把衣料递给公主,公主仔细观看,发现东西很少,而价钱却很贵,对衣料的质量和花色由衷喜欢,因她从未见过这好的布料。

老太太对公主说:"我的公主啊,假若你看见了布店的老板,定会说他是世上最漂亮的男子。"

公主问:"你是否问过他,如果他有什么需要我们的地方,就请告诉我们,我们一定给他解决困难呢?"

老太太点了点头,回答道:"你真是有先见之明啊,我的公主!

凭安拉起誓,他肯定有用人的时候!谁能不遇到点儿难事呢?"

"你到他那里去一趟,向他问候安好,就说我为他来到本城感到高兴,有什么事尽管说,我们愿意帮助他解决任何困难。"

老太太立刻转身返回塔基·穆鲁克王子的店铺。

塔基·穆鲁克望见老太太进了店铺,高兴得心怦怦直跳,立刻站起身来,拉住老太太的手,让她坐在自己的身边。

老太太坐下来,休息片刻,把杜妮娅公主的话向王子说了一遍。塔基·穆鲁克王子一听,高兴极了,心胸豁然开朗,暗自想:"我的问题可以解决了。"他对老太太说:"我写封信,请你带给公主,然后再把回信带给我,行吗?"

"我能办到!"老太太欣然答应。

王子听老太太满口答应,马上对阿齐兹说:"去拿墨、纸和铜笔来!"

阿齐兹拿来笔、墨和纸,塔基·穆鲁克写了这样一首诗:

寄书意中美人,叙说离别苦愁:
一表心中欲火;二述思念情稠;
三告耐心业尽;四描恋情浓厚;
五问何时得见;六盼相会即酬。

之后,王子又在签名处写道:

这封信出自一位被囚禁在思恋监牢中的爱情俘虏之手。这囚徒只能通过友情交往才能得释,哪怕是在幻梦之中,因为他正遭受着相思的折磨之苦。

写到这里,塔基·穆鲁克王子热泪盈眶,又写了这样一首诗:

挥笔书此信,泪水不住流。安拉恩泽厚,相会日终有。

信写毕,折起来,封好口,递给老太太。王子对老太太说:"请把这封信送给杜妮娅公主。"

"遵命!"老太太答应得痛痛快快。

王子给老太太一千第纳尔,并且说:"请接受我这一点儿薄礼。"

老太太接过钱,为王子祝福祈祷,然后转身离去,径直去见杜妮娅公主。

杜妮娅公主见老太太急匆匆回来,忙问道:"阿姨,他有什么要我们帮忙的事?"

"公主,他让我给你捎来一封信,我不知道信里究竟写了些什么。"

老太太边说边掏出信递给杜妮娅公主。公主接过信看罢,生气地说:"这是从哪儿到哪儿,谁跟谁呢?一个商人,怎好给我写信呢?"说着,开始批打自己的面颊,然后又说:"要不是我害怕安拉惩罚我,我非把这个商人钉死在他自己的店铺里不可!"

老太太忙问:"究竟信里写了些什么,致使你动这么大的肝火呢?莫非里面有什么控告、辱骂或要你付布料钱之类的话语?"

"你这个该死的老太婆!这信里全是谈情说爱之类的话语。这些事都是你惹出来的!不然的话,这个鬼商人怎敢向我倾吐此类的话语?"

老太太好言劝慰道:"我的大公主,你身居深宫大院,除了长翅膀的飞鸟,谁又能到你这里来?他们责备也好,谩骂也好,都只能算作狗吠,于你毫无伤害与妨碍。我虽然给你带回这封信,但不知道信里写的是什么,就请宽谅我,不要多责备了!不过,我有个好主意,你不妨给他回封信,用死威胁他一下,告诫他不要再说这种梦话,他也就会至此止步,不敢再胡闹了。"

公主说:"我真担心给他写了回信,倒会使他得寸进尺。"

"他看到回信中的威胁话语,必定会痛改前非的。"

"好吧!去拿笔、墨和纸来吧!"

老太太取来纸、墨和铜笔,公主挥笔落纸,写下这样一首诗:

自诩痴情人,为情常无眠;
思念无所得,望天空兴叹。
可怜高傲人,欲得明月恋?
古今追月者,哪个能如愿?
求月一狂子,听我劝一言:
悬崖即勒马,当心遭大难!
若再出此语,严惩待我闲。
安拉取精血,造人立世间。
大慈大悲主,日月光明源。
我凭主立誓,誓出无戏言:
倘你再言此,钉你在树干。

公主写完诗文,折叠起来,交给老太太,并嘱咐说:"你把这信交给他,还要对他说:'你不要再说这种话了!'"

"遵命!我的大公主!"

老太太接过信,高高兴兴地回到家里,安睡一夜。次日天明,老太太便怀揣着公主的回信,直奔塔基·穆鲁克王子的店铺。

塔基·穆鲁克王子见老太太一大早来到店铺，高兴得差点儿跳起来。王子急忙站起身迎接，上前将老太太搀扶进店铺，让老太太在自己的身旁坐下。

　　老太太从怀里掏出公主的信，递给塔基·穆鲁克王子，说："你看看信上写的是什么吧！"

　　片刻后，老太太又说："杜妮娅公主看了你给她的信，大发脾气。幸亏我及时安慰她，跟她说好话，开玩笑，这才把她逗乐了。公主可怜你这个开店铺的商人，这才回了你这么一封信。"

　　塔基·穆鲁克王子连声感谢老太太，吩咐阿齐兹取来一千第纳尔赏给老太太。

　　王子读过信，禁不住泪水潸然落下，老太太见他哭得这样伤心，问道："孩子，这信里写了些什么内容，致使你泪水纵横，泣不成声呢？"

　　王子说："公主说要把我打死钉在树干上，禁止我再给她写信。假若我不给她写信，那倒不如死了更好，活着还有什么意思呢？我再写封回信，请你交给她；她要怎么样，随她的意吧！"

　　老太太说："凭你的青春年少起誓，我愿意和你一道冒险，尽我的全部力量，帮助你实现自己的愿望，达到你的目的。"

　　"老人家，我会给你报偿的，绝不让你白跑腿。你经验丰富，明白事理，眼观六路，耳听八方，任何困难到了你的手里，都会轻而易举，迎刃而解。安拉是万能的。容我先对你表示谢意。"

　　说罢，王子令阿齐兹取来笔、墨和纸，挥笔写下这样一首诗：

　　　　以死相威胁，不得开心颜。
　　　　人生谁无死，我死方得安。
　　　　求生不得生，莫如死更甜。

凭主看情痴,孤独无人援。
吾系你之奴,正遭被俘难。
呼请恩公们,且求将奴怜;
思恋自由者,情痴当可原。

王子写完,长长地叹了口气,接着哭了起来,以至老太太也跟着哭起来。

过了一会儿,老太太接过信,说道:"你只管放心就是了,我一定让你如愿以偿。"

讲到这里,眼见东方透出了黎明的曙光,莎赫札德戛然止声。

第一百三十四夜

夜幕降临,莎赫札德接着讲故事:

幸福的国王陛下,王子给杜妮娅公主写完回信,长长地叹了口气,接着哭了起来,以至老太太也跟着哭起来。

过了一会儿,老太太接过信,说道:"你只管放心就是了,我一定让你如愿以偿。"

说完,老太太站起身,告别塔基·穆鲁克王子,转回王宫去见杜妮娅公主。老太太发现因看了塔基·穆鲁克王子的那封回信,杜妮娅公主气得面色苍白,形容憔悴。老太太把塔基·穆鲁克王子的这封信递给公主,公主更加愤怒,对老太太说:"难道我没对你说,这个商人会得寸进尺吗?"

老太太说:"一封信算什么,他怎敢对你有什么贪求呢?"

"你回去告诉他,就说:你若再敢写信,公主就砍掉你的脑袋。"

"你还是给他写几句话吧!我带上你写的东西去见他,也许他真会害怕大祸降临的。"

老太太拿来笔、墨和纸,杜妮娅公主写了这样一首诗:

粗心大意徒,未思惹灾难;前次空无得,怎敢再冒险?
可怜狂妄人,自不把力掂。明月无你份,勾陈①谈何缘?
焉生此念头,妄图见吾面?更令人难解,还想看身段?
畏我权势大,快弃此意念!但恐灾临头,悔恨时已晚。

公主写完,折叠好,交给老太太,要她给那个商人送去。

老太太手握公主的信,来到塔基·穆鲁克王子的店铺。王子见老太太来到店中,立刻站起身迎了上去。王子说:"赞美安拉!你一定给我带来了吉祥幸福。"

老太太说:"接着,我的孩子!这是回信。"

塔基·穆鲁克王子接过信,打开一念,禁不住哭了起来,边哭边说:"我真希望有人现在就送我一死,因为死了倒比我现在的这种处境快活。"

随后,王子拿来笔、墨和纸,挥笔写下这么一首诗:

唤声意中人,莫弃莫疏远!须知我情真,深沉爱之渊。

---

① 勾陈,古代星宿名,阿拉伯人常以此比喻遥远不可到达之处。

> 莫要以为我,生活伴冷淡。我性和可亲,纵距友身远。

王子写罢,折叠封好,递到老太太的手里,同时说道:"我白白劳累您老人家啦!"

随后吩咐阿齐兹给老太太一千第纳尔。然后对老太太说:"阿妈,这封信必将带来两种后果:要么联系取得完全成功,要么彼此彻底分手。"

老太太说:"孩子,凭安拉起誓,我一心盼望你心想好事,好事成。我真心希望她与你结配成双。你是月亮,皎洁放光;她是太阳,光芒万丈。假若我不能让你们俩结为百年之好,我活在世上还有什么意义!我毕生不会耍阴谋、搞欺骗,忠诚老实,所以如今达九十高龄。我怎能连两个青年男女的婚事都促不成呢?"

接着,老太太为王子祈祷祝福一番,并要王子放心,然后便离去了。

老太太把王子的信塞在自己的发髻里,一路小跑,径直来到杜妮娅公主的闺房。老太太坐下来,开始用手指挠头,同时说道:"公主,我求你给我捉捉头发里的虱子,因为我好久没有洗澡了。"

杜妮娅公主挽起袖子,露出两肘,站起来将老太太的发髻解开,为老太太捉虱子。突然间,一片纸从老太太的发髻里掉了出来,公主看见那片纸,便问:"这片纸是什么呀?"

老太太装糊涂说:"好像我在那个商人的店铺里坐着时,这片纸粘在了我的头发上。快给我,让我把它送回店铺里去。"

公主却没有把那片纸递给老太太,而是捡起来,顺手打开,读了读上面写的诗句,顿时大发雷霆。公主大怒道:"你这个该死的老太婆!这都是你出的坏点子!若不看在你照顾我长大成人的面儿上,我非狠狠打你一顿不可。看来,这个商人在有意折磨我,而这一切麻烦,都是你带来的。这个商人是从哪儿来的?他真是大胆,竟敢找本公主的麻烦。我一个姑娘家,闹出这样的事来,多不体面,多不光彩呀!一旦事情传出去,亲戚朋友不笑话我,那才怪呢!"

老太太语气温柔地说:"你父王权势大,盖过天,谁敢议论你这位大公主的是非。别多虑,给那个小伙子写封回信吧!"

"阿姨,那个年轻商人,真是不知天高地厚,竟敢言及这等事。我下令把他杀掉,恐怕这不是办法;倘若任他行事,正如我说过的,他会得寸进尺的呀!"

"不碍事的!给他写几句就是了。也许他看过你的信,就不再多事了。"

老太太给公主拿来笔、墨和纸,公主提笔写道:

> 责斥多少遍,愚蠢未得止。
> 严正劝诫你,曾书几行诗?
> 你之贪心生,正遭禁止时。
> 我存心保密,意增你兴致。
> 掩住你的情,切勿张扬之。
> 你若多言语,怠慢莫多辞。
> 旧话若重提,报丧乌鸦至。
> 死期即来临,地下葬在此。
> 自负后悔者,离亲正当时;
> 爱情之宝剑,远离你住址。
> 家人不团圆,垂泪亦嫌迟。

公主写完,折叠起来,交给老太太。老太太接过信,揣在怀里,一路快行,直奔王子的店铺而去。

到了店铺,老太太迫不及待地把信递到塔基·穆鲁克王子的手中。王子读后,自认为杜妮娅公主高傲无比,无法与她交往,忙求宰相另想良策。宰相说:"依我之见,你只有写信骂她一顿,并求安拉诅咒她;除此之外,没有什么好法子。"

塔基·穆鲁克王子对宰相的主意心领神会,叫来阿齐兹,吩咐道:"阿齐兹兄弟,你来执笔,替我写封回信给杜妮娅公主吧!"

阿齐兹挥笔写道:

求主派五老,救我脱祸殃。
你想考验谁,令尝我惆怅。
安拉深知我,正遭烈火烫。
情人疏远我,怜悯乃奢望。
多少失眠夜,弱体失健康。
我深恋着她,爱意比天长。
求主救救我,非主无希望。
我想忘掉她,情深灾难忘;
不知不觉中,耐心已耗光。
阻我获爱者,我有话要讲:
面对诸灾难,我焉能无恙?
莫非失幸福,近日要离乡?
远离故乡土,别亲去远方?

阿齐兹写罢,交由王子过目。王子看后,大为高兴,连声叫好。随后折叠封好,转身交给站在一旁的老太太。

老太太接过信,塞在发髻下,转身离去,直奔杜妮娅公主的闺房。

来到公主面前,老太太从发髻里抠出那封信,递给公主。公主打开一看,不禁大怒道:"给我带来的这所有麻烦,都来自这个老太婆的发髻!"继之大喊一声,男仆女婢来了一大群。公主发令道:"把这个诡计多端、奸诈狡猾的老婆子给我绑起来,脱下你们的鞋子,给我打!"

霎时间,鞋底子像雨点儿一样落在老太太的身上,一直把老太太打得昏迷过去,不省人事。

过了好大一会儿,老太太方才苏醒过来。杜妮娅公主对老太太说:"你这个刁老婆子,凭安拉起誓,若不是我害怕安拉惩罚我,我非要了你的命不可!"

公主又对仆人们说:"再给我打!"

一阵鞋底子的噼啪声,老太太再次被打昏过去。公主命令奴仆们把老太太拖出去。奴仆们从命,拖的拖,拉的拉,把老太太仰面朝天拉到了大门外。

老太太慢慢从昏迷中醒过来,用尽全力站起来。走一会儿,站一会儿,终于挨到了家里。

次日天亮,老太太起来,拖着沉重的脚步,向塔基·穆鲁克王子的店铺走去。

老太太好容易才走到王子的店铺,把发生的事情一五一十地告诉了塔基·穆鲁克王子。王子听后,感到非常难过。他说:"大妈,叫您受苦了。事皆前定,谁弱谁又强呢?是的,这一切都是命中注定了的。"

老太太说:"你只管放心就是,我一定继续努力,让你与她结合成美满伉俪,把那个小女子送到你的府上,不在乎她把我打得死去活来那桩事。"

塔基·穆鲁克王子说:"大妈,请你告诉我,那位公主为什么这样讨厌男人呢?"

老太太沉思片刻,回答道:"因为她做过一个梦,梦境告诉她必须厌恶男人。"

"她做了个什么梦呢?"王子好奇地问。

"一天夜里,公主在熟睡中做了个梦,梦见一个猎人在地上张起罗网,在四周撒上麦粒,然后隐藏在附近的一个地方,坐等鸟雀入网。时隔不久,只见一群鸟雀落下,啄食麦粒,其中两只鸽子,一雌一雄。雌鸽朝网子看去,发现雄鸽的一条腿缠在了网上,正奋力挣扎。其余鸟雀大惊失色,慌忙飞逃而去,只有两只雌鸽飞了回来,一阵盘旋之后,落在地上,然后飞近网子。好像猎人没有注意到鸽子落网挣扎的情况,依然坐在原来的地方,一动未动。雌鸽开始奋力啄缠住雄鸽腿脚的网眼,然后使劲用嘴帮助雄鸽挣脱了罗网,最后双双飞上了蓝天。之后,猎人走来,重新把罗网支好,远远地隐藏起来。一个时辰未过,群鸟又落下啄食麦粒,雌鸽不慎落网,众鸟纷纷惊慌而逃,其中包括那只雄鸽,可是它没有回来救雌鸽,结果猎人赶来,抓住了雌鸽,宰了美餐了一顿。这时,杜妮娅公主从梦中惊醒过来。她说:'每一个雄性,都像这只雄鸽,没有半点儿好处;所有的男人,对于女人来说,没有丝毫用途。'杜妮娅公主就是这样开始憎恶男子的。"

老太太说罢,塔基·穆鲁克王子说:"大妈,我想看公主一眼,哪怕豁上一死,我也在所不惜。大妈,你还是给我出个主意,想个办法,让我看她一眼吧!"

老太太说:"孩子,我告诉你,杜妮娅公主的宫殿下有座御花园,景色如画,那是公主嬉戏、散心之地。公主每个月都要入便门一次,在花园里玩上十天。她散心、消遣的时候已经到了。等她想到花园里去时,我就来通知你,以便你去和她见面。你要注意,千万不要离开花园,兴许她看见你的美貌,会一见倾心,悄悄爱上你。你要知道,爱情是相会的最大机缘。"

"大妈,我听你的。"

王子说罢,便和阿齐兹一起离开店铺,领着老太太,向自己的寓所走去,以便让老太太认认他们住的地方。

送走老太太,塔基·穆鲁克王子对阿齐兹说:"阿齐兹兄弟,我已不需要店铺了。我开店的目的已经达到,店铺里的一切全送给你。你随我长途跋涉,别亲离乡,就用这店铺立业谋生吧!"

阿齐兹接受了王子的赠送,二人坐下来谈天。塔基·穆鲁克王子又问及阿齐兹的经历及家境,阿齐兹一一细说。然后,二人来见宰相,王子把自己的打算如实告诉了宰相。宰相问:"怎么进行呢?"

王子说:"我们这就到御花园去吧!"

他们每个人都穿上自己最漂亮的衣服,带着三个仆人,径直向御花园走去。走近御花园,但见那里树木繁茂,河水清澈,鲜花盛开,景色如画。他们见园丁坐在门前,忙上前致礼问安,园丁恭恭敬敬还礼。宰相掏出一百第纳尔递给园丁,说:"劳驾给我们买些吃的东西吧!我们是外乡人,我带着这两个孩子,想让他们到花园里观赏一下,开开心。"

园丁接过钱,对他们说:"请进去玩玩看看吧!就当作是你们自己的园林,随你们的意吧!你们先坐,等我给你们买吃的东西就是了。"

园丁朝市场走去,宰相和王子、阿齐兹抬脚迈步走进了御花园。

一个时辰刚过,园丁买回了烤羊肉和发面饼,放在他们面前。

他们一起吃饱喝足，洗过手，坐下来聊天。宰相问园丁："园丁兄弟，请告诉我：这花园本是你的家产，还是你租来的呢？"

老园丁回答道："这不是我的，而是杜妮娅公主的御花园。"

"你每个月拿多少工钱？"

"只有一第纳尔。"

宰相凝神注视着花园，见那里有座高高的宫殿，但是一座旧宫殿。宰相说："园丁兄弟，我想做一件好事，让你记住我的好处，永久不忘。"

"你想做什么好事呢？"老园丁问。

"你拿着这三百第纳尔……"

老园丁一听说给他这么多金币，连忙接过来，同时说："你打算做什么好事，就只管干吧！"

宰相说："但期伟大安拉默助我们在这里做件大好事。"

说完，宰相和王子一行离开老园丁，返回住处，一夜安睡无话。

翌日清晨，宰相雇来上等粉刷匠、雕刻师各一名，嘱咐他们备好所需要的工具和材料，带着他们来到御花园，吩咐他们粉刷、装修那座旧宫殿。经过一番粉刷、油漆，宫殿面貌焕然一新，五彩缤纷，耀眼夺目，光华照人。之后，又运来黄金和天青石。宰相对雕刻师说："在大厅的中央，要雕一尊猎人，他张起罗网，一只雌鸽落网，正在用嘴啄网，试图挣逃。"

雕刻师按照宰相的旨意，很快雕刻成功。宰相又吩咐他说："在大厅的一面墙上画一幅猎鸽图，描绘雌鸽落网，猎人抓起雌鸽宰杀的情景。在其对面的一面墙上，要画一幅猛禽捉鸟图，描绘一只巨大的猎鹰用爪子抓住了一只雄鸽。"

雕刻师心领神会，如期完成了宰相吩咐的任务。

宫殿装修工程完成后,宰相及王子、阿齐兹告别老园丁,回到自己的住处,开始坐着聊起天来。

塔基·穆鲁克王子对阿齐兹说:"好兄弟,给我唱首歌,让我们开开心吧!但期你的歌声能消除我心中的愁闷。"

阿齐兹欣然答应,于是唱道:

情人悲苦多,我已独自尝。泪流如雨注,顷刻化海浪。
不觉容颜衰,骨瘦嶙峋样。欲探情海事,且观我体伤。

阿齐兹泪流满面,又吟唱道:

既未恋明眸,没吻唇与脖。
奢谈情场乐,皆系信开河。
情中自有密,外行休评说。
我恋情侣切,主难息欲火。
常思意中人,夜夜失眠多。

阿齐兹抬头望了望塔基·穆鲁克王子,见王子听兴正浓,于是接着吟唱道:

阿维森纳①称,情郁解有方:歌声能祛疾,交欢驱惆怅。
容我进一言:情忧消无方。古人念此理,疑恐呓语狂。

---

① 阿维森纳(980—1037),也称伊本·西纳,中世纪阿拉伯著名的哲学家、医学家、自然科学家和文学家。幼承家教,十岁时能背诵《古兰经》和文学名著,十八岁成为著名医生。

王子听罢,对阿齐兹的文采与歌喉钦佩不已。王子说:"阿齐兹兄弟,你的歌喉确乎驱散了我心头上的愁云。能再为我唱一曲吗?"

"遵命!"

阿齐兹当即兴致勃勃地高声唱道:

> 本识金银贵,可换爱情真。今日方得知,求爱莫惜身。
> 与你相亲近,欲买需重金。你的情意贵,还须外加魂。
> 金银不足惜,计谋不足珍。当视爱做窝,栖里避风神。
> 欲得待用计,我将头藏襟。我居爱情巢,常出复常进。

且说老太太被杜妮娅公主毒打之后拖出门外,老太太从昏迷中苏醒过来,挣扎着回到家中。次日到店铺见过王子,将不幸遭遇诉说了一遍,又跟着王子去认过他们的住处,然后回到家里,自此没有出门。

杜妮娅公主想到御花园里散心,通常必须是在老太太的陪伴下,公主这才想到老太太,于是派人去把她请来,一番好言安慰,主仆和好如初。杜妮娅公主说:"阿姨,我想到御花园里去消遣消遣,也好观赏一下那里的树木花果,以求舒心怡神。"

"听候公主安排。不过,我想回家一趟,换件衣服,转眼就回来。"

"去吧!千万不要迟误了我的游园安排。"

"不会误公主的事的。"

老太太转身离开公主闺房,一口气跑到塔基·穆鲁克王子的住处,见到王子便说:"孩子,快点儿准备一下,穿上你最漂亮的衣裳,立刻赶往御花园。见了老园丁,向他问好,然后藏在御花园里就行了。今天有好事等着你！"

"听明白了！"王子欣喜若狂。

老太太与王子商量好联系暗号后，便回王宫杜妮娅公主那里去了。

老太太走后，宰相和阿齐兹给塔基·穆鲁克王子穿上一套最漂亮的衣服，价值五千第纳尔，又给他扎上一条金腰带，上面镶嵌着珍珠宝石。穿戴完毕，王子便向御花园走去。

王子来到御花园门口，见老园丁坐在那里。老园丁看见塔基·穆鲁克王子，立即站起身来，热情迎接，毕恭毕敬，随即打开园门，对王子说："请进花园观赏风景吧！"

老园丁不知道杜妮娅公主要来游园。塔基·穆鲁克王子进园不久，忽听一阵喧嚷声传来，旋即见众仆婢拥进便门。

老园丁一见那么多男仆女婢走来，慌忙去找塔基·穆鲁克王子，告诉他公主就要游园来了。老园丁有些紧张，发愁地问："杜妮娅公主来了，我该怎么办呀？"

塔基·穆鲁克王子说："不要紧，别害怕！我找个地方藏起来，就罢了。"

老园丁叮嘱王子要藏得严密些，千万不要露出破绽，说完就离去了。

杜妮娅公主在老太太和男仆女婢的簇拥下进了御花园。老太太心想："有这么多仆人跟在身后，目的难以达到。"她对公主说："我的公主呀，我想给你出个主意，保证能让你心旷神怡，心定神安。"

"有什么好主意，只管说就是了。"公主显得很高兴。

"公主，你看仆人这么多，你现在用不着他们；有他们跟在身后，心情哪能得轻松呢！依我之见，还是把他们打发走吧！"

"你说得很对。"

说罢,公主往后一挥手,群仆相继散去。片刻过后,只有老太太陪着杜妮娅公主缓缓漫步游览。

藏在暗处的塔基·穆鲁克王子一直在偷看美丽的杜妮娅公主,而公主全然不知。王子每当看到公主那诱人的姿色,总觉得眼花缭乱,神魂颠倒,不能自已。

老太太陪着公主,边走边谈,一直行至宰相雇人刚刚粉刷、装修过的宫殿门前。公主走进宫殿,见到大厅里的雕像和壁画,情不自禁地细细欣赏起来。她看见猎人、鸽子和猛禽的雕刻与画,便说:"赞美安拉,这不就是我梦中所见到的那种情景吗?"

公主看着鸽子、猎人、罗网和猛禽的画,感到十分惊异。她说:"阿姨,我原来总是埋怨男人,憎恶他们。可是,你瞧瞧这个猎人,他怎样把这只雌鸽宰掉;而雄鸽子幸而脱险,想来救雌鸽子,不幸中途落入猛禽之爪而丧命。"

老太太佯装不理会公主说的那些话,只是用些无关紧要的话支吾她,二人一直走近塔基·穆鲁克王子隐身的地方。老太太给了王子一个暗示,让他在宫殿的窗子下散步。

杜妮娅公主无意中一回头,看到了塔基·穆鲁克王子,她仔细观察小伙子的相貌、身材和仪表,然后对老太太说:"阿姨,从哪里来了这么一位美男子?"

老太太故作镇静,答道:"不清楚。但看上去,像是哪位大国王的王子。长得可真算标致、英俊、漂亮到家了。"

杜妮娅公主一见倾心,往日的那种执拗、傲气、任性顿时云消雾散,不知何处而去,心与神完全被小伙子的俊秀容貌、匀称身材、非凡气质所吸引,欲火在心底燃起,情不自禁地说:"阿姨,这个青年真健美呀!"

老太太立即答话:"公主,你说得很对!"

老太太随即暗示塔基·穆鲁克王子离园回去。塔基·穆鲁克王子没有违抗老太太的旨意,怀着对杜妮娅公主的强烈迷恋和一腔炽燃着的爱情之火,缓缓走到园门,告别老园丁,返回了寓所。

回到寓所,王子便告诉宰相和阿齐兹,说是老太太示意他离开御花园的。

宰相和阿齐兹沉思片刻,异口同声说:"老太太让你回来,一定有利于你;不然的话,她是不会匆匆打发你离开公主的。"

塔基·穆鲁克王子离去之后,杜妮娅公主的心为爱火所征服,竟然一眼看上了那个美男子,迷恋之情难以用语言表述。公主对老太太说:"我真想不出如何再与那个小伙子见面的办法,只能求你给我出个主意了。"

老太太说:"但求安拉保佑公主免遭魔鬼纠缠。你本不喜欢男人,怎么又一下子迷恋上那个小伙子了呢?不过,凭安拉起誓,像你这样的妙龄公主,又生得这样俊俏,除了那个漂亮小伙子,谁也配不上你。"

公主说:"阿姨,快救救我,让我和那个小伙子见见面吧,事成之后,我赏你一千第纳尔,外加价值千金的锦袍。倘若你不设法让我见到他,你的老命也难以保住。"

老太太说:"你先回宫去,我去设法安排你们见面。公主,为使你满意,我将不惜这条老命。"

杜妮娅公主向自己的宫中闺房走去,而老太太则一路小跑,直奔塔基·穆鲁克王子那里。

王子见老太太急匆匆跑来,立即站起身来,敬重、客气之至,让她坐在自己的身边。老太太上气不接下气地说:"孩子,办法成功了！办法成功了！"

接着，她把杜妮娅公主的情况告诉了王子。王子问："什么时候见面？"

"明天！"

王子随后赏给老太太一千第纳尔和一件价值千金的首饰。老太太接过钱和首饰，站起来离去了。

老太太径直来到杜妮娅公主的闺房，公主迫不及待地问："阿姨，你有那个小伙子的消息了吗？"

"我已找到了他住的地方，明天我就把他带到你这里来。"

公主一听，心花怒放，当即实践诺言，赏给老太太一千第纳尔和价值千金的锦袍一件。老太太接过钱和锦袍，高高兴兴地返回家中。

这一夜，老太太睡得特别香甜。次日清晨，老太太赶到塔基·穆鲁克王子的住处，让他男扮女装，并对他说："你跟在我的身后，走路要学女人的样子，走得不要太急，要目不斜视，不要看跟你说话的人。"

"我听明白了。"

一番叮嘱之后，老太太前面走，王子一身女子打扮在后面紧跟。一路之上，老太太边走边对王子面授机宜，以使王子遇事不慌。二人来到王宫门前，先后进门，穿过走廊，走过七道门。当老太太走到第七道门时，对王子说："你要鼓起勇气来！我喊一声：'丫头，进去吧！'你千万不要迟缓，快步进去。进了走廊，向左边拐，就能看到一座大殿，殿内有门多座，直通殿外。你数过五座门，那第六座门就是你应该进去的地方。进了那道门，你心中想的美人就会出现在你的面前。"

塔基·穆鲁克王子忙问："大妈，你到哪儿去呢？"

"我哪儿也不去。不过,我也许迟来一会儿,和大太监说说话。"

说罢,老太太走去,王子跟在后面,一直到大太监守卫的那道门。大太监见老太太带着个姑娘,便问老太太:"跟着你的这个婢女是谁?"

老太太答道:"这是个丫头。杜妮娅公主听说她会做活儿,想把她买进宫里来。"

大太监说:"我不认识这个丫头那个丫头。国王有令,进这道门的人,都要经过我的检查。"

讲到这里,眼见东方透出了黎明的曙光,莎赫札德戛然止声。

第一百三十五夜

夜幕降临,莎赫札德接着讲故事:

幸福的国王陛下,老太太前面走,王子在后面跟,一直到大太监守卫的那道门。大太监见老太太带着个姑娘,便问老太太:"跟着你的这个婢女是谁?"

老太太答道:"这是个丫头。杜妮娅公主听说她会做活儿,想把她买进宫里来。"

大太监说:"我不认识这个丫头那个丫头。进这道门的人,都要经过我的检查。"

老太太生气地说:"大太监,据我所知,你是个有理智、有教养的人。如果你的情况发生了什么变化,我可要告诉杜妮娅公主了,就说你阻拦她的宫女进宫。"

说着,老太太大声喊道:"丫头,进去吧!"

塔基·穆鲁克王子听到老太太一声呼唤,鼓足勇气,抬脚进门,并且按照老太太的吩咐,进了走廊。

大太监见此情景,一声未吭。

塔基·穆鲁克王子数了五座门,走进第六座门,抬头一看,只见杜妮娅公主正站在那里等着他。

公主一见王子,立即认出了他,上前一把将他搂在怀里,王子也紧紧抱住了公主。

片刻过后,老太太来了,随后设法支走了婢女们。杜妮娅公主对老太太说:"阿姨,你去守门!"

那里只剩下公主和塔基·穆鲁克王子,二人亲吻拥抱,腿搭腿,直至拂晓时分。

天亮了,杜妮娅公主关上门,进入另一个小房间,照平时那样坐下来。片刻之后,婢女们来到公主面前,完成日常任务之后,公主开始和她们闲谈,过了一会儿,公主说:"你们现在可以走了。我想独自休息一会儿。"

婢女们听公主这样一说,相继离开公主,走出房门。婢女们刚走,老太太来了,带着一些吃的和喝的。杜妮娅公主、塔基·穆鲁克王子和老太太一起吃喝起来。他们边吃边谈,一直到傍晚来临。

天色暗下来,老太太告别杜妮娅公主和塔基·穆鲁克王子,像头一天一样,为他俩关好门。就这样,不知不觉一个月过去了。

塔基·穆鲁克王子到杜妮娅公主那里去后,一个月未回,宰相和阿齐兹知道王子不会离开王宫了,而且坚信不疑。阿齐兹说:

"相爷，情况既然如此，我们总得想个办法呀！我们怎么办呢？"

宰相说："孩子，这个事很难办啊！假若我们不回去报告他的父王，他肯定会埋怨我们的。"

二人决定回去禀报国王，便立即收拾行装，起程回哈杜拉王国，一心想早日见到苏莱曼国王。

宰相和阿齐兹穿山谷，越荒原，日夜兼程，人不休息，马不停蹄。数日艰辛跋涉，终于平安返回哈杜拉王国京城。

二人进了王宫，见到苏莱曼国王，把塔基·穆鲁克王子的情况一五一十地向国王禀报，并且说，自打王子进了杜妮娅公主的闺房，他们再也没有听到王子的消息。

苏莱曼国王一听，禁不住方寸大乱。国王思虑片刻，立即宣布王国处于紧急状态，命令大军集结，搭起帐篷，安营京城郊外。苏莱曼国王端坐帅帐，各路大军相继向京城郊外集结。

因为苏莱曼国王公正无私，从善如流，故而颇得臣民爱戴，因此一呼百应，大军迅速集结完毕。

苏莱曼国王一声令下，大军在他的统率下向卡夫尔岛王国进发，去解救塔基·穆鲁克王子。

杜妮娅公主和塔基·穆鲁克王子一见钟情，不知不觉半年过去了，相互之间的爱情日渐加深。随着时光的推移，塔基·穆鲁克王子对杜妮娅公主的爱慕、迷恋之情与日俱增，终于向公主倾诉实情了。塔基·穆鲁克王子说："亲爱的心上美人，不瞒你说，每当我在你这里多住一天，我对你的迷恋、爱慕之情便增长一分。因为我的目的还未完全化为现实。"

"我亲爱的，你想怎样呢？假若拥抱、接吻以及同眠共枕还不能使你心满意足的话，那就照你的意愿行事好啦！安拉并没有在我们中间安排第三者呀!"

塔基·穆鲁克王子说:"我不是这个意思。我是说,我想把我的真实情况告诉你,公主有所不知,我本不是商人,而是一位当世国王的儿子,我的父亲就是苏莱曼国王。父王曾派宰相出使贵国,在你父王面前,为我向你求婚。你得知来使求婚消息之后,表示不愿成亲出嫁。"

接着,塔基·穆鲁克王子把事情的前因、经过和后果,从头到尾向公主讲述了一遍。王子又说:"我现在想回父王那里,以求父王再派使者前来面见你父王向他求婚。"

杜妮娅公主听罢,高兴不已。因为这正合公主的心意。二人商量妥当,不觉困意来临,一夜安睡,直到次日晨光东升。

与此同时,舍赫尔曼国王端坐宝殿,国家要员及大臣们两厢站立。突然,一个银匠走进大殿,手捧一只大匣子,径直来到国王面前,将匣子打开,从中取出一只价值万金的漂亮盒子,里面满装用红绿宝石、翡翠玛瑙制成的精巧名贵首饰,就连帝王也难得一见。舍赫尔曼国王见了,惊其精美,赞不绝口,望了望阻拦老太太进门的大太监,说道:"卡福尔,把这些首饰送到杜妮娅公主那里去吧!"

大太监上前接过匣子,转身走向杜妮娅公主的闺房。来到房前,见房门紧闭,老太太睡在门槛上,于是高声喊问:"喂,怎么到现在还睡呢?"

老太太从睡梦中惊醒,很是害怕,忙说:"请稍等,我这就去取钥匙。"

老太太站起身来,逃走了。

大太监久等不见老太太回来,不知其去向,便推开房门,走了进去。进内屋一看,见杜妮娅公主正搂着一个男子在睡觉,一时自觉难堪,不知如何是好,想转身出门去禀报国王。就在这时,杜妮娅公主醒来,见大太监站在房中,脸色顿时蜡黄,忙说:"卡福尔,天机不可泄露啊!"

大太监回答:"我对国王陛下……怎好有话不实说呢!"

大太监转身离去,随手将房门关好。他来到舍赫尔曼国王面前,国王问:"把首饰都交给公主了吗?"

大太监回答道:"没有……这不是吗,还在我的手中。国王陛下,我不好对陛下隐瞒任何事情。刚才,我看见杜妮娅公主的闺房里有一位漂亮的小伙子,和公主睡在一张床上,两个人正紧紧搂在一起……"

国王立即下令把二人带来。

杜妮娅公主和塔基·穆鲁克王子来到国王面前,国王大怒道:"此等丑事,成何体统?"

国王抽出宝剑,欲将塔基·穆鲁克王子置于死地,杜妮娅公主立即上前护住王子,苦苦哀求父王:"父王想杀他,就先把我杀掉吧!"

国王厉声呵斥公主,然后令仆役将公主送回闺房。国王望着塔基·穆鲁克王子,说:"你这个该死的东西,好大胆呀!你是从哪里来的?你父亲是何人?怎敢闯进宫来欺侮我的女儿?"

塔基·穆鲁克王子回答道:"国王陛下,你要知道:你杀了我,我死了,你及你的臣民都会后悔的。"

"此话从何说起?"国王问。

"国王有所不知,本人乃苏莱曼国王的儿子;如今,父王已亲率人马,正在开往贵国京城的途中。"

舍赫尔曼国王听王子这样一说,就想迟杀他几日,先关在牢里,以期证实一下他的话是否当真。

舍赫尔曼国王的宰相说:"大王陛下,依我之见,宜将这个小伙子赶紧杀掉,因他欺侮了堂堂公主,真可谓大逆不道,罪有应得,死有余辜。"

国王听罢,随后喊道:"刽子手,削下这个逆徒的首级!"

刽子手上前抓住塔基·穆鲁克王子,将他紧紧捆绑起来,然后举起宝刀,但迟迟不肯下手,想征求大臣们的意见,看了一位又一位,以期暂缓执行。这时,国王厉声呵斥道:"你要和他们商量到什么时候?假若你再商量下去,我就割下你的脑袋!"

刽子手再次高高举起宝刀,胳肢窝下的毛都露了出来,正要用力往下砍时,忽听外面传来一阵呐喊声……

讲到这里,眼见东方透出了黎明的曙光,莎赫札德戛然止声。

❖ 第一百三十六夜 ❖

夜幕降临,莎赫札德接着讲故事:

幸福的国王陛下,舍赫尔曼国王听罢宰相的话,随后喊道:"刽子手,削下这个逆徒的首级!"

刽子手上前抓住塔基·穆鲁克王子,将他紧紧捆绑起来,然后举起宝刀,但迟迟不肯下手,想征求大臣们的意见,看了一位又一位,以期暂缓执行。这时,国王厉声呵斥道:"你要和他们商量到什么时候?假若你再商量下去,我就割下你的脑袋!"

刽子手再次高高举起宝刀,胳肢窝下的毛都露了出来,正要用

811

力往下砍时,忽听外面传来一阵呐喊声……

国王对刽子手说:"且慢动手!"

随后,派人出宫打探消息。差使出去,片刻之后便回到国王面前,禀报说:"国王陛下,我看见城外有一路大军,旌旗招展,万马奔腾,简直就像大海波涛,铺天盖地而来,声势浩大,山摇地动,但不知来自何方……"

舍赫尔曼国王闻之大惊,恐怕失去江山和财宝。他望着宰相,问道:"我们的大军没有出城抵抗吗……"

话未说完,侍卫官走了进来,后面跟着使臣,其中就有苏莱曼国王的宰相。使臣们向舍赫尔曼致意问好,国王站起来迎接他们,让他们靠近自己坐下,问他们为何事而来。苏莱曼国王的宰相站起来,走到舍赫尔曼国王面前,说:"国王陛下,此次驾临贵国国土的是一位堂堂大国之王,与先王们都不一样。"

"他是何国君王呀?"舍赫尔曼国王问。

"他就是哈杜拉国的国君苏莱曼国王。哈杜拉王国地域辽阔,伊斯法罕山脉都在王国境内。苏莱曼国王公正无私,善待臣民,疾恶如仇,蔑视强权,他的儿子就在贵国京城。那位王子是他的掌上明珠、心肝儿宝贝儿。假若他能见到王子平安无事,这正合他的意愿,国王陛下必得重谢和赞扬;如果王子不幸在贵国失踪或遇有什么不测,他必将大动干戈,踏平此方山河,将这里化为一片荒漠废墟,让猫头鹰、乌鸦在这里盘飞、鸣叫。我的使命已经完成,谨向国王陛下致安。"

舍赫尔曼国王听罢来使这番话,不仅方寸大乱,由衷地担心自己的国家被攻破,臣民随之遭殃。于是,立即召来文武大臣、国家要员、侍卫宫仆,怒喝道:"你们这些该死的……你们快去找那个王子!"

此时此刻,塔基·穆鲁克王子仍在刽子手的手中;因利刃悬在头上,王子惊慌失措,面色惨白。

一位来使无意中一回头,见王子正在利刃威胁之下,当即扑了过去。随之,其余来使一拥而上,为王子松绑,亲吻王子的手和脚。王子这才睁开眼睛,认出了相爷和阿齐兹;因见到相爷和好友过度兴奋,他随即晕了过去。

舍赫尔曼国王一时感到困惑,不知如何是好。因为他已知道异国大军正为眼前这个小伙子而来,心中惊慌害怕不已。过了一会儿,国王才站起来,走到塔基·穆鲁克王子跟前,亲吻王子的头,同时热泪盈眶。国王对王子说:"孩子,对不起,请原谅。请不要责怪我,可怜我白发苍苍,年迈昏庸,千万不要摧毁我的国家。"

塔基·穆鲁克王子靠近舍赫尔曼国王,亲吻国王的手,说:"国王陛下,没有什么。在我的心目中,陛下居于我父亲的地位。不过,我想提醒陛下一声,千万不要伤害我的意中人杜妮娅公主。"

国王说:"你只管放心,不要为公主担忧,她只会高兴的。"

国王随后向塔基·穆鲁克王子道歉,好言安慰再三。之后,舍赫尔曼国王和苏莱曼国王的宰相交谈了一阵,答应给宰相一大笔钱,要他不要把看到的情况向苏莱曼国王报告。接着舍赫尔曼国王吩咐自己的大臣带塔基·穆鲁克王子去洗澡,给他换上最漂亮的朝服,将他迅速送回来。

大臣们闻声即动,带着王子进了浴池,洗毕换上国王为他指定的朝服,然后将王子带回了大殿。

王子来到舍赫尔曼国王面前,群臣们全都站起来,以示敬重这位王子,所有的人都表示愿为王子效力。塔基·穆鲁克王子坐下,与父王的宰相及阿齐兹亲切交谈,将发生的事情和离别后的经历一一详告。宰相、阿齐兹说:"我们见你一去不回,便回去将事情禀报了你的父王,说你进了杜妮娅公主的闺房,一去不回,不晓得出了什么事情。国王听后,便亲率大军前来这里救你。随后,我们也来到了这里。我们非常高兴到这里来。"

塔基·穆鲁克王子对宰相和阿齐兹说:"你俩办的全是好事,谢谢你们!"

就在同一时刻,舍赫尔曼国王来到杜妮娅公主的闺房。国王见公主在为塔基·穆鲁克王子哭泣,她拿着一把宝剑,将剑柄竖在地上,剑锋朝上,直对胸口,正欲倒向剑刃,同时高声说:"我非自尽不可……我心上人去了,我也不活了!"

国王见女儿如此情形,大喊道:"公主,使不得,使不得呀!你可怜可怜你的父王吧!可怜可怜亲人吧!"

国王走到女儿面前,对女儿说:"孩子,千万不能因为父王的一时糊涂而为你带来不幸啊!你若有个好歹,父王怎忍受得了呢?"

接着,国王把刚才发生的事情详细告诉了公主,并且说她的心上人是苏莱曼国王的儿子,想与她结为伉俪。国王对女儿说:"订婚、结婚之事全按你的意愿行事吧!"

杜妮娅公主听了父王这番话,微微地笑了。她说:"我不是对你说过他是王子吗?我要让他把你钉在一块不值两第纳尔的木头上。"

国王说:"看在安拉的面儿上,你就可怜可怜你的父王吧!"

"你快去把他带到我这里来吧!"

"我马上就去。"

国王迅速离开女儿的闺房,来见塔基·穆鲁克王子,把那番话告诉了他,然后和他一块向公主闺房走去。

公主一看见塔基·穆鲁克王子,便当着父王的面,与王子热烈拥抱、接吻,同时说:"把我想死了!"

之后，杜妮娅公主望着父王，说："父王，谁会疏忽、怠慢这样一位白马王子呢？"

舍赫尔曼国王离开女儿的闺房，到苏莱曼国王的宰相及使臣那里去了。他要宰相转告苏莱曼国王，说塔基·穆鲁克王子很好，过着最快乐的生活。舍赫尔曼国王下令给苏莱曼国王的大军安排营寨，运送粮草，并挑选宝马百匹、快驼百峰、美女百名以及男仆、女婢各百人，一并作为礼物献给苏莱曼国王。之后，舍赫尔曼国王率领文武大臣和众侍卫出城迎接苏莱曼国王的大队人马。

苏莱曼国王得知舍赫尔曼国王出城相迎，立即前往迎候。

宰相和阿齐兹向苏莱曼国王转达了舍赫尔曼国王的问候，苏莱曼国王欣喜不已，说道："赞美安拉成全了我儿子的意愿！"

苏莱曼国王上前与舍赫尔曼国王热烈拥抱，然后让舍赫尔曼国王坐在自己的身边。两位国王开始亲切交谈。

过了一会儿，端来饭菜，宾主吃饱喝足，随后又送来甜食。没过多少时候，塔基·穆鲁克王子来了，只见这位英俊王子身着华丽王服，更显得神采奕奕，利落潇洒。

苏莱曼国王看见儿子，立即站起来，走去亲吻儿子，在座的人全都站了起来。塔基·穆鲁克王子坐下来，大家谈笑风生，气氛十分热烈。苏莱曼国王对舍赫尔曼国王说："尊敬的国王陛下，我希望现在就去请法官和证人，立即为我的儿子与陛下的公主正式订婚，签写婚书。"

舍赫尔曼国王欣然说道："听从您的安排。"

说罢，立即派人去请法官和证人。

法官和证人到齐，写就婚书，苏莱曼国王的随行大队人马沉浸在了欢乐之中。

随后，舍赫尔曼国王起驾回宫，为杜妮娅公主置办嫁妆，安排婚礼庆典。

塔基·穆鲁克王子对父王说:"阿齐兹兄弟是位很高尚的人。他为我效力极大,伴我出远门,从来不辞劳苦。正是他帮助我实现了平生宏愿,一直陪伴我完成了全部任务。阿齐兹兄弟远离家园和亲人,随我漂泊两年时间。如今,我们所在的地方距他的家乡很远,我想给他一批货物,送他一些金银,让他当作资本经商。"

苏莱曼国王答应了王子的请求。

"多谢王子殿下!"阿齐兹说。

随后,王子为阿齐兹准备了一百驮上等布匹和一笔现钱,送阿齐兹返回故乡。王子对阿齐兹说:"阿齐兹,我的好兄弟,这是我送给你的薄礼,请收下吧!"

阿齐兹高高兴兴地收下礼物,恭恭敬敬地行了吻地礼,并向苏莱曼国王再三行吻地礼。

塔基·穆鲁克王子骑上骏马为阿齐兹送行,不知不觉送了十里路。王子叮嘱阿齐兹回家看看之后,马上再回来,阿齐兹说:"王子殿下,要不是因为家有白发老母,我真不想离别王子。凭安拉起誓,我希望不断地听到你的音信。"

阿齐兹告别塔基·穆鲁克王子,踏上了归程。

回到家中,阿齐兹见母亲在院子里为他修了一座墓,母亲正披头散发地坐在墓前,边哭泣边吟道:

看在安拉面,请坟告诉我:儿颜已憔悴?英容业凋落?
墓本非花园,更欠苍穹峨;何因圆月明,鲜花如此多?

吟罢,长长地叹了一口气,接着又吟道:

曾经世沧桑,从来忍为首。
　　而今失爱子,谁人能忍受?
　　每每思吾儿,伤心泪泗流。

老人稍稍停顿,然后又吟道:

　　一日过坟茔,问候亲人墓。坟墓静悄悄,无声是何故?
　　亲人有话说:我已化为土;且为石人质,如何做答复?
　　土吞我容颜,一切皆忘忽;与亲隔世界,与母隔厚土。

　　母亲吟完诗,阿齐兹来到母亲面前。老母亲忽见儿子出现在眼前,上去把儿子搂在怀里,问为何这么长时间没有音信。阿齐兹把别后情景,从头到尾一五一十地说给母亲,并且说塔基·穆鲁克王子给了自己许多银钱,还送给自己一百驮布匹。母亲听后,破涕为笑,禁不住喜泪盈眶。

　　阿齐兹想起那个女妖戴丽莱,心中不胜难过。就是那个女妖,残忍地阉去了他的睾丸,使他变成了人妖。想到这里,阿齐兹悲从中来,一时惆怅无言。

　　塔基·穆鲁克王子送别阿齐兹,回到宫中。舍赫尔曼国王已将婚礼所需要的一切筹备齐全,婚礼即日隆重举行,宫中一片节日喜庆气氛。夕阳西沉,洞房花烛,塔基·穆鲁克王子和杜妮娅公主同枕共眠,尽享天伦之乐,美滋滋,乐融融,不必细述。

　　婚礼完毕,舍赫尔曼国王开始为女儿和女婿以及女儿的公公做送行准备。国王备下干粮、礼物和古玩若干,马驮驼载,大队人马上路登程。舍赫尔曼国王与新郎、新娘及苏莱曼国王依依不舍,送了一程又一程，不知不觉三天三夜过去了。舍赫尔曼国王仍坚持再送一程，苏莱曼国王再三劝之速返京城，舍赫尔曼国王方才挥手与客人们告别。

王子夫妇及苏莱曼国王一行，日夜兼程，马不停蹄，经过数日艰辛跋涉，方回到哈杜拉王国京城。塔基·穆鲁克王子和杜妮娅公主喜结良缘的消息不胫而走，迅速传遍京都，人们奔走相告，纷纷走出家门，装点城郭，张灯结彩……

讲到这里，眼见东方透出了黎明的曙光，莎赫札德戛然止声。

第一百三十七夜

夜幕降临，莎赫札德接着讲故事：

幸福的国王陛下，王子夫妇及苏莱曼国王一行，日夜兼程，马不停蹄，经过数日艰辛跋涉，方回到哈杜拉王国京城。塔基·穆鲁克王子和杜妮娅公主喜结良缘的消息不胫而走，迅速传遍京都，人们奔走相告，纷纷走出家门，装点城郭，张灯结彩，迎接新人。一时间，大街小巷，人流如潮，车水马龙，整个哈杜拉城沉浸在一派节日气氛之中。

回到宫中，苏莱曼国王端坐宝座，塔基·穆鲁克王子一旁站立。继而国王举行大赦，广施博济，并且颁诏，宣布立塔基·穆鲁克王子为王太子，日后继承王位，万众为之欢呼。随后，苏莱曼国王再次为王太子举行隆重婚礼。宫中侍女们围在新娘杜妮娅公主身旁，为她梳妆打扮，霎时间，公主衣饰华美，雍容华贵，宛如天上仙女下凡来到人间，人们的目光都集中到了她的身上。宫中鼓乐齐鸣，贺喜的人络绎不绝。如此，王宫中整整热闹了一个月。

王太子塔基·穆鲁克携新娘杜妮娅公主拜见过父王和母后，美满夫妻便双栖太子宫，相敬如宾，开始了幸福快乐的生活。

宰相佟丹一口气讲了几个长长的动人故事，杜姆康国王听后感到十分高兴。他对宰相说："相爷阁下这样的人物，常陪帝王出入，谈笑风生，令人赞叹。阁下善解帝王旨意，深具远见卓识，定可运筹帷幄，定国安邦，不愁没有用武之地。"

岁月不居，光阴荏苒，不知不觉之中，穆斯林大军包围君士坦丁堡城已有四年之久。穆斯林将士们怀念祖国，已对围城和夜以继日的战斗感到厌倦。

有一天，杜姆康国王派人召来白赫拉姆、鲁斯图姆和泰尔卡什等几位将军，对他们说："诸位大将军，我们驻扎此地已有四年光景，我们的目的没有达到，攻城无果，我们的军事目标未能实现。不仅如此，我们的忧烦却有增无减。我们来到这里，本是为先王报仇雪恨的，不期家兄舒尔康在此死于非命，岂不是愁上加愁、灾上添灾吗？所有这些灾难，全来自假修道士、真老妖婆札特·达瓦希。我们上了当，受了欺骗。正是她在我们的国土上害死了先王，劫走了索菲雅王妃。这个老妖婆并不以此为满足，还对我们施计谋，害死了我的长兄。我已下定决心，非报此仇不可！诸位将军有何见教呀？"

他们都明白杜姆康国王的意图，但谁也不说话，只是低着头，沉默无语。

大帐内寂静无声。大家都把目光集中在了佟丹宰相的身上。这时，佟丹宰相走到杜姆康国王跟前，说："国王陛下，依臣之见，我们再在这里驻扎下去，已经没有任何好处。我看我们最好班师回国，在国内驻扎一段时间，然后返回，日后再来征服这些基督徒。"

杜姆康国王说："这个意见很好！因为将士们都很想念家中妻儿老小。我也和大家一样，想念我的儿子卡麦康和我的侄女润仙。因为我的小侄女润仙现在在大马士革城，对其近况我一无所知，故更感放心不下。"

将士们听杜姆康这样一说，个个欣喜，人人高兴，连连为宰相佟丹祝福祈祷。

杜姆康随即吩咐传令员传达命令，决定三日后拔营起程，班师回国。于是，穆斯林将士们开始做还乡准备。

第四天一大早，敲过杯盏，大队人马开始行动，旌旗开道，遮天蔽日。行进在队伍最前面的是佟丹宰相，杜姆康国王在大队当中，侍卫官走在杜姆康国王的旁边。

大队人马，浩浩荡荡，日夜兼程，人不离鞍，马不停蹄，经过数日跋涉，终于回到京城巴格达。国人为他们的归返感到高兴，心头的愁云为之一消。将领们各自返回家中。

杜姆康回到王宫，见到小王子卡麦康。小王子生得聪明可爱，已开始学骑马射箭。

杜姆康稍稍休息片刻，便带着王子卡麦康入澡堂沐浴。沐浴完毕，上朝处理朝政大事。宰相佟丹及文武官员前来朝拜国王，恭恭敬敬地向国王行吻地礼。礼毕，杜姆康国王想起了那位救他的澡堂火夫……

杜姆康国王立即差人宣澡堂火夫进殿朝见。想到那位澡堂火夫，杜姆康一时心情难以平静。当年，杜姆康流落他乡，堂堂王子不如庶民，辗转漂泊，朝不保夕，正是那位澡堂火夫把他接到家中，朝夕伺候，这才得以生存下来。

火夫进了王宫，来到杜姆康国王面前。杜姆康国王看见火夫走来，立即站起身来，并让火夫在自己的身旁坐下。

杜姆康早已把火夫行善的事迹讲给宰相佟丹。因此，宰相和文武百官对火夫格外敬重。

火夫因为吃得好，心宽体胖，又粗又壮，脖子像大象的脖子，肚子像海豚的肚子。火夫因足不出所居之户门，变得糊里糊涂，连杜姆康国王的相貌都认不出来了。

杜姆康国王走到火夫跟前，笑容可掬地向他问好，而火夫却没有什么表示。国王问："难道你这么快就把我忘掉啦？"

这时，火夫方才仔细端详杜姆康国王，最后还是认出来了，立即站起来，问道："亲爱的好兄弟，谁让你当上国王的？"

杜姆康国王冲着火夫一笑。宰相走了过来，向火夫讲述了详细情况，然后说："他原是你的兄弟和朋友，现在成了天下君王。你一定能从他那里得到许多好处。我现在叮嘱你，假若国王问你要什么东西，你一定要一件大东西；因你在国王心目中有很高的地位。"

火夫说："我担心说出要一样东西，他不给我，或没有能力满足。"

佟丹宰相说："如今他是一国之君，你有何要求，尽管开口。你希望什么，他就会给你什么。"

火夫说："凭安拉起誓，我一定要向他要一件我心中想要的东西；我每天都希望他给我那件东西。"

宰相说:"你只管放心就是了,凭安拉起誓,你就是想替代他的长兄担任大马士革总督,他也一定会立即命你走马上任。"

这时,火夫站起来了。杜姆康国王马上示意他坐下,但火夫拒绝坐下。火夫说:"我求安拉保佑!我在你这里闲住的日子已经结束了。"

杜姆康国王说:"没有啊!这种日子至今尚有,因为你救了我的命。凭安拉起誓,不管你提出什么要求,我都会满足你的,你只管说出来就是了。"

火夫说:"主公,我担心我要一件东西,你不给我,或无力给我。"

杜姆康国王笑了。他说:"你就是要半壁江山,我也与你共有这个国家。你有什么要求和愿望,只管提出来就是了。"

火夫说:"我希望你颁一道诏书,封我为耶路撒冷的火夫魁首。"

杜姆康国王一听,不禁笑了起来,在场的大臣们也都笑了起来。

杜姆康国王说:"你就提点儿别的要求吧!"

火夫说:"我不是对你说了吗?我提出一项要求,担心你不满足我的要求,或没有能力满足我的要求。不是这样吗?"

宰相向火夫使了个眼色,火夫不是说想成为耶路撒冷的清道夫头儿,就是想成为大马士革的垃圾大王,致使在场的人笑得前仰后合。

宰相朝火夫背上拍了一下,火夫扭头看着宰相,问道:"你是什么人,竟敢打我?我有什么罪过?正是你说的,要我想要什么,只管说出来。"

火夫停顿片刻,说道:"就让我回我的老家吧!"

杜姆康知道火夫在说着玩儿,于是忍耐了一会儿,走到火夫面前,对他说:"好兄弟,你就提一个与我的国王地位相称的要求吧!"

火夫说:"我想替代你的长兄出任大马士革总督。"

杜姆康国王立即签发了委任状。国王对宰相佟丹说:"看来,只有相爷陪同他去上任最合适。你如果想回来,请把我的侄女润仙带来。"

"恭敬不如从命!"佟丹宰相一口答应。

宰相带着火夫下去了,开始做走马上任的准备工作。杜姆康国王吩咐为火夫预备新宝座和朝服,并且对大臣们说:"谁拥戴我,就请向我的大恩人赠送大礼吧!"

杜姆康封火夫为"泽卜莱康总督",加号"勇士"。

一个月时间飞闪而过,一切准备工作完成。泽卜莱康总督在宰相的陪同下向国王告别。见泽卜莱康总督到来,杜姆康国王站起来,走上前去,二人热烈拥抱。国王叮嘱这位即将上任的新总督要善待民众,并嘱咐他好好操练兵马,准备两年后出征作战。

泽卜莱康总督将杜姆康国王的叮嘱牢记心上,念念不忘善待民众的期望。之后,杜姆康国王又给这位新总督配备文武官员若干名,拨给他奴仆五千。

泽卜莱康总督告别杜姆康国王,大队人马上路登程。侍卫官及大将白赫拉姆、鲁斯图姆、泰尔卡什率众将士为泽卜莱康总督送行,三日后方才返回巴格达。

泽卜莱康总督及宰相一行人马继续前进,数日艰苦跋涉,平安抵达大马士革。

新总督上任的消息早已传到大马士革,人们奔走相告,无人不知杜姆康国王派来了一位新总督,名叫泽卜莱康,称号为"勇士"。人们得知此消息,立即装点大街小巷,张灯结彩,出门相迎。

泽卜莱康总督进了大马士革,登上城堡,坐上总督宝座。宰相佟丹站在一旁伺候,向总督介绍百官及他们的官阶。百官们依次晋见新总督,亲吻新总督的手,祝福新总督安康。泽卜莱康总督向他们一一赐赠官服及礼物,然后打开银库,犒赏官兵,不分官位高低,人人得一份赏金。新总督为官公正,勤于政事,善待民众。

一切政务就绪之后,新总督开始为前任总督舒尔康的女儿润仙姑娘去巴格达做准备。他为润仙姑娘特制一顶丝绒轿子,向宰相佟丹赠送了一笔钱。宰相佟丹对新总督说:"总督阁下,你上任不久,用钱的地方是很多的。日后如果国家征战或别的什么方面需要钱粮,我们将派人前来征收税款。"

佟丹宰相起程那天,泽卜莱康亲手把润仙姑娘送上丝绒驼轿,并派十名女仆随行,伺候照顾她。

宰相佟丹带着润仙姑娘离开大马士革,泽卜莱康总督回到总督府料理政务。这位新总督牢记国王的叮嘱,十分注意军事训练,时刻等待着杜姆康国王一声令下,踏上征战之路。

宰相佟丹带着润仙姑娘经过一个月的长途跋涉,抵达小城拉哈拜。稍事休息之后,继续前进,终于临近巴格达城。宰相佟丹派人进城禀报杜姆康国王,报告宰相一行即将回到京都。

杜姆康国王听罢差使报信儿,立即策马出城相迎。

见国王亲自来迎,佟丹宰相想下马步行,但杜姆康执意不让其离鞍,于是国王与宰相并驾齐驱,向京城前进。国王问及泽卜莱康总督近况,宰相禀报说情况很好。宰相告诉国王,他的侄女润仙也在大队人马当中，国王听后十分高兴。国王对宰相说："相爷阁下，你一路辛苦，休息三天之后，再入朝问政吧！"

宰相说："多谢陛下恩典！"

宰相告别国王，回到相府。杜姆康国王则回王宫去了。

润仙姑娘刚满八岁。杜姆康国王看见侄女润仙，高兴极了；与此同时，也为侄女的父亲舒尔康死于非命感到由衷悲伤。随后，杜姆康国王送给侄女许多华贵衣服和大量首饰，让她与儿子卡麦康一起生活、玩耍。

润仙姑娘生相标致，天真可爱，伶俐活泼，而且勇敢无畏，明白事理，善于思考。而卡麦康则慷慨大方，但不大考虑事情的后果。姐弟俩长到十周岁时，润仙姑娘开始练习骑马，和堂弟一道练习击剑、刺杀，直到每人年满十二岁。

杜姆康国王的征战准备工作完成之后，把宰相佟丹叫到面前，说："相爷阁下，我已下定决心干一件事情，想先讲给你听，请你发表意见。"

"大王陛下，要干什么事呢？"

"我决心宣布我的儿子卡麦康在我健在之时登上王位，我则外出征战，直到天年竭尽，你看如何？"

佟丹宰相立即向杜姆康国王施吻地礼，然后说："尊敬的国王陛下，你一向见地高明。陛下的想法很好，只是现在还不是时候。"

"为什么？"

"一则王子卡麦康王子年龄太小，二则父王健在就宣布王子登极，恐怕将使父王折寿。这就是臣的看法，恕我直言。"

"相爷阁下，我将把小国王托付给我的姐夫侍卫官。因为侍卫官已成了我们的人，位同于我的兄弟。"

"既然陛下主意已定,那就照自己的意愿行事吧!我们将服从陛下的命令。"

杜姆康国王即派人召集文武百官,指着儿子卡麦康对他们说:"众爱臣,这是我的儿子卡麦康。诸位知道,他已是当代勇猛骑士,虽年纪尚小,但已善于骑射和刺杀,武艺过人,无人能与他相比。我宣布他为国王,由侍卫官担任摄政王。"

侍卫官说:"大王陛下,臣万分感谢国王的栽培之恩。"

杜姆康国王又说:"侍卫官阁下,我的儿子卡麦康和侄女润仙是堂姐弟,自幼一起长大,情同手足。我将润仙许配给卡麦康,请在座诸位爱臣为此做证。"

之后,杜姆康即把王权及无数银钱转交到卡麦康名下,宣布退位。

杜姆康离开大殿,径直去见姐姐努兹蔓,将此事告诉了姐姐。努兹蔓听后,十分高兴,忙说:"卡麦康、润仙都是我的孩子。但期伟大的安拉使你长寿,永远陪伴着他俩。"

杜姆康说:"姐姐,我在这个世界上的愿望已经实现。孩子有了依托,我没有什么牵挂了。不过,姐姐,孩子毕竟年纪尚幼,有劳你和他的母亲多多关照。"

姐弟谈心,回忆往事,一连几天几夜。杜姆康把儿子和妻子完全托付给了姐姐及姐夫侍卫官。

之后不久,杜姆康一病不起,自觉寿数已尽,大限即将来临。侍卫官开始摄政,替年幼的国王执掌大权。

一年过去了,杜姆康终究未能再起。他差人把儿子卡麦康和佟丹宰相叫到病榻前,对卡麦康说:"孩子,我死之后,宰相便位同你的生身之父。我在今世的愿望已经实现,即将离开尘世,走入永恒世界。不过,心中尚有一件憾事,只能盼安拉通过吾儿的双手去消除了。"

卡麦康问:"父亲,是什么遗憾事呢?"

"孩子,你的祖父、先王欧麦尔·努阿曼和你的伯父舒尔康总督,先后都是被一个名叫札特·达瓦希的老太婆害死的。倘若我生前不能报此仇,你一定不要忘记,若得安拉默许和相助,一定要代父报仇雪恨。你千万警惕那个老太婆的阴谋诡计,不可忽视。吾儿切记听相爷佟丹的话,他是三朝元老,见多识广,实乃王国不可缺少之巨柱,有事多向相爷请教。"

"父亲的话,我记住了。"卡麦康频频点头。

杜姆康泪流满面。此后,杜姆康的病更加重了。朝政大事全落在侍卫官一个人身上,颁诏书,发禁令,如此持续了整整一年时间。

杜姆康一直被病魔折磨,长达四年之久。侍卫官摄政,国人皆拥戴这位公正的摄政王,纷纷为之祈祷祝福。

卡麦康忙于骑马、舞矛、射箭。润仙也和卡麦康一样,整日从早到晚与卡麦康一起习武操练。

一日,夜色降临,润仙回到母亲那里,卡麦康也去见母亲,见母亲坐在父亲床头,边哭边伺候父亲。

次日清晨,卡麦康和堂姐依旧外出习武操练,杜姆康卧在病榻,忍着病痛,边哭边吟道:

　　　　吾力已竭尽,寿数业临终。看我病榻卧,呻吟声连声。
　　　　当年我荣耀,显贵本族中。实现心中愿,捷足我先登。
　　　　富贵已去矣,低微伴身轻。但期谢世前,见儿掌朝政;

挥剑舞长矛,杀敌建奇功;报仇雪耻恨,慰我此平生。

杜姆康吟完诗,头靠枕头上,进入了梦乡。他在梦境中看见一个人,那个人对他说:"请你只管放心就是了!你的儿子继承王位,掌管国家,万民从之……"

突然,杜姆康从梦中醒来,心中感到欣喜异常。没过几天,杜姆康一命归真,整个巴格达城沉浸在巨大悲痛之中,无论老少,也不论贵贱,无不落泪哀号。

一段时间过去后,仿佛杜姆康此人根本不曾存在过;与此同时,卡麦康的处境也发生了巨变,巴格达人都不理睬他了。巴格达人把杜姆康及其妻儿完全忘到了脑后。

卡麦康的母亲见此情景,深感自己处于最低贱的地位之中。她说:"我一定要去找摄政王侍卫官去,求他发发慈悲,可怜可怜我们这孤儿寡母。"

这位寡母走出家门,来到已当上摄政王的侍卫官家中。见侍卫官正坐在床上,卡麦康的母亲走进侍卫官的妻子努兹蔓的房间,对她说:"人一死,也就没有朋友了,安拉也就不再需要我们了。你们仍然执掌着政权,平等对待官和民。你曾亲眼见过,并且亲耳听过我们过去家财万贯,荣华富贵,生活富裕,一呼百应……如今,时过境迁,世态炎凉,就连日月都与我们作对为敌了。在我们行善之后,我今天来找你,是求你行善的。一个人死了,其妻儿地位就会一落千丈。"

说完,这位寡母吟道:

死神显奇迹,岁去人未离。

时光分段落,灾难混其里。

吾心别贵人,大灾围友戚。

努兹蔓听到这诗歌,想起弟弟杜姆康及其儿子卡麦康,于是走近弟媳,对她说:"我本来很穷,如今富裕起来了。凭安拉起誓,我们并不是不知道你现在需要帮助。我们之所以没有帮助你,原因在于怕你多心,误以为我们送给你点儿什么是在向你施舍;虽然我们今日的一切荣华富贵都来自你的丈夫。我们的家就是你的家,我们的钱就是你的钱,你的困难就是我们的困难。"

说完,努兹蔓给了弟媳许多华美衣服,并且在宫中为她单独安排了一座房子,紧靠着努兹蔓住的宫殿,她让弟媳及侄儿卡麦康住了进来,过上了舒适的生活。努兹蔓还把王服送给卡麦康,另为孤儿寡母派去奴仆、婢女供他们使唤。

时隔不久,努兹蔓向丈夫侍卫官讲到弟媳的境遇,侍卫官不禁热泪盈眶,对妻子说:"你若想看看你身后的世间人情,那就请看看别人身后的处境吧!这样,就请你好好诚待你的弟媳吧,让她由穷变富吧!"

讲到这里,眼见东方透出了黎明的曙光,莎赫札德戛然止声。

❖❖ 第一百三十八夜 ❖❖

夜幕降临,莎赫札德接着讲故事:

幸福的国王陛下,努兹蔓向丈夫侍卫官讲到弟媳的境遇,侍卫官不禁热泪盈眶,对妻子说:"你若想看看你身后的世间人情,那就请看看别人身后的处境吧!这样,就请你好好诚待你的弟媳,让她由穷变富吧!"

这便是努兹蔓及其丈夫、杜姆康妻子的情况。

岁月不居,日月如同穿梭。不知不觉,数年闪过,卡麦康和堂姐润仙姑娘长大成人了,简直就像两条结了果子的树枝,或者像是天空中的两轮圆月。姐弟俩都年满十五岁了。润仙成了一位极漂亮的大姑娘,容貌俊俏,杨柳细腰,胸脯丰隆,体态苗条,涎似甘泉,唇比醇香。正如诗人所云:

　　仿佛酒醇香,姑娘涎水来。葡萄似珍珠,姑娘唇边摘。
　　弯曲树枝条,葡萄见摇摆。诚赞造物主,技绝无从猜。

安拉集宇宙万物之美于润仙姑娘一身,她的身材足以让杨柳枝条羞惭,玫瑰花都会向她的粉白面颊摇头乞怜。她的口水足以令酒的醇香自叹失色,使闻者有心旷神怡之感。正如诗人所云:

　　姑娘巧集天下美,艳抹浓妆概莫及。
　　明眸足穿情人心,帝王宝剑难堪比。

卡麦康也已长成了一位英俊少年。他不仅容貌俊秀完美无缺,举世无双,而且两眼中透出一股英雄气概,令人羡慕倾心。下巴和腮边已显出胡楂儿，日后必成为一位美髯公。正如诗人所云：

> 英姿潇洒无懈击，腮边业显胡楂黑。
> 明眸堪比小羚羊，匕首内藏四方畏。

诗人又云：

> 虚构情人心,见其敏捷性。情侣心绪里,露出红帐篷。
> 见之人惊异,住宅与火同；且看衣着美,浑身绿丝绒。

一个节日里，润仙姑娘出门访问亲友，众婢女簇拥着她，但见她容颜俊俏，美压群芳；玫瑰色的面颊，足令百花嫉妒；那似苏莱曼戒指的小嘴儿绽露着永恒的微微笑意；此时此刻，她真像十四夜空中的一轮圆月。

卡麦康在她的周围打转，目不转睛地望着她，不禁心花怒放，诗兴大发，脱口吟道：

> 寂寞惆怅心,何时得愈痊？我唇不得吻,何日绽笑颜？
> 但期花烛夜,合枕共婵娟。情投乐融融,畅诉心头愿。

润仙姑娘听罢卡麦康吟诵的诗歌，满面怒色，连声斥责，并且威胁说要给卡麦康以最严厉的惩罚。

卡麦康听后，非常生气，一怒之下，转身离去。

润仙姑娘回到家中，对母亲诉说卡麦康如何无礼，母亲对她说："你的堂弟不过是个孤儿，也许对你没怀有什么恶意。他虽然吟了那么一首小诗，并没有伤害你的地方。这件事情，你千万不要告诉任何人，以免传到摄政王耳里，使你的堂弟处境艰难，甚至面临丧命危险。"

卡麦康爱上润仙姑娘的消息不胫而走，不翼而飞，很快传遍巴格达，一时满城风雨，女人们窃窃私语，议论卡麦康。

自那天起，卡麦康心中闷闷不乐，终日心神不安，如坐针毡，忧虑彷徨，不知如何是好。他的情况，人们看在眼里，记在心上。卡麦康有心为自己申辩，但又恐怕惹怒润仙姑娘。于是他自吟道：

　　一日性情变，责词口中生。一时无所措，惧意漫心中。
　　俗语忍最高，耐者耳目聪。如同青年人，忍烙求祛病。

讲到这里，眼见东方透出了黎明的曙光，莎赫札德戛然止声。

⇢⇢第一百三十九夜⇠——

夜幕降临，莎赫札德接着讲故事：

幸福的国王陛下，卡麦康爱上润仙姑娘的消息不胫而走，不翼而飞，很快传遍巴格达，一时满城风雨，女人们窃窃私语，议论卡麦康。

自那天起，卡麦康心中闷闷不乐，终日心神不安，如坐针毡，忧虑彷徨，不知如何是好。他的情况，人们看在眼里，记在心上。

卡麦康有心为自己申辩，但又恐怕惹怒润仙姑娘。

侍卫官当上摄政王，人们称之为"萨桑国王"。

萨桑国王听说卡麦康爱上了润仙姑娘，对当初让他俩生活在一起深感后悔。他对妻子努兹蔓说："把芦苇与火种在一起，那是最危险的事情之一。男男女女混在一起，眉来眼去，互送秋波，卿卿我我，情深意绵，没有不出事的。你的侄子卡麦康长大了，是个男子汉了。不要再让你的女儿去见他了，要阻止他俩见面，要把女儿关在家里才是。"

努兹蔓说："聪慧多谋的国王，你说得很对。"

第二天，卡麦康来见姑妈努兹蔓，向姑妈问过安好。姑妈回礼之后，对卡麦康说："孩子，我有话想对你说；不过，我对你说这些话，完全是出于无奈。"

卡麦康说："姑妈，你有什么话要说呀？"

"萨桑国王知道你爱上了润仙，下令不让你与润仙见面了。你若需要什么东西，我就派人从后门出去，把东西送给你。你从今以后不要再来找润仙来了。"

卡麦康听完姑妈的话，什么也没有说，转身回到母亲的身边，把姑妈的话对母亲说了一遍。

母亲听后，说："我知道你爱上润仙的事情，这个事情传遍了大街小巷。如今我们母子俩寄人篱下，吃的喝的都是人家给的，怎好再贪恋人家的姑娘呢？"

卡麦康直言不讳："我想与她结亲，因为她是我的堂姐，只有我最配娶她为妻。"

母亲说："不要乱说了！假若萨桑国王听到这句话，人家连今天的晚饭也不给我们吃了,我们只有沿街乞讨。因此你将沉入痛苦、忧愁的海洋里。假若我们流落他乡,早就饿死了,或者饱尝沿街乞讨之辱。"

卡麦康听母亲这么一说,心中更加惆怅,随后吟诵道:

> 切请少抱怨,愁言难分辩。吾心向恋人,从未出二言。
> 莫求我忍耐,耐心已用完。立誓凭天房,忍与我无缘。
> 怨言伤我心,劝众心意转;凭主我起誓,情真意缠绵。
> 奈何阻止我,去把情人看?我凭主立誓,本非丧德汉。
> 请告责难者,切莫多抱怨!恋情寄堂姐,此生永不变。

卡麦康吟完诗,对母亲说:"我在姑妈的心目中没有地位了,而且在本族中也失去了地位。既然这样,我在这里已经没有立足之地,索性离开王宫,到京城郊外安身,与贫苦人一起住着好啦!"

自此以后,卡麦康的母亲开始出入萨桑国王家中,领取自己和儿子的衣食用品。

有一天,润仙姑娘来见卡麦康的母亲。她说:"婶母,我堂弟他还好吗?"

卡麦康的母亲说:"卡麦康心中闷闷不乐,整天哭泣落泪。他打内心里爱你,他深深地陷在你的情网之中。"

润仙听后,哭了起来。她说:"凭安拉起誓,我并不是因为讨厌他而疏远他,只是怕敌人加害于他。我思念他胜过他思念我。若不是他说话那么随便,行为那样放肆,父王是不会禁止他找我玩儿的。不过,日子还长着呢!不论什么事,忍耐都是不可缺少的美德。说不定有那么一天,让我们分别的人会让我们重聚。"

说罢,润仙姑娘含着眼泪,吟诵道:

> 堂弟听我言,我有情埋心。
> 情形相近似,爱亦降你身。
> 有情我未露,你曾表与人?

卡麦康的母亲听完润仙姑娘吟诵的诗,连声向姑娘表示谢意。

润仙姑娘离去后,母亲把润仙来访的消息告诉了卡麦康,卡麦康听了,更加思念润仙。他说:"就是拿两千个仙女,也休想换走这样的好姑娘。"

卡麦康吟诵道:

> 凭主我立誓,不听责斥言。理应保密事,绝不露人前。
> 怠慢交往者,已离我的眼。人家安睡夜,我却不成眠。

几天几夜过去了,卡麦康忐忑不安,心烦意乱,如坐针毡,终于迎来了自己的十七岁生日。卡麦康显得更加健壮英俊,雄姿勃发。

一天夜里,卡麦康躺在床上,辗转反侧,不能入睡。他想:"眼见我的身体日渐消瘦,我的愿望为什么不能实现呢?这样的日子要熬到什么时候?我除了没有地位和金钱之外,还有什么不足之处呢?不过,安拉会使人如愿以偿的。我应该让我的灵魂离开这个国家,要么死掉,要么实现自己的愿望。"

卡麦康下定决心,随后吟诵道:

>　　且让我之心，激跳在胸间。世上屈膝事，本与我无缘。
>　　我的心与肝，活似一经典。无疑篇名在，却是泪珠帘。
>　　请看我堂姐，俨然一天仙。取悦里德旺，自天降人寰。
>　　目光似剑利，敌者难保全。为救我灵魂，欲探天高远。
>　　只讳非法事，尽现心中愿。心满意足归，上阵斗敌顽。
>　　驰骋疆场上，送敌入阴苑。满荷战利品，高唱凯歌还。

　　卡麦康吟罢，立即爬了起来，穿上粗布衣裳，头戴一顶用过七个年头的破毡帽，带着一张剩了三天的发面饼，趁着漆黑夜色，出了家门。

　　夜色漆黑，卡麦康走出了家门，摸索着行至巴格达城门下，站在那里，静待天明。

　　漫长的黑夜好容易快要过去了，东方透出鱼肚白，城门开启了，卡麦康第一个走出了城门，开始穿山谷，越荒原，整整走了一个白天。

　　夜幕降临，寡母找儿子，却不见儿子身影，心中不胜难过，顿觉天低地窄，一切乐趣顿时消失得无影无踪。这位可怜的寡母等了一天又一天，一直等了十天，没有听到儿子卡麦康的任何消息，不禁忧心如焚，泪如雨下。她边哭边高声呼喊道："我的儿子啊，我唯一的慰藉！你离开了我，离开了家，留给我的全是痛苦和忧虑。孩子啊，我到何方去呼唤你呀？哪里又能让你安身立命呢？"

　　这位寡母长长地叹了口气，吟道：

>　　孩儿离母去，我悲泪涟涟。
>　　离别似弯弓，向我射冷箭。

儿越沙漠旷，留我抵万难。
鸽子戴项圈，啼鸣在夜间；
尽表催促情，我言请且慢。
我凭命起誓，鸽当知我惨；
既不染红腿，亦不戴项圈。
亲人离去后，留下皆苦难。
忧愁不离心，终日觉舍寒。

自此之后，这位寡母不吃不喝，泪流不止。她的哭声传遍四方，她的悲痛尽人皆知，致使人们纷纷说："杜姆康啊杜姆康，你何不睁开眼睛看看你儿子卡麦康的今日处境？"

又有的人说："卡麦康的父亲从善如流，公正廉明，不愧为一代英豪，怎么如今他的儿子却离开祖国，四方漂泊去了呢？"

还有的人说："卡麦康是我们国王的儿子，也是先王欧麦尔·努阿曼的亲孙子，怎么如今连立足之地也没有，流落到他乡去了呢？"

这些话终于由大臣们的口中传到了萨桑国王的耳里。

讲到这里，眼见东方透出了黎明的曙光，莎赫札德戛然止声。

第一百四十夜

夜幕降临，莎赫札德接着讲故事：

幸福的国王陛下,卡麦康离家出走的消息传开来,人们纷纷说:"杜姆康啊杜姆康,你何不睁开眼睛看看你儿子卡麦康的今日处境?"

又有的人说:"卡麦康的父亲从善如流,公正廉明,不愧为一代英豪,怎么如今他的儿子却离开祖国,四方漂泊去了呢?"

还有的人说:"卡麦康是我们国王的儿子,也是先王欧麦尔·努阿曼的亲孙子,怎么如今连立足之地也没有,流落到他乡去了呢?"

这些话终于由大臣们的口中传到了萨桑国王的耳里。萨桑国王听到这些话,不禁大发雷霆。但他想起杜姆康国王所做的好事,想起国王杜姆康临终托孤及善待他的叮嘱,可如今卡麦康已经出走,他心中不免感到难过。他说:"我一定要派人去把他找回来。"

萨桑国王立即派泰尔卡什将军率百名骑士四下寻找卡麦康。

十天过后,泰尔卡什一行人马返回,禀报萨桑国王,说:"我们即没有找到卡麦康的踪影,也没有打听到他的任何消息。"

萨桑国王听后,不禁感到十分难过。卡麦康的母亲得知寻找情况,更是坐卧不宁,心烦意乱,因为卡麦康已经离去二十天了。

卡麦康走出巴格达城,禁不住感到茫然,不知该向何方而去。他在旷野上漫游了三天,既未看见一个行人,也没有见过一位骑士,深感寂寞,睡不着觉,终夜失眠,思念乡亲之情渐甚。一路上,他以野菜充饥,捧河水解渴,炎热之时在树荫下乘凉。

卡麦康离开原来行走的那条路,沿着另外一条路,又走了三天。第四天,卡麦康来到一个绿草如茵、植物繁茂的地方。这块土地因为和着斑鸠、鸽子的鸣声饱饮了云中的甘露,故山冈碧绿,旷

野景色秀丽。卡麦康眼见此景,情不自禁地想起了父亲的家园,难抑去国怀乡之忧思,凄然吟道:

　　今我出门远,但望有归日;
　　只是不得知,归期在何时。
　　我本遭驱赶,灾来无计施。

　　卡麦康吟罢,拔了把野菜,填了填肚子,小净一番之后,做了礼拜,然后坐下休息。
　　卡麦康在那个地方整整待了一天,夜幕降临时,便躺下睡着了。一觉醒来,正是夜半时分,忽听有人吟唱诗歌:

　　什么是生活?希望光闪烁:
　　唇出悄悄话,美貌相对着。
　　情人影像真,长留我眼窝。
　　要我避情人,毋宁夭折我。
　　亲朋故友们,聚首得欢乐。
　　钟情男与女,相会趣更多。
　　春暖花开日,美景不胜说。
　　唤声狂饮人,眼前好景色。
　　大地美似锦,流水荡清波。

　　卡麦康听了,一阵愁绪涌上了心头,顿时泪如泉涌,直淌腮边,心中燃起熊熊烈火。他站起身来,凝神朝吟诵传来的方向望去,只因夜色漆黑,一个人影也看不见,他心神不安,于是离开原地,移步谷地低

处,沿着溪边走去。就在这个时候,他听见那个吟诗的人叹了口气,又吟唱道:

若得保秘密,爱藏在心灵。
离别那一日,任凭泪纵横。
我与情人间,有约在先订;
因之时长久,思恋心沉重。
心向痴情人,情痴恋意生;
令我神快慰,真情伴惠风。
唤声赛阿德,有事待打听:
代问脚镯姑,可曾念约盟?
姑娘启齿道:迷我凭痴情。
几多情人心,都为你跳动?
自打别离后,不曾尝甜梦。
但念心中疾,日甚一日重;
此疾别无方,只在一吻中。

卡麦康听到同一个人吟诵了两首诗,虽没有见其人,却知道那吟诗者和自己一样,都是与自己所爱的姑娘失掉了联系。卡麦康心想:"但愿我能和他相见,相互叙说衷情,让他成为我离乡期间的知己。"

随后,卡麦康清了清嗓子,高声喊道:"喂,夜下的行人兄弟,走近我一点儿,把你的情况对我讲一讲吧!也许你会发现我能帮助你解忧消愁。"

那个吟诗的人听到这喊声,回答道:"听到吟诗的兄弟,你是哪方英雄、骑士？你究竟是人，还是妖呢？在你临近死亡之前，赶快回答我的话，走到我跟前来吧！否则，我会送你一死的。因为我在这旷野上行走了二十天，没有一个人影，也没听到一个人的说话声。"

卡麦康心想："这不是和我的情况完全一样吗？我在这里游逛了这么多天，既不见人影，更没有听见人声。不妨等天亮之后，再找他去谈吧！"他没有回答，默不作声。就在这时，对方又说话了："喂，假若你是妖，就离开这里吧！如果你是人，天亮之后我们再面谈。"

卡麦康耐心等下去，天终于亮了。

卡麦康走过去一看，原来那是一个乡下人，那个人手握一把破剑，衣衫褴褛，形容憔悴，一看便知是个失意的小青年。

卡麦康上前问候安好，而那个乡下小伙子却傲气十足，问道："你来自哪个部族，属于哪个门第？你敢深夜行路，看来还有些英雄气概。听你昨天夜里说话的口气，活像一位骑士。现在，你的命运已握在我的手里。看你如此年幼，就当我的一名侍从，跟我走吧！"

听了这番话，卡麦康意识到对方看不起自己，于是说："阿拉伯人的头领啊，能给我讲讲你夜下叹息、苦吟的原因吗？你到底是何许人呢？"

"听我慢慢给你讲来。我叫萨巴赫，在叙利亚出生长大。我有个堂妹，名唤奈吉梅，聪明美丽，人见人爱。我的叔父曾对家父许下诺言，待我二人长大成人之后，便让我们结为百年之好。我与堂妹从小一起长大，两小无猜，青梅竹马，相亲相爱。家父过世后，我寄居叔父家。时间过得很快，一晃就是几年。堂妹和我都已长大成人,到了成亲年龄,不料叔父食言,禁止我与堂妹见面。"

"那是为什么呢?"

"没有什么别的原因,就是嫌我穷。多亏乡亲帮忙,一再劝说叔父,叔父才勉强同意我与堂妹结亲。不料难题又来了,叔父开了一张聘礼单。"

"要什么聘礼?"

"好马五十匹,母驼五十峰,满驮大麦的公驼五十峰,满载小麦的骆驼五十峰,奴仆十名,婢女十名。我一个丧父的孤儿,囊空如洗,到哪儿弄这么多聘礼呢?眼见成亲无望,我决计出走。我离家二十天了,今天才见到你这么一个人。"

"你现在打算怎么办?"

"我想到巴格达去,遇到商人,抢他一把,弄一笔钱,置办彩礼,回家成亲。"

萨巴赫说到这里,问卡麦康:"你究竟是什么人?你为什么到这里来?都给我讲一讲吧!"

卡麦康听完这番话,坦率地说道:"我的处境和你很相似。不过,我面临的环境更糟糕。我和我的堂姐订了婚,如今我的堂姐成了公主,根本不把我放在眼里,聘礼再多有何用呢?"

萨巴赫说:"你真是大白天说梦话,自作多情!看你这个模样,最多是个平民百姓。你的身上哪有皇族气派,怎又敢说你的堂姐是公主呢?"

"我如今落到这个地步,本是不足为怪的。听我对你说:我叫卡麦康,本是巴格达、呼罗珊国君主欧麦尔·努阿曼国王和杜姆康国王的后裔。家父杜姆康国王在世时,就立我为国王,由他人摄政,结果摄政王篡夺了王位,取我而代之。我不甘忍受白眼,逃出家门，走了二十天，只遇到你一个人。"

萨巴赫听卡麦康这样一说，高兴得几乎跳起来。他说："我的愿望实现了。今天遇到你，是我的最大收获。虽然你衣衫褴褛，毕竟还是王子王孙。你离宫出走，必有人追寻；他们若发现你落在我的手里，必出重金为你赎身。小伙子，快让我把你反绑起来，让我靠你发笔财吧！快走到我跟前来！"

卡麦康忙说："阿拉伯兄弟，你千万不要这样做呀！因为我家的人既不会用银子赎我，更不会用金子赎我。我是一个穷人，囊空如洗，身无分文。你还是抛弃这种想法吧！你不妨把我当作伙伴，带我走出伊拉克大地，云游四方，也许有希望弄到一笔钱，日后当作聘礼，以便你我都能够与堂姐、堂妹拥抱、亲吻。"

萨巴赫听后，勃然大怒，火冒三丈。他说："你这个该死的癞皮狗，胆敢用这种话应付我？赶快转过身去，不然的话，我可要收拾你了！"

卡麦康微微一笑，说道："怎么要我转身呢？难道一点儿公道也不讲？遇见一个小伙子，也不考验一下他是战场上的勇士，还是懦夫，就想采用侮辱的方法将他俘获，莫非你就不怕阿拉伯人讥笑、议论？"

萨巴赫一笑，说："真是怪呀！你小小年纪，竟敢说此大话！这样的话，只能出自英雄豪杰之口。"

卡麦康从容不迫："公道的办法，应该是这样：你要想拿我当你的俘虏，让我为你效力，那么，你就应该放下武器，脱下外衣，和我摔上一跤。被别人摔倒在地的人，就应该为胜者当奴效力。"

萨巴赫一声大笑，然后说："你如此多嘴多舌，看来死期已近。"

话音未落，只见萨巴赫丢下破剑，甩掉外衣，挽起袖子，向卡麦康逼近。旋即，两个人相互抓住了对方，他一被卡麦康抓住，便自感身薄力单，简直就像一只鸡落入大鹰爪中。萨巴赫只觉卡麦康的两条腿稳稳地站在地上，就像两座基础稳固的宣礼塔，或似两座根深蒂固的大山，自感无力抗争，后悔自己鲁莽同意与对方摔跤，心想："我何不一剑结果了他的性命？"

卡麦康狠狠抓住萨巴赫，只见一推一搡，便把他摔倒在了地上。此时此刻，这个贝都因人觉得自己的肠子被摔断了似的，一阵难忍的疼痛，连声求饶说："小伙子，好兄弟，罢手吧！"

卡麦康似乎没有听到那个贝都因人说什么，上前一把将他抓起，背起来朝河边走去。萨巴赫高声喊道："喂，大英雄，你想怎样处置我呀？"

卡麦康回答道："我想把你丢到这条河里，让它把你送到底格里斯河里去，然后再让底格里斯河水把你冲到耶稣河，让耶稣河把你送到幼发拉底河，再请幼发拉底河的河水把你送到你的家乡去，好叫你的乡亲们看到你，认识认识你，知道一下你的慷慨品质，见识一下你是如何忠实于爱情和友谊的……"

萨巴赫大声求饶："喂，沙漠骑士，草原英雄，你千万别这样！看在你那漂亮堂姐公主的面儿上，你就放了我吧！求求你啦！"

卡麦康这才把萨巴赫放在了地上。

萨巴赫见自己脱离了对方的手，便走去拿起盾牌和宝剑，想向卡麦康发动进攻。

卡麦康猜透了萨巴赫这个贝都因人的心思，便对他说："我已经知道你心里在想什么。你既然已经抄起宝剑和盾牌，那就是说，在你想来，摔跤你是拜下风了，假若骑上战马驰骋疆场，挥矛舞剑，定能置我于死地。好吧，我现在就让你挑选武器，免得你心里不服。你把盾牌给我就可以了，然后你来操剑，向我发动进攻，要么你将我杀死，要么我送你归真。"

萨巴赫扔下盾牌，抽出宝剑，开始向卡麦康发动进攻。卡麦康右手持盾牌，从容防守。萨巴赫边挥舞宝剑，边说："我这一剑刺去，保管你卡麦康人头落地，一命归真。"

萨巴赫使尽全力，刺上一剑，只见卡麦康飞身一闪，安然无恙。

萨巴赫连续出剑，直到手臂难以抬起。卡麦康知道这个贝都因人已经精疲力竭、心灰意懒，于是扑上前去，一下将萨巴赫摔倒在地，随后用宝剑上的绳子将他的双手捆绑起来，拉着他的双腿，直朝河边拖去。萨巴赫慌忙喊问道："喂，盖世骑士，战场英雄，你打算怎样处置我呢？"

卡麦康说："我没告诉你吗？让河水把你送回你的老家去，免得乡亲们惦记你，耽误你和你堂妹的婚姻大事。"

萨巴赫十分恐慌，大哭起来，苦苦哀求道："盖世英雄，疆场骑士，千万不要把我扔到河里去！就让我当你的仆从吧！"说罢，边哭边吟道：

> 别亲走天涯，漂泊嫌日长。
> 但期能知命，我将死异乡？
> 我死家人泣，不知何方葬。
> 永成异乡客，不得将亲访。

卡麦康听罢这个贝都因人的凄凉吟诵，打内心同情他。萨巴赫立下誓言,决心一路陪伴卡麦康,尽同伴责任,卡麦康方才给他松了绑。

萨巴赫站起来,想上前亲吻卡麦康的手,卡麦康忙阻止他亲吻。萨巴赫转身走去,打开行囊,掏出三个大麦饼,放在卡麦康的面前,二人在河边坐下来,边吃边谈。

二人吃完,做了小净,又做礼拜,然后坐下来,相互谈各自的经历和遭遇。卡麦康从萨巴赫的谈话中,知道他和自己有相似的遭遇和痛苦,因不能与堂妹结为百年之好而出游他乡,因他那位叔父索要的聘礼是他无法筹到的。

卡麦康说:"贝都因兄弟,你的情况和我的情况一模一样,现在,你打算到哪里去呢?"

萨巴赫说:"我要到你的家乡巴格达去了,在那里住下来,直到安拉为我筹齐聘礼,以成就我的终身大事。"

卡麦康说:"你顺着这条路走下去,再走二十天,就到巴格达了。"

说罢,二人分手告别,萨巴赫踏上了去巴格达的路。

送走萨巴赫,卡麦康留在原地。卡麦康心想:"我这样囊空如洗,身无分文,有什么脸回去见人呢?凭安拉起誓,我是不能这样失意而归的。蒙安拉默助,我一定要混出个名堂,才回去见人。"

卡麦康边沉思,边朝河边走去。他做完小净,开始做礼拜。他跪下,把前额贴在地面上,祈祷道:"安拉啊,是你把甘露洒向人间,是你给青石上的虫蚁以生命。我祈求你给我以生计,给我以怜悯!"

礼拜完毕,依然不知该向何方而去,仿佛前面无路可走。

就在卡麦康坐在那里左右张望时,忽见一位骑士,躺在马背上,信马由缰,朝自己这个方向走来。卡麦康站起来,目不转睛地望着那匹马。约莫过了一个时辰,骑士来到面前。卡麦康上前仔细一看,但见那位骑士受了重伤,血流如注,直淌面颊,已是奄奄一息,情况十分危险。那骑士吃力地对卡麦康说:"好心的阿拉伯头领,假若我能活下去,你就把我当作你的一位朋友吧!以后,你再也遇不到像我这样的人了。给我一口水喝吧!虽然我知道受了伤是不宜喝水的,尤其对于失血过多、濒临死亡的人,更不宜喝水。如果我能活下来,我一定给你足够的钱财,让你赶走贫困;假若我一命呜呼,因为你出于好心,你也是个幸运的人。"

骑士的那匹坐骑,一看便知是匹宝马良驹,不仅膘肥毛亮,且四条腿就像四根石柱,威武雄壮,语言难述其健美。一旦驰骋疆场,必定飞若疾风,势不可当。

卡麦康一见那匹马,心中甚是喜爱。他暗自想:"好马好马,举世无双!"他把骑士扶下马背,给了他几口水喝。骑士稍稍休息片刻,卡麦康走到骑士身旁,问道:"壮士,谁把你伤成了这个样子?"

骑士开始讲自己的身世与经历:

好兄弟,听我把真实情况讲给你听。

我是一个大盗,平生以盗马为业,日夜不分。我名叫伽萨尼,人称"窃马大盗"。

不久前,我听说希腊国王艾弗里顿有匹千里马——就是眼前这匹宝马——人称之为"沃兔",别号"风骓"。我一心想把那匹御马盗来,于是起身前往君士坦丁堡。

到了君士坦丁堡城,我就一直盯着那匹宝马。一天,一个老太太骑着"风骓"出来了。那老太太名叫札特·达瓦希,是位太后,颇受罗马人敬重;她在那里很有权威,发号施令,一呼百应,令行禁止。那匹"风骓"一直掌握在那老太婆的手里,而且还有十个奴仆专门负责饲养、照料。我得知那老太太要骑着"风骓"去巴格达,想拜见萨桑国王,以便议和,于是,我紧紧跟在她的后面,一心想弄到这匹马,便随她上路了。

我虽紧跟在他们的身后,却不能接近那匹"风骓",因为那些奴仆把守得很紧很紧。

老太婆札特·达瓦希一行终于进入伊拉克境内,我一直跟在他们后面,神经紧张起来,担心一旦进入巴格达,就难以下手盗马。

正当我决心动手盗马的时候,忽见前方荡起一片烟尘,铺天盖地。过了一会儿,烟尘散去,闪出五名骑士,挡住了他们的去路,为首者名叫凯赫达什。"凯赫达什"这个名字有其含义,意思是说他在战场上像雄狮,英雄们在他面前就像床单,他一脚就可以踏平。

讲到这里,眼见东方透出了黎明的曙光,莎赫札德戛然止声。